W0217137

Corneille, *Le Cid*

Marivaux,

*La Double Inconstance* et *La Dispute*

Théophile Gautier, *Le Capitaine Fracasse*

Colette, *La Vagabonde*

Le théâtre

La représentation littéraire

Littérature et morale

*Les auteurs*

**Franck Bessonnat** est ancien élève de l'ENS et professeur agrégé de Lettres classiques. Il est ici l'auteur des pages sur Corneille.

**Éléonore Brouillaud** est élève à l'ENS et agrégée de Lettres modernes. Elle a corédigé les pages du présent volume consacrées à Marivaux.

**Nassif Farhat** est agrégé de Lettres modernes et doctorant à l'ENS. Il a corédigé les pages du présent volume consacrées à Marivaux.

**Audrey Milet** est agrégée de Lettres modernes et chargée de cours à l'Université de Caen Normandie. Elle a ici rédigé les pages sur *Le Capitaine Fracasse*.

**Flavie Fouchard** enseigne à l'Université de Séville. Elle a ici corédigé les pages sur *La Vagabonde*.

**Corentin Zurlo-Truche** est docteur ès-Lettres et enseignant de Lettres modernes. Il a ici corédigé les pages sur *La Vagabonde*.

La collection *Clefs Concours - Khâgnes Littérature*
est dirigée par **Laure Himy-Pieri**.

Direction scientifique des *Clefs concours* : **Philippe Lemarchand**.

Édition : Lucille Fontaine.


ISBN : 978-2-35030-889-0

CLEFS CONCOURS Khâgnes Littérature

Franck Bessonnat Éléonore Brouillaud Nassif Farhat
Audrey Milet Flavie Fouchard Corentin Zurlo-Truche

# Corneille, *Le Cid*
# Marivaux, *La Double Inconstance* et *La Dispute*
# Théophile Gautier, *Le Capitaine Fracasse*
# Colette, *La Vagabonde*

Le théâtre
La représentation littéraire
Littérature et morale

Atlande

# SOMMAIRE

**Introduction**



CORNEILLE,
*LE CID*

**Repères**



**Problématiques**

## COLETTE,
## *LA VAGABONDE*

**ÉTUDE ANALYTIQUE**



**ÉTUDE THÉMATIQUE**

## OUTILS



## NOTICE

Un système de circulation entre fiches est proposé en cours de texte. Exemple : (v. Histoire et légende d'un titre).

Les renvois à la bibliographie sont indiqués entre crochets. Concernant par exemple *Le Cid*, [Morel, 1997] renvoie à l'ouvrage de J. Morel de 1997 cité dans la bibliographie. Les lettres suivant la date (a ou b) permettent de différencier les ouvrages ou articles publiés par l'auteur la même année suivant leur ordre d'apparition dans la bibliographie.
Les références bibliographiques citées en cours de texte sont des références annexes ne figurant pas dans la bibliographie.

Les citations des œuvres au programme sont référencées de la façon suivante :

*Le Cid*, par vers.

Les pièces de Marivaux, par acte et scène.

*Le Capitaine Fracasse*, par numéro de page de l'édition du Livre de poche de 1985 présentée par JL Steinmetz.

*La Vagabonde*, par numéro de page de l'édition du Livre de poche de 1990.

L'* placé après un mot signale que ce mot figure dans le glossaire.

# INTRODUCTION

## LA DISSERTATION DE LITTÉRATURE AU CONCOURS D'ENTRÉE DES ENS

La BEL (Banque d'épreuves littéraires) propose aux candidats aux concours de l'ENS une épreuve de composition française sur programme, d'une durée de 6 heures, et de coefficient 3. Comme les textes officiels l'indiquent (BO n° 20 du 19 mai 2016), le programme d'auteurs (maximum cinq œuvres), est associé à deux axes d'études, eux-mêmes découpés en domaines :

Axe 1 : genres et mouvements

Domaine 1 : le roman

Domaine 2 : le théâtre

Domaine 3 : la poésie

Domaine 4 : les autres genres (essai, autobiographie, mémoires, histoire, etc.)

Domaine 5 : les mouvements littéraires (classicisme, romantisme, symbolisme, surréalisme, etc.)

Axe 2 : questions

Domaine 1 : l'œuvre littéraire, ses propriétés, sa valeur

Domaine 2 : l'œuvre littéraire et l'auteur

Domaine 3 : l'œuvre littéraire et le lecteur

Domaine 4 : la représentation littéraire

Domaine 5 : littérature et morale

Domaine 6 : littérature et politique

Domaine 7 : littérature et savoirs

Chaque année, le programme se présente donc sous la forme de plusieurs œuvres pouvant aller du Moyen Age au XIe siècle, d'un domaine de l'axe 1, et de deux domaines de l'axe 2, cet appariement donnant des indications sur la nature de l'épreuve et la manière de s'y préparer.

Il est clair que les axes proposés insistent sur la nécessaire contextualisation des œuvres au programme, qui ne peuvent se lire sans une forme de culture générale – si littéraire reste-t-elle. Il s'agit pour l'axe 1 de replacer les œuvres au programme dans une perspective générique, mais aussi de sortir les genres d'une vision anhistorique et essentialisée, et de les rendre à une évolution diachronique, dont les différentes œuvres sont des manifestations ; l'histoire des genres et des mouvements ne peut guère se faire sans une bonne connaissance des instances de production et de réception, autant dire sans de solides notions de théorie littéraire, mais aussi de sociologie de la littérature : un concours de ce type exige naturellement que le candidat, pour être un bon littéraire, soit aussi quelque peu historien et philosophe, et derrière les intitulés des domaines et des axes, se trouvent bien les compétences et domaines de savoirs attendus pour l'épreuve de composition française. Dans cette perspective, s'en tenir strictement aux œuvres définies par le programme peut se révéler insuffisant, et les axes qui entourent les œuvres invitent à élargir le champ de lecture et de réflexion à d'autres œuvres, et bien sûr à d'autres sémioses.

L'étude transversale des axes ne saurait faire oublier que cette épreuve reste une épreuve classique de dissertation française : la citation proposée à la réflexion du candidat devra donc s'appuyer sur une solide connaissance des œuvres au programme, qui doivent être constamment sollicitées – dans la mesure où le sujet le permet – aussi bien dans le détail de l'analyse, que dans des perspectives plus globales.

C'est pour répondre à ces attentes que le manuel propose pour chacun des auteurs au programme deux grandes entrées. L'entrée analytique – l'étude littéraire de l'œuvre au programme – domine, comme doit dominer dans la dissertation l'attention aux textes pour nourrir la réflexion. L'entrée thématique, traitant le domaine de l'axe 1, et les deux domaines de l'axe 2, vient ensuite : elle aide le candidat à contextualiser l'aspect analytique de l'étude, à intégrer le savoir interne à l'œuvre à un ensemble de savoirs extérieurs, de même qu'il importe dans le cours de la dissertation de se montrer capable de recourir à d'autres œuvres que celles du seul programme, et de faire montre de culture générale.

Pour terminer, les auteurs de ce manuel proposent pour chaque œuvre une bibliographie, un index, et des citations, outils succincts mais bien utiles pour l'étude des œuvres.

Si les œuvres au programme appartiennent toutes les quatre à une forme de panthéon littéraire, c'est cependant dans une forme de rapport à la tradition et à la littérarité chaque fois renouvelé, qui peut dérouter les étudiants. C'est particulièrement vrai ici pour *Le ravissement de Lol V. Stein*, de Marguerite Duras, à qui donc est accordé, pour des raisons pédagogiques, un traitement un peu plus long que les autres textes.

# CORNEILLE,

# *LE CID*

# REPÈRES

## BIOGRAPHIE DE PIERRE CORNEILLE

### Jeunesse et éducation

C'est le 6 juin 1606 que naît Pierre Corneille à Rouen. Il est issu de la bourgeoisie de petite robe. Son père était maître particulier des eaux et forêts et sa mère fille d'un avocat de Rouen. Il est le premier d'une famille de six enfants. Pour ses études, il reste à Rouen, étudiant là où l'on dispensait l'éducation la plus rigoureuse, c'est-à-dire au collège des Jésuites. Il y étudie de 1615 à 1622, y reçoit l'éducation d'un jeune homme de son temps et de son rang, se nourrit d'auteurs latins. C'est un écolier exemplaire qui aime découvrir les rouages et les splendeurs de la rhétorique. Cet amour de l'art oratoire, il décide de le cultiver encore après le collège en menant des études de droit. En 1628, il achète une charge d'avocat général à la Table de marbre du Palais. Il occupera ces fonctions plus de vingt ans, jusqu'en 1650. Ce cursus explique aisément l'amour de la belle argumentation bien ficelée et rigoureusement bâtie qui anime les œuvres théâtrales de Corneille et plus spécifiquement ses tragédies qui sont souvent d'authentiques et admirables plaidoyers – combien de fois avons-nous l'impression, en lisant Corneille, d'assister à une joute oratoire des plus exquises ? Combien de fois l'attaque comme la défense forcent le respect et l'admiration, suscitant chez le spectateur un enthousiasme émerveillé pour le cas de conscience qu'on lui propose ?

### Une longue carrière théâtrale

Toutefois, si l'on retrouve aisément les signes du Corneille avocat chez le Corneille dramaturge, rien ne destinait alors l'avocat à se faire dramaturge. En 1629, Corneille menait une paisible vie provinciale quand une peine de cœur (quoi de plus commun ?) le conduisit à se faire poète. Puis d'un sonnet, il fit une comédie. Et le poète de se faire dramaturge, parcours fort courant à l'époque.

### • Les premières pièces et l'ascension

Cette première pièce, c'est *Mélite*, une comédie jouée à Paris en 1629. Elle remporte un franc succès qui encourage le jeune avocat à poursuivre dans cette voie nouvelle. Dès le début de sa carrière, on voit bien l'empreinte de Corneille. Dans *Clitandre*, tragi-comédie datant de 1631, on retrouve l'inspiration romanesque de ce théâtre de début de siècle, des échos avec l'actualité politique et l'influence de la tragédie (en l'occurrence, *Pyrame* de Théophile). Suivent plusieurs comédies (*La Veuve*, *La Galerie du Palais*, *La Suivante* et *La Place royale*) très marquées par les "questions d'amour" [MOREL, 1997, p. 331] en resserrant l'intrigue dans l'espace et le temps. Vient ensuite *Médée*, la première tragédie, donnée à Paris en 1635. C'est le moment de la renaissance de la tragédie régulière, d'inspiration sénéquéenne, avec Rotrou et son *Hercule mourant* et *Sophonisbe* de Mairet. C'est sous la protection du cardinal Richelieu, dans la fameuse "compagnie des cinq auteurs", qu'officie Corneille aux côtés de Boisrobert, Colletet, L'Estoile et Rotrou. C'est le moment de rappeler que pour vivre à Paris, il faut des subventions, lesquelles sont accordées par des protecteurs auxquels il est naturel de rendre de profonds hommages : voilà la fonction des révérencieuses dédicaces et épîtres que l'on trouve au seuil des pièces. *Médée* est représentée par la troupe de Montdory. Puis, en 1636, c'est l'avènement d'un "monstre" : *L'Illusion comique*, sommet du théâtre baroque*. *L'Illusion comique* est aussi une célébration du théâtre à une époque où l'on remet volontiers en cause la dignité de ceux qui s'adonnent à cet art, qu'ils soient dramaturges ou acteurs. Corneille s'est imposé comme quelqu'un qui maîtrise son art, en connaît les ficelles et les exigences, tout en sachant se distinguer par une franche originalité.

### • Les œuvres de la maturité : 1636-1651

Quand Corneille crée *Le Cid*, en 1636, il est déjà reconnu et très apprécié du public. La querelle du Cid lui permettra de s'expliquer, de développer ses vues, de formaliser sa conception du théâtre. Le dramaturge se fait théoricien du théâtre. *Le Cid* est aussi une œuvre de transition. Viennent ensuite les grandes tragédies politiques : *Horace* (1640), *Cinna* (1642), *Polyeucte* (1642), *Le Mort de Pompée* (1643) et *Rodogune* (1644). Mais Corneille renoue avec ses anciennes amours avec *Le Menteur* et *La Suite du Menteur* (années 1643-1645). Puis il travaille à des pièces plus complexes et novatrices : avec *Héraclius* commence une série de drames politiques qui intéressent Corneille jusqu'à la fin de sa carrière. En 1649, il crée la comédie héroïque* avec *Don Sanche d'Aragon* et donne une tragédie à machines* *(Andromède)*. En 1651, il crée *Nicomède* pour laquelle il s'inspire nettement des événements contemporains de La Fronde. Enfin, *Pertharite*, tragédie inspirée de l'histoire de Iombard Perthari, roi des Lombards, échoue. Il se retire et pense terminer sa carrière.

**• Retraite et retour au théâtre**

Entre 1651 et 1659, Corneille est en retraite. Dans l'Avis au lecteur de *Pertharite*, il écrit: "Il vaut mieux prendre congé de moi-même que d'attendre qu'on me le donne tout à fait, et il est juste qu'après 20 années de travail je commence à m'apercevoir que je deviens trop vieux pour être à la mode." Mais Corneille sort de son *otium* avec *Œdipe*, tragédie grecque. En 1660, il représente *La Toison d'Or*, sa deuxième tragédie à machines*. Le roi apprécie la pièce et la présente comme divertissement à sa jeune épouse. D'ailleurs, pensionné, il est protégé par le roi et le lui rend bien: dès 1664, il publie en son honneur et fait régulièrement, dans ses œuvres, l'éloge de Louis XIV. En 1664, *Othon*, jouée d'abord à Fontainebleau puis à l'hôtel de Bourgogne, est un franc succès. C'est la même année qu'un certain Racine donne sa première pièce, *La Thébëïade* – l'échec est cuisant. Mais *Agésilas* de Corneille échoue en 1666 alors que triomphe *Le Misanthrope* de Molière. C'est à ce dernier et à sa troupe que notre dramaturge confie sa pièce *Attila* l'année suivante. Le 4 mars 1667, la troupe de Molière met en scène la pièce au Palais Royal. Cette pièce mouvementée, poème à la gloire du monarque également (il y est évoqué sous le nom de Mérovée) est un demi-échec. Racine, quant à lui, triomphe avec *Andromaque* et *Britannicus*. Molière également avec son *Tartuffe*. Le public ne semble plus autant aimer son vieux poète. En 1670, *Bérénice* de Racine est un triomphe; *Tite et Bérénice*, pièce de Corneille qui se fonde sur la même matière historique, un échec. *Pulchérie* de Corneille, représentée par les comédiens du Marais*, est en concurrence avec *Mithridate* de Racine. Parmi ces deux pièces qui chantent les amours d'un vieillard, c'est celle de Racine qui plaît davantage. Même drame lorsque le *Suréna* de Corneille est en concurrence avec *Iphigénie* de Racine. Cet échec, en 1674, signe la fin de sa carrière.

### Les dernières années de Corneille

Les dernières années de Corneille sont plutôt difficiles. Il n'était peut-être pas dans une misère aussi profonde que certaines légendes ont pu le rapporter. Il n'en demeure pas moins que l'homme de lettres vit sa fortune fondre comme peau de chagrin dans les dernières années de sa vie. Plutôt mauvais courtisan, flatteur malhabile, il ne bénéficiait pas des largesses que l'on pourrait attendre pour un homme de son importance. Par ailleurs, il dota fort généreusement ses enfants, ce qui n'arrangea guère sa situation. Depuis 1662, il touchait une pension qu'il cessa de percevoir en 1674; en 1678, elle lui fut de nouveau versée, mais de façon irrégulière. Edme Boursault, homme de lettres fameux à l'époque, proche des frères Corneille, raconte même que Boileau avait, envisagé de renoncer à sa pension pour la verser au dramaturge. Enfin, peu de jours avant la mort de Corneille, Louis XIV lui envoya cent louis d'or. Il n'en profita guère – il mourut le 1er octobre 1698 et fut inhumé dans l'église Saint-Roch.

## QUELQUES REPÈRES HISTORIQUES

### De Henri IV à Louis XIII

Corneille naît sous le règne du roi Henri IV, celui-là même qui, alors que la France sortait de quatre décennies de guerres intestines entre les Catholiques et les Protestants, avait réussi à rétablir la paix et l'unité du royaume. En effet, le “bon roi” – ancien protestant qui abjura et devint catholique pour porter la couronne – signe l'édit de Nantes en 1598, qui reconnaît le culte protestant. Au crépuscule d'un siècle succède l'aube d'un monde nouveau, plus précisément d'un royaume nouveau: la France était encore l'héritière d'un modèle monarchique médiéval et féodal. Elle n'est plus, comme elle l'était depuis le baptême de Clovis, la “fille aînée de l'Église”, unie en une seule religion. La France – le roi et ses sujets – n'est plus unie en un seul corps, image du corps mystique du Christ, miroir sur Terre du royaume des Cieux; elle est désormais irrémédiablement divisée et l'État revêt nécessairement une dimension, en un sens, plus abstraite, plus froide; il doit affirmer et asseoir sa légitimité avec plus de force. Une fois la paix retrouvée, Henri IV initie une vaste entreprise de redressement du royaume, très affaibli sur tous les plans par les guerres.

Le 14 mai 1610, il est brutalement assassiné par un certain Ravaillac, catholique conservateur et exalté qui voyait probablement en le roi celui qui avait mis fin au principe séculaire du *cuiusque regio, eius religio*, selon lequel il ne peut exister dans un État qu'une seule religion, celle du Prince ; suivant cette perspective, Henri IV était un traître à la France. Sa mort est un bouleversement dans le royaume qui perd une figure rassurante et unificatrice, malgré les tensions certaines qui demeurent. Il est nécessaire que l'État, pour ne pas vaciller, s'affermisse encore. L'héritier du trône, Louis XIII, n'a que neuf ans quand la couronne lui arrive sur la tête. C'est donc sa mère, Marie de Médicis, qui exerce une régence catastrophique. En 1617, quand Charles d'Albert de Luynes, proche et conseiller privilégié du roi, suggère à Louis d'exiler sa mère, le jeune roi accepte. C'est ce conseiller qui exerce en réalité le pouvoir, avec un certain amateurisme dû à son jeune âge et son manque d'expérience. Marie de Médicis quitte son exil et prend les armes contre son fils. Les deux se réconcilient en avril 1620 après que le roi a dispersé les troupes maternelles. L'année suivante, Luynes meurt et Louis XIII, qui affronte de violents soulèvements protestants au Sud-Ouest, gère la crise non sans mollesse en préférant négocier plutôt que réprimer les troupes huguenotes qui ont mis en échec les siennes. Cette stratégie ne renforce guère la réputation du roi qui passe, depuis le début de son règne, pour un jeune fantoche.

## Richelieu

1624 est une année charnière du règne de Louis XIII : sa mère, revenue en grâce, insiste pour qu'il prenne pour principal ministre le Cardinal de Richelieu. Ce dernier devient "chef du Conseil" le 29 avril. Commence alors une nouvelle ère pendant laquelle l'État ne cesse d'asseoir son autorité. Le passage, largement enclenché sous Henri IV, d'un modèle politique à un autre, s'accélère assez nettement. Cet homme de fer se fixe un cap clair que l'on trouve ramassé en quelques mots dans son testament ; les ambitions qu'il nourrit pour la France et pour le roi sont ainsi tournées : "Ruiner le parti huguenot, rabaisser l'orgueil des grands, réduire tous ses sujets [ceux du roi] en leur devoir et relever son nom [celui du roi] dans les nations étrangères au point qu'il devrait être." La puissance et le rayonnement sont les mots d'ordre du programme de Richelieu. Les nobles – "les Grands" – se sentent attaqués par sa politique qui remet en cause leur importance dans le royaume. Ils doivent désormais, plus que jamais, obéir. Gaston d'Orléans, le frère du roi, est de ceux qui souhaitent défendre leurs prérogatives et il joue un rôle important dans de nombreux complots qui visent à éliminer le cardinal. En 1626, Chalais, un conjurateur, est exécuté. En mars 1636, le favori de Gaston d'Orléans, La Rivière, est arrêté. Par ailleurs, dès 1626, la politique de Richelieu consiste à démanteler de nombreux châteaux. Quant aux Huguenots, autre préoccupation majeure du cardinal, ils sont considérablement affaiblis : la grande place huguenote, à La Rochelle, est acquise par les troupes royales après un siège de plus d'un an (1627-1628). Avec l'édit d'Alais, en 1629, Richelieu accorde un coup de grâce aux Protestants en les privant de certains avantages politiques et militaires accordés par l'édit de Nantes, sans pour autant supprimer l'édit historique – Richelieu, plutôt fin politicien, savait probablement qu'il s'attaquerait là un peu trop fort à un symbole de paix et, indirectement, à la figure auréolée du bon roi Henri IV.

En 1630, plusieurs opposants au ministre se liguent derrière Marie de Médicis qui trouve que Richelieu ne lui donne pas assez de place. Elle trouve le cardinal ingrat. Le 10 novembre, baptisé "Journée des Dupes", Richelieu n'est pas renvoyé, comme l'avait cru la reine mère. Le souverain lui renouvelle sa confiance et il applique dès lors sa politique avec plus de fermeté encore. Son objectif est toujours le même : asseoir l'autorité du roi. Il lutte par monts et par vaux pour y parvenir, surveille et punit. Il doit notamment mater (encore !) plusieurs complots de nobles, mécontents d'avoir perdu leur puissance avec le renforcement et la centralisation de l'État. C'est ainsi qu'il élimine le duc de Montmorency (1632), le comte de Soissons (1641) ou encore Cinq-Mars (1642), trois seigneurs très puissants. En parallèle, le cardinal mène une lutte acharnée contre la maison d'Autriche*. Cette guerre entraîne des révoltes contre la pression fiscale qu'elle exerce et le royaume est agité par plusieurs soulèvements, comme celui des "nu-pieds" en Normandie (1639). Richelieu semble plus occupé par la politique extérieure, dont dépend, pense-t-il, la grandeur du royaume. Quand il meurt le 4 décembre 1643, Louis XIII continue l'œuvre du cardinal avec, à ses côtés, l'italien Mazarin. Mais Louis XIII ne survit pas longtemps à son ministre et meurt le 14 mai 1643.

## Mazarin et Louis XIV

L'héritier n'a alors que cinq ans. C'est donc un Conseil de régence et Anne d'Autriche qui s'occupent des affaires du royaume. Dans les faits, c'est Mazarin qui mène la danse. Il tend à s'inspirer de Richelieu, son prédécesseur et modèle. Toutefois, la politique qu'il mène tend le pays : prêt à tout pour la financer, il recourt beaucoup à l'impôt et n'hésite pas à supprimer certaines rentes pour renflouer la cassette de l'État. Vont ensuite venir plusieurs révoltes très vives, auxquelles on donne le nom de "Fronde".

Pour la Fronde parlementaire, tout part de "l'arrêt de la chambre de Saint-Louis" en juin 1648. Ce texte limite la centralisation des pouvoirs par le monarque en obligeant, avant d'emprisonner durablement un accusé, à le faire comparaître devant un juge. Ce texte suscite un certain engouement alors qu'un autoritarisme croissant semble s'affirmer depuis des années. La régente qui, d'abord, ne s'oppose pas, décide, le 26 août, de faire arrêter trois parlementaires. Parmi eux, Pierre Broussel, "le père du peuple", qui jouit, comme le suggère ce surnom, d'une grande popularité. La grogne est immédiate et le peuple s'insurge violemment. Mazarin lui demande de faire marche arrière, ce qu'elle accepte, mais l'agitation se poursuit. Dans la nuit du 5 au 6, c'est la fuite à Saint-Germain-en-Laye : la reine quitte secrètement Paris avec le roi, accompagnée de Mazarin. Le parlement ne cède pas, et les émeutes se poursuivent, avec des attaques violentes contre le ministre (les "Mazarinades*"). La riposte est envoyée par Condé, cousin de Louis XIV et général français à la tête de la troupe royale. Finalement, les insurgés décident de négocier la paix avec Mazarin et la reine. Cette guerre civile prend fin avec la Paix de Rueil, en mars 1649.

Mais cette paix n'est que transitoire. Vient une nouvelle Fronde, initiée cette fois par les "princes". Condé, qui a remporté quelques victoires sur les Espagnols et réussi à calmer les ardeurs des insurgés parisiens, veut se débarrasser de Mazarin qu'il ne peut supporter. Il se ligue avec son frère, Conti, son beau-frère, Longueville, et bien des amis. Ensemble, ils tentent de soulever le peuple en province entre janvier et décembre 1650. Mazarin et la reine parviennent à faire arrêter les traîtres. Le parlement de Paris, irrité par ce nouveau succès de Mazarin, se soulève une nouvelle fois et demande la libération des princes. Mazarin décide donc de quitter la France afin d'apaiser les tensions. L'union des deux Frondes se disloque rapidement. En septembre 1651, Louis XIV est proclamé majeur – c'est la fin de la régence.

Mais "la Fronde" n'est pas finie. Commence la troisième et dernière phase, appelée "Fronde condéenne", qui dure jusqu'en août 1653. Condé, qui est à Bordeaux, se rapproche de l'Espagne et essaie de soulever le Sud-Ouest contre le royaume. La reine mère et le jeune roi, qui sont à Poitiers, sont rejoints par Mazarin, qui fait son retour en France. Condé se dirige à Paris où il trouve, sur son chemin, Turenne, qui dirige les troupes royales. Le 2 juillet 1652, Condé est vaincu. Le peuple le conspue et il doit finir par quitter Paris le 13 octobre. Il se réfugie aux Pays Bas espagnols. Huit jours plus tard, c'est le retour triomphal du roi et de sa mère à Paris. En province, quelques soulèvements demeurent en Guyenne et Provence mais ils sont réprimés. Entre 1656 et 1659, des nobles de province se soulèvent ainsi que quelques gens du peuple mais la paix revient, progressivement. Mazarin entame un tournant absolutiste, avec la confiance du roi, de la reine mère. Ni les parlementaires ni les nobles n'ont pu asseoir leur puissance lors de ces Frondes qui ont abouti à un renforcement de l'autorité de l'État. La politique d'avant la Fronde reprend, car il faut continuer à financer la guerre contre les Habsbourg d'Espagne. La France l'emporte en 1659 – c'est la fin d'un long chapitre.

## Louis XIV après Mazarin

Quand meurt Mazarin, le 9 mars 1661, Louis XIV fait savoir qu'il veut gouverner seul, sans premier ministre. Il est seul, "lieutenant de Dieu sur Terre" et la noblesse, désormais à la Cour, n'est plus une noblesse d'arme. Elle est "domestiquée et ainsi réduite à l'impuissance" (p. 206). Ses collaborateurs, il les choisit parmi ceux qu'il a tout récemment anoblis : pas de gens issus des grandes et vieilles familles nobles, il veut être entouré de gens qui lui soient loyaux et qui lui doivent tout. Avec l'assistance de Colbert, il poursuit ce renforcement de l'État initié par Mazarin. Le clergé, la noblesse et les parlements sont désormais sous haute surveillance et les grands seigneurs sont invités à venir résider à la cour du roi. Progressivement, le roi souhaite également réduire ses sujets appartenant à la "religion prétendue réformée" et les huguenots vont être de plus en plus exclus. Le 18 octobre 1685, l'édit de Nantes est tout bonnement révoqué.

Ainsi donc, Corneille vit et compose dans une période troublée. Il connaît cette “France baroque” [CARPENTIER et LEBRUN, 1987, p. 199] marquée par les instabilités et les luttes intestines entre une noblesse ancienne soucieuse de garder du pouvoir, un État désireux de renforcer le sien et de le centraliser, un peuple las de ces guerres extérieures et de la misère. Le pays, qui sort des guerres de religion, est encore secoué au début du siècle. C’est que l’on passe d’un monde à un autre, d’un modèle politique féodal à un modèle de plus en plus centralisé. Les valeurs chevaleresques tombent en désuétude. Mais dans cette “France baroque”, des figures veulent imposer l’ordre, en politique comme dans l’art : en 1635, l’Académie Française est créée et les tragédies de Corneille triomphent. Il est l’auteur de la transition entre deux mondes, de la transition entre deux moments d’un même siècle, entre deux esthétiques, aussi – entre la France baroque et la France classique. *Le Cid* a une place privilégiée : il révèle les liens entre le pouvoir et la littérature, met en tension les règles et le terrain (la scène, le public) et représente la complexité des êtres et les vicissitudes de l’histoire.

# PROBLÉMATIQUES

## HISTOIRE ET LÉGENDE D'UN TITRE

On remarque chez Corneille un goût pour la littérature espagnole dont l'origine est incertaine. Il est très probable qu'il ait été influencé par les Chalon (autrement orthographié Jalon), l'une des familles qui faisaient partie de l'importante colonie espagnole rouennaise. Ce ne serait autre que l'ancien secrétaire de la reine, M. de Chalon, qui lui aurait suggéré de puiser l'inspiration pour sa prochaine pièce dans *Las Mocedades del Cid* (littéralement: "Les jeunesses du Cid"), comédie de Guilhem de Castro datant de 1618. Que ce fût grâce à M. de Chalon ou non, il est certain que Corneille s'est inspiré de cette pièce dont il a vu également tout le potentiel à une époque où l'Espagne, en France, était particulièrement en vogue. Un autre personnage espagnol avait par ailleurs retenu son attention: Matamore, personnage central de son *Illusion comique*, parue quelques années avant la pièce qui nous intéresse.

### *Le Cid*, de l'histoire au mythe

Mais qui était le Cid ? Avant que Corneille n'introduise ce personnage dans la littérature française, il était déjà, en Espagne, un mythe national, un héros fait de légende et d'histoire. Notre Rodrigue a bien existé: il s'appelait Rodrigue de Bivar, vécut pendant la deuxième moitié du XIe siècle et fut un vassal des rois de Castille Don Sanche puis Alphonse VI. Mais ce dernier, craignant probablement que la puissance du Cid ne finisse par faire vaciller sa couronne, le priva de ses biens et l'envoya en exil. Rodrigue se mit alors à défendre les souverains voisins, notamment le roi maure de Saragosse, un certain Moctadir (Ahmad Ier al-Muqtadir) et attaqua même son ancien suzerain, le roi de Castille. À l'issue de sa vie, il conquit le royaume arabe de Valence et s'établit dans la ville où il resta cinq ans avant d'y mourir. Ses ennemis lui donnèrent le titre de "Cid", signifiant "Seigneur" dans leur langue. Valence retomba entre les mains des Arabes après la mort de Rodrigue.

Au moment où l'Espagne souhaitait secouer le joug de l'envahisseur maure, Le Cid, qui avait récupéré Valence, ville où l'ennemi était si fermement établi, devint un héros national. La première œuvre connue qui le célèbre est *Le Poème du Cid*, 3730 vers répartis en trois chants dont l'auteur est anonyme et la date incertaine (1140 ou aux alentours de 1200, selon des recherches plus récentes). D'autres textes poursuivent de sculpter la légende de Rodrigue, dont deux *romanceros** cités d'ailleurs par Corneille dans son "Avertissement de 1648", ajoutant que Rodrigue aurait épousé, sur ordre du roi, la fille d'un seigneur ayant péri de sa main. C'est en 1601, avec Juan Mariana, que Chimène devient, après la mort de son père, éblouie d'amour par les vertus de Rodrigue. Enfin, Guilhem de Castro parachève la légende : chez lui, Chimène tombe amoureuse de Rodrigue avant la mort de son père.

## *Les Enfances du Cid*

Le dramaturge espagnol consacre au vaillant guerrier deux drames. C'est le premier, *Les Enfances du Cid*, qui inspire Corneille. Ces drames étaient divisés en journées qui se succédaient selon un rythme effréné. La progression dramatique se déroule, en l'occurrence, sur trois journées particulièrement chargées. La première journée commence par l'adoubement de Rodrigue, fait chevalier devant Chimène, et s'achève sur l'assassinat du père de Chimène. La deuxième journée commence avec la requête de Chimène, qui demande justice au roi, et se termine avec une nouvelle demande de Chimène au roi qui la congédie et envoie Rodrigue, après lui avoir donné une accolade, en exil. Enfin, la troisième journée s'ouvre sur la résolution de l'Infante d'oublier Rodrigue et l'annonce, à Chimène, de la fausse mort de Rodrigue. La jeune femme se résout à épouser quiconque la vengera. La journée et la pièce s'achèvent dans la joie : Le Cid a remporté le duel contre Martin, champion aragonais, organisé pour réparer la brouille entre l'Aragon et la Castille et Chimène, qui s'était résolue à rentrer dans les ordres parce qu'elle croyait que Martin aurait sa main, voit arriver Rodrigue, triomphant : elle n'aura plus qu'à épouser son aimé. Les noces sont annoncées pour le soir même.

Plusieurs remarques doivent être faites sur cette trame, rapidement esquissée. D'abord, les trois "journées" ne correspondent en aucun cas à trois jours. L'action s'étend en effet sur dix-huit mois. À la fin de la deuxième journée, on apprend qu'un an s'est écoulé. Corneille a donc largement comprimé l'action de son modèle. Il l'a également ramassée dans l'espace. En effet, dans le modèle espagnol, les lieux sont pléthoriques. Certes, l'unité de lieu cornélienne, dans *Le Cid*, est relative : il s'agit d'une même ville, mais les lieux, à proprement parler, varient. On est loin des tragédies qui se déroulent dans un palais, et même dans une seule pièce d'un même palais. Pour autant, la relative diversité des lieux que l'on trouve dans *Le Cid* n'est rien si on compare la pièce avec son hypotexte* : le palais royal, Burgos et la campagne environnante, la forêt galicienne, la Sierra d'Oca où a lieu la bataille que mène le Cid contre les Maures... Corneille réduit également le personnel dramaturgique : dans *Le Cid*, disparaissent l'Infant, frère colérique de l'Infante, les deux frères cadets de Rodrigue, le berger peureux qui, depuis l'arbre où il s'est réfugié, décrit la scène de bataille entre Rodrigue et les Maures, et le lépreux que Rodrigue rencontre et assiste dans la forêt galicienne.

En somme, Corneille épure considérablement la matière de son hypotexte. Ce resserrement dans l'espace et dans le temps, en plus de permettre à la pièce de respecter les règles d'unités de lieu et de temps, a aussi pour conséquence d'accroître la tension dramatique. Il se passe moins de choses chez Corneille que chez Castro, mais cette réduction de l'espace extérieur se fait au profit du développement de la complexité intérieure des personnages. Chez Castro, par exemple, la scène dans laquelle Don Diègue veut demander à ses enfants la vengeance est une scène où il montre sa force, par plusieurs jeux scéniques qui donnent à la scène une dimension comique : d'abord, il serre la main à ses deux plus jeunes fils si fort qu'ils hurlent de douleur ; certain qu'il ne pourra rien tirer d'eux, il se tourne vers Rodrigue et lui mord le doigt : ce dernier s'enflamme, ce qui montre son ardeur et sa force. Cette morsure au doigt, chez Corneille, est remplacée par la fameuse question : "Rodrigue, as-tu du cœur ?". La parole devient le signe de son souci de l'honneur. La parole se substitue aussi, chez Corneille, à l'action : les grandes scènes de conflit, montrées sur scène chez Castro, sont racontées chez notre dramaturge. Castro montrait, à la fin de la première journée, le duel entre le père de Chimène et Rodrigue ; chez Corneille, c'est Chimène qui en fait le "funeste récit" (v. Le langage dramatique). Il faut ajouter, évidemment, la bataille de Rodrigue contre les Maures, qui fait l'objet d'un long récit par Rodrigue lui-même chez Corneille (v. Le langage dramatique). Dans l'hypotexte*, la scène de bataille se déroule en partie sous les yeux du spectateur et le dramaturge propose un vaste tableau de guerre dans : Rodrigue fait prisonnier un roi puis part à la poursuite de quatre autres.

La scène est aussi décrite par le truchement d'un berger qui, peureux, s'est réfugié en haut d'un arbre : vue imprenable ! Dans son arbre perché, il raconte au spectateur ce qu'il manque.

Dans la pièce telle que Corneille l'a pensée, l'action est finalement resserrée autour d'une double structure [Forestier, 1992, p. XXVI], d'une part la structure épique, portée par Le Cid, qui va de succès en succès, ce qui isole toujours plus Chimène dans sa peine et sa fidélité au devoir – car les succès du Cid profitent à tous – et, d'autre part, une structure rhétorique, portée par Chimène, d'où la nette supériorité du nombre de vers qui lui est attribué (437 vers en 15 scènes pour 377 vers en 10 scènes pour notre Cid). On voit, avec toutes ces modifications, l'importance que Corneille donne aux mots, qui portent les exploits et les affrontements, les tensions et les conflits. Il évite ainsi le spectaculaire et les "effets appuyés" et leur préfère "la suggestion" et le discours [Forestier, 1992, p. XXIX]. En cela, il rapproche nettement sa pièce de l'esthétique tragique, marquée par l'intériorisation des conflits et l'importance des discours.

## ITINÉRAIRE DRAMATIQUE, ITINÉRAIRE AMOUREUX : LES LIGNES DE FORCE DE LA PROGRESSION DRAMATIQUE

### Chimène et Rodrigue

Dans *Le Cid*, comme dans tant d'autres œuvres, qu'elles soient théâtrales ou non, l'amour est central. La pièce s'ouvre d'ailleurs sur une scène qui fleure bon la joie et l'ivresse amoureuses. Chimène, tout heureuse, demande à Elvire de lui redire les raisons qui lui permettent de penser avec assurance que le père de Chimène, Don Gomès, le comte de Gormas, approuve le choix de sa fille d'épouser Rodrigue. Chimène est alors peinte en amoureuse enthousiaste, soucieuse et heureuse de se faire redire la bonne nouvelle car, après tout,

> Un si charmant discours ne se peut trop entendre (v. 10, version de 1660, v. "Appendices" de l'édition au programme)
> Elvire semble, elle aussi, particulièrement euphorique :

Deux mots dont tous vos sens doivent être charmés,
Il estime Rodrigue autant que vous l'aimez. (v. 37-38)

L'emploi du verbe "charmer", qui a un sens particulièrement fort à cette époque, montre cet enthousiasme partagé par les deux femmes. Ici, le mariage, qui est avant tout une alliance politique et financière, coïncide avec les sentiments de ces jeunes gens de même rang, qui partagent les mêmes valeurs. Tout concourt à leur plaire, à eux qui s'aiment de

cet amour, qui tous deux les comble d'allégresse (v. 67)

Cette première scène, particulièrement joyeuse, trouve immédiatement son pendant dans la deuxième. Rodrigue, évidemment, garçon de grande valeur, n'est pas aimé que de Chimène. L'Infante, princesse royale, brûle également pour lui (ce qui ne réduit pas, d'ailleurs, la charge érotique du jeune homme...). Devant l'insistance de Léonor, sa gouvernante, qui comprend trop mal sa "tristesse" en ce jour d'"allégresse", elle cède et avoue :

Ma tristesse redouble à la tenir secrète.
Écoute, écoute enfin comme j'ai combattu,
En plaignant ma faiblesse admire ma vertu.
L'amour est un tyran qui n'épargne personne,
Ce jeune Chevalier, cet amant que je donne,
Je l'aime. (v. 72-77)

On retrouve, dans ce passage, toutes les caractéristiques de l'aveu tragique, avec la dramatisation de l'amour mis en évidence par le rejet* qui souligne l'aveu proprement dit au début du vers suivant. Or même si son cœur est vaincu, elle connaît son rang et sa place : quand Léonor se met à "blâmer cette flamme" (v. 80) en soulignant bien, comme la princesse royale l'avait d'ailleurs fait elle-même dans son aveu, que Rodrigue n'est que "simple cavalier", la réponse de l'Infante ne souffre aucun espoir ni aucune ambiguïté :

Il m'en souvient si bien que j'épandrai mon sang
Avant que je m'abaisse à démentir mon rang [...] ;
Et je me dis toujours qu'étant fille de roi,
Tout autre qu'un monarque est indigne de moi.

La rime entre "roi" et "moi" met bien en relief le lien entre le père et la fille et le rang que cette dernière doit tenir en raison de son ascendance. La *pietas** rend cet amour impossible.

Le spectateur se retrouve donc, au seuil de la pièce, avec un diptyque contrasté, qui annonce les teintes contraires de toute la pièce. En deuxième scène, l'aveu pathétique d'un amour impossible, en première, la célébration euphorique d'un amour possible, souhaitable et vivement désiré, prêt à se transformer en un heureux hyménée. Mais Chimène, dans cette scène inaugurale, sait faire preuve d'une certaine sagesse lorsqu'elle fait à Elvire cette (tragique !) réponse :

> Il semble toutefois que mon âme troublée
> Refuse cette joie, et s'en trouve accablée ;
> Un moment donne au sort des visages divers,
> Et dans ce grand bonheur je crains un grand revers. (v. 47-50)

Mais la pauvre Chimène n'imaginait elle-même probablement pas, ce disant, la vigueur du "revers" qu'elle aurait à affronter ! Car cet amour, si harmonieux, si parfait, entre cruellement en conflit avec l'honneur. La *pietas** va finir par entraver également l'amour de Rodrigue et Chimène : le vénérable Don Diègue, souffleté par Don Gomès (scène III) conjure, à la scène suivante, son fils de le venger, car les forces, à cause de son grand âge, lui manquent. Dans cette scène terrible, Rodrigue reste interdit quand il entend son père révéler, après de trop longs vers, l'identité de son agresseur. Dans sa réponse, l'aposiopèse* (v. 285) matérialise toute la détresse du jeune homme. Et, contrairement au modèle espagnol, son père sait, mais l'interrompt immédiatement, et déclare, avec une rigueur froide :

> Ne réplique point, je connais ton amour ;
> Mais qui peut vivre infâme est indigne du jour,
> Plus l'offenseur est cher, et plus grande est l'offense :
> Enfin tu sais l'affront, et tu tiens la vengeance,
> Je ne te dis plus rien, venge-moi, venge-toi,
> Montre-toi digne fils d'un père tel que moi ;
> Accablé de malheurs où le destin me range
> Je vais les pleurer, va, cours, vole et nous venge. (v. 286-291)

Rien d'autre. Le père n'aurait pu être plus clair ni plus expéditif : "Je ne te dis plus rien." – autrement dit : "Agis !". Le passage de la première personne du singulier ("Venge-moi") à la deuxième ("venge-toi") puis à la première du pluriel ("nous venge") montre bien que c'est la lignée qui est en jeu.

Quel coup, pour Rodrigue, qui se retrouve seul sur scène ! Et quel grand moment de théâtre et de poésie que cette dernière scène du premier acte ! On le voit vaciller, le pauvre Rodrigue. Ces stances, avec l'emploi de différents vers, rendent avec bonheur cette crise profonde du jeune homme, sous le choc, dont les repères se mettent soudain à trembler. Le contraste avec le début de la scène précédente, où l'on voyait un Rodrigue fier et sûr, tout ardent devant son père qui osait lui demander s'il avait "du cœur" (v. 263), est saisissant. C'est ainsi, en effet, que commencent les stances : "Percé jusques au fond du cœur". Cette fois, ce n'est plus le cœur courageux mais le cœur amoureux, qui est touché. Rodrigue semble foudroyé par la responsabilité qui lui incombe :

> Je demeure immobile, et mon âme abattue
> Cède au coup qui me tue. (v. 297-298).

Soudain, "flamme" rime avec "infâme" (v. 307-308) et, à la fin de chacune des six stances, "Chimène" rime avec "peine". Mais la scène s'achève sur une prise de décision nette : Rodrigue choisit l'honneur et se décide, honteux même d'avoir hésité, à venger son père en tuant celui de Chimène.

C'est à la dernière scène de l'acte II que Chimène apprend la mort de son père par la main de Rodrigue. Chimène, elle aussi, est rattrapée par son sang, mot qu'elle prononcera d'ailleurs neuf fois. L'importance de ce sang, qui matérialise aussi, pour Chimène, la lignée et la piété filiale, est bien rendue dans le terrible récit que la jeune femme fait de la scène de crime :

> Sire, mon père est mort, mes yeux ont vu son sang
> Couler à gros bouillons de son généreux flanc,
> Ce sang qui tant de fois garantit vos murailles,
> Ce sang qui tant de fois vous gagna des batailles,
> Ce sang qui tout sorti fume encor de courroux
> De se voir répandu pour d'autres que pour vous (v. 665-670).

Le sang, c'est l'honneur de son père qu'elle doit venger : "Son sang sur la poussière écrivait mon devoir" (v. 686). À ce stade, le choix de Chimène est clair : elle aussi choisit l'honneur et, pour purifier le sang de son père, il faudra faire couler celui de Rodrigue. Ce qui est intéressant, c'est la tension artistement instaurée par Corneille dans la structure de sa pièce pour mettre en évidence, au-delà de la rupture, visiblement irréparable, la concorde des deux jeunes gens : Rodrigue, dans la dernière scène de l'acte I, quand il apprend l'humiliation subie par son père, choisit l'honneur ; Chimène, apprenant que Rodrigue a tué son père, fait le même choix dans la dernière scène de l'acte II. Rodrigue et Chimène sont deux jeunes gens de même valeur, ils incarnent le meilleur de leur rang. Les deux ont assez de noblesse pour placer, malgré leur douleur, l'honneur avant l'amour. Les deux amoureux désormais rivaux se rejoignent encore, malgré tout. Cet honneur chevillé à l'âme les rapproche dans une sorte de concorde paradoxale et les deux jeunes gens se retrouvent dans un "accord profond" [Mazouer, 2001, p. 53].

Cet "accord profond" se mesure surtout dans la scène probablement la plus remarquable de cette pièce, celle qui fit couler beaucoup d'encre et parler bien des doctes : il s'agit évidemment de la scène 4 de l'acte III. Notons que, dans la pièce du moins, il s'agit de la première rencontre des amants. Rodrigue vient demander la mort à Chimène et, après s'être soumis à l'honneur, il se soumet à l'amour, à son amour. Thanatos se substitue cruellement à Éros. Chacun des deux amants demande la mort : Don Rodrigue veut que Chimène le tue, Chimène lui ordonne de la laisser mourir (v. 858). Mais le plus frappant, le plus choquant aussi, le plus puissant sur le plan dramaturgique, scénographique et symbolique, c'est "cet objet odieux" (v. 869), cette épée, symbole phallique traditionnel qui devient ici, pour Chimène, le signe de la mort de son père. Les disciples de Freud auront beaucoup à dire à ce sujet – Rodrigue a tué le père de Chimène et exhibe son phallus triomphant, tout dégoulinant du sang de son rival naturel : le père de son aimée. Notre analyse sera moins sensationnelle : cet objet cristallise l'impossible union des amants, la tension terrible qui travaille toute la pièce entre l'honneur (le sang) et l'amour (l'épée, le phallus). Rodrigue rêve encore de pénétration, de l'union des amants, de l'alliance de leur sang. Mais toutes ces thématiques érotiques sont retournées : si Rodrigue ordonne à Chimène de regarder cette épée, c'est "pour exciter [l]a haine" de Chimène (v. 871) et non son amour. Et c'est Chimène qui devrait pénétrer Rodrigue qui se soumet complètement – ce qui ne sied guère à un homme de ce rang. Lui qui vient de triompher, de faire triompher son sang, de devenir, en vengeant son père, un homme, vient, comme pour expier la faute qu'il a commise, se soumettre complètement à la femme qu'il aime et qui l'aime encore, comme elle le laisse entendre dans sa célèbre litote*.

Don Diègue, tout heureux d'avoir été vengé, comprend mal que son fils ne triomphe pas davantage :

> Porte encore plus haut le fruit de ta victoire.
> Je t'ai donné la vie, et tu me rends ma gloire,
> Et d'autant que l'honneur m'est plus cher que le jour,
> D'autant plus maintenant je te dois de retour.

Et d'ajouter ces mots terribles, qui feront bondir Rodrigue :

> Nous n'avons qu'un honneur, il est tant de maîtresses !
> L'amour n'est qu'un plaisir, l'honneur est un devoir. (v. 1063-1069)

Une de perdue, dix de retrouvées... Mais Rodrigue n'entend pas du tout les choses de cette oreille :

> Ma foi m'engage encor si je n'espère plus,
> Et ne pouvant quitter ni posséder Chimène,
> Le trépas que je cherche est ma plus douce peine. (v. 1078-1080)

L'oxymore* du vers 1070 souligne bien le conflit qui accable le pauvre homme. C'est alors que Don Diègue rappelle encore son fils à son devoir, mais il se montre plus habile et moins abrupt quand dans ses précédentes répliques : en bon harangueur, il sait trouver les arguments qui exciteront le mieux le courage de son guerrier et il n'hésite pas à lier raison d'amour et raison d'honneur à la fin de l'acte :

> Ne borne pas ta gloire à venger un affront,
> Pousse-la plus avant, force par ta vaillance
> La justice au pardon et Chimène au silence ;
> Si tu l'aimes, apprends que revenir vainqueur,
> C'est l'unique moyen de regagner son cœur. (v. 1082-1106).

Rodrigue continue donc à faire honneur à sa gloire, et avec quelle superbe ! Il devient le Cid, terrasse les Maures, est admiré de tous. L'enjeu, dès à présent, pour Chimène, va être de ne pas céder à l'amour, alors même que les conditions vont être de plus en plus favorables au rapprochement des deux jeunes gens. La liesse de tous s'oppose au deuil de Chimène qui, sans cesse, doit rappeler son devoir. L'acte IV s'ouvre sur le récit que fait Elvire à Chimène des hauts faits de Rodrigue. Chimène demande des nouvelles du Cid et se reprend immédiatement :

> Pour avoir soin de lui faut-il que je m'oublie ?
> On le vante, on le loue, et mon cœur y consent !
> Mon honneur est muet, mon devoir impuissant !
> Silence, mon amour, laisse agir ma colère :
> S'il a vaincu deux Rois, il a tué mon père (v. 1136-1140).

La pauvre Chimène est toujours amoureuse, évidemment, mais elle sait trop bien son devoir et le rappelle sans cesse. Consciente de sa faiblesse, elle doit s'attacher à des signes tangibles de son désespoir, voir pour croire que son père n'est plus à cause de Rodrigue. C'est pourquoi elle s'adresse à tous ces objets qui la renvoient à son deuil :

> Vous qui rendez la force à mes ressentiments,
> Voile, crêpes, habits, lugubres ornements,
> Pompe, où m'ensevelit sa première victoire,
> Contre ma passion soutenez bien ma gloire
> Et lorsque mon amour prendra trop de pouvoir
> Parlez à mon esprit de mon triste devoir,
> Attaquez sans rien craindre une main triomphante. (v. 1155-1151)

Elle renouvelle, dans la scène suivante, sa détermination à faire périr Rodrigue, non sans faire savoir la lutte terrible à laquelle elle est livrée :

> Ah cruels déplaisirs à l'esprit d'une amante !
> Plus j'apprends son mérite et plus mon feu s'augmente,
> Cependant mon devoir est toujours le plus fort,
> Et malgré mon amour va poursuivre sa mort. (v. 1175-1178)

La fin de l'acte IV continue de mettre en tension les deux forces qui animent Chimène qui, alors que Don Fernand lui fait croire à la mort de Rodrigue, semble montrer un trouble profond. Mais à quoi attribuer ce trouble ? Chimène se défend : "Sire, on pâme de joie, ainsi que de tristesse" (v. 1360). Chimène finit par concéder que c'est bien sa "douleur" qui l'a fait changer de couleur, mais les causes de cette douleur ne sont pas celles qu'imagine, dit-elle, Don Fernand : Chimène regrette que Rodrigue soit mort en héros, et non pas puni pour son crime. Faut-il la croire ? Ne craint-elle pas que l'on découvre un amour malséant ? La réponse est certainement plus complexe qu'il n'y paraît. Certes, Chimène dissimule son amour ; apprendre la mort de Rodrigue a peut-être ébranlé la fille endeuillée mais peut-être *tout autant* l'amoureuse de Rodrigue. Quand Don Fernand la rassure, lui expliquant que les circonstances font que le roi a gardé pour elle Rodrigue pour amant, autrement dit qu'il approuverait cette union, elle répond, folle de rage, comme le soulignent bien les modalités exclamatives et l'absence de verbe :

> Pour moi mon ennemi ! l'objet de ma colère !
> L'auteur de mes malheurs ! l'assassin de mon père !

et de regretter que l'on fasse "si peu de cas" de sa "juste poursuite" (v. 1405). On pourrait penser que Chimène force quelque peu le trait, qu'elle veut insister sur son honneur, sa valeur, et ne montrer aucune faiblesse. Mais en privé, seule avec sa confidente, on comprend que Chimène est *pleinement* animée par ces deux forces contraires et qu'elle n'est, à aucun instant, insincère. La perspective du duel l'angoisse profondément. Il n'y a pas de moindre mal et chacune des deux issues serait, à son sens, insoutenable. Pour qualifier le futur gagnant du duel (et, donc, son futur époux), elle utilise presque les mêmes mots qu'elle a eus pour Rodrigue quelques scènes plus tôt :

> Quoi ! l'objet de ma haine ou de tant de colère !
> L'assassin de Rodrigue ou celui de mon père !
> De tous les deux côtés on me donne un mari
> Encor tout teint du sang que j'ai le plus chéri (v. 1667-1670)

Le dilemme culmine, insoluble : Chimène aime tout autant Rodrigue que son père, est tout aussi attachée à l'amour qu'à l'honneur. Aucun des deux ne parviendra à se taire, c'est ce qu'elle confie à Elvire.

Entretemps, il y a eu, entre les deux jeunes gens, une deuxième rencontre, ouverture mémorable du dernier acte. Dans cette scène, comme le résume bien Charles Mazouer, "le parfait chevalier, parfaitement soumis à sa dame et à son exigence de vengeance, déclare obstinément vouloir se laisser tuer dans le duel prévu" (p. 94). Mais Chimène retourne la situation : comment Rodrigue, homme de cœur qui, de surcroît, a été digne de son rang en tuant le père de Chimène, peut-il à ce point se montrer démissionnaire ? N'est-il un homme d'honneur que quand il s'agit de lui nuire ? L'argumentation est habile :

L'honneur te fut plus cher que je ne te suis chère,
Puisqu'il trempa tes mains dans le sang de mon père,
Et te fit renoncer malgré ta passion
À l'espoir le plus doux de ma possession (v. 1519-1522)

D'abord, elle fait encore appel à l'honneur, au cœur courageux. Mais, à la fin de l'acte, Chimène glisse délicieusement :

Puisque pour t'empêcher de courir au trépas
Ta vie et ton honneur sont de faibles appas,
Si jamais je t'aimai, cher Rodrigue, en revanche
Défends-toi maintenant pour m'ôter à Don Sanche,
Combats pour m'affranchir d'une condition
Qui me donne à l'objet de mon aversion.
Te dirai-je encore plus ? va, songe à ta défense,
Pour forcer mon devoir, pour m'imposer silence,
Et si jamais l'amour échauffa tes esprits,
Sors vainqueur d'un combat dont Chimène est le prix.
Adieu : ce mot lâché me fait rougir de honte. (v. 1657-1667)

Ces vers, il faut les lire et les relire, d'abord pour eux-mêmes, pour leur beauté, leur tremblante délicatesse. Chimène vacille, elle avoue, elle en dit trop. Et, voyant que sa parole a soudain reflété ce qu'elle veut taire depuis trop longtemps, elle se repent et fuit à la fin. "Cher Rodrigue", c'est bien ainsi qu'elle l'a appelé – c'est sans équivoque ! – avant de lui donner, somme toute, des instructions précises qui gonflent le héros de joie. "*Seul*", Rodrigue triomphe, retrouve son courage, coïncide de nouveau avec lui-même, comme il sied à un héros.

Le duel ayant eu lieu, il y a d'abord malentendu : quand elle voit revenir Don Sanche, la pauvre Chimène pense qu'il a gagné. Elle coupe la parole au rival du Cid et lui lance ce vers : "Quoi ! du sang de Rodrigue encor toute trempée ?" (v. 1716). L'écho est saisissant : c'est précisément le reproche qu'elle faisait à Rodrigue, qui était venu la voir dans sa chambre, à la scène 4 de l'acte III ("Quoi ? Du sang de mon père encor toute trempée !", v. 868). Mais cet écho – que Scudéry, d'ailleurs, avait trouvé scandaleux – n'est là que pour nous inviter à mesurer l'écart entre l'accueil qu'elle réservait à Rodrigue et celui qu'elle réserve à Don Sanche. D'abord, cette question, elle-même, au regard des circonstances, n'a pas lieu d'être : si Don Sanche l'avait emporté sur Rodrigue, il eût été normal qu'il se présentât, vainqueur, à Chimène. Sa réaction même trahit son amour. La suite ne laisse aucune ambiguïté sur les sentiments de Chimène :

> Perfide, oses-tu bien te montrer à mes yeux,
> Après m'avoir ôté ce que j'aimais le mieux ?
> Éclate mon amour, tu n'as plus rien à craindre,
> Mon père est satisfait, cesse de te contraindre,
> Un même coup a mis ma gloire en sûreté,
> Mon âme au désespoir, ma flamme en liberté. (v. 1717-1722)

Ici, Chimène insulte d'emblée Don Sanche, ce qu'elle n'avait évidemment pas fait avec Rodrigue. Mais il faut être attentif à ce mot, si particulier, qu'elle emploie : "perfide". Un "perfide", c'est un traître, celui qui a transgressé la *fides* que l'on plaçait en lui, qui a rompu une alliance, un serment, qui n'a pas respecté ses engagements, d'une manière ou d'une autre. Si Don Sanche avait tué, au duel, Rodrigue, quel engagement aurait-il bien pu rompre ? Quel accord aurait-il brisé ? Il nous semble que ce "perfide" contribue encore à faire saillir l'aveu de Chimène : Don Sanche, qui vient de tuer le Cid (c'est ce que croit alors Chimène, ne perdons pas le fil) aurait renversé la confiance que Chimène avait dans l'issue de ce duel. Chimène comptait sur Rodrigue pour gagner ce duel, elle comptait sur Don Sanche pour le perdre, ce Don Sanche à qui elle refuse la parole – alors même qu'elle laissait bien Rodrigue parler, quand il venait tout trempé du sang de son père… Ce "perfide" est aussi une anticipation de la suite (mais cette interprétation recoupe les autres) : Chimène suppose que Don Sanche n'a pu gagner qu'en prenant Rodrigue en traître.

En tout cas, la mort prétendue de l'aimé libère l'aveu que Chimène fait d'abord à Don Sanche (V, 5) puis au roi (V, 5). Chimène cède, elle n'accepte pas l'issue de ce duel. Mais Rodrigue paraît, bien vivant, tout prêt, une dernière fois, à demander la mort à sa dame devant le roi. Chimène acceptera-t-elle enfin de vivre son amour ? Mazouer, à la fin de son étude, résume parfaitement la situation et répond à cette question : "Le roi, la cour, tous l'y poussent, même Rodrigue, qui offre une dernière fois sa tête à la vengeance de Chimène ou propose d'accomplir d'héroïques exploits pour se laver de son crime et se montrer digne de sa dame. Sans conteste, la tragi-comédie de 1637 laisse espérer un mariage, le temps d'effacer les larmes du deuil – car derrière ce devoir qu'on peut juger artificiel, à un certain moment, il y a toujours l'image d'un père mort et la douleur de cette mort – et de laisser parler le pardon, l'amour. Le temps apportera la réconciliation et offrira sans doute le bonheur à un couple que le sort tragique a déchiré tout en mettant à l'épreuve la qualité de son amour." [MAZOUER, 2001, p. 95].

Pourquoi l'amour triomphe-t-il, dans *Le Cid*? Parce qu'il brûle entre deux êtres dont la concorde, au sens premier, étymologique, est complète. C'est la mise au premier plan du cœur courageux, de l'honneur, toujours et jusqu'au bout, qui conduit à l'ouverture d'une possible union des cœurs amoureux. Ces jeunes gens qui, amoureux ennemis, font invariablement l'expérience, à l'occasion des différentes mises à l'épreuve de leur amour, d'un accord (encore le cœur !) profond. On trouvera difficilement des héros à ce point *faits l'un pour l'autre*...

## L'Infante et Don Sanche

Si la thématique de l'amour se concentre essentiellement autour du couple Chimène-Rodrigue, il faut également faire un sort, même rapidement, à deux jeunes gens qui font aussi l'expérience des "épreuves de l'amour" [MAZOUER, 2001]. Mazouer, sur lequel nous nous appuyons ici, aborde ces deux personnages marginaux.

Le personnage de l'Infante est intéressant. Elle donne l'impression, au début de la pièce, d'avoir définitivement renoncé à cet amour impossible. Plus encore, elle revendique une certaine prise sur son destin et celui de Chimène et Rodrigue, en soulignant le rôle qu'elle a dans cette flamme. Mais la suite de l'action nourrit, malgré tout, les espoirs de l'Infante dont on peut douter de la résolution. Au début de la scène 5 de l'acte II, l'Infante, seule avec sa confidente, confesse :

> Hélas ! que dans l'esprit je sens d'inquiétude !
> Je pleure ses malheurs, son amant me ravit,
> Mon repos m'abandonne, et ma flamme revit.
> Ce qui va séparer Rodrigue de Chimène
> Avecque mon espoir fait renaître ma peine ;
> Et leur division que je vois à regret
> Dans mon esprit charmé jette un plaisir secret. (v. 508-514)

Elle est tiraillée entre son amitié pour Chimène et son amour pour Rodrigue. Reste aussi le problème de son rang, dont Rodrigue n'est pas digne. Cette question va renforcer la tension entre l'amie et l'amoureuse, puisque l'Infante en vient à souhaiter que Rodrigue triomphe sur le Comte pour que, par ses exploits, il s'élève à un rang digne d'elle (v. 531 et *sqq*.). Comment, dès lors, au fur et à mesure que Le Cid triomphe, et du comte et des Maures, l'Infante ne peut-elle pas être enivrée par l'espoir? C'est précisément au moment où Rodrigue, devenu le Cid et la coqueluche du royaume, est désormais digne d'elle qu'elle prononce ses célèbres stances (V, 2). Mais comme le souligne bien Mazouer, ces stances ne montrent pas véritablement un renoncement, mais le souhait ardent d'un renoncement. La pauvre Infante devra, elle aussi, laisser le temps faire son œuvre [MAZOUER, 2001, p. 84].

En marge, on trouve également Don Sanche. Dès le début de la pièce, il est présenté comme un concurrent sérieux, égal de Rodrigue, si l'on en croit les propos du père de Chimène, rapportés par Elvire au discours direct :

> Elle est dans le devoir, tous deux sont dignes d'elle,
> Tous deux formés d'un sang, noble, vaillant, fidèle
> Jeunes, mais qui font lire aisément dans leurs yeux
> L'éclatante vertu de leurs braves aïeux. (v. 11-14)

Don Sanche ne cherche pas à être aimé de Chimène, pendant la pièce ; si quelqu'un doit décider que ce sera lui, c'est le père. Chevalier obéissant, il se plie, à la fin, à la loi ancestrale du duel et renonce à son amour pour Chimène, forcé par ailleurs d'admirer l'amour entre la jeune femme et Rodrigue, "une amour si parfaite" (v. 1788).

## UN ACCUEIL AGITÉ : LA QUERELLE DU *CID*

### Le théâtre sous Richelieu

Rappelons d'abord que jusqu'en 1629, il n'existe, à Paris, qu'un seul théâtre permanent: celui de l'hôtel de Bourgogne. Des troupes ambulantes, italiennes pour l'essentiel, jouent des farces et autres pièces inspirées de la *comedia dell'arte**. Elles visent un public populaire, avide de divertissement et surtout de gros comique. Du côté de la cour, les ballets et autres représentations musicales raffinées ont beaucoup de succès. S'agissant de la tragédie, la tentative de revivification entreprise à la Renaissance ne semble pas avoir particulièrement pris. Les auteurs en vogue à la Cour donnent des pièces où s'accumulent les intrigues sanglantes et les grands effets. En guise d'exemple, on pourrait citer l'un des dramaturges les plus fameux de cette époque, Alexandre Hardy, qui a d'ailleurs beaucoup contribué à l'évolution de la tragédie pour qu'elle devienne ce qu'elle est devenue au XVIIe siècle. Mais, aux alentours de 1630, la situation évolue considérablement, sous la houlette de Richelieu : des moyens supplémentaires sont accordés au théâtre, les dramaturges bénéficient de pensions et de mécénats, les troupes se sédentarisent. Tout ce petit monde dramatique peut alors travailler dans de meilleures conditions.

La contrepartie, c'est qu'il faut respecter les règles. Richelieu sait l'importance du théâtre, il connaît son influence et il voit là un outil privilégié pour la grande entreprise d'édification qu'il envisage. Ceux que l'on appelle "les doctes", au premier rang desquels Georges de Scudéry, ont pour mission de régler la production dramatique. La tragédie, le "genre noble", est celui qui doit se soumettre au plus de règles (trois unités – lieu, temps, action –, règle de bienséance*, règle de vraisemblance*).

## Le déclenchement de la querelle

Mais, en 1636, un objet théâtral difficilement identifiable vient troubler considérablement les doctes : c'est *L'Illusion comique*. Avec ce chef-d'œuvre qui remporte un franc succès, Corneille fait trembler quelques dogmes : cette pièce, hybride, est une tragi-comédie*, une pièce somme toute très romanesque, dont l'intrigue ou, plutôt, *les* intrigues, se tiennent en plusieurs lieux, sur plusieurs jours. On y rit et on y sourit. On y est grave et on peut y pleurer. On ne sait plus bien ce qui est réel ou irréel et, dans le théâtre même, il y a du théâtre – car, au fond, le monde est-il autre chose qu'un vaste théâtre ? Tout tremble et doute, tout est sens dessus dessous, le monde renversé. Nous l'aurons compris : cette pièce est un sommet de l'esthétique baroque. Or lorsque, l'année d'après, Corneille donne *Le Cid*, il s'attire, cette fois-ci, les foudres des doctes. Pourquoi ? Essentiellement – mais nous y reviendrons – parce que *Le Cid* est trop tragique pour être une tragi-comédie. Parce que son esthétique est trop classique pour être baroque. Le dramaturge se rapproche trop du cadre auquel il veut échapper et, de fait, on lui reproche de ne pas y être entré.

Par ailleurs, il y a surtout – la vieille âme de l'homme étant ce qu'elle est ! – beaucoup de jalousie, dans cette histoire. Le succès du *Cid* est énorme et le public unanime. Corneille se sent soutenu par son roi qui, en mars de la même année, anoblit son père, manière très nette de récompenser le dramaturge et de montrer son assentiment. Corneille n'est pas peu fier de cette réussite et il le fait savoir dans une épître intitulée *Excuse à Ariste* :

> Je satisfais ensemble et peuple et courtisans,
> Et mes vers, en tous lieux, sont mes seuls partisans ;
> Par leur seule beauté ma plume est estimée :
> Je ne dois qu'à moi seul toute ma renommée. (v. 47-50)

Et Corneille n'avait pas tort du tout : mauvais courtisan, il n'a jamais été bien habile pour s'attirer les faveurs des grands, souvent maladroit. Probablement l'a-t-il été ici encore : combien ont-ils dû être agacés et par son succès et par cette (légitime) fanfaronnade ?

## Les reproches de Scudéry

En tout cas, ils n'auront aucune difficulté à trouver des raisons de lui faire des reproches. Car Corneille, s'il a été très à l'écoute des goûts du public, l'a nettement moins été de la sensibilité des doctes. En avril de la même année, Scudéry attaque le dramaturge dans ses *Observations sur* Le Cid. L'homme n'est pas tendre et déclare :

> Que le sujet n'en vaut rien du tout,
> Qu'il choque les principales règles du poème dramatique,
> Qu'il a beaucoup de méchants vers,
> Que presque tout ce qu'il a de beautés sont dérobées.

On se demande bien ce qu'il y a à sauver dans *Le Cid*…

Regardons de plus près ces différents reproches. Un sujet qui ne vaut rien, c'est-à-dire, probablement, un sujet qui n'est pas antique. Corneille, nous l'avons vu, tire le sujet de sa pièce de l'histoire espagnole – alors même, au passage, que la France est en guerre contre l'Espagne. Concernant les "méchants vers", Corneille corrigera effectivement un certain nombre de ses vers quelque peu bancals. Les "beautés dérobées", quant à elle, permettent d'accuser notre dramaturge de plagiat*, notion bien délicate à l'époque, délit difficile à établir. L'Académie tranchera : Corneille n'est pas plagiaire et la part d'emprunt n'a rien de scandaleux dans sa pièce. Reste enfin le reproche le plus intéressant, le plus fécond : celui qui concerne le rapport aux règles du poème dramatique. Ce reproche était probablement le plus efficace pour lancer la meute contre Corneille : on ne transigeait pas avec les règles et, écrivant cela, Scudéry savait pertinemment qu'il allumerait la colère des doctes contre le dramaturge.

Selon Scudéry, c'est contre la vraisemblance et la bienséance que le dramaturge pèche mortellement. La vraisemblance, d'abord, est essentielle, et Scudéry rappelle pourquoi : "Le poète qui se propose pour sa fin d'émouvoir les passions de l'auditeur par celles des personnages, quelque vives, fortes et bien poussées qu'elles puissent être, n'en peut jamais venir à bout, s'il est judicieux, lorsque ce qu'il veut imprimer en l'âme n'est pas vraisemblable." Autrement dit, si la vraisemblance est la règle "la plus importante", c'est parce qu'elle permet au public d'adhérer à l'action, de s'identifier aux personnages, et d'émouvoir. Ce qui est probablement en jeu, c'est la *catharsis** qui passe par un processus d'identification. Mais qu'est-ce qui, au juste, dans *Le Cid*, ne serait pas vraisemblable ? D'abord la cascade d'événements qui ont lieu en seulement vingt-quatre heures. On en oublierait presque, il est vrai, que Corneille respecte l'unité de temps... Il y a encore (entre autres) le fait que Rodrigue vient chez Chimène après avoir tué le comte, qu'il ose se présenter à elle. À ce sujet, l'Académie, à qui avait été confié l'examen des différentes accusations formulées par Scudéry, écrit ces lignes au sujet de la première scène de l'acte III, fermement accusée par Scudéry :

> Et certes, il n'est pas peu étrange que Rodrigue, après avoir tué le Comte, aille dans sa maison, de propos délibéré, pour voir sa fille, ne pouvant douter que désormais sa vue ne lui dût être en horreur, et que se présenter volontairement à elle en tel lieu ne fût comme tuer son père une seconde fois : ce dessein, néanmoins, n'est pas ce que nous y trouvons de moins vraisemblable ; car un amant peut être agité d'une passion si violente, qu'encore qu'il ait fort offensé sa maîtresse, il ne pourra pas s'empêcher de la voir, ou pour se contenter lui-même, ou pour essayer de lui faire satisfaction de la faute qu'il aura commise contre elle. Ce qui nous y semble plus difficile à croire, est que ce même amant, sans être accompagné de personne, et sans avoir alors intelligence avec la suivante, entre dans le logis de celui qu'il vient de tuer, passe jusqu'à la chambre de sa

fille, et ne rencontre aucun de ses domestiques qui l'arrête en chemin : cela toutefois se pourrait encore excuser sur le trouble où était la famille après la mort du Comte, sur l'obscurité de la nuit qui empêchait de connaître ceux qui vraisemblablement venaient chez Chimène pour l'assister dans son affliction, et sur l'imprudence naturelle aux amants, qui suivent aveuglément leurs passions, sans vouloir regarder les inconvénients qui en peuvent arriver.

Voilà des considérations bien pratico-pratiques mais qui trouvent, à raison, beaucoup d'excuses à Corneille. Mais le point sur lequel l'accusation est plus ferme, c'est celui de la bienséance. Scudéry est révolté par l'attitude de Chimène qui se comporte, à son sens, à peu près comme une cocotte. Son attitude, en plus d'être invraisemblable – comment peut-on sérieusement aimer l'assassin de son père ? –, est obscène. Si Chimène est "impudique" (c'est ce qu'écrit Scudéry précisément), c'est qu'elle consent à recevoir dans sa chambre, lieu privé, voire intime, l'assassin de son père, porteur encore de son arme cruelle, "encor toute trempée" du sang du Comte (v. 858), à l'écouter et à lui répondre pendant de longs vers. Pire encore, elle semble non pas textuellement lui pardonner, mais du moins (et c'est déjà trop !) l'excuser :

> Ah Rodrigue ! il est vrai, quoique ton ennemie,
> Je ne puis te blâmer d'avoir fui l'infâmie,
> Et de quelque façon qu'éclatent mes douleurs,
> Je ne t'accuse point, je pleure mes malheurs. (v. 915-918)

Cette réplique se poursuit avec un véritable éloge du meurtrier de son père, tout souillé devant ses yeux de son sang ; comment peut-elle, alors, dans ces circonstances, l'appeler "homme de bien" (v. 921) ? Mais il y a plus encore : Chimène l'aime. C'est le sens de la très célèbre litote, qui vient quelques vers plus bas : "Va, je ne te hais point !" (v. 973). Et Rodrigue, dans tout cela, *va*-t-il ? Non, il reste, et l'échange entre les deux jeunes gens devient plus tendre, les deux amoureux regrettent, d'un même cœur, les peines qu'ils ont à endurer. Scudéry, sur cette scène, déplore que "l'un et l'autre se piquent de beaux mots, de dire des douceurs, et semblent disputer la vivacité d'esprit en leurs réparties". Enfin, le docte s'enflamme : "Ô jugement de l'auteur, à quoi songez-vous ? ô raison de l'auditeur, qu'êtes-vous devenue ?". Autrement dit : le public est-il à ce point dégénéré qu'il puisse apprécier de telles horreurs ? Jalousie, disions-nous...

L'Académie, nous avons pu déjà l'entrevoir, nuance les propos de Scudéry, excuse souvent Corneille, essaie d'injecter, çà et là, de la vraisemblance. Mais sur le point de la bienséance, elle semble peu transiger. Elle suggère d'autres issues à la pièce, mieux séantes : on apprendrait que le comte n'est pas le véritable père de Chimène ; ou qu'il n'est pas vraiment mort ; le mariage deviendrait une alliance nécessaire pour sauver le royaume. Le lecteur, devant ces autres dénouements, peut-il ne pas trouver que cela enlèverait à la pièce tout son sel, toute sa grandeur ? L'Académie elle-même semble ne pas être *pleinement* satisfaite de ses pistes, concluant qu'il aurait mieux valu, de toute façon, ne pas faire une pièce de ce sujet. En effet, le mariage de Rodrigue et Chimène, connu, dont la tradition était déjà établie, ne pouvait être contourné sans "altérer" la matière abordée. L'Académie est formelle : la vraisemblance et la bienséance *avant tout* ! Même avant la vérité. Si les faits dont on s'inspire contreviennent à la vraisemblance – car on sait bien que ce qui est vrai n'est pas nécessairement vraisemblable – et / ou à la bienséance, il faut les modifier, même considérablement. Réécrire l'histoire, s'il le faut. Voici ce que déclarent les académiciens immédiatement avant de proposer d'autres dénouements :

> [...] [L]e poète a le droit de préférer la vraisemblance à la vérité, et de travailler plutôt sur un sujet feint et raisonnable que sur un véritable qui ne soit pas conforme à la raison. Que s'il est obligé de traiter une matière historique de cette nature, c'est alors qu'il la doit réduire aux termes de la bienséance, sans avoir égard à la vérité, et qu'il la doit plutôt changer tout entière que de lui laisser rien qui soit incompatible avec les règles de son art, lequel, se proposant l'idée universelle des choses, les épure des défauts et des irrégularités particulières que l'histoire, par la sévérité de ses lois, est contrainte d'y souffrir.

## La riposte : Corneille théoricien

On l'aura compris : les règles avant toute chose. Pourtant, il y a plus, aux yeux de Corneille, que les règles : il y a le public et le chaleureux accueil qu'il a réservé à sa pièce. C'est d'ailleurs pour cela qu'il répond à Scudéry, quand il insulte sa Chimène, que *Le Cid* "a été représenté trois fois au Louvre, et deux fois à l'hôtel de Richelieu" et que "la reine, les princesses et les plus vertueuses dames de la cour et de Paris l'ont reçue [Chimène] et caressée en fille d'honneur". Même l'Académie bute un peu, il faut bien le concéder, sur la question de la réception de la pièce et fait, somme toute, un compliment sublime à Corneille affirmant que son œuvre "a assez d'éclat et de charmes pour avoir fait oublier les règles à ceux qui ne les savent guère bien, ou à qui elles ne sont guère présentes." Corneille, en tout cas, fut particulièrement mécontent de cette querelle autour des règles. Dans une lettre datée du 15 janvier 1639, Chapelain écrit à Guez de Balzac que le dramaturge "ne parle plus que des règles et que des choses qu'il eût pu répondre aux académiciens." D'ailleurs, en 1648, le texte du *Cid* est précédé d'un avertissement qui montre que Corneille est toujours travaillé par cette question ; même chose bien plus tard, en 1660, dans l'Examen d'une nouvelle édition du *Cid*. Loin d'être de vains ressassements, ces textes sont précieux et permettent d'éclairer la dramaturgie de Corneille qui, tout au long de sa vie, n'a cessé non seulement d'écrire du théâtre mais de théoriser sur le théâtre.

Cette querelle a, en définitive, permis des réflexions profondes sur les règles, leur valeur, leurs limites. Corneille a pu s'affirmer pleinement, lui qui s'est souvent montré, avant même cette querelle, particulièrement autonome. Aussi déclare-t-il, dans la préface de *Clitandre*, quatre ans avant la querelle du *Cid*, ces mots particulièrement provocateurs : "Nous pardonnons beaucoup de choses aux anciens" et d'affirmer encore, dans une formule délicieusement lapidaire : "Les anciens n'ont pas tout su." Le dramaturge se fie au public et refuse d'être asphyxié par des règles qui ne comptent que pour des hommes de cabinet. Lui est, pourrions-nous dire, un homme de terrain : Corneille sent son public et sait ce qui lui convient. Et ce qui *sied bien* au public dépasse parfois les fameuses *bienséances*. Il se rit souvent des déontologues qu'il appelle les "spéculatifs", si crispés sur ce lourd attirail de règles qui "bannit de notre théâtre" tant "de belles choses" (*Troisième discours*). L'année après la querelle du *Cid*, Corneille écrit, dans son épître de *La Suivante* ces mots édifiants : "Savoir les règles et entendre le secret de les apprivoiser adroitement avec notre théâtre, ce sont deux sciences bien différentes".

Est-ce à dire, pour autant, que Corneille fut un rebelle ? Ce serait là forcer le trait et même faire un contresens. Disons, comme le dit joliment Georges Couton, qu'il était "un empirique, c'est-à-dire un véritable homme de théâtre" [Couton, 1990, p. 49]. Plus encore, Corneille se montre particulièrement soucieux des usages. Le trouble, précisément, dans lequel le mirent cette querelle et cette volonté ardente de s'expliquer, de se justifier alors même que cette querelle avait été éteinte par Richelieu en personne, qui avait fait savoir qu'il ne voulait plus en entendre parler, que le public s'était montré unanime, montre que Corneille n'était pas indifférent à ces jugements. À ce sujet, Michel PRIGENT explique bien que "la liberté de Corneille n'est pas une liberté d'indifférence" mais qu'"elle est fondée sur une connaissance approfondie des doctes" [1986, p. 7]. Il serait donc erroné de faire de la querelle du *Cid* une bataille d'*Hernani** avant l'heure : il ne s'agit pas de l'affrontement de deux camps, l'un pour les préceptes édictés par les Anciens, l'autre contre, mais de deux interprétations de ces règles. Corneille voit chez les Anciens une invitation à la souplesse, aussi constate-t-il, dans son épître à *La Suivante* : "Notre Horace donne liberté de tout oser aux poètes aussi bien qu'aux peintres." Autrement dit, notre auteur est d'avis que les Anciens, qu'il connaît si bien (l'avertissement du *Cid* de 1648 est un véritable commentaire d'Aristote !) ont plus de hauteur de vue que les doctes : la bienséance, par laquelle ils ne font que jurer, est bien circonstanciée ; les mouvements de l'âme, eux, ont une dimension universelle, et ce sont eux que veut voir le public. Aristote est donc éminemment plus moderne que Scudéry et c'est cette modernité des Anciens que Corneille souhaite exploiter.

## QUELQUES RÉFLEXIONS SUR LE LANGAGE THÉÂTRAL DANS *LE CID*

Étudier le langage théâtral revient à s'intéresser aux différentes modalités auxquelles recourt Corneille dans sa pièce, pour mettre en mots et en scène l'action. Loin d'épuiser le champ d'étude du langage théâtral dans la pièce, ce chapitre se propose d'étudier, pour l'exemple, quelques spécificités choisies du texte pour voir, concrètement, comment les différentes thématiques sont portées par les personnages et leurs interventions.

## Remarques liminaires
## sur la versification des passions

Dans *Le Cid*, les différents personnages, nous avons pu le voir, sont travaillés par des passions très fortes. Qu'il s'agisse de l'amour ou de la haine, il est intéressant de se demander comment s'expriment ces passions dans la pièce de Corneille qui nous intéresse. Ici encore, l'étude de l'expression des passions révèle, nous le verrons, la place particulière du *Cid* qui fait la jonction entre deux esthétiques, baroque et classique.

D'abord, dans *Le Cid*, l'expression des passions est évidemment poétique. Le vers permet d'exprimer toute la tension notamment entre les valeurs aristocratiques / héroïques des personnages et les sentiments personnels. Il offre au poète des ressources privilégiées pour exprimer ces tensions. Le bel alexandrin classique, avec sa césure à l'hémistiche*, est l'un des outils favoris du poète-dramaturge pour exprimer les tensions qui animent les personnages. Chimène, par exemple, lorsqu'elle se retrouve avec sa confidente Elvire, à la scène 3 de l'acte III, laisse libre cours à l'expression des contradictions qui la déchirent lorsque sa gouvernante lui demande si elle entend poursuivre Rodrigue :

> Je demande sa tête, et crains de l'obtenir,
> Ma mort suivra la sienne, et je le veux punir. (v. 837-838)

Ici, la césure, marquée par la virgule, matérialise naturellement la situation terrible et tendue dans laquelle se trouve Chimène, et la structure binaire de l'alexandrin souligne l'expression antithétique des sentiments. Elvire elle-même s'indigne, et la forme la plus classique de l'alexandrin, dans son extrême sobriété, donne toute sa tension à cette indignation : “Il vous prive d'un père, et vous l'aimez encore !” (v. 819). La réponse de Chimène ne sera pas avare en hémistiches expressifs, reflets stylisés du conflit entre les valeurs de Chimène, sa piété filiale, et son amour pour Rodrigue. D'ailleurs, la césure n'est pas forcément marquée par une virgule, mais le balancement du vers est bien net :

> Ma passion s'oppose à mon ressentiment,
> Dedans mon ennemi je trouve mon amant (v. 821-822)

La binarité équilibrée du vers permet de concentrer en douze syllabes, et de part et d'autre de la césure, l'expression du déchirement héroïque, montrant ici encore l'union, en un être, du sens du devoir, qui suscite évidemment la haine pour l'assassin de son père, et de l'amour. La vigueur de cette lutte est bien exprimée également aux vers 825-826, dans des vers plus morcelés :

> Il l'attaque, il le presse, il cède, il se défend,
> Tantôt fort, tantôt faible, et tantôt triomphant

L'expression de la lutte intérieure est parfois déployée sur plusieurs vers :

> Et je sens qu'en dépit de toute ma colère
> Rodrigue dans mon cœur combat encor mon père (v. 823-824)

Certes, la rime rassemble "colère" et "père", mais la syntaxe oppose le sujet "Rodrigue" à l'objet "père", placés chacun en position antithétique en début et en fin de vers ; et le jeu des sonorités entre "colère", "cœur" et "combat" indique explicitement la lutte ; ou encore :

> Et quoi que mon amour ait sur moi de pouvoir,
> Je ne consulte point pour suivre mon devoir (v. 829-830).

Un vers pour la concession, un vers pour la proposition principale : le parallélisme entre la syntaxe de la phrase et le vers est respecté.

On voit bien, ici, les caractéristiques de l'alexandrin classique, dont l'expressivité repose entièrement sur des effets de parallélismes, et dont la tension résulte paradoxalement de l'équilibre. Ce n'est pas pour rien que Victor Hugo parlera, deux décennies plus tard, avec humour et mépris, de la "balance hémistiche" (Victor Hugo, *Contemplations*, "Réponse à un acte d'accusation"), lui qui se félicitait d'avoir "disloqué ce grand niais d'alexandrin" (*Idem*). Et pourtant, les Romantiques aussi expriment la passion. C'est d'ailleurs leur but. La matière de la littérature romantique, c'est précisément la passion, passion humaine exprimée dans toute son intensité, dans toute son individualité, aussi – le romantisme exalte l'individu. Chez les classiques, au théâtre, on montre la passion non pas pour elle-même, mais parce qu'elle doit être maîtrisée, et pour cela rationalisée. Là où les romantiques exaltent les passions humaines, les classiques, eux, montrent la beauté de passions qui sont rationalisées, domptées, déjà, et ce, déjà, dans la parole, et dans le vers. Le vers a donc une fonction ambivalente : il permet d'exprimer, non sans économie, la vivacité des tensions qui animent les personnages mais aussi de styliser la passion, de la rendre conforme à une esthétique épurée, rationalisée.

C'est d'ailleurs l'intérêt des tragédies classiques : voir comment la passion se fraie un chemin dans le carcan des règles.

Par ailleurs, Corneille n'est pas Racine et *Le Cid* n'est pas une pièce strictement classique (v. Un accueil agité : la querelle du *Cid*). Dans *Le Cid*, l'expression des sentiments n'est pas toujours soumise à l'horlogerie alexandrine. Corneille recourt, à deux reprises, aux stances*. La première, c'est lorsque Rodrigue se retrouve seul, après avoir été empêché de répondre par son père, immédiatement après avoir appris l'identité de celui qu'il devrait tuer. Au lieu d'un monologue en alexandrins, Corneille choisit un monologue de stances, plus souples, d'inspiration lyrique, plus promptes, peut-être, à dire le désarroi de Rodrigue, héros sûr dont la solidité, à ce moment, se montre vacillante (v. Itinéraire amoureux et *infra*). Avant de se résoudre à faire son devoir, il exprime l'ampleur de sa sidération dans des stances où se fréquentent alexandrins, octosyllabes, décasyllabes et hexasyllabes, structurées par un refrain. Ces stances expriment aussi la lutte entre l'honneur et l'amour : il s'agit à la fois d'un chant élégiaque*, d'un moment de délibération, plein d'amour, de désespoir, de tristesse et d'un moment où il réaffirme son ancrage dans des valeurs héroïques.

## La vivacité des échanges

À l'âge classique, le théâtre est essentiellement déclamatoire. Les personnages échangent de longues répliques, ils parlent par morceaux de bravoure interposés. Mais il arrive toutefois que l'échange soit nettement plus vif et qu'un vers corresponde à une réplique : c'est la technique de la stichomythie. Cette technique permet de souligner la tension dans une scène. Ainsi, dans la scène où Don Diègue reçoit le soufflet (I, 3) la forme stichomythique du dialogue à partir du vers 215 montre bien l'âpreté de l'échange. C'est une joute verbale qui précède le coup donné à Don Diègue par le Comte ; tous deux se battent avec les mots avant que le Comte n'en vienne aux mains. Une autre joute verbale est rendue par la stichomythie, à la scène 2 de l'acte II, à l'occasion de l'échange entre Don Arias et Le Comte : le débat est vif entre un homme qui croit qu'il faut avant tout s'en tenir à la volonté royale (Don Arias) et un autre qui entend prendre sa décision seul, sans tenir compte de ce paramètre (Le Comte). Cette vivification de l'échange par la stichomythie est d'autant plus intéressante que ce débat peut résonner avec des questionnements contemporains, vifs eux aussi, sur la limite du pouvoir royal (v. Repères historiques, La représentation littéraire).

Plus encore, l'échange est parfois si vif, si tendu, si intense que la stichomythie ne suffit même plus. Cet alexandrin, si clair et aisé, se partage entre plusieurs personnages. Ainsi, à la scène 2 de l'acte V, alors que l'Infante avoue son amour pour Rodrigue à Léonor, après le violent rejet qui contient l'aveu de la princesse royale et commence le vers 77 ("Je l'aime."), la réplique est interrompue par Léonor, qui poursuit l'alexandrin commencé par l'Infante ("Vous l'aimez !"). L'Infante le termine immédiatement : "Mets la main sur mon cœur". Deux vers après, l'alexandrin est encore partagé entre l'Infante et sa gouvernante qui semble interrompre la princesse alors que cette dernière s'égare dans l'expression charnelle (son cœur battant !) de sa passion :

> Pardonnez-moi, Madame,
> Si je sors du respect pour blâmer cette flamme. (v. 79-80)

Corneille recourt également à ce procédé à la scène 5 de l'acte I, à un moment clef de l'action, lorsque Don Diègue vient demander à son fils de le venger. Dès le début de la scène, le père et le fils se partagent un alexandrin, bien fameux : à Don Diègue, qui demande : "Rodrigue, as-tu du cœur ?" le fils, blessé que son père ose s'interroger sur ce point, rétorque immédiatement :

> Tout autre que mon père
> L'éprouverait sur l'heure.

Et Don Diègue, de constater, finissant l'alexandrin commencé par son fils : "Agréable colère !". Dans cette scène, précisément, la stichomythie souligne la tension dramatique, la vivacité de l'échange. On y lit toute la fougue de Rodrigue, qui n'hésite pas à interrompre son père, tout ardent de colère, impatient de venger son sang. La distribution de l'alexandrin exprime aussi, en l'espèce, par la circulation de la parole, cette continuité entre le père et le fils, la circulation d'un même sang, d'un même honneur, le premier brûlant de colère à cause de la blessure du second. Ce sang honorable déshonoré est tragique et l'interruption, par Don Diègue, de l'échange, met bien en avant cela au vers 282 : "Ne réplique point, je connais ton amour". Don Diègue, en établissant un rapport de force dans l'échange, en interdisant à la parole de son fils de se transformer en plainte ou en contestation, assoit son autorité de père et l'honneur par sa voix a le dernier mot.

La répartition de l'alexandrin entre plusieurs personnages exprime encore, évidemment, le conflit direct entre eux, c'est le cas dans la scène 2 de l'acte II, véritable joute verbale dans laquelle la maturité (héroïque !) de Rodrigue apparaît dans sa repartie. Elle exprime tout autant la peur, comme dans la scène 4 de l'acte II, lorsque Chimène et l'Infante interrogent le Page sur l'issue du combat. En outre, dans la scène 8 de l'acte II, ce procédé montre le cas juridique auquel va être confronté le roi et le zèle avec lequel chacune des parties entend demander justice (v. 653-660). Ici, la stichomythie apporte de l'équilibre à l'échange, permet à chacun de faire entendre la légitimité de sa voix. Elle exprime aussi volontiers, dans la grande scène de la pièce (III, 4) l'amour contrarié par l'honneur. D'abord, le procédé souligne la grande tension de l'échange, placé sous les signes contraires du désir amoureux et du désir de mort (v. Itinéraire amoureux). Mais il exprime aussi, à la fin de l'échange, la concorde des amants, comme au vers 998, quand le partage de l'alexandrin par Chimène et Rodrigue, doublé par le parallélisme de construction, matérialise artistement la concorde des jeunes gens :

CHIMÈNE

Rodrigue, qui l'eût cru !

DON RODRIGUE

Chimène, qui l'eût dit !

On voit donc bien la rencontre du langage poétique (le vers) et du langage théâtral (l'échange entre les personnages, la circulation de la parole). L'emploi de la stichomythie ou le fait de distribuer un alexandrin entre plusieurs personnages permettent toujours de vivifier l'échange, matérialise aussi bien le conflit que l'amour. Nous avons donné ici quelques exemples d'analyse dans des morceaux choisis et souhaitons surtout inviter les candidats à toujours être attentifs au rythme des échanges, modalité du langage dramatique toujours riche, devant être scrutée de près et exploitée en profondeur.

## Les monologues

Le monologue marque, au théâtre, un moment privilégié de l'action entre un personnage et le public. C'est tout le jeu de la double énonciation* : en plus des destinataires en présence, il y a toujours le public : lorsque le personnage parle seul, c'est l'oreille du public qui recueille sa parole. Dans les monologues, le masque tombe, et il arrive souvent, particulièrement en tragédie, que le personnage, plus qu'ailleurs, nous apparaisse dans sa vulnérabilité. Le monologue signifie souvent un moment de crise, moment clef de l'action où le personnage déplore sa condition ou essaie d'éclairer la situation délicate dans laquelle il se trouve.

### • Les monologues, jalons de l'action

En guise de préambule, il faut noter que les monologues marquent, dans l'économie de l'action, des moments charnières. Ils mettent en scène les grandes articulations dramaturgiques et marquent les temps forts de la pièce. Le premier monologue de l'Infante clôt une première séquence qui consiste à présenter l'union entre Rodrigue et Chimène comme inévitable (I, 1-I, 3). Notons au passage qu'il n'est pas forcément évident que le personnage est seul : le théâtre du siècle de Corneille est nettement plus avare (c'est le moins que l'on puisse dire) en didascalies* que le théâtre romantique qui en regorge. Toutefois, le texte contient des didascalies internes*, qui permettent de donner certaines indications comme l'entrée et la sortie des personnages. Ainsi, à la fin de la deuxième scène de l'acte I, l'Infante demande à Léonor d'aller "entretenir" Chimène (v. 131) et, immédiatement après avoir indiqué qu'elle allait la suivre (v. 140), sa réplique prend une autre dimension avec une prière adressée au "Ciel" (v. 135). Juste après (I, 4) c'est la dispute entre Don Diègue et le Comte, qui fait basculer l'action. Le monologue de Don Diègue (I, 5) suit immédiatement cette dispute et thématise la nécessité d'un passage de relais, de la transmission du "fer" (l'épée) du père au fils. Le monologue du fils concerné, les stances de Rodrigue (I, 6), est un itinéraire qui s'achève sur la ferme résolution d'être à la hauteur des espérances de son père et de le venger. Ce monologue clôt l'acte I et confirme le choix de Rodrigue qui va contre l'intrigue amoureuse évidente promise par la première séquence de la pièce. Le premier monologue de l'acte II, monologue du Comte, à la fin de la scène 1 de l'acte II, est une sorte de réponse à celui de Rodrigue. La lutte commence, d'une certaine manière, par monologues interposés et suscite une attente au sujet de l'issue du combat à venir. C'est que le Comte est aussi déterminé que Rodrigue. Le deuxième monologue du père de Rodrigue, quant à lui, clôt une séquence incertaine sur l'issue du combat, il permet aussi de dramatiser l'attente qui est celle du public, joueur qui, même quand il connaît la fin d'une histoire, se prend au jeu du suspense. Le deuxième monologue de Rodrigue (V, 1), très court, est un monologue triomphal : exalté, il voit se réconcilier en lui, du moins ponctuellement, l'amour et l'honneur, grâce aux mots de Chimène (v. Itinéraire amoureux). Dès lors, rien ne pourrait l'arrêter : il est déterminé à l'emporter dans le duel. Rodrigue est transfiguré par l'amour et, effectivement, il sera vainqueur. Enfin, les stances de l'Infante, dernier monologue de la pièce, qui suit immédiatement le monologue de Rodrigue, est l'occasion de redire que *rien* ne pourra empêcher l'amour entre Rodrigue et Chimène.

**• L'expression de la crise**

Dans *Le Cid*, les monologues peuvent marquer effectivement un moment de crise du personnage. L'étymologie du mot est, en ce sens, éloquente : la κρίσις (*krisis*), en grec, c'est l'examen, le jugement. Le verbe correspondant à ce substantif est le verbe κρινεῖν (*krinein*) qui signifie distinguer, choisir, séparer. Les monologues sont donc, dans l'ensemble, pleinement des moments de crise en ce que les personnages se retrouvent tiraillés, séparés, si l'on veut, entre une aspiration personnelle et leurs valeurs aristocratiques. C'est d'une faille que naît souvent le monologue, prononcé par un personnage dont l'intégrité et l'identité se fissurent, se divisent.

Ainsi, quand l'Infante prononce le premier monologue de la pièce, à la fin de la scène 3 de l'acte I, c'est parce qu'elle se sent, comme elle l'a confié à Léonor, prise entre son amour pour Rodrigue et son devoir. Même si elle fait le choix du devoir, il n'en demeure pas moins que son inquiétude demeure. Et c'est pour apaiser son âme et réconcilier cette intériorité désunie qu'elle s'en remet au “Ciel” (1641). Dans ce monologue sous forme de prière, elle demande le “repos” (v. 137) et la fin de ses “tourments” (v. 142). L'Infante, qui demande à ce que ses “fers” (v. 142) soient brisés, se sent aliénée par cet amour impossible et affaiblie, comme en témoigne ce vœu qu'elle fait de rendre “[s]on âme plus forte” (v. 140).

En somme, tout ce que demande l'Infante dans ce monologue permet de souligner tout ce dont elle est privée au moment où elle s'exprime.

De la même manière, Don Diègue se sent aliéné dans son premier monologue, dépossédé de lui-même, de ce qui fait son identité : sa force, sa valeur guerrière : il fustige dès le premier vers cette "vieillesse ennemie", ennemi intérieur qui touche à l'intégrité du héros et le divise : d'un côté, il y a son ardeur, intacte, mais de l'autre, ce "corps tout de glace" qui la rend inopérante et fait de cette ardeur, symbolisée par l'épée, "le fer", placé en position expressive dans le vers, un "inutile ornement".

Les stances de Rodrigue expriment elles aussi la grande crise à laquelle est soumis notre personnage. Elles permettent de rendre avec plus de souplesse l'expression de la crise. "Misérable", "Malheureux", Rodrigue est terrassé par ce qu'il vient d'apprendre. Dans les vers 295-296 – "Je demeure immobile, et mon âme abattue / Cède au coup qui me tue" –, tout concourt à faire voir la crise : Rodrigue, encore si ardent dans la scène précédente, prompt à agir, plein de sève et de courage, semble paralysé par cette terrible nouvelle : l'enjambement* et l'hyperbole* (emploi du verbe tuer) montrent bien, dans le texte, la crise, la profondeur de la blessure. Le jeune homme doit lutter contre lui-même et le dilemme semble indépassable, comme le laisse entendre le décasyllabe du vers 307 : "Des deux côtés mon mal est infini." Le parallélisme de construction et les deux décasyllabes, aux vers 309-310, montrent bien que Rodrigue est perdu, qu'il ne sait, à un moment du monologue, à quelle loi obéir. L'emploi, en anaphore*, de l'obligation impersonnelle ("Faut-il... ?") montre bien qu'à un moment du monologue, Corneille est soucieux de montrer la rupture profonde dans l'être de son personnage, qui en vient, au fil de sa délibération, à mettre à égalité les lois de l'amour et les lois de l'honneur. Rodrigue est donc doublement aliéné, d'une part par l'honneur ("Noble et dure contrainte") et de l'autre par l'amour ("aimable tyrannie", v. 314).

Quand le père de Rodrigue, Don Diègue, donne son second monologue, cela marque également la traversée d'une crise. Dès le début de son monologue (III, 5), Don Diègue, comme il l'avait fait précédemment, recourt à un style philosophique, sentencieux, avec une tournure généralisante :

Jamais nous ne goûtons de parfaite allégresse,
Nos plus heureux succès sont mêlés de tristesse,
Toujours quelques soucis en ces événements ;
Troublent la pureté de nos contentements (v. 1011-1014)

Don Diègue, tout vénérable et autoritaire qu'il est, fait l'expérience d'une division intérieure, d'une lutte, entre la joie de se savoir vengé et la crainte d'apprendre la mort de son fils. Ce tiraillement est exprimé par exemple au vers 1006, avec la césure traditionnelle : "Je nage dans la joie et je tremble de crainte." (v. 1016), "Tout cassé" (v. 1020), il évoque encore ses "vieux ans" (v. 1011) et n'hésite pas à parler d'"amour" au sujet de son fils. Ce monologue a une forte dimension pathétique et la confusion du vieillard, suscitée par la peur qui l'anime d'avoir perdu son fils, se lit parfaitement au vers 1025, lorsque Don Diègue déclare :

Et mon amour déçu par cet objet trompeur
Se forme des soupçons qui redoublent ma peur

La virgule n'est pas placée à l'hémistiche, comme c'est le cas la plupart du temps. Ce signe de ponctuation mérite d'être commenté : même s'il convient bien sûr de rappeler qu'il n'est sans doute pas attribuable à Corneille, ni au XVIIe siècle, il ne fait pourtant que souligner la séparation syntaxique entre "amour" et l'apposition qui suit le mot "déçu par" ; or cette séparation syntaxique se traduit par une pause qui ne correspond pas à la césure médiane du vers. Ainsi, le terme "déçu" est mis en évidence, comme encadré par la pause syntaxique, et la démarcation de la césure. Enfin, les stances de l'Infante expriment aussi un moment de crise : il faut mettre en relation le premier monologue de l'Infante et le second, où la crise est plus forte, précisément parce que l'Infante a désormais, peut-être, des raisons d'espérer. Dans le premier monologue, en alexandrins, il s'agissait de se donner du courage pour retrouver la paix et effacer le trouble suscité par cet amour impossible. Mais au moment où la princesse royale prononce ses stances, Rodrigue n'est plus qu'un "simple chevalier" (I, 2) : cet amour n'est donc peut-être plus strictement impossible, bien que Rodrigue ne soit pas, pour autant, "fils de roi". La tension qui anime l'Infante se matérialise bien dans les stances, par exemple avec la césure à l'hémistiche, au vers 1572, mais encore, de façon plus souple, avec l'enjambement entre les vers 1583 et 1584 :

Impitoyable sort, dont la rigueur sépare
Ma gloire d'avec mes désirs

Ici, cette asymétrie entre le vers et la phrase, à laquelle Corneille a recouru également dans les stances de Rodrigue, exprime bien la lutte intérieure du personnage. Mais après tout, après avoir tant fait, après être devenu Cid, pourquoi serait-il encore indigne d'une princesse royale? L'Infante répond avec lucidité, et souligne un autre problème: Le Cid est de toute façon destiné à une autre: "Il est digne de moi, mais il est à Chimène" (v. 1599).

**• L'exaltation des valeurs héroïques**

Mais ce que permettent surtout les monologues, c'est de comprendre ce qu'est l'héroïsme. Ils constituent en effet, on le remarque, l'un des moments privilégiés où les valeurs héroïques s'expriment.

L'héroïsme, il faut le noter en premier lieu, est évidemment lié à la force. La caractéristique du héros, c'est sa *uirtus*, qui est, avant tout, une valeur guerrière. Tous les monologues des personnages masculins font référence à cette force. Ainsi, le premier monologue de Don Diègue (I, 4), s'il a une dimension pathétique évidente, s'il est le constat terrible d'une perte de force lié à l'âge, est aussi l'occasion de rappeler les exploits du passé lorsqu'il évoque "[s]on bras qui tant de fois a sauvé cet Empire / Tant de fois affermi le Trône de son Roi" (v. 240-241). La répétition de "tant de fois" marque la somme innombrable des exploits. L'héroïsme guerrier a à voir avec des actes concrets et a une utilité pour la couronne. Le Comte, dans le bref monologue qui clôt, dans la version de 1660-1682, la scène 2 de l'acte II, souligne également son courage avant d'aller au combat (voir la note 10 de l'acte II, dans l'édition au programme):

Qui ne craint point la mort ne craint point les menaces.
J'ai le cœur au-dessus des plus fières disgrâces.

Son "cœur", c'est-à-dire son courage, en l'occurrence, est plein de confiance, comme le montre bien d'ailleurs la répétition de la négation du verbe craindre.

L'héroïsme est également le fait de s'en tenir à des valeurs aristocratiques et de ne rien concéder. Cela nécessite une force morale impressionnante nettement visible dans nos monologues. Les stances de

Rodrigue sont en ce sens exemplaires car elles montrent une véritable lutte. Le jeune homme est d'autant plus admirable qu'on mesure, au début des stances, sa sidération. Perdu, il l'est, écartelé entre son amour et ses valeurs. Ce qui est admirable, dans ces stances, c'est de suivre l'itinéraire du jeune Rodrigue qui passe de l'immobilité au mouvement, du doute à la détermination. Le basculement s'opère précisément au vers 331 et, dès lors, les stances prennent une autre dimension : le passage de la modalité interrogative à la modalité exclamative, l'emploi de nombreux verbes à l'impératif montre bien que Rodrigue a résolu le dilemme, que la délibération a abouti à un choix : celui de venger son père. Ces stances marquent donc, au cœur du texte, le triomphe des valeurs héroïques. Et Rodrigue a de qui tenir : de la même manière, le premier monologue de Don Diègue n'était pas qu'une déploration sur le poids des années : il s'achevait sur une ferme résolution, marquée également par les impératifs : celle de passer le relais à la génération suivante – en l'occurrence, de transmettre le "fer" à son fils. Car l'héroïsme est mouvement. Le héros classique est déjà animé par une "force qui va" (Victor Hugo, *Hernani*) mais celle-ci, à la différence de la force romantique, a une direction : le dépassement de soi. La valeur cardinale de l'héroïsme, c'est l'"honneur". C'est lui qui oriente nos héros, c'est selon l'honneur qu'ils agissent. Ancré en eux, l'honneur oriente les décisions du héros et, si cette vertu profonde les pousse à douter – car c'est aussi de ce sens de l'honneur que naissent les conflits intérieurs –, elle l'emporte toujours. La notion d'honneur est très présente dans les monologues. L'Infante, s'adressant au ciel, demande :

> Assure mon repos, assure mon honneur ;
> Dans le bonheur d'autrui je cherche mon bonheur (v. 137-138)

Don Diègue, humilié, s'écrie :

> Nouvelle dignité fatale à mon bonheur
> Précipice élevé d'où tombe mon honneur (v. 245-246)

Rodrigue, dans ses stances :

> Noble ennemi de mon plus grand bonheur,
> Qui fais toute ma peine,
> M'es-tu donné pour venger mon honneur ? (v. 319-321)

le Comte, dans son court monologue :

> Et l'on peut me réduire à vivre sans bonheur,
> Mais non pas me résoudre à vivre sans honneur. (derniers vers de la scène 1 de l'acte II dans la version de 1660. Voir, dans l'édition mise au programme, la note 10 de l'acte II)

Systématiquement, "honneur" rime avec "bonheur", soit pour signifier que l'honneur importe plus ou que l'honneur est la seule condition du véritable bonheur. Le héros doit trouver son *bonheur* dans l'honneur. Cet honneur consiste précisément en une sorte d'abnégation, favorise ce qui est plus grand que soi, pousse à avoir une perspective qui dépasse sa propre existence. L'honneur est précisément lié à cette conscience de l'individu d'être une partie d'un tout plus important que lui. Ainsi, dans les stances de Rodrigue, au moment précis où le monologue bascule de la crise à la résolution (partielle) de la crise, de l'hésitation à la détermination, Rodrigue se rappelle qu'il n'est pas (qu') un individu :

> Endurer que l'Espagne impute à ma mémoire,
> D'avoir mal soutenu l'honneur de ma maison ! (v. 335-336)

De la même manière, d'ailleurs, Léonor rappelait à l'Infante, qui lui semblait s'égarer, qu'elle n'était pas seule et que le devoir la reliait à plus grand qu'elle :

> Et que dira le Roi ? que dira la Castille ?
> Vous souvenez-vous bien de qui vous êtes fille ! (v. 83-86)

Et l'Infante de répondre :

> Oui, oui, je m'en souviens, et j'épandrai mon sang
> Plutôt que de rien faire indigne de mon rang.

Le rang, la place, la pureté du sang : tout est là. L'héroïsme, c'est la conscience aiguë qu'il y a plus grand que soi. Et c'est tout naturellement que l'héroïsme dépasse le héros : c'est le sens de la fin du monologue de Don Diègue, qui souhaite transmettre son fer, mis en position expressive dans le vers d'ailleurs aussi bien dans le monologue du père et du fils, ce fer symbole de sa vaillance guerrière, ce fer qui fera de Rodrigue le meurtrier du Comte mais aussi le vainqueur des Maures et le fera devenir Cid.

Si l'héroïsme dépasse le héros, c'est aussi parce qu'il a tout à voir avec la "gloire", la renommée. Le héros est celui qui reste dans la mémoire, qui imprime sa marque dans l'histoire. C'est bien le sens de l'exclamation de Rodrigue dans ses stances :

> Mourir sans tirer ma raison !
> Rechercher un trépas si mortel à ma gloire ! (v. 334-335)

Cette gloire, qui rime avec "mémoire" (v. 335), c'est ce qui assure au héros une belle mort, c'est-à-dire une mort dans l'honneur qui garantit l'immortalité par la postérité. Mourir sans honneur, c'est mourir deux fois. C'est précisément pourquoi le Comte ne craint pas la mort : homme de valeur, courageux, héroïque, il sait que la mort d'un homme comme lui (et le Comte a conscience de sa valeur !) n'est pas une fin car les exploits qu'il a accomplis inscrivent son existence dans les mémoires et dans un temps qui dépasse celui de sa vie.

Les monologues sont donc des moments qui permettent d'affiner la caractérisation des différents personnages, de leur donner de l'épaisseur. Le public est alors invité, en l'occurrence, à mesurer la complexité des différents personnages, à *sympathiser* avec certains d'entre eux. Sympathiser est ici entendu dans un sens étymologique : il s'agit de souffrir avec ces personnages, d'éprouver avec eux ces moments de crise et de les dépasser avec eux. Le processus de la catharsis repose sur ces monologues et fait ressentir au spectateur la terreur et la pitié qui font la tragédie selon Aristote. Ces monologues montrent bien la grandeur du personnel dramaturgique du *Cid*. Le héros, on le voit dans les monologues notamment, c'est celui qui coïncide avec plus grand que soi. Cela ne signifie pas que le héros n'est jamais ébranlé, qu'il ne peut pas voir vaciller ses certitudes. Mais il parvient toujours, orienté par l'honneur, à coïncider avec des valeurs qui le dépassent, qu'il fait siennes, qu'il a intégrées.

## Les récits

Les prises de parole des personnages peuvent également prendre la forme de récits. Le récit est fréquent dans la tragédie : il permet de ne pas enfreindre la règle de bienséance en ne montrant pas des scènes interdites, d'une violence extrême. Par ailleurs, il peut aussi permettre d'épurer la scénographie en ne représentant pas des épisodes trop difficiles à mettre en scène. En somme, le récit informe le spectateur sur des éléments de l'action, essentiels, qui se sont passés hors scène. On trouve dans *Le Cid* deux récits, dont le plus spectaculaire est celui que fait Rodrigue de sa victoire contre les Maures. Pas moins de 90 vers, ce qui représente une part conséquente du volume total de parole de Rodrigue. L'enjeu est de taille : il s'agit, pour notre héros, de conter l'événement qui lui a permis de passer d'un statut à un autre, d'un héros de l'honneur à un héros de la guerre, du généreux Rodrigue au Cid. Le récit est un beau morceau épique, dramatisé à l'envi, narré au présent. Le moment de la bataille est ainsi réactualisé et laisse voir et entendre une lutte acharnée contre un ennemi valeureux. Rodrigue s'y dépeint comme un chef de guerre hors pair. Mais ce récit, évidemment, n'est pas celui d'un matamore, qui fanfaronne. Rodrigue sait, avant de le faire, être humble. Cet échange avant le récit entre Le Cid et son roi permet de mettre en évidence la loyauté d'un sujet et le respect du souverain pour Rodrigue. Le Roi ratifie la parole des Maures, en faisant *officiellement* de Rodrigue le Cid (v. 1235). Ce à quoi Rodrigue répond :

> Que Votre Majesté, Sire, épargne ma honte,
> D'un si faible service elle fait trop de compte,
> Et me force à rougir devant un si grand Roi
> De mériter si peu l'honneur que j'en reçois. (v. 1239-1242)

Dans les tragédies, les récits de mort sont nombreux, car on y meurt beaucoup sans que représenter la mort soit possible. Dans *Le Cid*, un seul personnage meurt. C'est pourquoi l'on ne trouve qu'un récit de mort, celle du comte. Ce récit est pris en charge par sa fille, Chimène, à la scène 8 de l'acte II. Il ne s'agit certes pas d'un récit détaillé de la mort du comte, car elle n'a pas assisté à toute la scène, le terme de *récit* pourrait d'ailleurs être discuté. Pour autant, Chimène rapporte ce qu'elle a vu, insistant sur ce sang, signe de son devoir, spectacle cruel du trépas de son père. Chimène réduit le récit de la mort de son père à ce sang qui coule, élément pathétique et symbolique. Mais l'on retrouve bien, dans cet élément minimal du récit de la mort de son père, ce détail traditionnel des récits de mort dans les tragédies de la Renaissance de Garnier, par exemple, qui insistent si souvent, dans ses récits de morts, sur le sang bouillant et fumant. Réduire le récit de la mort à ce détail du sang est aussi un moyen de faire voir le choc de Chimène. Sur le plan de la vraisemblance, ce procédé est plutôt efficace : la fille, choquée par l'image d'un père gisant ensanglanté sur le sol, scande le mot "sang", signifiant* d'une insoutenable image qui entrave sa parole :

Sire, la voix me manque à ce récit funeste,
Mes pleurs et mes soupirs vous diront mieux le reste. (v. 679-680)

La voix manque à Chimène, mais pas l'éloquence. Cette scène, très rhétorique, marque le début de l'itinéraire judiciaire du personnage (v. *Le Cid*, histoire d'un titre). Cette insistance sur le sang vient aussi persuader le roi, car Chimène est venue demander justice. Cette bribe de "récit funeste" (v. 679) s'inscrit dans un ensemble plus large, un beau morceau de rhétorique judiciaire dont il constitue l'énoncé des faits ou la *narratio**. Dans cette grande scène oratoire, Don Diègue et Chimène ne se parlent pas: chacun vient plaider sa cause auprès du roi, à qui il s'adresse. Le roi prend le rôle d'arbitre, il est garant de la justice (v. Littérature et morale) distribue la parole et reconnaît la complexité du cas qu'on lui confie après que chacun a pu plaider dans un volume verbal quasi équivalent (43 vers pour Chimène, 38,5 pour Don Diègue).

Chez Corneille, donc, et nous en avons un exemple ici, le langage théâtral est empreint de rhétorique. Mais la dimension rhétorique n'est pas qu'un artifice, elle n'est pas que formelle: elle permet d'exprimer les conflits intérieurs et extérieurs qui font le sel de la pièce.

À l'issue de ces pistes de réflexion sur le langage dramatique, plusieurs points nous semblent devoir être retenus. D'abord, on retiendra évidemment l'importance, chez Corneille, de l'exaltation des valeurs aristocratiques. Ces valeurs fonctionnent comme la boussole des différents personnages qui y sont soumis. Mais cette soumission n'a rien de passif: ces valeurs héroïques sont incarnées par les personnages et sont le véritable moteur de la pièce. Elles poussent les personnages à agir et à se dépasser. Une exception demeure: l'Infante. Son devoir l'empêche de s'unir à Rodrigue, d'abord parce qu'elle est fille de roi, ensuite parce qu'elle est l'amie de Chimène. Mais, surtout – et l'Infante est lucide dans son dernier monologue – parce que rien ne semble pouvoir entraver l'amour entre Chimène et Rodrigue. Elle est le seul personnage qui n'évolue pas vraiment, dont l'itinéraire est statique. C'est que dans la tragédie cornélienne (comme cela peut être le cas chez Racine, par exemple), le héros n'est pas accablé par le destin, force écrasante qui le pousse à lutter contre sa passion et l'empêche d'agir. Cette ardeur héroïque est exprimée grâce aux différentes modalités du langage dramatique que nous venons d'aborder. Il faut être sensible à la variété des tonalités qui donne à sa pièce des accents aussi bien épiques (dans le récit de Rodrigue) que lyriques (dans les stances). Corneille manie également les effets de tempo: certains échanges, véritables joutes verbales, accélèrent l'action ; les monologues constituent des moments d'attente et de pause ; les récits interrompent l'action dramatique pour donner à voir des actes qui échappent à la vue du spectateur. Cette diversité s'explique aussi par le séquençage générique que le genre dramatique permet et que Corneille exploite pleinement : il offre la possibilité de contenir plusieurs genres (poétique, narratif, argumentatif) et de combiner leurs vertus.

# ÉTUDE THÉMATIQUE

## LE THÉÂTRE

Corneille, nous l'avons vu, est un dramaturge complet. Son œuvre est constituée de comédies et de tragédies, de pièces de théâtre et de textes théoriques sur le théâtre. D'abord plus proche du mouvement baroque, il écrira ensuite des pièces classiques. Mais les choses seraient encore simples si elles étaient telles qu'on vient de les poser. Car s'il y a bien un auteur qui échappe aux étiquetages, à cette époque, c'est Corneille. S'il y a bien un dramaturge qui a exploré, exploité et théorisé la porosité entre les deux grands genres aristotéliciens, c'est Corneille.

### Tragédie, comédie, tragi-comédie

Rappelons, en tout premier lieu, ces grands principes aristotéliciens, énoncés dans la *Poétique*, sur lesquels s'appuient les doctes pour séparer les différents genres théâtraux. D'abord, la tragédie. C'est le genre noble. Il est au théâtre ce que l'épopée est à la poésie [ESCOLA et LOUVAT, 1999, p. 233]. La tragédie a à voir avec la noblesse : personnages nobles, pris dans une action noble rendue dans une langue noble, sophistiqué (Aristote utilise, au chapitre 6 de son traité, l'adjectif *hedusmenos*). En tragédie, ajoute Aristote, on représente la pitié et l'effroi ; cette représentation (*mimèsis*) a pour finalité une purgation des passions (la fameuse *catharsis**). Voilà pour la définition générale que donne Aristote dans un premier temps. La comédie, elle, est tout bonnement l'"antithèse de la tragédie" son "double inversé" [*Ibid.*, p. 236]. Le personnel dramatique est de basse ou de moyenne extraction. La trajectoire dramatique est contraire à celle de la tragédie : "alors que l'action tragique s'offre comme un renversement du bonheur au malheur, l'action comique commence dans le malheur et s'achève dans le bonheur" [*Idem*].

Dans sa *Préface en forme de Discours poétique* qui précède sa pièce *Silvaine*, Jean Mairet écrit un texte d'importance et pose simplement (un peu trop peut-être) ce que l'on doit entendre par "tragédie" et "comédie". La tragédie est définie, dans ce texte, comme "le miroir de la fragilité des choses humaines". Cette précarité est justement mise en relief par la noblesse du personnel dramatique, broyé par une trajectoire catastrophique : "ces mêmes rois et ces mêmes princes qu'on y voit au commencement si glorieux et si triomphants y servent à la fin de pitoyables preuves des insolences de la fortune." S'agissant de la comédie, "qui nous figure la vie des personnes de médiocre condition", elle ne doit pas bien commencer mais "la fin au contraire ne doit jamais en être triste" ; "le commencement de la tragédie est toujours gai, et la fin en est toujours triste ; tout au rebours de la comédie, dont le commencement est volontiers assez triste, pour ce qu'il est ambigu, mais la fin en est infailliblement belle et joyeuse".

Entre ces deux genres bien définis s'en glisse un troisième : la tragi-comédie. Encore une fois, tout semble d'une simplicité désarmante, sous la plume du bon Mairet : "De la définition de la tragédie et de la comédie on peut aisément tirer celle de la tragi-comédie, qui n'est rien d'autre qu'une composition de l'une et de l'autre." En ce sens, on comprend aisément le sous-titre initial du Cid : "tragi-comédie". *Le Cid* est effectivement "une composition" de tragédie et de comédie. De la tragédie, on retrouve le début heureux, la sophistication de la langue, la noblesse des personnages ; mais la pièce se termine bien, tout finit par s'arranger progressivement et par rapprocher les deux amants. Mais en 1648, dans la première édition de ses *Œuvres complètes*, plus de dix ans après l'âpre querelle du *Cid*, Corneille ne sous-titre plus "tragi-comédie" mais simplement "tragédie". Il s'en défend avec soin, expliquant qu'on retrouve dans *Le Cid* les principales caractéristiques demandées par le maître Aristote dans sa *Poétique* : "La première est que celui qui souffre et est persécuté ne soit ni tout méchant ni tout vertueux, mais un homme plus vertueux que méchant, qui, par quelque trait de faiblesse humaine qui ne soit pas un crime, tombe dans un malheur qu'il ne mérite pas ; l'autre, que la persécution et le péril ne viennent point d'un ennemi, ni d'un indifférent, mais d'une personne qui doive aimer celui qui souffre et en être aimée".

## Qu'est-ce que *Le Cid* ?

*Le Cid* n'est pas la seule pièce de Corneille dont il change le sous-titre : en 1660, il renomme *Clitandre*, tragi-comédie, "tragédie". Il faut évidemment rappeler que cette étiquette, placée en sous-titre, avait essentiellement, comme le rappelle Bénédicte Louvat, une "valeur commerciale", c'est-à-dire qu'elle renvoyait nettement à un contenu et visait un public donné ; de fait, on a pu penser que la tragi-comédie, associée à l'esthétique baroque et tombée en désuétude, n'était plus un label très vendeur [LOUVAT, 2001, p. 10]. Cette explication ne tient que moyennement, s'agissant du théâtre de Corneille, comme le souligne Hélène BABY [2001, p. 98] : pourquoi n'a-t-il pas alors changé le sous-titre de *Clitandre* dès cette période ? C'est que Corneille ne cesse de réfléchir à ces étiquetages, de prendre des distances par rapport aux canons génériques classiques et son approche se fonde sur une lecture différente d'Aristote, moins dogmatique et plus littérale. *Le Cid* est une belle illustration de cette complexité. Il ne faut pas surévaluer la fonction de ces sous-titres, mais il n'est pas pertinent, pour autant, de les négliger complètement, d'autant plus pour un auteur comme Corneille qui a à ce point réfléchi sur les genres, leurs caractéristiques, leur définition. Car, au-delà de la dimension commerciale, ce changement d'étiquette est bien le résultat d'une réflexion : "Le glissement générique qu'il impose au *Cid*, écrit Hélène BABY, et qu'il a laissé à la postérité, signale une pièce inclassable, tout à la fois tragédie et tragi-comédie." [2001, p. 99].

La tragi-comédie est une étiquette qui permet aussi de s'affranchir des règles aristotéliciennes. Elle met en garde : "Attention, semble nous dire Corneille, ma tragédie ne respecte pas toutes les normes auxquelles vous tenez !". Elle n'a pas beaucoup à voir avec ce que le personnage de Mercure, dans l'*Amphitryon* de Plaute, appelle *tragicomoedia*. Mais le lien avec Plaute est intéressant toutefois : qu'est-ce qui pousse le comique latin à forger ce terme ? C'est qu'il y a, dans sa comédie, des rois et des dieux. Au seuil de la pièce, Plaute, par le truchement de son Mercure, qui devient messager de l'auteur, tourne quelque peu en ridicule les préceptes aristotéliciens. Il faut imaginer comme le public a dû rire quand ce mot-valise* a été lâché ! Mais au-delà de cela, c'est aussi une façon, pour l'auteur, de souligner l'originalité de son geste, de dire qu'une case ne sera pas bien cochée. L'étiquette, chez Corneille, n'a certes pas d'effet comique comme le mot forgé par Plaute, mais elle avertit : sa tragédie risque de ne pas en être *exactement* une.

Mais la tragi-comédie a aussi ses règles, ou, plutôt, ses usages, et Corneille joue considérablement avec ceux-là. Comme le rappelle Hélène BABY, "Les intrigues tragi-comiques placent toujours leurs héros, jeunes amants fort sympathiques, sous les coups de périlleux voyages, les soumettant aux chausse-trapes de rivaux peu scrupuleux et de pères gagnés à l'avarice." [2001, p. 99]. Les pérégrinations du héros sont romanesques et leurs obstacles, extérieurs. Ces intrigues, naturellement, contreviennent à la sacro-sainte unité: les lieux sont multiples, le temps passe, les intrigues s'entremêlent... Corneille, lui, est décidé à se rapprocher des règles de la tragédie et à transgresser les usages de la tragi-comédie. *Clitandre* (1630) était la première tragi-comédie qui se soumettait à la règle de l'unité de temps. Cette "gageure" [*Ibid.*, p. 100], notre dramaturge la renouvelle donc avec *Le Cid*, et on le lui reproche: pourquoi ne pas avoir transgressé cette règle, qui met à mal la vraisemblance? En sous-titrant sa pièce "tragi-comédie", Corneille aurait pu transgresser l'unité de temps. Mais il fallait rester vraisemblable. Corneille préfère transgresser la vraisemblance pour respecter une règle de la tragédie, à laquelle il aurait pu aisément échapper avec un tel sous-titre... Corneille se rapproche donc décidément davantage de la tragédie. Soulignons en passant que ce problème de l'unité de temps qui met à mal la vraisemblance n'a rien de tragi-comique ! Un Racine, plus tard, dans sa *Bérénice*, fera la même observation sur cette exigence de vraisemblance, mal assortie parfois avec celle de l'unité de temps.

Or il faut bien relever la différence entre *Clitandre* et *Le Cid*: dans *Clitandre*, Corneille relève le défi de l'unité de temps, mais avec moins de délicatesse ("sans grâce aucune", écrit Hélène Baby). Mais avec *Le Cid*, on ne retrouve pas cette "hyperactivité" [BABY, 2001, p. 100], liée à une hypertrophie de l'action et des rebondissements pour qu'on *ait le temps* de résoudre l'intrigue en une journée. Avec *Le Cid*, Corneille intériorise l'obstacle et construit "une intériorité tragique" [*Idem*]. Cette dernière est "définie par la permanence des deux termes du conflit". Hélène Baby a raison de rappeler que l'accusation faite à Corneille sur le dénouement invraisemblable et malséant de sa pièce est un hommage à son génie: dans les tragi-comédies, on trouve force mariages entre le meurtrier du père et son orpheline. Pourquoi alors ainsi attaquer Corneille? Car son dénouement est convaincant! Chimène choque car elle est crédible et que le dramaturge lui a construit une psychologie épaisse. On voit bien que Corneille fait une tragi-comédie d'un autre genre, qui semble plutôt se rapprocher de la tragédie. Ainsi *Le Cid* peut-il être qualifié de "tragi-comédie renégate" [*Ibid.*, p. 106].

Comment parler de tragédie sans évoquer la mort ? Cette question est centrale dans les tragédies. La tragédie réfléchit toujours la mort et sa place. La mort peut d'ailleurs être réelle ou feinte. On peut penser à la fausse mort de Thésée dans *Phèdre*, par exemple. Dans *Le Cid*, le comte est le seul à mourir. Le bilan humain est, somme toute, très léger. Pourtant, la mort est très présente. Rodrigue, d'abord, ce héros, "traverse à lui seul quasiment tous les périls de mort" [BABY, 2001, p. 107] : à la scène 6 de l'acte I, il veut mourir (v. 323) ; il combat à plusieurs reprises : des individus, d'abord (Don Gomès puis Don Sanche) et un peuple (les Maures), risquant sa vie à chaque fois ; enfin, il se propose de mourir de la main de Chimène à deux reprises. Finalement, Rodrigue est cru mort par Chimène deux fois : la première, lorsqu'on le lui fait croire pour lui tirer un aveu (IV) et la seconde au retour de Don Sanche avec l'épée (V). D'autres personnages, évidemment, sont touchés par cette proximité de la mort : d'abord Chimène, qui dit à plusieurs reprises qu'elle veut mourir, mais encore Don Diègue, qui veut se sacrifier pour son fils et Don Sanche, qui se propose d'affronter le Cid.

Cette thématique de la fausse mort est également très en vogue dans les tragi-comédies. Son "succès dramaturgique [...] s'explique par sa capacité à inscrire dans l'action la réversibilité du bonheur et du malheur" [BABY, 2001, p. 106]. Dans *L'Illusion comique*, à la scène 8 de l'acte IV, le geôlier, juste avant de permettre à Clindor de s'évader, lui fait croire qu'il va mourir. Ce "principe tragi-comique" [*Ibid.*, p. 107], en plus d'être efficace sur le plan dramaturgique, a l'avantage d'insister sur des thématiques baroques privilégiées comme l'illusion, la fragilité de la vie ou encore la vanité. Par ailleurs, on retrouve dans *Le Cid* le typique "mensonge tragi-comique qui permet la manifestation de la vérité." [*Ibid.*, p. 110] lorsque Don Fernand fait croire à la mort de Rodrigue (IV, 5). C'est un jeu de théâtre : le roi demande à Don Diègue de "[contrefaire] le triste". Attitude peut-être trop peu digne d'un roi (et d'une tragédie !) que ce bas mensonge : Corneille supprimera ce passage dans l'édition de 1660.

La réflexion de Hélène Baby sur le genre du *Cid* passe encore par le constat de la "lucidité" du personnage cornélien, lequel semble "voir la mort et mesurer le tragique" [BABY, 2001, p. 118]. Deux personnages sont particulièrement intéressants : L'Infante et Chimène. S'agissant de L'Infante, ce personnage, considéré par Corneille lui-même comme inutile, ne contribue pas à accroître la charge pathétique du drame. Au contraire, si l'on suit la critique, ce personnage est nettement plus comique que tragique. Dona Urraque semble détachée de tout "péril de mort". Même s'agissant du Cid, après avoir appris que le comte et Rodrigue sont partis se quereller, elle est toute réjouie par l'idée d'un obstacle entre Chimène et Rodrigue à la scène 5 de l'acte II. Comment, en comparaison, ne pas penser à l'inquiétude de Chimène qui demande si le Cid n'est pas blessé ? On peut même dresser un lien entre l'Infante et Matamore, dans l'*Illusion comique*. Dotée d'une "intériorité artificielle" qui frise "le ridicule" [*Ibid.*, p. 122], Léonor fait penser aux valets, qui sont toujours les spectateurs privilégiés des feintes grandeurs de leurs Matamores. L'infante lui demande, à l'acte I, de la regarder : "Et plaignant ma faiblesse admire ma vertu" (I, 3, v. 74), elle lui donne même des leçons de morale : "Apprends comme l'amour flatte un cœur qu'il possède" (v. 532). Ici encore, l'Infante invite sa Léonor au spectacle :

> Et toi qui vois les traits dont mon cœur est percé,
> Viens me voir achever comme j'ai commencé (v. 1653-1654)

C'est cette même Léonor qui viendra (fait-elle preuve d'une subtile ironie ?) "applaudir" Madame à la scène 3 de l'acte V. Mais l'Infante n'a-t-elle pas un rôle fondateur dans cette intrigue ? N'est-ce pas elle qui (ô l'âme généreuse !), comme expédiant à son propre amour, a manœuvré pour que les deux jeunes gens s'aiment :

> Je mis au lieu de moi Chimène en ses liens,
> Et j'allumai leurs feux pour éteindre les miens. (v. 97-98)

Mais qu'a fait l'Infante ? Et, si vraiment elle avait fait ce qu'elle prétend, pourquoi même Corneille reconnaîtrait son inutilité ? Ce n'est pas rien, tout de même, d'avoir allumé l'action ! Pourquoi Léonor ne confirme-t-elle jamais le fameux "don" de l'Infante ? Pourquoi ne rebondit-elle jamais sur ce sujet ? Pourquoi nulle autre que l'Infante n'évoque cette manigance ? Dès le seuil de la pièce, on sait que Don Gomès accepte cet amour pour la valeur de Rodrigue, "homme de cœur" (v. 16). Par ailleurs, à la scène 3 de l'acte V, l'Infante, avant que le duel entre Don Gomès et Rodrigue n'ait lieu, confie à Léonor avoir encore l'espoir de pouvoir manœuvrer, bien que l'issue du combat, quelle qu'elle soit, soit en sa défaveur (Rodrigue meurt ou Rodrigue a la main de Chimène). C'est ainsi qu'elle déclare :

> Mais plutôt quel espoir me pourrais-tu défendre ?
> Si Rodrigue combat sous ces conditions,
> Pour en rompre l'effet j'ai trop d'inventions,
> L'amour, ce doux auteur de mes cruels supplices,
> Aux esprits des amants apprend trop d'artifices. (v. 1616-1620)

Il faut mesurer la lucidité et la cruauté (pour l'Infante) de la réponse de Léonor :

> Pourrez-vous quelque chose après qu'un père mort
> N'a pu dans leurs esprits allumer de discord ? (v. 1621-1622)

L'Infante est une "impuissante" qui veut se donner un pouvoir qu'elle n'a pas, qui se berce d'illusions au point de déclarer :

> Sèche tes pleurs, Chimène, et reçois sans tristesse
> Ce généreux vainqueur des mains de ta Princesse (v. 1799-1800)

À ce moment, d'ailleurs, nul ne prend en considération la parole de l'Infante, tout à fait superfétatoire. L'Infante, on le sait, n'a rien à faire dans cette histoire. Le personnage, toutefois, est double, et peut-être plus complexe qu'on le dit parfois. Certes, comme le souligne Hélène Baby, les histoires de l'Infante, ces histoires qu'elle se raconte, la part qu'elle s'attribue, par les mots seulement, à l'intrigue, peuvent rappeler Matamore : le fanfaron se targue de donner Isabelle à Clindor (III, 9). La vanité de la parole de l'Infante résonne d'autant plus que, immédiatement avant cette parole, le Roi qui, lui, a le pouvoir, vient de donner Rodrigue à Chimène :

> Ayant tant fait pour lui, fais pour toi quelque chose,
> Et ne sois point rebelle à mon commandement
> Qui te donne un époux aimé si chèrement (v. 1796-1798)

Mais, au-delà de cela, l'on peut voir en l'Infante la figuration plutôt pathétique de ceux qui, n'ayant pas d'autre choix que de s'exclure de l'action, survivent en se racontant des histoires. Il y a, dans l'Infante, la vérité tragique de ceux qui font de nécessité vertu et, plus encore, qui, complètement impuissants, feignent, pour eux-mêmes, d'avoir un rôle à jouer. Pour ne pas mourir, l'Infante se berce d'illusions. C'est pourquoi elle n'existe que par ses paroles et ses discours dans la pièce.

Chimène, contrairement à l'Infante, est au cœur du dispositif tragique mis en place par Corneille. Ce dispositif repose sur le lien entretenu avec le "péril de mort". Chimène, qui ne cesse de répéter son amour, de renouveler son aveu, réaffirme par la même occasion la situation terrible dans laquelle elle est prise. Car, ne l'oubliant pas, elle ne cesse non plus de répéter son désir de vengeance, et, contrairement à l'Infante, elle ne se contente pas de mots : elle va auprès du roi, elle renouvelle plusieurs fois cette volonté de voir mourir Rodrigue. Mais en poursuivant la mort de Rodrigue, elle poursuit la sienne, elle qui a affirmé vouloir "poursuivre [Rodrigue], le perdre, et mourir après lui" (v. 858). "L'ambiguïté générique du Cid, conclut Hélène Baby, tient à l'invention de Chimène, personnage en décalage avec les codes et les artifices de la tragi-comédie dans lesquels se complaît l'Infante : personnage qui promeut le scandale moral non pas tant de se dire que de se connaître et, partant, le scandale générique de devenir personnage tragique. C'est sans aucun doute pour cette raison que l'Infante et Matamore forment un couple comique fort harmonieux, appliqué à parler sur la mort sans jamais l'affronter en effet ; aucun des deux ne met en jeu sa propre vie, pas plus qu'il ne met en jeu la vie d'autrui." [Baby, 2001, p. 126].

## *Le Cid* : une tragédie à fin heureuse ?

Que retenir de cette pérégrination dans l'étude du genre du *Cid* ? Qu'il s'agit d'une pièce complexe que l'on peut difficilement étiqueter. L'appellation tragi-comédie est, en ce sens, bien commode : elle permet plus de souplesse. En appelant sa pièce "tragédie", Corneille aurait eu plus de mal à ne pas s'exclure des règles, celles de la tragédie étant nettement plus strictes. On retrouve bien, pour autant, certains traits de la tragi-comédie dans *Le Cid*, mais il ne faut pas oublier tout ce que Corneille lui-même a apporté à la théorisation des genres du théâtre et à la catégorisation des pièces. En l'appelant, par la suite, *tragédie*, il assume ce qu'est *Le Cid*, car il a pu développer sa vision de la tragédie, appuyée sur une lecture précise d'Aristote.

Aujourd'hui, ce qui peut nous surprendre – et ce qui a pu surprendre aussi à l'époque, évidemment –, c'est que *Le Cid* se termine très bien pour une tragédie. Mais, si la fin funeste des tragédies est un usage, souligné par certains doctes, il ne faut pas en faire nécessairement une règle. En ce sens, les propos de l'Abbé d'Aubignac sont éclairants : il rappelle que Garnier, auteur de tragédies du XVIe siècle, avait parlé de "tragi-comédie" pour son *Bradamante*. Un moyen, selon lui, de désigner des pièces qui, n'ayant pourtant rien de comique, ne se terminent pas mal, malgré une action en tout point tragique. Dans *Le Cid*, le personnel est tragique (noble), l'histoire est tragique : le destin qui semble broyer les héros et contre lequel ils ne peuvent rien, c'est l'honneur. Le point commun de tous les héros tragiques, c'est qu'ils sont accablés par quelque chose qui est plus grand qu'eux. Cette transcendance crée un conflit. Le héros tragique est déchiré : Phèdre est déchirée par (et entre) sa passion et sa raison ; Médée, par (et entre) son amour de mère et son amour – blessé ! – de femme (on peut parler, ici encore, de passion et de raison : il est rationnel de ne pas tuer ses enfants ; il est passionnel de vouloir, par tous les moyens, faire souffrir l'amant qui nous a fait souffrir) ; chez Œdipe, cas d'école de la machine tragique, il y a conflit entre sa volonté (celle de ne pas commettre les horreurs qui lui sont annoncées) et le destin, contre lequel on ne peut rien. Dans *Le Cid*, il y a conflit entre l'honneur et l'amour. Un même personnage (Rodrigue) cristallise une pulsion d'amour et une pulsion de vengeance. Reste la fin, qui n'est pas *tragique*, selon ce qu'on peut entendre un peu vite : pour qu'elle le fût, il aurait fallu que Chimène fît effectivement tuer Rodrigue et se donnât ensuite la mort (comme elle le laisse entendre). Ici, Rodrigue et Chimène sont sauvés de la machine tragique qui était en route.

Voyons ce qu'écrit d'Aubignac au sujet des tragi-comédies comme *Le Cid* : "Ce que nous avons fait sans fondement, est que nous avons ôté le nom de *Tragédie* aux pièces de théâtre dont la catastrophe est heureuse, encore que le sujet et les personnes soient tragiques, c'est-à-dire héroïques, pour leur donner celui de *Tragi-Comédies*" ; il ajoute que dans ces prétendues "tragi-comédies", "il n'y a rien qui ressente la Comédie : Tout y est grave et merveilleux, rien de populaire ni de bouffon". On peut bien reprendre notre Infante et ce qu'elle peut nous rappeler d'un Matamore. C'est un travail d'érudit intéressant et un rapprochement fécond, qui nous informe sur ce personnage et sur la pièce. Mais, soyons honnêtes et ne forçons pas trop ce trait : l'Infante n'est pas là pour faire rire. Ce n'est pas une bouffonne, et l'abbé d'Aubignac dirait volontiers (et il aurait raison) qu'il n'y a *rien qui ressente la comédie* dans *Le Cid*. Pour lui, le dénouement n'est pas un critère discriminant pour établir le genre d'une pièce et, toutes ces tragi-comédies au dénouement heureux ne devraient pas s'appeler autrement que "tragédies". Cette conception des genres, bien rappelée par Jacques Morel, comme nous l'avons vu au début, est, comme le souligne Bénédicte LOUVAT et Marc ESCOLA [2001, p. 11], héritée des grammairiens latins comme Donat et Diomède, qui vécurent au IVe siècle ap. J.-C. ; puis elle s'est installée à la Renaissance. Pourtant, Aristote n'a jamais écrit une telle chose, et c'est en s'appuyant sur une lecture d'Aristote quelque peu différente que Corneille va imposer sa signature, en créant des tragédies à fin heureuse (on peut penser à *Cinna*).

Écrivant sur la tragédie et sur *Le Cid* dans son *Discours de la tragédie*, Corneille retient, homme de terrain, essentiellement les *effets* pour définir une tragédie : chez Aristote, il souligne la place centrale de la pitié et de la crainte ; quant à la *catharsis**, cela apparaît être un concept très abstrait, peu net, qu'il confesse volontiers ne pas bien comprendre. En tout cas, il cite souvent *Le Cid* comme un exemple de tragédie, comme une pièce qui peut correspondre aux critères posés par l'auteur de la *Poétique*. Voyons comment il met en avant, dans *Le Cid*, la prégnance de la crainte et de la pitié :

> Rodrigue et Chimène y ont cette probité sujette aux passions, et ces passions font leur malheur, puisqu'ils ne sont malheureux qu'autant qu'ils sont passionnés l'un pour l'autre. Ils tombent dans l'infélicité par cette faiblesse humaine dont nous sommes capables comme eux : leur malheur fait pitié, cela est constant, et il en a coûté assez de larmes aux Spectateurs pour ne le point contester. Cette pitié nous doit donner une crainte de tomber dans un pareil malheur, et purger en nous ce trop d'amour qui cause leur infortune, et nous les fait plaindre.

Par la suite, il se montre plus sceptique sur la crainte qui peut être suscitée : il faudrait sonder le secret du cœur du public pour savoir cela. Cette "crainte réfléchie" qui peut "rectifier la passion" ne convainc pas Corneille. Il n'en demeure pas moins qu'il voit bien dans *Le Cid* une tragédie. Serait-ce si impertinent d'en faire autant ?

# LITTÉRATURE ET MORALE

Il est assez tentant de voir, dans le théâtre de Corneille, la célébration de certaines valeurs morales. On a pu remarquer que notre dramaturge exaltait des valeurs ayant un lien étroit avec la politique. Les personnages cornéliens ont tendance, dans les tragédies, à incarner un sens du devoir édifiant. Chez Corneille, il semble que l'individu se dépasse pour la communauté, qu'il s'efface derrière elle. Les personnages cornéliens ont souvent une conscience aiguë de leur place dans un tout, qu'il soit familial ou politique. Il ne faut pas croire, d'ailleurs, que cette tendance ne s'épanouit que dans les tragédies. Déjà en 1634, dans l'une de ses premières comédies, *La Suivante*, on peut déceler ce trait bien cornélien. Dans cette pièce, Amarante, une suivante, veut posséder Florame, dont elle est amoureuse, et le voler à Daphnis, sa maîtresse. Mais Florame épouse Daphnis. Le spectateur de cette comédie aura droit à six strophes de lamentations de la pauvre suivante qui n'aura pas su rester à sa place et qui en aura été bien punie. Morale : pour ne point souffrir, sache ne pas te laisser guider par tes passions si elles te poussent à transgresser ta condition. *Castigat ridendo mores** ! Comme le souligne Jacques MOREL, qui aborde, dans ses belles pages sur Corneille, ces importantes questions du théâtre moral, "l'ensemble de l'œuvre tragique ne renie rien de cette première esquisse" [1997, p. 354] que l'on peut voir dans des comédies de jeunesse comme *La Suivante*.

## Honneur et abnégation

Il est vrai que les tragédies de Corneille sont animées de cet "idéal de renoncement à soi au profit d'une communauté" [MOREL, 1997, p. 354]. *Le Cid* semble bien correspondre à cette définition. En effet, les personnages y font preuve d'un réel sens du devoir marqué par une sublime abnégation. Ils ont conscience du rang qu'ils tiennent et que la place qu'ils doivent honorer est plus importante que tout le reste. L'Infante en est l'une des premières illustrations criantes, torturée qu'elle est par l'incompatibilité entre son amour et son rang. Elle confie à Léonor "quels assauts brave encor [s]a vertu" (v. 80 dans la version de 1660 : voir la note 12 de l'acte I dans l'édition mise au programme). L'Infante est victime d'une implacable loi, exprimée par cette maxime, qui précède son aveu : "L'amour est un tyran qui n'épargne personne" (v. 75). Devant cet amour, qu'il faut toucher pour y croire (l'Infante demande à Léonor de mettre la main sur son cœur pour voir comme il bat), Léonor incarne la voix de la sagesse :

> Pardonnez-moi, Madame,
> Si je sors du respect pour blâmer cette flamme,
> Une grande princesse à ce point s'oublier
> Que d'admettre en son cœur un simple cavalier.

La tournure généralisante et le recours à la troisième personne pour souligner le rang de Dona Urraque montrent comme l'amour se heurte à d'autres lois nettement supérieures. Et d'ajouter : "Et que dirait le roi ? Que dirait la Castille ?", pour souligner que cette pulsion d'amour doit s'écraser devant des choses plus vastes : la Couronne, le royaume. Pour le dire très simplement, Léonor rappelle à l'Infante qu'elle n'est pas toute seule, que le sang qui coule dans ses veines n'est pas que le sien, qu'elle appartient à un lignage et à un royaume plus grands qu'elle. Chimène, quant à elle, n'est pas, comme l'Infante, "fille de roi", mais, quels que soit la force de son amour et les augures favorables sous lesquels il semble placé au seuil de la pièce, elle s'en remet à son père, dont elle veut l'approbation – c'est le sens de sa dernière réplique à la toute première scène.

L'importance de la communauté qui fonde l'exaltation de cette éthique de "renoncement à soi" est encore bien perceptible dans le discours du père de Chimène :

> Elle est dans le devoir, tous deux sont dignes d'elle,
> Tous deux formés d'un sang, noble, vaillant, fidèle,
> Jeunes, mais qui font lire aisément dans leurs yeux
> L'éclatante vertu de leurs braves aïeux.
> Dont Rodrigue surtout n'a trait en son visage
> Qui d'un homme de cœur ne soit la haute image,
> Et sort d'une maison si féconde en guerriers,
> Qu'ils y prennent naissance au milieu des lauriers.
> La valeur de son père en son temps sans pareille,
> Tant qu'a duré sa force a passé pour merveille ;
> Ses rides sur son front ont gravé ses exploits,
> Et nous disent encor ce qu'il fut autrefois (v. 10-22)

Rodrigue est le meilleur car il est celui qui incarne le mieux la grandeur de quelque chose de plus grand que lui : la vertu de son père et de "sa maison". C'est par sa famille et sa capacité à incarner la vertu d'une lignée que l'on reconnaît la grandeur d'un être. Notons au passage que ce discours rapporté par l'Infante inscrit d'emblée dans le texte la présence inéluctable du père ; au regard de la suite de l'action, cette présence est tragique. On retrouve bien ici l'exaltation des valeurs aristocratiques souvent bien prononcée chez Corneille. La pièce est pleine de ces hommes qui mettent leur devoir et leur communauté avant eux. Rodrigue, un jeune homme exemplaire, déclare : "Je rendrai mon sang pur comme je l'ai reçu" (v. 344). Chimène agit guidée par l'honneur, honneur qu'elle a fait sien et qu'elle semble avoir intériorisé au point de ne pas céder à l'amour, même quand tout y concourt.

### La contestation de valeurs ancestrales

Mais rien, dans le théâtre de Corneille, n'est monolithique. *Le Cid* n'est pas un traité de devoirs. Jacques MOREL a raison de souligner que concevoir le théâtre cornélien seulement comme une célébration de cette éthique du sacrifice serait le signe d'une vision "incomplète" [1998, p. 354]. C'est que les voix dissonantes ne manquent pas chez notre dramaturge, et elles sont d'autant plus audibles et légitimées qu'elles sont celles des héros. En effet, Chimène et Rodrigue incarnent merveilleusement les valeurs héroïques de leur lignée. Comment ne pas les trouver admirables ? irréprochables ? Pour autant, au cœur même du respect de ces règles et usages intransigeants, de cette implacable morale, il arrive que se fasse entendre leur voix. Au cœur de mécanismes régis par une morale aristocratique et des valeurs claniques, féodales, l'individu paraît.

"Que de mots et de pleurs nous coûterons nos pères." Cette phrase, prononcée par Rodrigue à Chimène dans la scène 3 de l'acte IV, dit bien la rigueur qui frappe nos héros dont l'amour est aussi fort que le sens du devoir. Rodrigue souligne, par le déterminant possessif de première personne du pluriel, le lien qui unit et désunit tragiquement les deux jeunes gens : leur respect infaillible des valeurs et de l'honneur. Mais ce respect n'est ni conformiste, ni aveugle, ni borné. Rodrigue n'hésite pas à se montrer rétif devant les valeurs défendues par son père. À la fin de l'acte III, ce n'est plus seulement dans l'intimité de la compagnie de Chimène qu'il devient contestataire, mais lorsqu'il s'adresse à son propre père. Rodrigue se rebelle, indigné devant l'intransigeance glacée de Don Diègue :

> Mon bras, pour vous venger armé contre ma flamme
> Par ce coup glorieux m'a privé de mon âme,
> Ne me dites plus rien ; pour vous j'ai tout perdu,
> Ce que je vous devais, je vous l'ai bien rendu. (v. 1059-1062)

Son "âme", c'est-à-dire son âme sœur mais aussi, peut-être, son identité, son individualité. Cette rébellion se lit dans les mots de Rodrigue mais également dans ses actes : n'oublions pas qu'il se soumet à Chimène et prête allégeance à sa dame. C'est de sa main qu'il veut mourir et d'aucune autre. Don Diègue, d'ailleurs, semble avoir pris acte de ce désaveu des valeurs qui sont les siennes et son discours évolue au fil de la scène, vers moins d'intransigeance. D'abord, la maxime : "L'amour n'est qu'un plaisir, et l'honneur un devoir" (v. 1069) ; ensuite, l'expression de l'honneur et du devoir :

> Là, si tu veux mourir, trouve une belle mort,
> Prends-en l'occasion puisqu'elle t'est offerte,
> Fais devoir à ton Roi son salut à ta perte.
> Mais reviens-en plutôt les palmes sur le front (v. 1098-1101)

En parlant d'honneur et surtout de belle mort, concept ancestral de l'héroïsme, le père excite l'honneur de son fils, veut soulever le héros qui est en lui. Enfin, il en appelle à l'amour :

> Si tu l'aimes, apprends que revenir vainqueur
> C'est l'unique moyen de regagner son cœur. (v. 1105-1106)

Le couple se rejoint jusque dans cette relative rébellion contre les valeurs parentales que fait trembler l'amour. Car Chimène, si elle sait se montrer particulièrement en accord avec l'éthique que l'on attend d'elle, n'hésite pas non plus à remettre en cause le fonctionnement du clan, progressivement. Comme Corneille montre un héros déchiré, surgit souvent, au cœur de la détermination, la contestation. Ainsi, à la scène 3 de l'acte III, seule avec Elvire, Chimène réaffirme, bien qu'elle "adore" (v. 810) Rodrigue, son devoir :

Et quoi que mon amour ait sur moi de pouvoir
Je ne consulte point pour suivre mon devoir,
Je cours sans balancer où mon honneur m'oblige ; (v. 829-831)

Mais ces mots d'encouragement qu'elle semble s'adresser à elle-même ne l'empêchent pas, immédiatement après, d'exprimer l'ampleur de sa douleur :

Ah ! cruelle pensée,
Et cruelle poursuite où je me vois forcée !
Je demande sa tête, et crains de l'obtenir :
Ma mort suivra la sienne, et je le veux punir. (v. 836-839)

Chimène est aussi moderne en ce qu'elle fait entendre sa voix, dit son amour, ne se tait pas. Ce que dit aussi la pièce, avec Rodrigue et Chimène, jeunes gens conscients de leur rang et de leur devoir, mais qui incarnent aussi une évolution ou du moins un questionnement des valeurs, c'est le passage d'un système à un autre. Passage d'un système féodal, clanique, à un système plus moderne, où l'on ne se fait plus justice soi-même. C'est le sens de cette remise de la situation entre les mains du roi – *Rex ex machina*.

Finalement, les héros cornéliens sont particulièrement édifiants parce qu'ils se soumettent aux valeurs et les interrogent. Sans y déroger, ils n'hésitent pas à les remettre en cause. Il serait amusant de jouer à trouver la leçon du Cid... Le sort récompense-t-il ceux qui ne dérogent pas aux lois de l'honneur ? Chimène et Rodrigue sont en effet récompensés. Faut-il en finir avec le modèle clanique qui broie les êtres et les entraîne dans le cycle hybristique* de la vengeance ? Est-ce une mise en garde contre une vaine obstination ? Le *docere* cornélien n'est certainement pas dogmatique et il serait oiseux de jouer à ce jeu plus longtemps. C'est que Corneille nourrit ses spectateurs de grandeur, cela est certain. Il est soucieux de toucher et d'élever leurs âmes. Ce qui force l'admiration, chez le héros cornélien, apparaît dans l'Examen du Cid : Chimène parvient à dompter son amour et sa vengeance "sans les affaiblir" ; Rodrigue accomplit son devoir "sans rien relâcher de sa passion". En ne mourant pas, l'un et l'autre forcent le respect en se dépassant, en trouvant une voie, un être au monde malgré les intensités contraires qui les font.

### Conclusion : "une morale ouverte"

Nous ne pourrions pas souscrire davantage aux remarques de Jacques Morel [1997, p. 354] à ce sujet : "La leçon qu'il apporte est rarement univoque. Elle laisse au spectateur et au lecteur le soin de conclure, elle leur accorde le droit de choisir. Le théâtre de Corneille n'est ni conformiste ni systématiquement contestataire. Ces plus admirables personnages sont des héros de l'excès. Leur conduite [...] n'instruit pas directement." Et d'ajouter : "La morale de Corneille est une morale ouverte. C'est pour cette raison que son théâtre [...] promet et permet à ses commentateurs à venir des 'lectures'd'une infinie variété."

## LA REPRÉSENTATION LITTÉRAIRE

Contrairement à la *mimèsis** platonicienne, qui renvoie à une reproduction du réel, à un travail d'imitation plus servile, la *mimèsis* aristotélicienne, quant à elle, est un concept plus vaste. Aristote n'est pas, il faut bien le dire, particulièrement précis et sa définition de la *mimèsis* reste assez large. La *mimèsis* est la modalité fondamentale de la *poièsis*. Aristote, dès le seuil de sa *Poétique*, distingue différents types de poèmes – épiques, tragiques, comiques... Tous se forment par la *mimèsis*. Les modalités mêmes de cette dernière varient : il peut s'agir du rythme, du langage, de l'harmonie, etc. Ces différentes modalités peuvent se superposer. À bien lire le texte, on comprend qu'il ne s'agit pas de reproduire à l'identique mais de mettre en forme, de rendre : autrement dit, de *représenter*. On se rend bien compte de cela lorsqu'Aristote parle du théâtre. Quand il aborde la différence entre la tragédie et la comédie, si l'on traduit μιμεῖσθαι (le verbe employé à ce moment-là, en II, 5) par "imiter", on obtient que "la tragédie vise à *imiter* des gens meilleurs" alors que la comédie tend à "*imiter* des gens pires". Remplacez "imiter", par "représenter", et le texte fait nettement plus sens.

## Vérité et vraisemblance

Cette notion de représentation ouvre un débat : que représenter ? Comment ? Doit-on plutôt privilégier la fidélité au sujet que l'on représente (vérité) ou la fidélité à la réalité (vraisemblance) ? C'est, nous avons pu le voir, l'un des problèmes de la représentation dans *Le Cid*. Voilà l'occasion de revenir plus en détail sur la question de la vraisemblance et de la vérité, posée par et dans *Le Cid*, en reprenant le temps de lire quelques textes.

Corneille s'oppose à l'abbé d'Aubignac et à sa "tyrannie de la vraisemblance" [Prigent, 1986, p. 13]. En effet, on lui reproche précisément, dans la querelle du *Cid*, son manque de vraisemblance.

> Le poète qui se propose pour sa fin d'émouvoir les passions de l'auditeur par celles des personnages, quelque vives, fortes et bien poussées qu'elles puissent être, n'en peut jamais venir à bout, s'il est judicieux, lorsque ce qu'il veut imprimer en l'âme n'est pas vraisemblable. [...] L'on y voit une fille dénaturée ne parler que de ses folies, lorsqu'elle ne doit parler que de son malheur ; plaindre la perte de son amant lorsqu'elle ne doit songer qu'à celle de son père, aimer encore ce qu'elle doit abhorrer ; souffrir en même temps et en même maison ce meurtrier et ce corps ; et pour achever son impiété joindre sa main à celle qui dégoutte encore du sang de son père. (Georges de Scudéry, *Observations sur le Cid*, 1637)

Trouvant cette représentation de Chimène invraisemblable, tant sur le plan logique qu'éthique, il va même jusqu'à souhaiter que son intolérable attitude soit châtiée :

> Après ce crime qui fait horreur, le spectateur n'a-t-il pas raison de penser qu'il va partir un coup de foudre du ciel représenté sur la scène pour châtier cette Danaïde ; ou s'il sait cette autre règle, qui défend d'ensanglanter le théâtre, n'a-t-il pas sujet de croire qu'aussitôt qu'elle en sera partie, un messager viendra pour le moins lui apprendre ce châtiment ? Mais cependant ni l'un ni l'autre n'arrive ; au contraire, un roi caresse cette impudique, son vice y paraît récompensé, la vertu semble bannie de la conclusion de ce poème : il est une instruction au mal, un aiguillon pour nous y pousser, et par ces fautes remarquables et dangereuses, directement

opposé aux principales règles dramatiques. (Georges de Scudéry, *Observations sur le Cid*, 1637)

Comment, ici, ne pas souscrire aux propos de Voltaire qui, commentant plus tard les propos de ce docte, déclare : “À quel excès d’aveuglement la jalousie porte un auteur ? Quel autre que Scudéry pouvait souhaiter que Chimène mourût d’un coup de foudre ?”. Il est vrai que Scudéry semble bien détaché du spectateur qui, quoi qu’il en dise, ne voit pas en Chimène une mauvaise fille…

L’Académie, critiquant vivement (mais avec une once de rationalité en plus) notre dramaturge sur ce point précis, déclare : “Nous avouons bien que la vérité de cette aventure combat en faveur du poète, et le rend plus excusable que si c’était un sujet inventé. Mais nous maintenons que toutes les vérités ne sont pas bonnes pour le théâtre et qu’il en est de quelques-unes comme des crimes énormes dont les juges font brûler les procès avec les criminels. Il y a des vérités monstrueuses, ou qu’il faut supprimer pour le bien de la société ou que, s’il ne les peut tenir cachées, il faut se contenter de remarquer comme des choses étranges.” (Jean Chapelain, *Sentiments de l’Académie française sur la tragi-comédie du Cid*, 1638). Autrement dit, l’Académie explique qu’il vaut mieux falsifier l’histoire : “C’est principalement en ces rencontres que le poète a droit de préférer la vraisemblance à la vérité et de travailler plutôt sur un sujet fin et raisonnable que sur un véritable qui ne soit pas conforme à la raison. Que s’il est obligé de traiter une matière historique de cette nature, c’est alors qu’il la doit réduire aux termes de la bienséance, sans avoir égard à la vérité, et qu’il la doit plutôt changer tout entière que de lui laisser rien qui soit incompatible avec les règles de son art, lequel, se proposant l’idée universelle des choses, les épure des défauts et des irrégularités particulières que l’histoire, par la sévérité de ses lois, est contrainte d’y souffrir”.

## Corneille et la représentation de l’histoire

Ce débat pose donc bien la question de la représentation de l’histoire par Corneille de manière plus générale. Il ne faut pas rendre la discussion caricaturale en faisant de Corneille un partisan de la vérité contre la vraisemblance. Il n’y aurait rien de plus faux. Ce qui prime, chez Corneille, c’est *l’effet*, l’intensité dramatique. Trouvant dans *Le Cid* l’histoire et la légende promptes à fournir un sujet hautement dramatique, il s'y conforme. Corneille affirme à plusieurs reprises son souhait de s'en tenir le plus possible à l'histoire, de la représenter telle qu'elle fut. Préfaçant *Clitandre*, il écrit ne pas vouloir donner un soufflet à l'histoire. Plus tard, dans l'examen de *Cinna*, Corneille reconnaît que, malgré les différents ajouts, "rien n'y contredit l'histoire, rien n'y est violenté par les incommodités de la représentation, ni par l'unité de jours, ni par celle de lieux". Et dans notre *Cid*, Corneille affirme, dans l'Examen, "ne pas contredire l'histoire". Au contraire, dans *La mort de Pompée*, Corneille écrit: "À bien considérer cette pièce, je ne crois pas qu'il y en ait sur le théâtre où l'histoire soit plus conservée et falsifiée tout ensemble." Qu'est-ce à dire ? Comment entendre cette antithèse ?

Premier obstacle, première "incommodité de la représentation", l'unité de temps et de lieu: "La diversité des lieux où les choses se sont passées et la longueur du temps qu'elles ont consommé dans la vérité historique m'ont réduit à cette falsification pour la ramener dans l'unité de jour et de lieu". Comme le précise justement PRIGENT [1986, p. 15], "cette falsification est en fait une stylisation plus qu'une déformation: l'histoire n'est pas faussée, elle est mise en scène". Autrement dit, pour *représenter* il faut nécessairement *falsifier*. Par ailleurs, il avance aussi l'âge de Ptolémée s'éloignant, comme le rappelle PRIGENT [1986, p. 15], des historiens latins et du poète Lucain, qui étaient attachés à la thèse du *rex puer**. Cela lui permet d'"agir" et de "soutenir le caractère" de son titre de roi, comme l'écrit Corneille. Finalement, Corneille est assez proche d'Aristote lorsque, dans son *Discours sur la tragédie*, il explique qu'il ne faut pas modifier les éléments centraux, essentiels, de l'histoire. Ce qui est en jeu, toujours, c'est le public: "Seule l'histoire peut convaincre ou émouvoir les spectateurs qui resteraient insensibles à la mise en scène d'événements irréels ; le public, qui est cultivé, ne comprendrait pas que l'histoire et la politique antique, dont il connaît la trame, soient bouleversées sans raison par le théâtre" [PRIGENT, 1986, p. 16].

Ce goût de Corneille pour la représentation de l'histoire correspond bien aux goûts de l'époque – j'entends: aux goûts du public, priorité absolue de Corneille. DOUBROVSKY, dans sa *Dialectique du héros*, a ces mots très justes: "Le théâtre de Corneille n'est pas un théâtre qui se greffe sur l'histoire ; c'est un théâtre d'histoire ; non un théâtre qui utilise l'histoire mais qui la réfléchit" [1963, p. 268]. La représentation de l'histoire est l'occasion d'une réflexion ouverte sur l'histoire, qui s'adresse à un public amoureux et connaisseur de l'histoire, et, par ailleurs, plutôt "politisé" comme nous le dirions aujourd'hui. Dans une période de questionnements, de guerres civiles, au passage d'un modèle politique à un autre, "le public du théâtre s'intéressait, d'une manière ou d'une autre, aux affaires de l'État" [PRIGENT, 1986, p. 1].

## Corneille et la représentation de son temps

Subsiste alors une question: y a-t-il, dans *Le Cid*, une part de représentation de l'histoire contemporaine de Corneille? *Le Cid* résonne forcément avec son temps. Toute une génération de gentilshommes sent bien que l'État tend à se renforcer et à brider les élans d'une certaine aristocratie, leurs mœurs, leurs coutumes, leurs forces et leur pouvoir. François de Montmorency Bouteville est un de ces hommes qui s'étaient opposés à Richelieu. Montmorency, c'est l'homme des duels, dont il est sorti vainqueur à plusieurs reprises. On peut encore penser au comte de Soisson ou à celui de Cinq-Mars. Ces jeunes et grands seigneurs, qui rappellent Rodrigue, se sentent bridés quand Richelieu interdit, en 1626, les duels, après que quatre mille gentilshommes furent tués dans les dix dernières années du règne de Henri IV. La représentation de cette Espagne féodale peut aussi passer pour une représentation de la France d'alors et du basculement ainsi que du bousculement qui s'y opèrent. Don Fernand y apparaît comme un roi autoritaire, qui en a assez que quelques illustres seigneurs trouvent normal de se faire justice eux-mêmes. D'une part, on retrouve Don Gomes et Don Sanche qui défendent ce vieux modèle de l'honneur clanique et, de l'autre, Don Diègue et Don Arias, qui soutiennent le pouvoir royal. Difficile de savoir si on peut lire dans cette représentation quelque position cornélienne.

Certains ont cru voir un éloge de la pratique ancestrale du duel à la scène 1 de l'acte II. Mais il s'agit plutôt d'une joute verbale entre un partisan de la vengeance *à l'ancienne* et un partisan de l'obéissance royale. Le comte défend la désobéissance au souverain et sa valeur propre qui lui accorde une légitimité:

> Monsieur, pour conserver ma gloire et mon estime,
> Désobéir un peu n'est pas un si grand crime;
> Et quelque grand qu'il fût, mes services présents
> Pour le faire abolir sont plus que suffisants. (v. 367-370)

Don Arias le contredit :

> Quoi qu'on fasse d'illustre et de considérable,
> Jamais à son sujet un Roi n'est redevable :
> Vous vous flattez beaucoup, et vous devez savoir
> Que qui sert bien son Roi ne fait que son devoir ;
> Vous vous perdrez, Monsieur, sur cette confiance. (v. 371-375)

Don Arias insiste : "Vous devez redouter la puissance d'un roi" (v. 375). Le comte persiste :

> Un seul jour ne perd pas un homme tel que moi.
> Que toute sa grandeur s'arme pour mon supplice,
> Tout l'État périra plutôt que je périsse (v. 378-380).

Sur quoi repose la force de l'État ? Sur une aristocratie ancestrale et éprouvée ou sur un roi qui doit centraliser les pouvoirs au sommet d'une structure voulue plus verticale ? C'est la question que pose Corneille dans cette joute et ce qu'il représente (μιμεῖσθαι) est bien un débat d'actualité. Corneille supprimera certains vers, pour que l'on n'imagine pas, probablement, qu'il ait voulu remettre en question les décisions de Richelieu. Quoi qu'il en soit, Corneille ne tranche pas. La pièce fait part belle à l'échange et c'est bien, au demeurant, à l'autorité du roi que se remet Chimène. Mais, pour trancher, le roi a ordonné… un duel ! Ce que représente donc Corneille et ce qui fit, parmi tant d'autres choses, le succès de la pièce, c'est le conflit vif qui oppose une noblesse restée fidèle à un certain code de l'honneur, plus important que tout, et un pouvoir de plus en plus central et fort, soucieux de modérer les ardeurs orgueilleuses de certains nobles.

# MARIVAUX,

# *LA DOUBLE INCONSTANCE*
# et
# *LA DISPUTE*

NB :

abréviations utilisées pour référencer les citations :

- chiffre romain = acte, chiffre arabe = scène pour *La Double Inconstance* notée *DI*. Ex : I, 1 *DI*.
- s.... (chiffre arabe) = scène pour *La Dispute* notée *D*. Ex : s.1 *D*.

# PARTIE ANALYTIQUE

## REPÈRES

### Marivaux et la vie littéraire de son temps

#### • Biographie

*Marivaux* est le nom de plume sous lequel se fait connaître, à partir de 1716, Pierre Carlet, né en 1688 à Paris. Sa mère est sœur de l'architecte du roi. Son père, qui travaille dans l'administration du royaume, achète une charge à la Monnaie de Riom où Marivaux passe une partie de son enfance, frappé par les inégalités sociales face à la misère du monde paysan. Retourné à Paris en 1710 pour des études de droit, Marivaux écrit d'emblée de manière prolifique, faisant publier six romans à succès en sept ans, notamment *Les Effets surprenants de la sympathie, Pharsamon, Télémaque travesti*. Marivaux y développe un art de la parodie* en instaurant un dialogue ironique avec le lecteur, vis-à-vis du récit qui épouse l'esthétique des romans précieux et baroques. En vogue à partir du milieu du XVIIe siècle, ces romans sont caractérisés par de longues intrigues sentimentales et idéalistes, ou par des aventures en tous genres, racontées avec exubérance dans un langage recherché. Désireux de se faire une place dans le champ littéraire, Marivaux avait rallié le camp des Modernes avec son *Homère travesti* lors de la seconde querelle qui éclate en 1714 (v. Position dans la querelle des Anciens et des Modernes). Il devient l'ami et le protégé de Fontenelle, l'un des principaux chefs de file des Modernes, académicien, homme de premier plan dans la vie culturelle, qui doit à son extrême longévité (1657-1757) de traverser le Grand Siècle et le siècle des Lumières, auteur touche-à-tout dont le chef-d'œuvre est les *Entretiens sur la pluralité des mondes* (entre la vulgarisation scientifique et l'essai de philosophie des sciences). Fontenelle l'introduit dans les salons parisiens, qui s'avèrent des creusets essentiels dans l'épanouissement du style de Marivaux. Marivaux fréquente d'abord le salon de Mme de Lambert puis celui de Mme de Tencin où l'on cultive un esprit de gaieté philosophique caractéristique de la "nouvelle préciosité" [DELOFFRE, 1955, p. 15-25], dans des conversations peu soucieuses des rangs mais menées avec art, portant sur des questions d'esthétique, de morale, de métaphysique et de sentiment. Il se marie en 1717 à la fille d'un riche avocat mais est ruiné par la banqueroute de Law en 1720, année de sa première pièce à succès: *Arlequin poli par l'amour*.

Pendant une petite trentaine d'années, Marivaux compose un peu plus de trente pièces, servies en premier lieu par une collaboration très fructueuse avec la troupe de Luigi Riccoboni, dit Lélio, qui occupe le Théâtre-Italien. C'est là que sont créées vingt et une de ses pièces (comme *La Double Inconstance* en 1723), contre treize au Théâtre-Français (parmi lesquelles *La Dispute* en 1744). Marivaux fait en même temps paraître, sous forme de journaux, *Le Spectateur français* (1721-1724), *L'Indigent philosophe* (1727) et *Le Cabinet du philosophe* (janvier-avril 1734). Caractérisés par leur liberté formelle, ces journaux permettent à l'auteur d'aborder tous types de sujets, le plus souvent en prise avec l'actualité de la société parisienne de son temps, dont il se fait fin observateur et moraliste*. Partant souvent d'anecdotes réelles (telle l'arrivée de l'Infante d'Espagne à Paris, fiancée avec Louis XV, racontée dans la seizième feuille du *Spectateur Français*) ou bien d'histoires fictives mais réalistes (v. Florilège, "la femme au miroir" *S.F., Feuille I*) Marivaux y développe, sous une apparente badinerie, des réflexions aiguës de nature politique, sociale, anthropologique ou littéraire. À l'instar de l'écriture dramatique, puis de ses romans de la maturité, Marivaux y privilégie une énonciation à la première personne, donnant voix à toutes sortes de figures: grands et petits, femmes et hommes, jeunes et vieux, pratiquant ce qu'on peut appeler avec H. Coulet et M. Gilot un *humanisme expérimental* (titre de l'ouvrage paru en 1973). C'est dans cette même période que Marivaux compose ses deux grands romans-mémoires, *La Vie de Marianne* et *Le Paysan parvenu,* volontairement inachevés, dont la publication en périodiques s'étend de 1728 à 1735. Marivaux se voit refuser l'entrée à l'Académie française en 1736, au motif suivant, révélateur des critiques très partagées par ses contemporains sur son style et ce jusqu'à sa redécouverte au XXe siècle : "Notre métier à l'Académie est de travailler à la composition de la langue, et celui de M. de Marivaux est de travailler à la décomposer; nous ne lui refusons pas de l'esprit mais nos emplois jurent l'un contre l'autre [...]." Il y est cependant élu en 1742.

Sa production se tarit à cette période: on compte trois pièces (dont *La Dispute*) et quelques discours théoriques sur la littérature contemporaine vouée à la "science du cœur humain" dans lesquels il réfléchit sur sa propre œuvre. Il meurt à Paris en 1763.

**• Position dans la querelle des Anciens et des Modernes**

La première querelle avait fait feu entre 1687 et 1694, date de la réconciliation officielle entre les chefs de file des deux partis, Boileau (pour les Anciens) et Perrault (pour les Modernes). L'enjeu esthétique (la question du modèle antique) se doublait d'enjeux politiques et personnels, la défense d'une liberté critique étant avant tout le fait des Anciens, face à la volonté de contrôle de l'espace littéraire par le pouvoir, qui avait ses partisans chez les Modernes. La seconde querelle, dite aussi "querelle d'Homère", débute en 1714 quand La Motte fait publier sa transposition, abrégée et remaniée, des poèmes homériques. Ne connaissant pas le grec, il s'était fondé sur la traduction experte proposée par Mme Dacier trois ans plus tôt. Ce faisant, il prétendait mieux répondre au goût du public de son siècle, et ironisait sur l'identité et les défauts du prétendu "divin Homère", dans un discours préfacier qui reprenait les arguments du *Parallèle des Anciens et des Modernes* de Perrault. Mme Dacier réplique aussitôt par un discours intitulé *Des causes de la corruption du goût*, défendant les beautés des Anciens. Pendant deux ans, le débat enflamme les milieux lettrés ; l'Académie, et des journaux littéraires et mondains tels *Le Mercure de France*, y prennent part. Si cette querelle est avant tout esthétique, elle touche cependant à la question du progrès de l'esprit humain au cours de l'histoire qui devient cruciale au XVIII^e^ siècle.

La prise de position de Marivaux en faveur des Modernes s'explique à la fois par sa critique du culte des auteurs, quelle que soit leur place dans le canon littéraire* (lui-même esquive subtilement le titre d'auteur, v. Florilège, *Spectateur Français*), par sa croyance sinon au progrès du moins à l'enrichissement de l'esprit humain dans le temps, mais surtout par son refus de tout modèle absolu dans la primauté qu'il accorde à la singularité d'un style et d'une pensée (que Marivaux voit comme les faces inséparables d'une même médaille), source de la justesse et de l'intérêt d'une œuvre (v. Florilège, *Du style*).

• **Un dramaturge des Lumières ?**

L'appartenance de Marivaux aux Lumières fait débat. Il écrit la majorité de son œuvre pendant l'éclosion de l'esprit des Lumières (des années 1720 à 1750) avant *L'Encyclopédie* et la diffusion militante de leurs idées (durant les vingt années qui suivent). Il se méfie de l'esprit de système du "parti des philosophes" – D'Alembert, Voltaire, Diderot pour ne citer qu'eux – qui lui trouve en retour trop de frivolité. Diderot, pourtant à la recherche d'une nouvelle poétique théâtrale (qu'il théorise puis pratique lui-même comme "drame bourgeois"), néglige ainsi la nouveauté de la dramaturgie marivaudienne.

Mais une confluence d'idées, de valeurs et d'aspirations lie Marivaux aux Lumières. Ainsi la réflexivité interne de ses œuvres est-elle remarquable : définie par J. Rousset comme "la structure du double registre*" [1962], elle prend au théâtre la forme de dispositifs de mise en scène intrinsèques où des personnages, "délégués indirects du dramaturge", provoquent stratégiquement les péripéties nécessaires au but escompté, en agissant sur les consciences des autres (v. Singularité des comédies de Marivaux au sein du théâtre comique de son temps). Cette structure promeut ainsi le sens critique du lecteur ou du spectateur, que sollicitent encore l'ambiguïté et la finesse analytique des œuvres en question (v. Une unité de style, "le marivaudage" ; Comédies équivoques). Le public ne peut également qu'être sensible à la critique, souvent virulente sous des dehors comiques, tacites ou policés, des inégalités sociales, des abus de pouvoir, de la manipulation et du mépris de la part des plus grands vis-à-vis des plus petits, conditionnés par des privilèges de naissance, de rang et d'argent (v. Emprise du pouvoir : force, persuasion attraction ; Littérature et morale). À la suite de l'*Arlequin sauvage* de Delisle de la Drevetière [cf. Marivaux, 1999, p. 112-113], c'est à Arlequin qu'il revient de les exprimer le plus clairement dans ses scènes de confrontation avec Trivelin (I, 4 et 7), le Seigneur (II, 5 et III, 4) et enfin le Prince (III, 5).

Toutefois, l'engouement des Lumières pour l'esprit expérimental, la quête d'une nature originelle, l'intérêt porté à la malléabilité ou capacité de (dé)formation de l'être humain (pour reprendre la fine analyse de N. Fréry dans *Marivaux 'La Dispute, La Fausse Suivante, La Double Inconstance*, Atlande, clefs concours, "Lettres xviiie", 2018) sont particulièrement questionnés dans leurs ambivalences et leur légitimité à travers *La Double Inconstance* et *La Dispute* (v. "Je ne gouvernerais pas deux cœurs de cette espèce-là ?" ; Paradoxes du désir de nature).

**• Entre Théâtre-Italien et Théâtre-Français**

Avec le retour des Comédiens-Italiens à Paris (expulsés sur ordre du roi en 1697 et rappelés par le Régent en 1716) qui abandonnent progressivement les pièces en italien pour un répertoire d'auteurs comiques français, la rivalité reprend entre les deux institutions.

Si le Théâtre-Français (Comédie Française) est le gardien du répertoire classique et que son public, scrupuleux sur les conventions datant du Grand Siècle, y applaudit le canon* et les pièces qui en épousent les règles (telles les tragédies de Voltaire), les performances s'atrophient dans un jeu figé et "calamistré" (cf. Diderot, *Lettre à Mme Riccoboni*, nov. 1758) où les acteurs cherchent les applaudissements individuels au mépris de la cohérence globale. Marivaux y reçoit souvent un accueil assez froid: *La Dispute* tombe même après la première du 19 octobre 1944. La pièce ne sort véritablement de l'oubli qu'avec la mise en scène novatrice et provocatrice de Patrice Chéreau en 1973, après quoi metteurs en scène et critiques lui portent un très vif intérêt.

Au contraire, le Théâtre-Italien, très populaire, s'avère un cadre exceptionnellement fécond pour Marivaux qui y commence et poursuit sa carrière avec succès (v. Biographie). *La Double Inconstance* créée le 6 avril 1723, est l'une de ses pièces les plus appréciées. Les nouveaux acteurs italiens, souvent liés par des relations familiales à leurs prédécesseurs du Grand Siècle, cultivent avec souplesse l'héritage de la *commedia dell'arte*: improvisations typées à partir de canevas où la progression comique du dialogue est assurée par la reprise lexicale (que Marivaux se réapproprie de manière personnelle, v. Une unité de style, "le marivaudage"), personnages-types (au premier chef Arlequin), *lazzi**, c'est-à-dire jeux de scènes muets, partiellement codifiés, virtuoses et bouffons. Marivaux trouve chez eux une troupe unie en scène, sous l'impulsion de son chef (le *capocomico*), dont les acteurs inspirants et inspirés ne portent bientôt plus auprès du public que les noms des personnages qu'ils incarnent dans ses comédies: *Lélio*, *Arlequin*, etc., *Silvia* surtout, l'interprète favorite de l'auteur au point que D'Alembert dit qu'"elle devint au théâtre Marivaux lui-même". Le jeu des Italiens, caractérisé par la "liberté", la "gaîté", la "fantaisie" (cf. Diderot, *De l'art dramatique*), loin de se réduire à la déclamation et aux mines des acteurs du Français, implique l'expressivité du corps entier dont Marivaux attend une exploitation parfois grotesque (tels les coups de latte, fameux attribut d'Arlequin dont il use par exemple en I, 7 *DI*), mais souvent tout en finesse (on pense en particulier à Flaminia qui doit maîtriser l'art de feindre auprès des ingénus mais non pas aux yeux du spectateur, alors même qu'elle introduit des mensonges dont il n'est pas averti – entre autres fictions, celle de l'amant mort en I, 8).

### • Singularité des comédies de Marivaux au sein du théâtre comique de son temps

C'est avec vigueur et liberté, que renaît l'activité théâtrale après la fin de règne austère de Louis XIV (qui meurt en 1715) : réouverture du Théâtre-Italien, inauguration de l'Opéra-comique, succès des Foires à la verve satirique où se développe la pantomime. Les auteurs comiques de la génération d'avant Marivaux, poursuivent l'héritage moliéresque des comédies de caractère*. Ils réinventent en même temps la comédie de mœurs*, en prise avec la société de leur temps, recourant au cynisme comme au pathétique moralisateur.

Marivaux crée son propre type de comédies, parfois appelées “comédies de sentiment” ou “comédies métaphysiques” – *métaphysique* a le sens de recherche philosophique des principes, en l'occurrence ceux des mœurs humaines. Le dramaturge fait choix d'un cadre fortement stylisé qui s'appuie sur les spécificités du Théâtre-Italien (v. Entre Théâtre-Italien et Théâtre-Français ; France – Italie : un partout) et puise occasionnellement dans la pastorale*, à l'arrière-plan de *La Double Inconstance* qui a aussi pour mémoire le conte populaire de la bergère et du prince, dont *Grisélidis* montre les ambiguïtés. Il s'inspire aussi du conte de fées blanc ou noir, perceptible dans la démiurgie presque sorcière de la recréation du “premier âge du monde” (s. 2) dans *La Dispute*. Cette stylisation sert cependant une figuration profonde de la psyché humaine, hantée par le monde social comme en témoigne la forte démarcation entre les mœurs de la cour et celles des villageois dans *La Double Inconstance*, mais aussi la hiérarchie plus sinueuse, au sein même de la cour, qui sépare le Prince et les nobles d'une Flaminia qui n'est que “fille d'un domestique du Prince” (I, 3), aspirant à s'élever par ses services (“Si vous m'acquérez le cœur de Silvia, il n'est rien que vous ne deviez attendre de ma reconnaissance” lui dit le Prince en I, 2). Ce sont aussi des personnages soumis aux passions et à leurs contrariétés que représente Marivaux, telle Silvia, partagée dès l'acte II de *La Double Inconstance* entre sa tendresse et ses obligations envers Arlequin, son désir de plus en plus irrésistible pour le pseudo-officier du palais, son ambition de dépasser les femmes de la cour en épousant le Prince. Tous ces facteurs donnent une épaisseur réaliste aux personnages, dont l'incarnation sollicite un jeu qui intègre largement le non-verbal : Marivaux sait qu'il est autant, sinon mieux à même de manifester l'intériorité (v. Florilège, *"Le Monde vrai"*). Les didascalies sont donc de première importance. Ainsi les placements et les échanges muets des personnages qui mènent l'intrigue, informent-ils le public des machinations en cours : "Carise paraît dans l'éloignement de la porte et écoute." (s. 13 *D*), "En sortant [Flaminia] sourit [au Seigneur] qui entre." (III, 3 *DI*). Les didascalies indiquant le tempo, le ton ou le geste de certaines répliques servent le plus souvent à mettre le spectateur en alerte sur ce qui se joue de manière latente chez les personnages. Les feintes de Flaminia, par exemple, sont explicitées dans le texte par la présence du modalisateur "comme" : elle est "*comme épouvantée*" par les menaces de Trivelin (II, 4), dont on devine qu'il se contente de jouer un rôle prévu d'avance. À charge pour l'actrice de trouver la juste nuance, entre l'outrance qui souligne, aux yeux du spectateur, l'hypocrisie de Flaminia, et la subtilité qui doit être maintenue pour rendre crédible le fait qu'Arlequin la croit de bonne foi. Les didascalies étayent également les moments de vacillement intérieur des personnages : ainsi en est-il d'Arlequin, rappelant le Seigneur en III, 4, ou le Prince en III, 5, pour accepter – sous conditions – une offre auparavant franchement repoussée. Il faut aussi prêter attention aux didascalies internes*, particulièrement présentes dans *La Dispute* où les jeunes gens se rapprochent ou s'affrontent avec une grande intensité émotive, dans une veine comique voire farcesque, qui émeut tout leur corps. On pense notamment aux scènes amoureuses entre Églé et Azor ("ni moi ni ma bouche ne saurions nous passer [de vos mains]." (s. 4)), à la joute féroce entre les jeunes coquettes (s. 9), au pacte amical, scellé entre Azor et Mesrin, qui les fait sauter de joie (s. 13).

En suivant J. Rousset [1962], on peut conséquemment répartir les personnages marivaudiens entre lucides maîtres de l'intrigue et ingénus qui "entraînés dans le mouvement du sentiment", peinent à se comprendre et ne s'aperçoivent pas des stratagèmes dont ils sont la cible. *La Double Inconstance* oppose ainsi Flaminia, maîtresse de la cour dans cette affaire où le Prince a consenti à lui donner tout pouvoir (I, 2), au couple naïf d'Arlequin et Silvia. Comme le souligne J. Rousset [1990], Flaminia se veut d'abord "dramaturge" et "metteuse en scène" des confrontations qu'elle prépare entre les ingénus et les courtisans : c'est ce que montre la scène 3 de l'acte I, où elle expose à Lisette le rôle qu'elle doit jouer auprès d'Arlequin, et la manière dont elle peut s'y prendre. Flaminia est également "régisseuse" de l'ensemble de l'intrigue, dans la mesure où elle règle les entrées et sorties d'un chacun, ce dont les didascalies externes et internes* rendent compte (cf. *supra*). À partir de la scène 6, c'est même en tant qu'"actrice" qu'elle intervient auprès des ingénus. *La Dispute* durcit encore la ligne de démarcation entre le Prince, Carise et Mesrou chargés par ses ordres de mener l'expérimentation à bien, et les jeunes gens qui en sont l'objet. Cette partition des personnages permet une évolution des ingénus. Habilement aiguillés par les personnages-dramaturges, ces ingénus s'étonnent – toujours ironiquement aux yeux du spectateur – de découvrir un "incognito" (III, 1 *DI*) insoupçonné en eux et dans leur relation aux autres, avec lequel ils se débattent de plus ou moins bonne foi. Ce principe compositionnel fait des pièces de Marivaux, en premier lieu de celles au programme, des comédies de la mise à l'*épreuve* des êtres (*L'Épreuve* est le titre choisi par Marivaux pour sa comédie de 1740). Par la mise en spectacle de ce qui va fléchir ou non les consciences des ingénus, c'est à une analytique des mobiles et des motifs des mœurs humaines que Marivaux nous convie.

Au rebours des comédies de type moliéresque, mettant en scène des personnages en proie à des obstacles extérieurs, l'intrigue est de fait intériorisée chez Marivaux. La progression dramatique repose sur des péripéties de sentiment et des cheminements de conscience. La formule mise dans la bouche de Lisette : "Tout est fini, rien n'est commencé" (I, 3 *DI*) a valeur de principe dramaturgique. Le dénouement de l'intrigue, prévue par les dramaturges internes à la comédie, étant présenté comme infaillible, l'intérêt du spectateur se trouve déplacé vers "les moyens aptes à produire la situation dévoilée" [Rousset, 1990] et ses étapes. Marivaux raffine l'analyse de ces étapes et en renforce le comique, en construisant sa dramaturgie en "géomètre subtil" (J. Fabre). C'est-à-dire qu'il la fonde sur des symétries légèrement décalées, telles les inconstances au féminin et au masculin des deux pièces, sur des personnages semblables et dissemblants, comme le met en valeur le parallélisme des noms consonants d'un certain nombre de personnages de *La Dispute* : Mesrou, Mesrin, Meslis / Adine, Dina. Les différences qui en ressortent permettent de saisir principes et variables, qui gouvernent le cœur et l'esprit humains. Les principes que donnent à voir les pièces au programme sont d'abord l'amour-propre et l'amour (v. Amour-propre et malléabilité des êtres ; "Voilà qui [n']est [jamais] fini"). Les manifestations diverses de l'amour-propre et de l'amour, dans les attitudes des personnages, les dialogues et les monologues (un seul, celui d'Églé, s. 8 *D*), permettent de réfléchir leurs différents *composants :* ambition, narcissisme, appel de la nouveauté, tendresse, estime, etc. [cf. MARIVAUX, 1999, p. 17-18]. La structure des pièces est ainsi comparable à une mathématique des relations humaines, où entrent cependant des "inconnues" (idem, p. 13-14). Le "goût" (III, 1 *DI*) de Flaminia pour Arlequin, qui se greffe à sa propre intrigue à partir de la scène 6, et qui croît au long du spectacle, en est une, quand bien même ce penchant est en parfaite adéquation avec l'intérêt de Flaminia. Le couple fidèle de Dina et Meslis, qui surgit à l'improviste, *in extremis* (s. 20), comme pour remettre en question les preuves de *La Dispute*, constitue une autre "inconnue".

**• Une unité de style, "le marivaudage"**

Dès ses débuts sur la scène littéraire, Marivaux est remarqué pour son style, considéré comme une signature personnelle. Auteur très goûté du public, il a en revanche été la cible des grammairiens et critiques, qui le taxent d'afféterie et d'obscurité. L'Abbé Desfontaines, entre autres, donne aux textes de Marivaux une place de choix dans son *Dictionnaire néologique à l'usage des beaux esprits* (1726), qui a pour but de dénigrer l'invention de vocables ou de tournures phrastiques qui transgressent, selon lui, le bon usage de la langue. Marivaux se voit également accusé d'user d'un langage uniforme, quels que soient les personnages qu'il fait parler dans ses œuvres, quand bien même des différences sont perceptibles (v. Surprenants ingénus). On a également reproché à ses pièces d'être toutes des *surprise[s] de l'amour* (titre de la comédie de 1722), bien que notre corpus présente plutôt des surprises du désamour et de l'inconstance. La singularité de son style a donné naissance au fameux substantif formé sur son nom: le "marivaudage", pris d'abord en mauvaise part (dont la première occurrence se trouve en 1739 dans la correspondance de Mme de Graffigny). Mais Marivaux a revendiqué son style comme singulier et l'a justifié comme *naturel*, parce que propre à sa pensée (v. Florilège, *Sur la clarté du discours, Du style*), décrite comme le rejeton de son esprit fécondé par sa rencontre avec les objets du monde (v. Florilège, *Spectateur Français, Feuille I*).

Aussi, à la suite de F. DELOFFRE [1955, p. 207], chercher sérieusement ce que le marivaudage veut dire, c'est prendre "conscience de l'existence du langage" : des pouvoirs de la parole proférée ou reçue, véhicule des idéologies et des faux-semblants mais aussi instrument de leur mise en question, médium de la réflexion et de l'approche de la vérité au moyen de l'expression verbale. Dans les pièces de Marivaux, "c'est sur le mot qu'on réplique et non sur la chose" (Marmonte, *Poétique française*) ; aussi la reprise lexicale sur le signifiant ou le signifié est-elle un trait saillant du dramaturge. Loin du jeu de forme, il ne s'agit pas moins que de déjouer ou de jouer avec les implications pragmatiques nichées dans tout dialogue (à la source de la progression dramatique) ou encore d'enténébrer ou de faire jour sur les méandres de sa propre conscience, par l'essai d'une mise en mots. Car s'accrocher à la parole de l'autre, s'interroger sur les mots, c'est entrer en débat avec un sens spontanément inacceptable dont il faut démêler les tenants et aboutissants. La parole, chez Marivaux, gagne toujours à être étudiée comme biface : expression volontaire et symptôme d'un non-dit à reconnaître, sinon à méditer car ce n'est pas parce que la vérité des êtres se réfléchit à travers leur discours que le voile peut être définitivement levé sur ce qu'ils sont, ni que l'ambiguïté morale cesse (v. "voilà qui [n']est [jamais] fini").

La reprise lexicale donne ainsi à ses dialogues une progression serrée, tout en y ouvrant la brèche de la réflexivité. Examiné en contexte, chaque rebond sur les mots est riche d'un sens particulier ; on peut en passer en revue quelques emplois. À la scène d'ouverture de *La Double Inconstance*, Silvia rétorque à Trivelin sur son usage répétitif de *cependant* :

TRIVELIN

Cependant...

SILVIA

Cependant je ne veux point avoir de raison ; et quand vous recommenceriez cinquante fois votre cependant, je n'en veux point avoir ; que ferez-vous là ? (I, 1 *DI*)

C'est tout dire que de couper court à un échange qui commence par un adverbe à valeur d'opposition et de réorientation argumentative, et de le reprendre à son compte. C'est refuser, pour Silvia, d'entrer en dialogue et de prétendre raisonner honnêtement dans une situation d'abus de pouvoir où toute parole qu'on lui adresse est d'emblée biaisée.

Dans la même pièce, quand le Seigneur vient offrir des lettres de noblesse à Arlequin de la part du Prince – contrepartie tacite de son renoncement attendu à Silvia – Arlequin oblige d'abord son interlocuteur à définir avec lui les implications concrètes de cette distinction sociale.

> LE SEIGNEUR
>
> Acceptez toujours, qu'importe ? [...] refuseriez-vous ce qui fait l'ambition de tous les gens de cœur ?
>
> ARLEQUIN
>
> J'ai pourtant bon cœur aussi ; pour de l'ambition, j'en ai bien entendu parler, mais je ne l'ai jamais vue, et j'en ai peut-être sans le savoir. [...] Qu'est-ce que c'est donc ?
>
> LE SEIGNEUR
>
> [...] l'ambition, c'est un noble orgueil de s'élever.
>
> ARLEQUIN
>
> Un orgueil qui est noble ! donnez-vous comme cela de jolis noms à toutes les sottises, vous autres ? (III, 4 *DI*, p. 86-87)

En passant de la locution "gens de cœur" (la noblesse et ses valeurs, censées légitimer ses privilèges) au "bon cœur" qui est le sien, Arlequin joue la charité sans prétention du simple contre la fastueuse et fantasque grandeur des grands, contestant du même coup le monopole et la hiérarchie du *cœur* dans l'ordre social. Il relève aussi d'emblée la supercherie logée dans la définition même d'*ambition* (associant de façon contradictoire appétit répréhensible et magnanimité) : elle revient à donner beau visage à ce que l'on sait être le plus souvent désir de puissance sans vergogne. Mais en concrétisant le terme comme une chose qui échappe mystérieusement à la vue, Arlequin jette aussi le soupçon sur sa capacité, comme tout un chacun, à abriter *incognito* le démon de l'ambition – décrivant ironiquement à son insu ce qui est en train de se réaliser par son séjour à la cour, puisqu'il se flatte bientôt de devenir le favori du Prince (III, 5). Arlequin, herméneute sur ses gardes, s'appuie sur l'évidence d'une expérience élargie ("accoutumé de trotter partout et d'avoir la clef des champs", III, 2), où entre la douleur (à l'exemple des coups de bâtons reçus de Seigneurs impunis), pour ne pas se laisser payer de mots. C'est le privilège paradoxal de celui qui n'est pas "gros monsieur" (I, 1). Mais cette sagesse et cet élan réflexif face au pouvoir ne sont pas à toute épreuve : les séductions habiles de Flaminia finissent par rendre ce dernier aveugle au rôle qu'on entend lui faire jouer à la cour (v. Surprenants ingénus).

Le rebondissement sur un mot corrigé par un autre sert également de révélateur à une passion latente, souvent à l'origine d'effets très comiques. Telle la réaction d'Églé, que Carise laisse se contempler pour la première fois de sa vie :

CARISE

Il est vrai que vous êtes belle.

ÉGLÉ

Comment, "belle" ? admirable ! [...] Je passerais ma vie à me contempler ; que je vais m'aimer à présent ! (s. 3 *D*)

L'épanorthose* donne tout son sel à la surprise d'un amour démesuré de soi-même chez la jeune fille. La phrase a l'allure d'une devise, qui fait apparaître avec vivacité le narcissisme dans son éclat séducteur, son ridicule et son caractère d'auto-aliénation (renforcé par la re-figuration du mythe de Narcisse avec la présence du ruisseau).

De manière plus subtile, la reprise lexicale chez un personnage qui verbalise son vagabondage intérieur met en lumière les détours de la conscience : quand le cœur a parlé, l'esprit se charge de trouver des raisons, si branlantes soient-elles, pour le justifier. Marivaux élucide ainsi le parcours de la mauvaise conscience à la mauvaise foi, comme dans l'échange suivant :

CARISE

Consultez votre bon cœur, vous sentirez qu'il condamne votre inconstance.

ÉGLÉ

Vous n'écoutez donc pas ? Mon bon cœur le condamne, mon bon cœur l'approuve ; il dit oui, il dit non ; il est de deux avis ; il n'y a donc qu'à choisir le plus commode. (s.15 *D*)

Le parallélisme de construction sur "mon bon cœur...", redoublé par l'antithèse exacte ("il dit oui, il dit non"), se font l'expression réfléchie des contrariétés du personnage. Réduites à une binarité apparemment insoluble, ces contradictions expliqueraient le choix, somme toute défendable, de la commodité (qui fait l'objet d'une réévaluation controversée au XVIIIe siècle). La subtilité ironique qui donne tout son piquant à la conclusion du "petit raisonnement" d'Églé (pour reprendre l'expression favorite de l'écrivain peignant des situations similaires dans

*La Vie de Marianne*), tant par l'ingéniosité du détournement moral opéré en secret que par son caractère d'hédonisme* ingénu, tient à l'antanaclase* sur "bon cœur". Sujet de *condamne* il s'agit en effet du siège de la charité et de la moralité, sujet de *approuve* il désigne au contraire l'élan réjoui vers le plaisir, indépendamment de toute autre considération. Le réemploi inattendu de "bon cœur", modifiant son sens en contexte tout en conservant la trace de son sens usuel (employé par Carise ou Églé dans la première proposition), fait *in fine* discrètement passer le désir immédiat pour le choix d'une conscience morale qui se décide entre deux arguments de même poids, éludant le débat de fond entre l'obligation envers une parole donnée et un amour déjà partagé, et le désir de nouveauté, rehaussé par un narcissisme que flatte l'accroissement des soupirants. À charge pour le lecteur / spectateur de méditer à son tour ces vérités existentielles, ces fonctions antithétiques du cœur et leur conclusion, avec meilleure foi que le personnage.

## PROBLÉMATIQUES

### Des spectacles spéculaires de l'inconstance amoureuse

#### • Spectaculaire inconstance des cœurs

*La Double Inconstance*, tout comme *La Dispute* dont on apprend dès la première scène qu'elle porte sur la "question" de "savoir si la première inconstance ou la première infidélité est venue d'un homme", met spectaculairement en scène le changement des sentiments et le manque de foi (suivant la signification de ces deux synonymes, systématiquement employés dans *La Dispute*). Les couples initiaux, composés d'ingénus qui semblaient le moins à même de renier un amour qui se dit dans des formules intensives d'éternité: "Dans cent ans d'ici nous serons tout de même." (I, 8 *DI*), "Mon amitié, c'est ma vie." (s. 6 *D*), se dissolvent en quelques heures (le temps fictionnel de chaque pièce n'excédant pas une journée), "sans chercher même de prétexte", ou se contentant de quelques piètres "façon[s] avec leur conscience" (s. 20 *D*). Le vertige de l'inconstance gagne: Silvia ne menace-t-elle pas dès l'ouverture de la pièce de devenir "une princesse qui pleure dans un bel appartement", pour peu que l'amour du Prince se révèle un de ces "caprices fâcheux" et passager qu'ont les grands (III, 4) ? Que penser du couple de Flaminia et d'Arlequin, fondé sur une "architecture mobile de mensonges" (Coulet et Gilot, *op. cité*; v. Biographie, p. 145) ? Toute fixation est désavouée dans *La Dispute* où les coquettes espèrent "ravoir" leur premier amour pour "ne rien perdre", comme dit Églé (s. 18). Quant aux inconstants, ils ne prétendent rien présumer de leur cœur: "Oh ! pour infidèle je le suis, mais je n'y saurais que faire." dit Mesrin (s. 16). Églé y devient un *Dom Juan* au féminin, dans cette déclaration qui a Molière pour hypotexte* (v. Glossaire, *Intertextualité*) : "car s'il est question d'être aimée, je suis bien aise de l'être, je le déclare, et au lieu d'un camarade, en eût-il cent, je voudrais qu'ils m'aimassent tous ; c'est mon plaisir ; il veut que ma beauté soit pour lui tout seul, et moi je prétends qu'elle soit pour tout le monde." (s. 15).

### • Inconstance féminine, inconstance masculine en question

Par leur titre ou leur incipit, les deux comédies intègrent explicitement dans leur horizon d'attente, la part différentielle des deux sexes dans l'inconstance. Marivaux rejoint une tradition littéraire et mondaine de longue date, portant sur les vices et vertus des hommes et des femmes en amour. On pense, entre autres, au jeu médiéval des "cours d'amour" et aux débats tenus dans les salons, mis en scène dans les romans précieux. Le XVIIIe siècle poursuit cette tradition, alléguant parfois une réponse scientifique : tel le médecin Venette dans son *Tableau de l'amour conjugal*, ou la *Dissertation sur cette question : lequel de l'homme ou de la femme est plus capable de constance ?* de Mlle Archambaud. Si Marivaux peut paraître donner dans des stéréotypes d'époque, ses pièces se jouent avec une réflexivité ironique des lieux communs, souvent misogynes. "[J]e connais mon sexe, il n'a rien de prodigieux que sa coquetterie" (I, 2) : cette déclaration de Flaminia affirme certes un trait de la psyché féminine marivaudienne. Mais il est bon de savoir que celui qui a toujours pris "le parti des femmes" regarde la coquetterie comme l'arme de séduction nécessaire des femmes auprès des hommes, qui les tiennent en servitude au sein d'un ordre social injuste (cf. *Spectateur Français, Feuille V)*. D'autre part, Marivaux rattache la coquetterie à l'esprit de finesse insurpassable des femmes, dont Flaminia fait un argument d'autorité : "moi qui suis femme, c'est tout dire" (I, 6). Surtout, la coquetterie n'est que la forme féminine de l'amour-propre qui, pour Marivaux, est bien la chose la mieux partagée du monde entre les deux sexes auxquels s'applique la maxime : "un cœur, par conséquent de la vanité" (I, 2 *DI*). Il faut remarquer que Églé, qui incarne l'inconstance avec le plus d'insistance mais aussi de charme comique, ne fait en réalité que représenter ce que les autres personnages vivent concomitamment hors scène. C'est ce qu'exemplifie le schéma comique de "l'attrapeur-attrapé" à la scène 17 : Azor, venu annoncer à sa "blanche" (s. 13) qu'il lui est devenu infidèle, est lui-même mis au fait de l'inconstance d'Églé (s. 13). Le dispositif évoqué par le Prince – "Voici une galerie qui règne tout le long de l'édifice, et d'où nous pourrons les voir et les écouter, de quelque côté qu'ils sortent de chez eux." (s. 2) – est donc faussé puisque, loin de permettre au spectateur d'embrasser du regard la totalité de l'espace où évoluent les ingénus, il discrimine qui il donne à voir (v. S'approprier la nature au risque de la "falsifie[r]").

### • L'inconstance au prisme des dispositifs spéculaires internes

Si l'inconstance est donnée en spectacle, c'est donc d'une manière spéculaire* qui induit une distance réflexive (v. Singularité des comédies de Marivaux au sein du théâtre comique de son temps). Le spectateur est conduit à s'interroger sur le statut même de l'inconstance : à quel point le cœur humain y est-il disposé, à quel point sont-ce les conditions et les manipulations d'une société de cour qui l'y disposent ? Impossible d'envisager une *Double Inconstance* sans la machination exposée en I, 2 et 6 puis en III, 1 ; impossible de séparer les formes que prend le désir d'inconstance des procédés artificieux qui entourent les ingénus de *La Dispute* (v. Amour-propre et malléabilité des êtres ; S'approprier la nature au risque de la "falsifie[r]"). L'inconstance prend le visage d'une vulnérabilité à tout ce qui la favorise, dans les épreuves auxquelles les cœurs amoureux sont soumis à leur insu.

### “Je ne gouvernerais pas deux cœurs de cette espèce-là”? (I, 6 *DI*)

#### • Emprise du pouvoir : force, persuasion, attraction

Les deux pièces se déroulent à la cour. La tradition moraliste, ravivée au Grand Siècle, en fait le lieu du triomphe des vices qui accompagnent le pouvoir: absolutisme irréfléchi, violence masquée, orgueils démesurés, faux-semblants. Si différents soient les Princes de chaque pièce: l'un “*rêve tristement*” à l'objet de son désir (I, 2 *DI*), tandis que c'est “*en riant*” (*D*, 1) que l'autre expose pompeusement une expérience où les humains jouent le rôle de cobayes, tous deux paraissent détenteurs d'un pouvoir sans borne sur leurs sujets. Ainsi la parole du Prince de *La Dispute* semble-t-elle douée d'un pouvoir performatif, c'est-à-dire qu'elle réalise, au seul moyen de son énonciation, l'acte désigné par l'énoncé. Le “Nous allons y être” du Prince inaugure en effet le spectacle d'un “commencement du monde et de la société” selon ses vœux.

Les possesseurs du pouvoir politique ou social ont pouvoir de contrainte sur les corps, comme l'emblématise cette réplique du Prince de *La Dispute*, mettant fin à l'épreuve-spectacle: “qu'on mette à part [Dina et Meslis] et qu'on place les autres suivant mes ordres” (s. 20). Il en est de même concernant l'enlèvement de Silvia, que le Prince de *La Double Inconstance* se garde pourtant de considérer comme une violence physique, puisqu'il prétend ne pas déroger à “la loi qui veut qu['il] épouse une de [s]es sujettes” en lui “défend[ant] d'user de violence contre qui que ce soit” (I, 2).

Surtout, ces Princes ont moyen d'obtenir puissance sur les âmes. Ainsi observe-t-on la crainte qu'ils inspirent, sans rapport de proportion avec les actes commis, comme l'illustre la fausse confidence de Lisette (qui n'en décrit pas moins la réalité de la cour) en II, 7 : toute une famille est mise dans l'embarras pour une médisance. Les deux pièces mettent également en scène la manipulation des consciences pour le service des grands (v. Amour-propre et malléabilité des êtres). Cette manipulation est à l'œuvre, de manière plus insidieuse, dans les idéologies qui maintiennent l'ordre en place, si risibles soient-elles du point de vue de la raison: par exemple, vivre paradoxalement comme un “exil” le retour sur ses propres terres, comme s'en ouvre le Seigneur à Arlequin en II, 5 (même analyse que pour Lisette, sur la nature de ce mensonge qui dit vrai). Enfin c'est l'attraction pour le pouvoir ou "ambition" (III, 4), dont on découvre qu'elle est partagée par tous les personnages, quel que soit leur rang (v. Une unité de style, "le marivaudage"), qui semble paradoxalement nourrir le pouvoir en place et, du même coup, le maintenir.

### • Amour-propre et malléabilité des êtres

On peut considérer que les personnages-dramaturges des comédies au programme sont, à leur manière, des "géomètres subtils" (v. Singularité des comédies de Marivaux au sein du théâtre comique de son temps). Ils semblent en effet réduire les hommes à des principes, tout en prêtant attention à la singularité des individus et des situations : Flaminia diagnostique ainsi que "du côté de l'ambition, Silvia n'est point en prise" (I, 2). En vertu de la maxime "un cœur, par conséquent de la vanité" (I, 2 *DI*), les personnages-dramaturges fondent leur stratégie sur le guidage tactique de l'amour-propre.

Ainsi, chaque point de "la liste des mauvais tours que [Flaminia] veu[t] jouer à l[']amour [de Silvia et d'Arlequin]" (I, 2) a pour but d'enflammer leur amour-propre, et de le faire diverger de l'amour qu'ils se portent mutuellement. À cette fin, Flaminia emploie feintes et mensonges. Elle commence par flatter Silvia et Arlequin : "Eh ma chère enfant, avons-nous rien ici qui vous vaille [...]?" (II, 1), "vous ne connaissez pas ce que vous valez Arlequin" (II, 4). Flaminia les incite à se comparer avantageusement aux courtisans, inversant la hiérarchie sociale. Elle excite la jalousie de Silvia : "les femmes de la cour se moquent de vous [...] beauté rustique" (II, 1), poussant cette dernière à les démentir. Elle fait croire, par l'intermédiaire du Seigneur venu prier Arlequin de parler au roi en sa faveur, qu'il est le favori : "Diantre, je suis en crédit car on fait ce que je veux." (II, 5). Silvia et Arlequin sont également caressés dans ce que l'on pourrait appeler leur faible ou leur péché mignon, insolitement présentés comme louables, pour capter leur désir aux dépens de leur vigilance à ne pas se laisser piéger. "Il n'y a pas moyen de tenir contre [l]a cuisine" du palais pour le gourmand Arlequin (II, 4), tandis que le "bel habit" réveille la coquetterie de Silvia (II, 5). Le luxe de la cour les conduit bientôt à "aime[r] autant être ici qu'ailleurs" (II, 6). Enfin, Flaminia, au fait de l'esprit de contradiction de l'amour-propre, rebelle aux prescriptions extérieures, décide de laisser Arlequin et Silvia se voir à leur gré (I, 6) : intransigeants face à ceux qui se liguent ouvertement contre leur amour (I, 1), ils s'avèrent en effet insoucieux de se retrouver quand ils en ont la liberté (II, 6). Comme l'expose C. MARTIN [1996], il s'agit pour Flaminia de faire passer les ingénus d'un mode de vie et de pensée où il existe des valeurs absolues (au premier chef la fidélité), au système de la cour qui fonctionne comme un marché, où toutes les valeurs sont relatives à l'arbitre du Prince: l'inconstance y devient alors envisageable. On pourrait aussi parler d'entrée dans "le désir triangulaire*": la cour en général, Flaminia et le Prince en particulier, prennent autorité sur les cœurs de Silvia et d'Arlequin et remodèlent, de ce fait, les désirs des villageois sur les leurs.

Dans *La Dispute*, le parcours d'Églé rend compte de la naissance du narcissisme et de sa croissance hyperbolique qui conduit droit à l'inconstance. Loin d'aider l'ingénue à comprendre et modérer cette nouvelle passion d'amour-propre, avide de tout regard admiratif, Carise et Mesrou font office de tentateurs. La découverte de l'image de soi dans le ruisseau (s. 3) est aussi explosive qu'elle est retardée: les ingénus ont près de "dix-huit ou dix-neuf ans", comme le suggère la scène 2. Carise conforte son élève dans l'admiration de sa propre beauté: "Il est vrai que vous êtes belle." (s. 3). La rencontre d'Azor, qui suit immédiatement, fait stratégiquement coïncider naissance du désir amoureux et flambée du désir narcissique: Églé se réjouit d'être trouvée aimable dans le nouveau miroir vivant qu'est "l'homme" (s. 4). À la scène 6, Mesrou oblige l'ingénue à donner la préférence à l'amour ou l'amour-propre, en sommant Églé de choisir entre le portrait d'Azor et un miroir, qui s'avère l'heureux élu. La connaissance d'Adine éveille ensuite le sentiment de jalousie chez Églé, confrontée à une image de beauté concurrente, qui fait peser sur elle une menace d'infériorité (s. 9). Le narcissisme d'Églé est encore accru par la joie d'un nouvel hommage dans les yeux du "nouveau venu" (s. 15), Mesrin, dont Mesrou lui apprend opportunément qu'il s'agit de "l'ami d'Adine" (s. 16): impossible alors pour l'ingénue de résister à l'inconstance, qui lui fait signer du même coup une victoire éclatante sur sa rivale (s. 16). Carise et Mesrou avaient au préalable fait entrer l'infidélité dans le champ de conscience de leurs élèves, et, sous couvert de les préparer à lutter contre, l'avaient présentée comme une source de plaisir (s. 6).

Si l'"embarras" (III, 5 *DI* et s. 15 *D*, notamment) est le symptôme de la mauvaise conscience des personnages [MARIVAUX, 1999], la casuistique*

que l'amour-propre met en place pour s'en débarrasser à bon compte (v. Une unité de style, "le marivaudage"), est également favorisée par les personnages-dramaturges. En poussant paradoxalement leurs ingénues à verbaliser leur "embarras", Flaminia ratifie la contestable conclusion de Silvia exemptant son inconstance de tout reproche (III, 8), tandis que Carise propose une solution inapplicable: elle enjoint Églé à un "combat", pour lequel la jeune fille ne semble disposer d'aucune arme, et cela au moment même où Mesrin est en vue (s. 15). Mais pour que le déguisement de la conscience morale soit possible, la tentation ne doit pas être grossière [Martin, 1999]: celle de Carise offrant directement à Dina et Meslis de se choisir d'autres partenaires (s. 20) ne peut que rebuter leur amour-propre. À la suite de C. Martin, on peut encore considérer que l'amour-propre est stratégiquement sollicité dans un "jeu du 'qui perd gagne'" [1996, p. 99] à l'intérieur de *La Double Inconstance*: le don, en apparence désintéressé, oblige au contre-don. C'est ce qui se passe entre Arlequin et le Prince (III, 5) : au moment où le Prince prétend lui laisser tous les privilèges qu'il lui avait accordés, sans en faire un "marché" dont Silvia est la contrepartie, Arlequin envisage de la lui céder.

Mais les cœurs ne se laissent pas manipuler sans coopérer à leur manipulation, fût-ce à leur insu. Les ingénus de *La Dispute* se fient spontanément à leurs éducateurs, dont ils se croient "amis" (s. 6), quand bien même Carise et Mesrou sont en réalité leurs "maîtres" (s. 16). En revanche, pour acquérir la confiance de Silvia et Arlequin, initialement hostiles à tout ce qui relève de la cour, Flaminia instaure une partition amis / ennemis, qui lui permet de rattraper *a posteriori* les moments d'échec auprès des ingénus (Trivelin vis-à-vis de Silvia en I, 1 et Lisette auprès d'Arlequin en I, 5 par exemple). Flaminia cultive même ces échecs apparents par la suite, dans les scènes d'humiliation volontaire de Silvia par Lisette, en II, 2 et 7. En effet, les conflits contre ceux qui les exhortent à se séparer renforcent l'adhésion d'Arlequin et Silvia auprès de ceux qui font mine d'abonder dans leur sens. Contrairement à Trivelin, Lisette et le Seigneur, Flaminia et le Prince déguisé se posent en adjuvants* vis-à-vis des ingénus et, ce faisant, prétendent même agir contre leur propre intérêt. Flaminia s'entoure ainsi des apparences de la persécution (en II, 4 par exemple), imputée au Prince qui se vengerait de la protection qu'elle semble accorder aux amants. Elle touche de ce fait Arlequin, d'autant qu'elle use envers lui d'une *fausse confidence* (pour reprendre le titre de la comédie de 1737) très efficace, en lui racontant qu'il lui rappelle en tout point son amant mort. Le mensonge, commencé en I, 8 est rebrodé en II, 4: il gagne le cœur d'Arlequin, aussi attendri à l'égard de Flaminia que flatté par ses paroles. Le Prince, déguisé en officier, ne pousse jamais explicitement Silvia à la rupture avec Arlequin. Il prétend seulement vivre en malheureux soupirant aux ordres de sa dame, usant en amour du "jeu du 'qui perd gagne'" comme l'illustre la réplique suivante: "SILVIA : Vous vous tairez, s'il me plaît; vous vous en irez, s'il me plaît [...] vous m'obéirez en tout. C'est bien là le moyen de faire que je vous commande quelque chose !" (II, 9), c'est bien là le moyen qu'elle lui donne son cœur. Les paroles de ces duplices adjuvants sont ainsi persuasives. Flaminia en profite pour insinuer à Silvia à propos de son couple avec Arlequin : "vous me paraissez mal assortis ensemble" (II, 8). Tandis que les conseils de Carise et Mesrou, sur la nécessité des "petites absences" (s. 6), inquiètent Azor et Églé et les conduisent à se séparer, à peine se sont-ils rencontrés (s. 7), pour devenir aussi vite infidèles, qu'ils étaient immédiatement tombés amoureux.

**• Surprenants ingénus**

Le siècle des Lumières valorise le personnage de l'ingénu, en vertu de son potentiel critique vis-à-vis des usages et des passions, qu'il découvre avec étonnement (cf. dossier éd. *La Dispute*). Marivaux en fait une figure plurivalente, puisque la clairvoyance subversive dont l'ingénu peut faire preuve n'a d'égal qu'un aveuglement sur soi, docile à l'emprise du monde (v. l'analyse d'Arlequin dans Une unité de style, "le marivaudage"). Dans les deux pièces, les ingénus sont surpris d'un monde où ils pénètrent pour la première fois, qu'il s'agisse de la cour, pour Arlequin et Silvia, ou de l'élargissement de leur espace familier, pour les jeunes gens de *La Dispute*: "Que vois-je ? Quelle quantité de nouveaux mondes !" s'écrie Églé, que Carise a fait sortir du terrain qu'elle occupe habituellement (s. 3 *D*). Mais ils créent eux-mêmes la surprise chez leurs observateurs en scène, relais des impressions du public: Trivelin ne parle-t-il pas de "prodige" à propos de Silvia en II, 1 ? C'est que les ingénus génèrent une défamiliarisation* par leurs mœurs, et d'abord par leur parole. Marivaux en met la description dans la bouche même d'Arlequin: "des paroles que [Silvia] laissait aller sans y songer parce que son cœur allait plus vite qu'elle" (I, 5 *DI*). C'est-à-dire que la parole ingénue est caractérisée par une vivacité de sentiment et une spontanéité singulière, de la part d'êtres qui verbalisent immédiatement leurs impressions : "J'ai beau être auprès de vous, je ne vous vois pas encore assez" (s. 4 *D*). La parole des ingénus est également orientée par la concrétude de l'expérience : ainsi des méprises ou réhabilitations du sens concret sur le figuré chez Arlequin, autour du terme "cultiver" par exemple, en III, 4. Les ingénus des deux pièces s'apparentent dès lors aux personnages que Marivaux imagine dans le *"Monde vrai"* : "des hommes [...] qui disent tout ce qu'ils pensent, et tout ce qu'ils sentent [...] qui montrent toujours leur âme à découvert au lieu que la nôtre est toujours masquée" (v. Florilège). Aussi un rapport privilégié s'établit-il entre les ingénus et le spectateur. D'abord à travers le rire, léger mais aux implications profondes, que les ingénus provoquent parce que leurs mots naïfs deviennent mots d'esprit, parce qu'en connaissant moins que l'ordinaire, ils disent en réalité plus sur des sujets marqués de tabou (le désir, le pouvoir), parce qu'en rusant avec leur propre conscience, ils se mettent à découvert (v. Comédies équivoques). On pense ainsi à la réaction de Flaminia, relais du public, dans son aparté face à Silvia en III, 5 : "Rions un moment.". Par leur expressivité émotive, les ingénus se rendent en outre plus touchants que les autres personnages. Ainsi usent-ils d'appuis émotifs du discours : les expressions populaires "pardi" (II, 1) ou "hom" (III, 8), qu'on trouve chez Silvia et Arlequin, en sont un exemple, de même que les nombreuses exclamations lors de la scène de rencontre entre Azor et Églé (s. 4 *D*). Les accumulations et la multiplication des marques de la subjectivité sont une autre caractéristique de la parole des ingénus. On note ainsi l'emploi réitéré des pronoms de première personne et des adverbes d'intensité dans cette réplique d'Églé : "[...] nous nous charmons, Azor et moi ; il est si beau, moi si admirable, si attrayante, que nous nous ravissons en nous contemplant." (s. 6). En revanche, l'énonciation assez neutre de Mesrou ou Carise par exemple, laisse bien plus indifférent. Les répliques de ces personnages sont le plus souvent brèves et déclaratives, telle : "L'un est l'homme, l'autre la femme." (s. 6), et privilégient les formules impersonnelles, comme dans : "au contraire, c'est qu'il faut de temps en temps vous priver du plaisir de vous voir." (s. 6).

## Paradoxes du désir de nature

### • Séduction de la nature, charme du naturel

Du XVII^e au XVIII^e siècle, l'intérêt se déplace des rapports contrariés entre l'art et la nature vers ceux que la société humaine entretient avec la nature. L'origine, l'originaire, la nature, le naturel deviennent objets de curiosité et de désir sur tous les plans : scientifique, éthique, esthétique, érotique, mondain… Les deux pièces illustrent et interrogent l'attraction qu'ils exercent d'abord sur les grands. Ainsi, c'est avec un enthousiasme fébrile marqué dans son discours par les accumulations ("le commencement du monde et de la société", "le premier âge du monde", s. 1 et 2), les gradations (qui forment un rythme quaternaire : "ce seront les mêmes caractères ; vous allez voir le même état de cœur, des âmes tout aussi neuves que les premières, encore plus neuves s'il est possible", s. 1) et les répétitions ("oui" s. 1 et 2), que le Prince de *La Dispute* évoque l'épreuve dont la nature serait l'instance suprême de vérité. Ce Prince associe l'imaginaire mythique de "la voix de la nature" à l'esprit expérimental : "il n'y a que [la nature] qui puisse décider la question sans réplique" (s. 1). Quant à l'amour que le Prince de *La Double Inconstance* nourrit pour Silvia, il vient de ce qu'elle échappe, à ses yeux, aux conventions de la vie de cour (où les jeux de rôles amoureux lui sont devenus "fadeur" et "ennui", III, 1) : "les autres femmes qui aiment ont l'esprit cultivé, elles ont une certaine éducation, un certain usage, et tout cela chez elle falsifie la nature, ici c'est le cœur tout pur qui me parle" (III, 1).

### • S'approprier la nature au risque de la "falsifie[r]"

Désirer la nature, c'est cependant vouloir se l'approprier, par les sens, le savoir, le pouvoir : *libido sentiendi*, *sciendi*, *dominandi*, pour reprendre la formalisation augustinienne, et, partant, s'exposer à la dénaturer [MARTIN, 2006]. Dans *La Double Inconstance*, le désir du Prince pour Silvia repose ainsi sur ce qu'on peut appeler "le paradoxe de *Grisélidis*", au centre du conte dans la version de Perrault (1691). Faire de l'ingénue de village l'épouse royale revient en effet à l'acclimater à la cour, en la rendant d'abord infidèle à Arlequin, c'est-à-dire causer la perte de ce qui, de l'avis même de cette dernière, "fait [s]on charme" (II, 1).

Dans *La Dispute*, en prétendant reconstituer le "premier âge du monde" (s. 2) où la nature ferait loi parmi les humains, le Prince et son père établissent un protocole expérimental présenté dans un discours à l'allure scientifique. Ce discours est factuel et concis (on ne sait rien de l'identité des enfants par exemple), il justifie les mesures prises à l'aide d'articulations logiques claires (telle la consécutive "de sorte qu'ils ne se sont jamais vus", ou la finale "afin que leurs élèves en fussent étonnés quand ils se verraient pour la première fois"), et conclut sur la validité de l'expérience : "on peut regarder le commerce qu'ils vont avoir ensemble comme le premier âge du monde". Toutefois, ce qu'un jeu adéquat de l'acteur peut souligner, et qu'un examen du texte fait clairement apparaître, c'est la légitimité tout à fait contestable de la méthode et partant des résultats. Sans même parler de l'iniquité éthique que constitue l'emploi d'enfants comme cobayes, opacifiée dans l'euphémisme* : "quatre enfants au berceau [...] furent portés dans la forêt". Ce commencement, qui semble davantage relever du conte, marque le protocole du sceau de la privation. Les enfants sont privés de parents, privés d'un espace civilisé, privés d'une ample liberté de mouvement ("chacun occupe un terrain dont il n'est jamais sorti"), privés de la fréquentation de leurs semblables, puisqu'"ils ne connaissent encore que Carise et Mesrou [...] choisis de la couleur dont ils sont" c'est-à-dire noire ; conjuguée à leur âge plus élevé et leurs rôles de superviseurs, ils ne sont pas aux yeux des ingénus des "personne[s] comme [eux]", comme en témoigne, par contrecoup, la surprise mutuelle d'Églé et Azor à leur première rencontre (s. 4). Les jeunes gens sont encore privés de connaissances élémentaires, telles que la différence des sexes (s. 4), privés en un mot de l'expérience rudimentaire d'un être humain quelle que soit l'époque où il vit.

Car si les conditions de l'expérience s'appuient sur le présupposé cohérent que la nature est l'envers de la culture, elles butent sur le problème même de l'entrelacs indémêlable de la nature et de la culture en l'homme : impossible de penser, même aux yeux des contemporains de l'auteur, qu'en ôtant une grande part des formes de la vie humaine on trouve "des âmes tout aussi neuves que les premières". Le registre biblique de l'expression signale une prise de distance avec le cadrage scientifique. Le choix d'éduquer les enfants selon certaines modalités propres à la cour, pourtant considérée comme l'opposé de la nature, paraît également inepte. Ainsi apprend-on qu'Adine reçoit des leçons de musique (s. 11). Surtout, les enfants ont "appris la langue que nous parlons" comme dit le Prince, c'est-à-dire la langue pratiquée à la cour comme cela se vérifie aux scènes suivantes : le vocabulaire du sentiment est fort riche chez Azor ("vous me ravissez", "vous m'enchantez", s. 4), et la syntaxe d'Églé fort complexe ("je vous assure qu'il vous sied fort bien de ne l'être pas autant que moi", s. 4). Si l'aménagement artificiel des conditions de vie des ingénus permet donc aux spectateurs de goûter au spectacle fascinant de leurs "premières amours", elles empêchent de les assimiler au "premier âge du monde". D'autant que d'autres biais menacent l'objectivité de l'expérience: par exemple le fait que son premier ordonnateur, le père du Prince, était convaincu de l'inconstance originaire des femmes, pouvant expliquer la focalisation sur le comportement d'Églé (v. Inconstance féminine, inconstance masculine en question). Marivaux suggère ainsi que "le commerce que [les ingénus] vont avoir ensemble" répond avant tout à la vision personnelle et aux désirs clairs ou voilés des hommes de pouvoir qui ont orchestré cette "épreuve". Ironiquement, elle s'avère déceptive pour les personnages-spectateurs mêmes. D'abord parce que non tranchée en faveur de l'un ou l'autre sexe: alors que l'apparat scientifique semblait anéantir la valeur des hypothèses d'Hermiane relevant d'une conviction personnelle étayée de vraisemblance ("cela n'est pas croyable") [Martin, 2006], c'est sur un alignement amoral des "deux sexes" qui "n'ont rien à se reprocher: vice et vertus tout est égal entre eux." que conclut le Prince (s. 20). Ce qui n'empêche pas le conflit de reprendre de plus belle entre eux, chacun aggravant la forme propre par laquelle se manifeste l'inconstance chez l'autre sexe: hommes éhontément inconstants, femmes hypocritement inconstantes (s. 20).

Le couple final de Meslis et Dina, surnuméraire par rapport au programme initial n'annonçant que quatre enfants, inverse le spectacle de l'inconstance universelle et achève d'ôter foi à la démonstration soi-disant scientifique de questions humaines, trop fines pour l'esprit géométrique de la science qui voudrait faire d'individus particuliers des types généraux. La pièce rend ainsi compte de la fragilité du raisonnement inductif et de la contradiction à gratifier l'origine (qui suppose une vision historique, comprenant genèse et évolutions) d'une valeur de vérité absolue: quand le commencement du monde et de la société serait observable, pourquoi le comportement du premier individu mettrait-il au fait d'une essence concernant l'ensemble des membres futurs de son sexe?

### • La nature comme idée et idéal

C'est avec dérision que les deux comédies questionnent donc le statut même de l'idée de nature, ainsi que l'idéal scientifique et éthique qu'elle peut représenter. Aussi artificieuse que soit l'expérience de *La Dispute*, il est possible d'y voir, non pas seulement la critique ironique d'une expérimentation scientifique sur la nature des êtres humains des origines, mais une idée bien plus profonde et provocatrice que travaillera la philosophie des sciences au XX^e^ siècle. L'idée que la nature dont la science est en quête prend la forme même de cette quête, et par ce retournement, que la science, à sa manière, met le monde en spectacle, qu'elle en est une représentation dont l'objectivité n'est pas incontestable, que l'expérimentation dépend toujours du point de vue de l'expérimentateur. D'où le bien-fondé d'exhiber et de réfléchir les procédés de la science, comme le fait, avec un esprit ludique, la dramaturgie spéculaire* de Marivaux. *La Dispute* détruit également l'idéal éthique d'"âmes tout aussi neuves que les premières" (s. 1), que l'expérience prétendait reconstituer, en faisant éduquer les enfants à l'écart d'un grand nombre de formes de la vie sociale. Loin d'échapper au "monde et sa corruption" (s. 1), les ingénus font en effet preuve d'un égocentrisme presque absolu : Mesrin et Azor, encore moins que Églé, ne semblent se soucier des dégâts humains que provoquera leur inconstance. Cet égocentrisme est même quasi autodestructeur : les personnages ne savent plus que faire, après avoir tous été mutuellement inconstants. Leurs désirs effrénés manifestent bien plutôt la nécessité de composer, dans la vie individuelle et sociale, avec les passions d'amour-propre, auquel se rattache le désir d'inconstance, qui va de pair avec un insatiable appétit de nouveauté.

*La Double Inconstance* met pour sa part au fait des ambivalences du naturel. À travers la leçon que Flaminia tente d'inculquer à Lisette ("donne-moi quelque échantillon de ton savoir-faire, regarde-moi d'un air ingénu", I, 3), il apparaît comme un art que Flaminia maîtrise parfaitement, comme en témoignent les nombreuses didascalies d'expression qui accompagnent ses répliques : "*comme épouvantée*" (II, 4), "*d'un air naturel à Arlequin*" (I, 8). Mais cette didascalie s'applique aussi bien à Arlequin lui-même (en I, 4 par exemple). Arlequin, s'il a "l'air d'un innocent", sait en effet "[donner] la comédie à ceux qui [lui] parl[ent]", comme le lui fait remarquer le Seigneur en II, 5. Ainsi l'ingénuité des ingénus n'est pas pure spontanéité ou absence de finesse, ce qui ne rabaisse pas la valeur, au moins partielle, de l'exception qu'ils figurent (v. Surprenants ingénus). L'élargissement de la conscience, le jeu avec les usages qu'ils inspirent, plus ou moins consciemment, est ce qui contribue à remettre en cause les institutions de l'Ancien Régime, au siècle des Lumières. Le naturel des ingénus ne reste-t-il pas porteur, à un certain degré, d'un idéal régulateur ?

## Comédies équivoques

### • "La cruauté de Marivaux"

"La cruauté de Marivaux", expression du critique Jules Lemaître au sortir d'une représentation de *L'Épreuve* en 1888, est devenue un mot d'ordre de l'appréhension du théâtre marivaudien au long du XXe siècle. Les pièces au programme présentent de fait une certaine cruauté, agissant sous le masque, dans les intrigues des personnages-dramaturges. La violence des propos de Flaminia est frappante : dans la formule restrictive "ne songeons qu'à détruire l'amour de Silvia pour Arlequin", comme dans la métaphore "ranger [Silvia] à son devoir de femme" (I, 2). Il s'agit de faire rentrer Silvia dans les normes, qui semblent ironiquement renvoyer ici à l'obéissance au désir du Prince, équivalent à la nécessité de ne pas se montrer un "prodige" de constance. Le Prince de *La Dispute* élude de son côté, par une narration euphémisante, l'enlèvement et la séquestration de quatre "enfants au berceau [...] [qui] furent portés dans la forêt où [on] avait fait bâtir cette maison exprès.", s.1 (v. S'approprier la nature au risque de la "falsifie[r]"). Les espaces où évoluent les personnages sont des lieux d'oppression : "épouvantable [...] pays" qu'est la cour duplice et amorale de *La Double Inconstance,* où tous ceux qui paraissent "les meilleures gens du monde", pressent les ingénus de rompre, ne connaissant pas "la fidélité, la probité, la bonne foi" (II, 1). Le cadre de l'expérience-spectacle du Prince de *La Dispute* est décrit de manière interne comme des plus inquiétants : "lieu du monde le plus sauvage et le plus solitaire" (s. 1). Il fait même l'objet d'une tromperie initiale vis-à-vis d'Hermiane, et partant du spectateur dont elle est le relais, venu voir une comédie : "rien n'y annonce la fête que vous m'avez promise" (s. 1). La "galanterie" même du Prince, un peu alambiquée ("[c'est que mon extrême envie de vous plaire] me persuade si finement [que vous avez raison] que je ne m'en aperçois pas"), recèle un jeu de forces obscur que relève d'emblée Hermiane ("ce discours-là sent bien l'ironie", s. 1). La forêt où se déroule l'expérience fait "plaisir et peur" comme dit Églé (s. 3). Si l'éclat du ruisseau anime le début du spectacle, c'est dans une atmosphère de chaos qu'on imagine volontiers nocturne qu'il s'achève, puisqu'on peut estimer la durée de l'épreuve-spectacle à une journée : "Qu'est-ce que c'est que toutes ces figures-là qui arrivent en grondant ? Je me sauve." s'exclame Églé (s. 20).

Au rebours d'un certain nombre de comédies où les *stratagèmes*, dévoilés aux dupes, finissent par être *heureux* (titre de la comédie de 1733), comme dans *Le jeu de l'amour et du hasard*, ou bien éclairent, à tout le moins, tout un chacun sur ce qui s'est passé, comme dans *La Fausse Suivante*, rien de tel dans les deux pièces au programme. Seule l'identité de l'officier du palais et du Prince de *La Double Inconstance* est révélée, parce que nécessaire pour établir sans tarder les deux mariages, sans ébranler l'ampleur ni l'épaisseur de l'"architecture mobile de mensonges" à l'arrière-plan. Aussi le spectateur peut-il ressentir un certain malaise, complice qu'il est des personnages-dramaturges mais aussi partiellement en empathie avec les ingénus (v. Surprenants ingénus). Par exemple, au moment de répliques telles : "vous savez bien que je ne voudrais pas vous tromper" de Flaminia (I, 8) ou "votre destination naturelle est d'être charmée l'un de l'autre" (s. 6) de Carise à Azor et Églé, dont la rencontre et les caractères n'ont rien de hasardeux et dont la destination s'entend par antiphrase* : "de vous être bientôt infidèles et inconstants l'un à l'autre". La fin de *La Dispute* ne dénoue rien, la pièce est brusquement coupée par sa spectatrice interne. Quant au dénouement de *La Double Inconstance*, il n'est pas exempt d'incertitude (v. Spectaculaire inconstance des cœurs) : le silence de Silvia après que le Prince a parlé ne pourrait-il s'interpréter comme la compréhension obscure de la machination de Flaminia, réjouie d'épouser d'Arlequin ? S'il est possible d'interpréter le double mariage auquel aboutit la double inconstance comme l'événement heureux et mythique des épousailles du Prince avec la bergère (ici "bourgeoise de village") et, en contrepoint (qui relèverait d'une tradition plus comique), du villageois avec la dame de cour (bien que Flaminia ne soit que fille d'un domestique du palais comme on l'apprend en I, 3), on peut aussi y voir, de manière grimaçante, la victoire peu scrupuleuse des "grands" sur les "petits".

Marivaux n'exclut pas non plus le pathos de son théâtre ; ainsi les vifs sentiments de Silvia par lesquels nous est présentée l'intrigue créent-ils un partage émotionnel et une adhésion forte avec le spectateur. C'est ce dont témoigne le bilan pénétré de Trivelin, dont l'ironie semble porter autant contre son camp, que contre Silvia: "tendresse pour Arlequin, impatience de le rejoindre, nulle envie de vous connaître, désir violent de ne vous point voir, et force haine pour nous" (I, 2). Plusieurs interventions d'Arlequin, notamment auprès du Prince, sont également imprégnées de pathétique (cf. III, 5) et font percevoir la gravité des inégalités sociales et des injustices qu'elles entraînent, en arrière-plan de la pièce. Nul pathos en revanche chez les personnages de *La Dispute*, considérée comme l'une des pièces les plus ironiques et les plus noires du théâtre de Marivaux, sans doute en raison même de son caractère plus froid. Son format court (un acte), en donnant moins d'épaisseur aux personnages, les entoure en même temps d'un mystère troublant. Le statut d'Hermiane est incertain, mais c'est surtout Mesrou et Carise qui restent les plus énigmatiques. Présentés comme frère et sœur (s. 1), c'est dans une analogie avec le couple d'Azor et Églé qu'ils parlent d'eux: "ce n'est qu'en pratiquant ce qu'elle vous dit là, et qu'en nous séparant quelques fois, que nous continuons de nous aimer, Carise et moi." (s. 6). Le spectateur ne peut savoir de quelle liberté exacte ils disposent dans la tâche d'élever les enfants qui leur ont été confiés. La relative position de force qu'ils occupent ("nous sommes vos maîtres" disent-ils aux ingénus, s. 16) est unique compte tenu de leur couleur de peau, dans la société européenne du XVIIIe siècle où se développe le commerce triangulaire. À ce sujet, la remarque d'Églé: "vous autres qui êtes tous deux si noirs, et qui avez dû vous enfuir de peur la première fois que vous vous êtes vus." (s. 6) est un triste exemple de l'idéologie de l'époque. Mais Marivaux se garde bien de la cautionner, en plaçant cette réplique dans la bouche d'une adolescente, furieuse des avis qui lui sont donnés, et obsédée par sa propre personne (cf. N. Fréry, *op. cité*; v. Un dramaturge des Lumières ?, p. 82-83).

Il est donc possible de tirer la dramaturgie de Marivaux vers un jeu cruel, comme les metteurs en scène en ont souvent fait le choix, surtout depuis Patrice Chéreau. Il n'est même pas rare de voir Marivaux poussé vers un univers proche de Sade (cf. *La Double Inconstance* par P. Rosner en 1976, évoquée par J. Rousset [1990, p. 214]). Mais c'est risquer de distordre le texte, en ignorant l'art du contrepoint comique chez Marivaux, et en écrasant la finesse réflexive et humoristique de ses pièces.

• **Une dramaturgie de la gaîté**

Si Marivaux écrit des comédies, c'est qu'il choisit, pour peindre les hommes, la voie d'un rire vivant et partagé dont ses pièces comprennent toutes les nuances. On y rencontre la profondeur ironique d'Arlequin contre les grands, telle son amère invective au Prince : "prenez que je suis pauvre et que tout mon bien est un liard ; vous qui êtes riche de plus de mille écus, vous vous jetez sur ma pauvreté et vous m'arrachez mon liard ; cela n'est-il pas bien triste ?" (III, 5). On y savoure l'ironie du jeu de dupes, poussée à son comble dans des répliques qui disent l'exact opposé de la vérité : "FLAMINIA : vous savez bien que je ne voudrais pas vous tromper", (I, 8). Le spectateur, mis dans la complicité du complot, est forcé d'admirer la stratège quand bien même il la désapprouverait, de se moquer de la naïveté des ingénus, quand bien même il la déplorerait. Il y a même une ironie existentielle dans les deux pièces, autour de ce qu'est l'inconstance du désir, de ce que sont la fragilité et la superbe des cœurs humains. Mais les comédies de Marivaux reposent aussi largement sur l'humour. L'humour situationnel, à l'œuvre dans les efforts contre-productifs de Trivelin auprès de Silvia lors de la scène d'ouverture de *La Double Inconstance* : "TRIVELIN : Eh ! doucement, Madame, mon dessein n'est pas de vous fâcher. SILVIA : Vous êtes donc bien maladroit.". Cet humour comprend le comique de répétition, enté sur la reprise lexicale : "Eh bien ne voilà-t-il pas encore un cependant ?". L'humour est aussi lié au bas corporel dans les deux comédies, témoin le faible d'Arlequin pour la gourmandise, que Trivelin excite à point nommé : "C'est du gibier qui a une mine..." (I, 8). L'humour se rapporte aussi aux caractéristiques des ingénus (v. Surprenants ingénus). Leur méconnaissance la plus énorme, celle de la différence sexuelle, conduit Églé à désigner Azor par le pronom "elle" (représentant le nom féminin "personne", seul mot par lequel elle appréhende les êtres humains) et donne ainsi lieu à un des échanges les plus drôles de la pièce : "qu'elle est bien faite ! En vérité vous êtes aussi belle que moi." (s. 4). L'humour des ingénus vient aussi de l'expressivité colorée de leur parole : "il m'aime, crac, il m'enlève, sans me demander si je le trouverai bon" (I, 1 *DI*), ainsi que de la mise en mot irréfléchie de leur désir immédiat : "je ne vous en aimerais que mieux si je puis le ravoir", (s. 18 *D*). Leurs justifications, aussi malhabiles qu'ingénieuses, sont encore un autre sujet de rire : "Lorsque je l'ai aimé, c'était un amour qui m'était venu ; à cette heure je ne l'aime plus, c'est un amour qui s'en est allé ; il est venu sans mon avis, il s'en retourne de même ; je ne crois pas être blâmable." (III, 7 *DI*).

Marivaux se fait maître d'un charme, suscité par cela même qui fait rire chez les ingénus. C'est ce qui se passe à la scène 4 de *La Dispute* : la première rencontre entre Azor et Églé, partage avec le public l'enchantement des personnages ("Vous m'enchantez." dit Azor à Églé). Azor et Églé font en effet redécouvrir au spectateur la naissance du désir et du sentiment amoureux, dans la ressemblance des âmes ("C'est ce qui m'arrive, nous nous ressemblons en tout.", dit Églé), et la différence des sexes ("je ne voudrais pas que vous fussiez autrement, c'est une autre perfection" poursuit-elle), à travers un langage dépourvu de toute connaissance antérieure, ou de toute idée préalable à ce sujet. Les comédies de Marivaux offrent aussi de savoureuses parodies. Elles sont parfois mises en scène, telles quelles, par les personnages-dramaturges. C'est le cas du feint désespoir amoureux, qui emprunte des accents tragiques à la *Bérénice* de Racine, dans le prétendu "adieu" que Flaminia adresse à Arlequin, auquel lui-même fait écho, en refus : "Qu'est-ce que cela veut dire : adieu ?" (III, 6 *DI*). Mais la parodie se joue aussi à l'insu des personnages, dans leurs serments dignes des romans héroïques, dont la reprise trivialisée ou outrancière crée cependant une dissonance, telle cette déclaration d'Arlequin à Silvia par exemple : "Silvia, je suis votre amant, vous êtes ma maîtresse, retenez-le bien, car cela est vrai ; et tant que je serai en vie, cela ira toujours le même train, cela ne branlera pas, je mourrai de compagnie avec cela." (I, 8). Enfin, l'art du dialogue, qui use notamment de la reprise lexicale (v. Une unité de style, "le marivaudage") et l'art de la mise en mots, ont fait de Marivaux un maître unanimement reconnu de l'esprit ; ils participent au sentiment de délectation et à l'enjouement que produisent ses comédies.

C'est pourquoi il est éclairant de rapprocher la poétique théâtrale marivaudienne de celle des *Fables* de La Fontaine [DELOFFRE, 1955, p. 16]. Dans son travail de moraliste, La Fontaine fait le choix d'une esthétique de la "gaîté", qu'il définit dans la préface de l'édition de 1668, non comme "ce qui excite le rire ; mais un certain charme, un air agréable qu'on peut donner à toutes sortes de sujets, même les plus sérieux." Il est remarquable que, tout en faisant un certain usage du pathétique dans ses pièces, Marivaux n'opte pas pour la comédie larmoyante qui se développe à son époque. Il maintient toujours ce qu'on peut appeler avec P. Hartmann une "scansion du pathétique" ("La scansion du pathétique dans 'La Vie de Marianne'", Actes du colloque international d'Aix-en-Provence, 1992). Le comique, en plus de la spécularité* et de la stylisation fantaisiste et ludique du cadre des pièces (la pastorale, le conte, la *commedia dell'arte*, v. Singularité des comédies de Marivaux au sein du théâtre comique de son temps) crée en effet une certaine mise à distance et une dédramatisation de la représentation. La gaîté s'allie donc chez Marivaux à la plus grande lucidité, qui porte tant sur les illusions qu'entretient la conscience avec elle-même, que sur les relations de pouvoir et les passions tumultueuses du monde humain (v. "Je ne gouvernerais pas deux cœurs de cette espèce-là ?"). C'est là la formule du *castigat ridendo mores* marivaudien, qui opère par la stimulation badine d'une réflexivité morale chez le spectateur. Il est utile de reprendre les mots de l'auteur lui-même, décrivant son entreprise de moraliste dans le *Monde vrai* : "Je vais instruire votre esprit sans affliger votre cœur ; je vais vous donner des lumières, et non pas des chagrins ; vous allez devenir philosophe, et non pas misanthrope [...]" (v. Florilège). Ainsi peut-il être pertinent de revenir sur la conclusion de la première feuille du *Spectateur Français* (v. Florilège). Voir "les machines de l'opéra" modifie certes le rapport émotionnel et intellectuel au spectacle mais, loin de détruire nécessairement son charme, c'est le moyen de l'approfondir – à l'instar même de la réflexion sur la coquetterie et le naturel, qu'éveille la conscience des mines préparées de la coquette dans l'anecdote de cette première feuille.

**• "Voilà qui [n']est [jamais] fini"**

Au rebours de l'une des répliques favorites des personnages féminins de Marivaux : "voilà qui est fini" (occurrences en I, 3, 6 ; II, 6, 8, 9 ; III, 9 – avec le verbe au futur – *DI*, à la s. 6 *D*), *La Double Inconstance* et *La Dispute* ne conduiraient-elles pas bien davantage le spectateur / lecteur à la conclusion inverse : "voilà qui [n']est [jamais] fini" ? À travers la spécularité* et l'ambiguïté de ses pièces, qui se manifestent à tous les niveaux (celui de la dramaturgie, des personnages, des thèmes abordés, de l'effet produit par les intrigues, v. les différentes parties de Problématiques), c'est à un mouvement de réflexion non conclusif que nous initie Marivaux, d'abord en ce qui concerne l'évaluation des cœurs et des comportements humains.

Que penser par exemple de la manière tout à fait désenchantée dont Silvia raconte, au deuxième acte, la naissance de sa relation avec Arlequin : "c'était le garçon le plus passable de nos cantons [...] il est assez facétieux, je suis de bonne humeur [...] il me suivait partout, il m'aimait, j'avais coutume de le voir, et de coutume en coutume je l'ai aimé faute de mieux" (II, 8), dissonant par rapport à l'amour indestructible qu'elle semblait lui vouer au premier acte ? Faut-il y voir une reconstruction du passé, due à l'influence de la cour, sous la férule de Flaminia dont Silvia fait une autorité, puisqu'elle se sent tenue de la prendre à partie ("Mettez-vous à ma place", lui dit-elle) ? Ou faut-il y lire la vérité inchangée des sentiments de Silvia et, partant, considérer sa constance héroïque du premier acte comme un choix étayé par certaines valeurs conscientes, plus que par un enchantement amoureux ? Cette hypothèse donnerait un poids nouveau à sa résistance, si limitée soit-elle, à se montrer inconstante vis-à-vis d'Arlequin. D'autant que l'on pourrait parler de coup de foudre pour le Prince déguisé, d'après les formules intensives qu'elle emploie pour évoquer sa relation avec ce dernier: "Je vous le dis en secret [...] il m'a toujours paru si doux, il m'a dit des choses si tendres, il m'a conté son amour d'un air si poli, si humble [...]".

En deçà de la primauté de l'amour-propre selon lequel, en héritier de La Rochefoucauld, Marivaux tend à tout analyser, le dramaturge montre ainsi l'entremêlement de différentes passions à l'origine d'une action. Flaminia illustre de manière originale l'accord de l'amour-propre à l'amour, qui vient opportunément secourir son intrigue après l'échec de Lisette auprès d'Arlequin (en I, 5). L'intérêt pour Arlequin ("j'ai vu Arlequin [...] il me plaît à moi" I, 6), se mêle en effet au plaisir inespéré de régner parmi les grands, ne serait-ce que le temps d'une intrigue, pour Flaminia qui n'est que "fille d'un domestique du Prince" (I, 3). C'est ce que révèle la réplique-clé de l'acte I, scène 6 (bas de la p. 44, haut de la p. 45), dans laquelle Flaminia prend une posture d'autorité supérieure face au Prince, en se targuant de réussir à le "rendre content", alors que la situation semble désespérée aux yeux de tous les autres. Le pronom de première personne, placé dans toutes les positions: sujet (*je*), apposition au sujet (*moi*), objet (*me*) est martelé, pas moins de vingt-trois fois, par Flaminia. L'emploi du présent prophétique confère même un pouvoir démiurgique à la locutrice: "Seigneur, vous pouvez en toute sûreté ordonner les apprêts de votre mariage [...] je vous garantis aimé, je vous garantis marié [...] j'entends [Silvia] d'ici vous dire: 'Je vous aime' ; je vois vos noces, elles se font; Arlequin m'épouse, vous nous honorez de vos bienfaits ; et voilà qui est fini." Au-delà de la maîtrise absolue affichée par le personnage, qu'on retrouve en III, 1, quand Flaminia traite son "goût pour Arlequin" en "bagatelle", "pris [...] seulement pour me désennuyer dans le cours de notre intrigue", le spectateur devine une *surprise de l'amour*. Dans un aparté (où, conventionnellement, les personnages se dévoilent), Flaminia se montrait en effet surprise de se trouver si touchée par Arlequin : “En vérité, je ne sais ; mais si ce petit homme venait à m'aimer, j'en profiterais de bon cœur” (II, 5). L'expression “petit homme”, en sus de son acception sociale, prend ici un sens affectueux.

Si le Prince a beau jeu de déclarer à Silvia : “on n'est pas maître de son cœur” (III, 9), c'est que les pièces de Marivaux donnent à voir la mobilité de la vie intérieure, sous l'emprise d'influences diverses, souvent opposées, et en prise avec la conscience. Cette mobilité rend imprévisibles, dans une certaine mesure, les actions des personnages, maintenant de ce fait l'intérêt du spectateur pour l'intrigue prévue par les dramaturges internes. L'analyse des êtres appelle du même coup à une réflexion ininterrompue, empêchant la fixation catégorique du jugement. “La structure du double registre*”, qui conduit à regarder le même spectacle sous différents angles, fait que les tours que les choses donnent à l'imagination et que l'imagination peut en retour donner aux choses (pour reprendre la formule du *Spectateur Français, Feuille I*, v. Florilège), s'invitent, pour se poursuivre, dans la conscience même du spectateur.

# ÉTUDE THÉMATIQUE

## LE THÉÂTRE

### France - Italie : un partout

L'œuvre théâtrale de Marivaux, comme la scène parisienne au XVIIIe siècle, est partagée entre deux institutions rivales : le Théâtre-Français et le Théâtre-Italien (v. Théâtre-Italien et Théâtre-Français). La situation des deux pièces ainsi que leurs fortunes et leurs structures réciproques semblent à première vue reproduire cette partition. *La Double Inconstance* (1723) compte parmi les premières comédies de Marivaux, et *La Dispute* (1744) parmi ses dernières ; la première rencontre un franc succès, tandis que la seconde est déprogrammée après son unique représentation ; la première, selon la coutume du Théâtre-Italien, est écrite en trois actes et en prose, quand la seconde est en un acte, selon l'usage du Théâtre-Français, qui donnait une comédie brève à la suite d'une grande pièce en cinq actes.

Loin de n'être qu'institutionnelle, cette rivalité oppose ainsi deux modèles dramaturgiques, issus des deux traditions italienne et française. Elle commande, chez Marivaux, deux esthétiques distinctes, dont l'une serait le négatif de l'autre. Alors que *La Dispute* met en scène des personnages originaux, *La Double Inconstance* emprunte en effet son personnel dramatique aux *tipi fissi** de la *commedia dell'arte* : on reconnaît aisément en Arlequin le bouffon au langage plein de jurons ("morbleu", "pardi", "diantre", II, 5), le traditionnel "gourmand, toujours amoureux, toujours dans l'embarras, [...] qui s'afflige, qui se console avec la facilité d'un enfant" (Marmontel, *Éléments de littérature*), de même que l'on reconnaît en Silvia la première amoureuse ingénue, et en Trivelin le valet capable de ruser (III, 2), fût-ce plus discrètement que dans *La Fausse Suivante*. La scène 7 de l'acte I est à cet égard emblématique, puisqu'à la présence de deux types italiens elle ajoute le recours aux *lazzi**: de nombreux personnages ("Arlequin, Trivelin, *et une suite de valets*", p. 45) comme autant de figurants dont un metteur en scène pourrait augmenter le nombre à plaisir, occupent en effet tout l'espace (Trivelin parle deux fois "de loin"), investissent jusqu'aux coulisses (Trivelin "s['y] réfugie", p. 46), et ne cessent de s'agiter en tous sens, comme le suggèrent l'emploi dans les didascalies de verbes préfixés en re- ("retourner", "revenir"), la longueur inhabituelle de ces didascalies qui adoptent le système du récit et se font narratives au présent de l'indicatif ("Arlequin court aussi après les autres valets, qu'il chasse, et Trivelin se réfugie dans une coulisse. [...] Arlequin revient sur le théâtre. [...] Il se retourne, et voit Trivelin qui revient", p. 46), et la prolifération des verbes d'action au gérondif dans les autres: "prenant son bâton", "le frappant", "s'enfuyant", "remettant sa latte" (p. 46-47). Le mouvement, ici, prend à tel point le pas sur le dialogue que ce dernier se borne à en être le commentaire: "Vous m'avez fait mal", s'exclame Trivelin, et Arlequin répond platement que "c'était [s]on intention"; le mouvement, plus précisément, se substitue au discours même, s'identifie à lui: "Je m'en vais donc vous parler plus clairement" (p. 46), s'écrie Arlequin au moment de frapper. Le geste est la langue des *lazzi*. Lire cette scène, c'est véritablement la voir, bien davantage que l'entendre. C'est voir, outre ses gestes, les deux accessoires conventionnels d'Arlequin, à savoir "son bâton" (p. 46) ou "sa latte" (p. 47), et son costume losangé, dont, de manière cocasse, il reproche le "bariolé" aux autres personnages (p. 45). Le scénario même de cette scène rappelle que Marivaux écrit pour les acteurs de la troupe du Théâtre-Italien, dans la mesure où l'altercation entre Arlequin et Trivelin redouble, pour les spectateurs informés de l'époque, la concurrence entre les deux acteurs, Thomassin et Dominique. De là vient aussi que Silvia, en II, 3, ne s'adresse pas au Prince mais "à Lélio" (p. 60), nom d'acteur de Luigi Riccoboni.

On pourrait dès lors déceler des traces de cette dissemblance esthétique jusque dans les arts du dialogue respectivement employés dans les deux pièces. Une caractéristique essentielle du marivaudage consiste en effet dans "la façon dont les répliques s'enchaînent" [DELOFFRE, 1955, p. 119] en rebondissant sur un mot ou un groupe nominal, par anaphore fidèle ou infidèle*: outre l'adverbe "cependant" dès le début de *La Double Inconstance*, ou le titre de Prince au début du deuxième acte: "Ces gens-là [...] souhaiteraient que le Prince fût content. / – Mais ce Prince, que ne prend-il une fille qui se rende à lui de bonne volonté?", (p. 54), on pourra songer à la formule de courtoisie dans la scène 2 de l'acte III : "Vous devez dire : Votre Grandeur saura. / – Votre Grandeur saura. C'est donc un géant ce secrétaire d'État ?" (p. 83). Si ce procédé n'est pas absent de *La Dispute* (il touche notamment, de manière significative, l'adjectif "belle", tant dans la réplique d'Églé à Carise à la scène 3, p. 11-12 : "Il est vrai que vous êtes belle. / – Comment 'belle' ? Admirable !", que dans celle de Mesrin à Adine à la scène 12, p. 27 : "Je suis belle, n'est-ce pas ? / – Belle ! si vous êtes belle ?"), force est de constater qu'il y est bien plus rare. Or, il fait précisément signe vers l'art de l'échange libre, gratuit et improvisé propre à la comédie italienne, dite *commedia all'improvviso*, et s'oppose en ce sens à la manière dont, dans *La Dispute*, des mots sont proposés par Carise et Mesrou comme pour manipuler, déterminer et hâter le cours de l'intrigue (comme le verbe "adorer", p. 18, dont la reprise marque la première scission du couple d'Églé et Azor). Dans cette perspective, il n'est pas non plus insignifiant que, tandis que les personnages de *La Double Inconstance* et ceux de *La Dispute* devraient avoir en partage l'innocence et la naïveté, voire l'enfance au sens étymologique (l'*infans* étant celui qui ne maîtrise pas le langage), les uns n'entendent pas les expressions figurées (témoin la réponse de Silvia à Trivelin, qui prend au pied de la lettre la formule "donner la main", p. 26), alors que les autres parlent spontanément une langue précieuse ornée (témoin la réplique d'Azor à double synecdoque* : "Mon cœur désire vos mains", p. 13).

À ce stade, tout laisserait donc à penser que *La Double Inconstance* s'oppose à *La Dispute* comme l'esthétique italienne à l'esthétique française, l'intensité physique à l'intensité poétique, la vue à l'écoute : d'un côté, des personnages codifiés, maîtres dans l'art du geste extravagant, et de l'improvisation ; de l'autre, des personnages aux traits originaux, maîtres dans l'art du langage raffiné et de l'ornement rhétorique. Toutefois, cette grille de lecture ne saurait être parfaitement satisfaisante et mérite d'être nuancée. D'abord, parce que dans *La Dispute*, les caractères sociaux et les stéréotypes de genre peuvent se voir reconnaître la même valeur que les *tipi fissi** : ainsi Églé, archétype de la coquette, occupe-t-elle un rôle également codifié, et largement superposable au personnage de Lisette qui, dans *La Double Inconstance*, s'excepte du personnel dramatique italien. Ensuite, parce *La Dispute* contient également des *lazzi**. L'on songe aux sauts que font ensemble en riant Mesrin et Azor (sc. 13), et surtout à l'irruption sur scène d'Hermiane, du Prince, de Dinas et de Meslis à la scène finale, qui pourrait tout à fait être jouée sur le même mode que la scène I, 7 de *La Double Inconstance* (là aussi le nombre de personnages présents est vertigineux ; que Meslis occupe le "milieu du théâtre" suggère leur dispersion aux quatre coins ; les didascalies tournent au discours narratif autonome : "Ils veulent fuir", et les verbes d'action n'y manquent pas : "entrant avec vivacité", "s'arrêtant", "le prenant par-dessous le bras", fût-ce en didascalies internes* : "Je me sauve", "voici de nouveaux camarades qui viennent", "allons-nous-en", "qu'on les mette à part", "partons", p. 42-43). À ce titre, *La Dispute* peut être comparée aux *Acteurs de bonne foi*, autre pièce tardive en un acte, dans laquelle des acteurs jouent, en abîme, sur "canevas", une comédie "à l'impromptu" (*Théâtre complet*, p. 1456) : dans les deux cas, une pièce relevant du Théâtre-Français comprend des formes du comique italien. Enfin, parce que les catégories conçues par Michel DEGUY pour circonscrire les formes dialogiques typiques de Marivaux sont également opératoires pour les deux pièces [1981, p. 194-210]. Deguy, en effet, conçoit le dialogue marivaudien comme une "machine matrimoniale", une machine à unir les sujets désirants, disposant d'un certain nombre de modes, qui sont autant de variations sur le principe de la réplique par rebond. Nous pouvons retenir les cinq modes principaux que Christophe Martin a relevés et illustrés dans le dossier de son édition de *La Double Inconstance* (p. 119-120). Les exemples suivants tirés de *La Double Inconstance* sont de lui, et de nous ceux extraits de *La Dispute*. Cette typologie compte donc :

Le refus d'un mot ("Je vous prierai seulement de considérer... / – [...] Voilà des considérations qui ne me conviennent point", *DI*, p. 26 ; "Vous seriez tentés de vous quitter tous deux pour nous aimer. / – Pourquoi tentés ? Quitte-t-on ce qu'on aime ? Est-ce là raisonner ?", *D*, p. 17).

- L'explication de texte ("L'ambition, c'est un noble orgueil de s'élever. / – Un orgueil qui est noble !", *DI*, p. 119 ; "Nous sommes vos maîtres. / - Mes maîtres ? Qu'est-ce que c'est qu'un maître ?", *D*, p. 37).
- L'écho méprisant ("Je ne vous demande pas l'impossible. / – [...] Je ne vous demande pas l'impossible, quelle manière de parler", *DI*, p. 57 ; "Ce plaisir diminuerait et vous deviendrait indifférent. / – Indifférent, indifférent, mon Azor ! ah ! ah ! ah !... la plaisante pensée !", *D*, p. 16, ou p. 24 : "Vous avez aussi un

miroir ! Eh ! à quoi vous sert-il ? à vous regarder ? ah ! ah ! ah ! / – Ah ! ah ! ah !... n'ai-je pas deviné qu'elle me déplairait ?").

- Le blocage du dialogue ("En vérité vous me divertissez, vous me faites rire. / – Oh ! pour moi, je m'ennuie de vous faire rire à vos dépens : adieu", *DI*, p. 43 ; "Continuez, je ne me soucie plus de vous [...]. / – Arrêtez donc, que voulez-vous dire ? [...] / – Tout à l'heure vous saurez le reste. / – [...] Eh ! d'où vient ? Qu'avez-vous affaire à lui, puisque vous m'aimez ? / – Eh ! laissez-moi faire", *D*, p. 40).
- Enfin, la vitesse de la réplique ("Vous savez que le Prince doit se choisir une femme dans ses États ? / – Je ne sais point cela : cela m'est inutile. / – Je vous l'apprends. / – Je ne me soucie pas de nouvelles", *DI*, p. 120 ; "C'est à la plus belle à attendre qu'on la remarque et qu'on s'étonne. / – Eh bien, étonnez-vous donc ! / – Vous ne m'entendez donc pas ? On vous dit que c'est à la plus belle à attendre. / – On vous dit qu'elle attend", *D*, p. 23).

On le voit : de même que la langue des gestes apparemment caractéristique du comique italien des *lazzi* (v. les "remerciements à coups de bâton" d'Arlequin, p. 84) est parlée par les personnages de *La Dispute*, "l'action de mots" en quoi consiste le dialogue marivaudien innerve l'ensemble de son théâtre ; elle en est "la machination" reproductible à l'infini. Elle ne réfère ni à l'esthétique italienne, bien qu'elle paraisse mimer l'échange improvisé, ni à l'esthétique française, bien qu'elle brille par son ingéniosité rhétorique – elle structure le "marivaudage" en général. Machine matrimoniale, elle n'apparie pas seulement les amants mais aussi les formes dramaturgiques ; la formule plaisante de Deguy, selon laquelle "le marivaudage mène au mariage des rivaux", vaut aussi bien pour les personnages que pour les théâtres rivaux. Ce qui importe est donc essentiellement la participation de chacune de nos deux comédies à chacune des deux esthétiques : il n'y a pas deux modèles distincts, mais deux éléments perméables l'un à l'autre, entremêlés par Marivaux. S'il y a une esthétique marivaudienne, elle ne réside pas dans l'emprunt exclusif de telles formes dramaturgiques traditionnelles, mais dans l'originalité de leur hybridation.

## Vers une hybridation des genres

"Hybridation" pourrait ainsi être tenu pour le maître-mot de la dramaturgie marivaudienne, à une époque où la comédie post-moliéresque, dans un dialogue constant avec le canon théâtral, cherche à se singulariser. Chez Marivaux, ce ne sont pas seulement les personnages qui sont sujets au travestissement, de rang ou de genre – l'on songe bien sûr ici au "prince travesti" en officier de *La Double Inconstance*, à la pièce éponyme (*Le Prince travesti*, 1724) et à *La Fausse Suivante* (1724) où une "demoiselle de Paris" fortunée se déguise en jeune "Chevalier". Ce sont aussi les comédies elles-mêmes dont Marivaux tend à effacer les frontières génériques. Le fait d'avoir dans nos deux pièces mis en scène des Princes, traditionnellement réservés à la tragédie, ou d'avoir donné à Églé cette réplique bipartite et bigarrée: "Voilà le combat qui vient, le camarade arrive" (p. 37), prouvent le goût de Marivaux pour les genres intermédiaires que sont la tragi-comédie* et la comédie héroïque*. De là le caractère simpliste des "essais de classification", à l'image de celui proposé par Marcel Arland (*Théâtre complet*, p. LXI-LXII), qui distingue notamment dans l'œuvre de Marivaux des comédies de caractères* (*Les sincères*) et de mœurs* (*L'École des Mères*), des comédies philosophiques (*L'Île des Esclaves*) et allégoriques (*L'Amour et la Vérité*), et enfin des comédies d'amour (dont *La Double Inconstance* et *La Dispute*).

En nous fondant sur ces catégories, nous pourrions en effet lire nos deux pièces comme des comédies de mœurs*, parce qu'elles proposent un tableau critique de la société et insistent sur ses désordres moraux (v. "Une morale naturelle ?" et "Une économie des valeurs"). On expliquerait ainsi en partie la gravité du rire que ces pièces suscitent, et la moindre place qu'elles accordent à la plaisanterie (cf. les derniers mots de *La Dispute*: "Nous n'avons pas lieu de plaisanter", p. 43) les rapprocherait du genre mixte de la comédie moralisante ou larmoyante illustrée dans les années 1730 par Nivelle de la Chaussée. Mais il pourrait aussi s'agir de comédies de caractères*, en ce qu'elles mettent en scène des archétypes*, comme les coquettes Églé et Lisette. Le Prince de *La Dispute* présente d'ailleurs explicitement les personnages comme tels: "Ce seront les mêmes caractères" (p. 9). Il s'agirait encore de comédies philosophiques, puisque *La Double Inconstance* interroge l'antinomie prétendue du couple nature/culture (v. "L'humaine comédie" et "Une morale naturelle ?"), et que *La Dispute* dialogue avec l'hypotexte* fontenellien des *Entretiens sur la pluralité des mondes*, auquel fait écho la réplique d'Églé: "Quelle quantité de nouveaux mondes!" (p. 11). La dimension allégorique, enfin, n'est pas absente de *La Dispute*, que le Prince présente comme une prosopopée* de la "nature elle-même" (p. 8).

La singularité du théâtre marivaudien, autrement dit, réside moins dans la pratique d'un unique genre théâtral que dans la pratique du théâtre comme genre pluriel. En vérité, s'il n'hésite pas à tirer ses ressources d'une pluralité de formes dramaturgiques, son théâtre emprunte aussi aux autres genres littéraires, notamment le roman (v., pour le genre du journal, "Des masques et des visages"). En ce cas toutefois, l'enjeu n'est plus de s'en approprier les codes, mais de les subvertir et les déconstruire. L'intrigue de *La Double Inconstance* a beau rejoindre celle d'*Arlequin poli par l'amour* (1720) qui empruntait au conte de fées, Flaminia n'en prend pas moins soin de mettre ce paradigme à distance: "Ne l'écoutez pas avec son prodige, cela est bon dans un conte de fées" (p. 29) ; elle a beau évoquer le roman pastoral, elle n'en met pas moins à l'épreuve et en échec le *topos* de l'amour éternel, cet "amour de roman" [*Journaux*, II, p. 110] ou "amour qu'on imprime" [*Journaux*, I, p. 278] qui lui est consubstantiel. De même, *La Dispute* tourne en dérision le thème de l'élection amoureuse, dont les formules topiques (comme "être fait l'un pour l'autre", p. 15) sont remotivées dans le contexte de la manipulation expérimentale. Plus qu'un genre littéraire parmi d'autres, le théâtre de Marivaux est, dans cette mesure, à la fois un lieu, esthétique, de rencontre et un lieu, critique, de vérité: il est la scène démystificatrice, où les clichés en général sont cités à comparaître, et rendus à ce qu'ils sont.

## Du théâtre dans le théâtre

Cette double fonction esthétique et critique, qui correspond peu ou prou à la double visée de la comédie classique ("*castigat ridendo mores*"), s'exerce dans nos pièces par le biais de dispositifs d'enchâssement qui font de la scène théâtrale une scène à double fond. Dans *La Dispute* comme dans *La Double Inconstance*, Marivaux met en scène le théâtre lui-même: s'il écrit ces pièces, pourrions-nous dire en citant la vingt-cinquième feuille du *Spectateur français*, c'est "moins pour [les] donner que pour [les] réfléchir" [*Journaux*, I, p. 268]. Anouilh s'en est parfaitement aperçu, et a su tirer parti du vertige produit par cette mise en abîme dans *La répétition ou l'Amour puni*, où des personnages réunis en un "désert" qui rappelle *La Dispute* entreprennent de jouer *La Double Inconstance*. Cette réécriture moderne révèle *a posteriori* la modernité déjà à l'œuvre dans la dramaturgie marivaudienne qui, en exhibant l'artificialité théâtrale de ce qui devrait se donner pour naturel en scène, déroge au principe classique de discrétion: "*ars celare artem*" (l'art, c'est de cacher l'art). Il détruit, après Corneille, l'"illusion comique", au profit d'un comique de la désillusion.

Sans revenir sur la description de ces dispositifs (v. "Des spectacles spéculaires"), insistons sur une différence: alors que *La Dispute* propose de l'authentique théâtre dans le théâtre, au sens où Hermiane et le Prince occupent clairement les rôles de spectateurs internes (ils "assistent" à un "spectacle" depuis une "galerie", sc. 1-2), *La Double Inconstance* relève plutôt du métathéâtre, en tant qu'elle comprend des scènes où les personnages, sans cesser d'être partie prenante de l'action, jouent (Lisette, en I, 3 et II, 7, Trivelin en III, 2, ou Flaminia dès I, 7) ou distribuent (Flaminia seule) des rôles d'acteurs. La différence est de taille, car si le premier phénomène semble aboutir à la séparation nette de deux niveaux de représentation, le second rend cette distinction plus difficile, voire impossible. On ne saurait en effet décider avec certitude si l'amour de Flaminia pour Arlequin est feint ou non (tel propos: "si ce petit homme venait à m'aimer, j'en profiterais de bon cœur", p. 61, s'oppose à tel autre: "j'ai pris du goût pour Arlequin seulement pour me désennuyer dans le cours de notre intrigue", p. 82), si la magnanimité du Prince est stratégique ou sincère (III, 5), si les propos du Seigneur sont libres ou commandés (II, 6 et III, 4). Jusque dans *La Dispute*, la question reste ouverte de savoir si tel conseil de Carise et Mesrou aux jeunes amants (par exemple, celui de se séparer pour préserver leur amour, sc. 6) relève ou ne relève pas du jeu manipulateur. En d'autres termes, loin de mettre en évidence et de donner à voir l'artificialité comme telle, la métathéâtralité empêche de faire la part de l'artifice et du réel, et invite même à les confondre.

De spectatrices lucides d'un théâtre dont elles connaissent les contours, Hermiane et Flaminia deviennent ainsi toutes deux captives de l'illusion de vérité: Hermiane, prise au piège de l'apparente objectivité de l'expérience du Prince (v. sa réaction, sc. 20), et Flaminia, prise au jeu de l'amour qu'elle faisait mine d'éprouver. Vie et théâtre, réel et artifice s'avèrent par là inséparables: ils sont coessentiels et co-originaires. Le théâtre devient une réalité seconde, comme cela advient dans *Les Acteurs de bonne foi*, où les personnages s'inquiètent à raison de l'influence de la pièce qu'ils mettent en scène: “si ce que j’allons jouer allait être vrai !” (*Théâtre complet*, p. 1457). Autrement dit, l’enchâssement du théâtre dans le théâtre a pour effet de créer un espace où, paradoxalement, la vérité se révèle dans un supplément de mensonge, et la nature apparaît comme un surcroît d’artifice. Comme dans *La Dispute*, et aussi douteux que cela puisse paraître, la nature mise en abyme, enchâssée à l’intérieur du dispositif théâtral, se veut “encore plus neuv[e] s’il est possible” (p. 9) que la première, restée en dehors de la scène. Au centre du théâtre, nous n’avons plus affaire à des “passion[s] de théâtre” (*La Fausse Suivante*, III, 9). L’illusion tient lieu de réel, et le lieu de l’artifice se change en hétérotopie*, “un espace d’illusion qui dénonce comme plus illusoire encore tout l’espace réel, tous les emplacements à l’intérieur desquels la vie humaine est cloisonnée” (Foucault, *Les hétérotopies*).

## L’humaine comédie : *theatrum mundi* et théâtre social

Que, dans nos deux pièces, un espace réel puisse émerger au sein de la scène théâtrale, cela s’explique par le fait que, pour Marivaux, l’espace théâtral est inscrit au sein de la scène sociale. L’épisode dit de la “femme au miroir”, raconté à la fin de la première feuille du *Spectateur français*, est à cet égard matriciel (v. Florilège). Dans ce récit, auquel il faut bien accorder le statut de scène primitive*, le narrateur, épris d’une “jeune Demoiselle” et séduit par son naturel, surprend “la belle de loin, qui se regardait dans un miroir” et qui reproduisait, comme l’on répète un rôle, les mines qu’elle faisait en sa compagnie. Il réalise alors que “ses airs de physionomie qu[’il] avai[t] cru si naïfs n’étaient, à bien les nommer, que des tours de gibecière”. Dans cette reconnaissance de “l’industrie” dans la “Nature”, il en va donc rien de moins que de la co-naissance de l’actrice et du spectateur. La découverte des coulisses (“je viens de voir les machines de l’Opéra”) révèle que le monde est une scène ; le narrateur, comme celui du “Monde vrai”, apprend qu’il est, en société, “à la Comédie depuis le matin jusqu’au soir” (v. Florilège).

Cette perspective invite à considérer dans nos pièces, non plus la façon dont l’artifice se donne pour la nature mais, symétriquement, la façon dont ce qui paraît naturel trahit son caractère artificiel. Arlequin, par exemple, n’a jamais que “l’air d’un innocent” ; il se peut qu’il force le trait et “donn[e] la comédie à ceux qui [lui] parlent” (p. 68), comme Silvia peut bien en partie “fai[re] l’enfant” volontairement, consciente que cette innocence participe de son “charme” (p. 54). En vérité, tout le paradoxe de la dramaturgie marivaudienne pourrait découler de cette thèse, maintes fois énoncée dans les *Journaux*, selon laquelle les rôles sociaux sont pour les hommes une seconde nature. De même alors que, chez Rousseau, la volonté de conjurer l’aliénation sociale dictera pour Émile une “pédagogie négative”, selon un dispositif éducatif qu’anticipe en un sens celui réservé aux enfants de *La Dispute* (p. 10), elle dicte chez Marivaux une dramaturgie négative, largement exposée dans la scène 3 de l’acte I de *La Double Inconstance*, où Flaminia, lui faisant répéter son rôle, ne donne à Lisette que des contre-directives: “Ôte cette mouche galante”, “point d’air coquet”, “il faut effacer cela” (p. 31-32). La femme du monde étant naturellement comédienne, il s’agit bien pour Flaminia de lui apprendre à ne pas jouer.

On voit le paradoxe: sur la scène marivaudienne, négatif de la scène sociale où chacun est dupe du jeu de l’autre, l’acteur doit ne pas jouer, et le spectateur doit ne pas se prendre au jeu (v. *Journaux* I, p. 60: “[L’opéra] me divertira toujours, mais il me touchera moins”). En ce sens, l’idée moderne que se fait Marivaux du théâtre social s’écarte de l’idée baroque, d’origine stoïcienne et cynique, du *theatrum mundi* : sa thèse n’est pas métaphysique et ontologique*, elle ne concerne pas l’être de l’homme en général ou la nature des choses en soi ; elle est sociologique et anthropologique*, en tant qu’elle concerne la condition humaine concrète et l’influence des structures sociales sur les comportements humains. Selon les stoïciens, la Fortune décide du rôle que nous avons à jouer dans le monde ; il nous revient d’adhérer en conscience à ce rôle, et de le jouer le mieux possible. Selon Marivaux, la société nous prête un rôle que nous jouons à notre insu, comme les enfants de *La Dispute* ; il nous revient en conscience de ne pas coïncider avec lui et de le connaître le mieux possible. Il revient à chaque acteur, autrement dit, non de quitter la scène ni de se détourner du spectacle – comme le font Arlequin face à la performance consciente de Lisette en I, 5, p. 43 : “si vous ne m’aimez pas, eh fi Mademoiselle, fi, fi !”, et Hermiane face à la performance inconsciente des enfants qui ne se savent pas l’objet d’un spectacle, à la scène 20, p. 41 : “Je n’en veux pas voir davantage” – mais d’en devenir spectateur éclairé, “[s]on propre Spectateur, comme le Spectateur des autres” [*Journaux*, I, p. 223]. Ainsi pourra-t-on dire, avec le Trivelin de *La Fausse Suivante*, le mot du sage: “Masque, [...] je vous connais” [*Théâtre complet*, p. 340].

## L'"interprétation" théâtrale : un paradigme herméneutique

Le mot d'"interprétation" suffit à désigner les deux opérations que doit accomplir le personnage de théâtre marivaudien, selon qu'il occupe l'une ou l'autre de ces deux positions, acteur ou spectateur. En effet, il recouvre une polysémie : interpréter, c'est certes jouer "une pièce ou un rôle, les comprendre et les traduire à la représentation d'une certaine façon" (*Dictionnaire de l'Académie*, édition de 1935), mais c'est d'abord "expliquer quelque chose, ce qu'il y a d'obscur" dans un discours, généralement biblique ou juridique (*Ibid.*, édition de 1762). La première opération concerne l'acteur, la seconde le spectateur ; la première est dramaturgique, la seconde est herméneutique*. Or, cette polysémie n'existait pas au XVIIIe siècle, où l'interprétation n'avait que ce dernier sens. Marivaux, d'une certaine manière, l'anticipe et l'exploite, en étendant au théâtre la fonction jusqu'alors réservée à l'exégèse* érudite : c'est à l'acteur qu'incombe chez lui la tâche de l'herméneute.

Si Trivelin, dans *La Fausse Suivante*, peut proférer le mot du sage, c'est en effet parce qu'il maîtrise l'art de lire les signes ("Tout ce qui se passe dans [le] cœur [d'une femme] s'écrit sur son visage, et j'ai tant étudié cette écriture-là que je la lis [...] couramment"), de les décrypter et d'en expliciter le sens ("J'expliquais ce *vous n'y songez pas*, et ce *laissez-moi donc ;* et je voyais que cela voulait dire : *Courage, Chevalier, encore un baiser sur le même ton ;* [...] *si vous êtes adroit, je n'y saurais que faire ; ce ne sera pas ma faute*", *Théâtre complet*, p. 358). Il dit la vérité implicite des rôles galants que jouent les personnages – autrement dit, il les interprète dans les deux sens du terme, à l'instar de Marivaux, dans un passage capital du *Spectateur français* : "Je trouvais nos jeunes gens [...] amusants [...] : je les interprétais. [...] Ce petit discours que je [leur] fais tenir, on le regardera comme une plaisanterie de ma part : je ne dis pas qu'ils pensent très distinctement ce que je leur fais penser ; mais tout cela est dans leur tête, et je ne fais que débrouiller le chaos de leurs idées" [*Journaux*, I, p. 70-71].

Sans doute est-ce dans cette perspective qu'il faut lire les scènes d'aveu, dans *La Double Inconstance* comme dans *La Dispute*. Lorsque Flaminia, à force de ruse, fait dire à Silvia qu'elle "ne croi[t] pas être blâmable" pour son inconstance (p. 97), ou à Arlequin : "Est-ce ma faute à moi ?", elle occasionne des répliques qui ressemblent à s'y méprendre à l'explication par Trivelin du discours de la Comtesse, citée ci-dessus ("*ce ne sera pas ma faute*"). Flaminia occupe ainsi vis-à-vis des inconstants la même fonction d'herméneute : Arlequin, affirme-t-elle devant le Prince qui vient aussi de décrypter et traduire une réplique de Silvia, est "tout à fait amoureux de moi, mais il n'en sait rien" (p. 81). Flaminia dramaturge interprète les inconstants : en tant qu'elle les manipule, elle leur dicte leurs répliques ; en tant qu'elle les examine, elle perçoit dans leurs répliques ce qu'ils n'entendent pas. Elle les pousse à interpréter l'inconstance, à comprendre et à assumer ce rôle qu'ils jouaient sans l'avouer.

Carise ne fait pas autre chose avec Églé dans *La Dispute* – aussi n'est-ce pas un hasard si elle sait mieux que Églé ce qu'elle a à dire ("Vous ne dites pas son véritable tort", p. 35), et si Églé formule la même question rhétorique qu'Arlequin : "Est-ce ma faute à moi ?" (p. 34). Durant toute la scène 15, Carise se consacre en effet à "débrouiller le chaos des idées" d'Églé, selon la formule du *Spectateur*, ou, selon sa propre formule, à développer son "embarras d'esprit" (p. 33). En faisant mine de lui donner innocemment la réplique, Carise mène Églé à "exposer en détail ce qu'[elle] sen[t] en gros", à "aller au principe de [son] exclamation", et à "la mett[re] en forme" [*Journaux*, I, p. 84]. En somme, elle interprète le rôle de l'interprète, qui est toujours celui du dramaturge Marivaux.

On comprend désormais que sur la scène marivaudienne, le réel n'entre pas tel quel. Il est trois fois interprété : par les gens du monde, authentiquement acteurs du théâtre social ; par Marivaux, qui, esthète et herméneute, le décrypte et le met en forme ; par les comédiens, qui occupent sur la scène comique des rôles chargés de toutes ces strates, et qui à l'occasion les mettent en abîme. C'est dans toute l'extension de ces termes qu'il faut ainsi entendre l'idée selon laquelle le théâtre est toujours pour Marivaux l'interprétation du réel, ou le réel interprété.

# LA REPRÉSENTATION LITTÉRAIRE

## "Comme partagé en deux miroirs." Il y a représentation et représentation

La question de la représentation artistique en général, et littéraire en particulier, n'a cessé, de *La poétique* d'Aristote à *La fonction représentationnelle* de Karl Bühler au moins, d'occuper sous différentes formes la philosophie occidentale. Sous le nom de *mimesis*, elle pose le problème de la représentation de la nature dans et par la littérature ; sous le nom d'expression, celui de la représentation de la pensée dans et par le langage ; sous le nom de fantasme, celui de la représentation et de la projection dans le réel d'un objet conçu par l'imagination. Elle pose enfin le problème, dérivé et spécifique, de la représentation théâtrale, au sens de la performation du texte d'une pièce, qui met déjà en jeu une certaine représentation du réel. On distinguera, à cet égard, les représentations que sont les pièces, des représentations incluses dans les pièces. Toutes ces dimensions sont liées dans la dramaturgie de Marivaux, qui n'a cessé de réfléchir à la chose dans ses écrits théoriques, même s'il emploie rarement le mot dans son œuvre théâtrale.

Le verbe "représenter", dont l'usage est ainsi d'autant plus significatif qu'il est rare, apparaît une seule fois dans chacune de nos deux pièces, mais toujours à un moment clé. Dans *La Double Inconstance*, à la scène 5 du dernier acte, lors de la confrontation d'Arlequin avec le Prince, qu'il essaie de persuader de ne plus convoiter Silvia : "Je vous représente mon bon droit" (p. 92). Dans *La Dispute*, à la scène 7, lorsqu'à Azor s'enthousiasmant pour le portrait d'Églé que Carise lui a remis : "Ah ! c'est Églé, c'est ma chère femme ; la voilà", Mesrou oppose cette proposition restrictive : "Du moins, cela la représente" (p. 19). Si ces deux occurrences correspondent aux deux emplois possibles du mot au XVIII$^{e}$ siècle, valable respectivement dans la sphère diplomatique et dans la sphère artistique (v. "Représentation", *Dictionnaire de l'Académie française*, édition de 1762), elles opposent en fait subtilement deux logiques de la représentation : une logique de la vicariance* et une logique de la substitution (v. Ladrière, "Représentation et connaissance", *Encyclopaedia Universalis*). Vicariance*, la représentation rend présente la chose représentée, en conjurant son absence néfaste ; substitution, elle tient à distance la chose représentée en prenant sa place. Le premier cas correspond à *La Double Inconstance*, où Arlequin rappelle le Prince à la réalité et lui fait entendre raison contre ses mauvais conseillers ("Il est vrai que j'ai tort à ton égard", avoue-t-il, sincère ou non, p. 93) ; le second cas correspond à *La Dispute*, où Azor et Églé perdent le sens de la réalité, se laissant fasciner par son image (Azor "baise le portrait" au lieu d'Églé, qui le choisit à ses dépens, p. 18-19). Il y a donc, on le voit, deux représentations: la bonne et la mauvaise. L'une constitue un rapport médié au réel ; l'autre s'émancipe de la référence au réel. L'une "exhibe, expose devant les yeux" [art. cit., *Dictionnaire de l'Académie*] la chose même ; la seconde s'exhibe, s'expose devant les yeux, au point d'éclipser la chose même. Alors que le Prince de *La Double Inconstance* est renvoyé par la représentation à la réalité de la situation, Églé est enfermée dans la seule représentation: "Il n'y a plus que le miroir" (p. 21).

Autrement dit, dans le théâtre de Marivaux, la représentation est non seulement "comme partagé[e] en deux miroirs" ["Le Miroir", *Journaux*, II, p. 320], mais elle naît du partage, de la division du monde en deux: l'être et le paraître, la réalité et son reflet. À l'état naturel en effet, les choses et les personnes n'entrent pas en représentation: la coquette, dans la première feuille du *Spectateur français*, "ne songeait à rien moins qu'à être ce qu'elle était", jusqu'à ce que l'apparition du miroir (dans lequel "elle s[e] représentait à elle-même dans tous les sens"), donc de la culture, n'introduise un dédoublement qui scinde le réel, dissocie authenticité et artificialité, vertu et vice (v. Florilège). La représentation, en somme, est la condition de la duplicité et de l'hypocrisie. De même, au début de *La Dispute*, les enfants "ne se sont jamais vus" (p. 10), ni les uns les autres, ni eux-mêmes ; c'est de la découverte du ruisseau, et de la représentation dans l'eau de leurs propres visages, que procède la vanité d'Églé et d'Adine, illustrée par telle tournure réflexive: "Que je vais m'aimer à présent" (p. 12). En ce sens, il n'est pas anodin que Églé, à la scène 9, "se regarde dans son miroir" avant de dire d'Adine: "Je crois [...] qu'elle se compare" (p. 22). La représentation incite à la comparaison ; qui se mire veut être admiré (ainsi Églé, sc. 6: "J'aime tant qu'il m'admire !"). Flaminia l'a bien compris, qui représente à Silvia la liste de ses charmes (dans des tournures présentatives: "c'est cette ingénuité, cette beauté simple, ce sont ces grâces naturelles", p. 55) avant de lui opposer la représentation désobligeante que s'en font prétendument les femmes de la cour (p. 56). La représentation, en d'autres termes, ouvre l'espace de l'amour-propre ; agent agonistique*, elle est un facteur de conflit. Tout l'enjeu, pour Marivaux, est par conséquent d'édifier un théâtre qui fasse jouer la bonne représentation contre la mauvaise : il entend proposer une représentation juste des effets pernicieux de cette dernière sur la réalité sociale.

## L'ordre du fantasme. Représentation et imagination

Le théâtre marivaudien a d'abord à mettre en scène l'espace de la culture, c'est-à-dire rien d'autre qu'un espace de représentation théâtrale. En effet, *La Double Inconstance* présente le milieu curial comme une scène sur laquelle chaque personnage est en représentation : la "mouche galante" de Lisette, "recommandée par [s]on miroir", vaut par exemple le costume d'une actrice (p. 31), et ses "grandes révérences" à Silvia (p. 72) comme la "suite de valets" qui accompagne Arlequin et Trivelin (p. 43) évoquent le personnel pompeux et la chorégraphie du cérémonial mondain. Les individus, à l'image du Prince travesti en cavalier d'après Arlequin, y ont "la mine d[es] hypocrite[s]" ; "vous savez ce qu'ils paraissent, et non pas ce qu'ils sont" ("Monde vrai", p. 234 ; v. Florilège). Les bourgeois* que sont Silvia et Arlequin revendiquent au contraire l'"innocence" (p. 68) ou la simplicité, au sens strict de ce qui n'est point duplice, qui n'oppose point l'être au paraître : "Moi, affirme Silvia, je ne parais rien, je suis toute d'une pièce" (p. 55). Cette mise en présence de l'authenticité et de la superficialité, de la nature véritable et de la représentation qui, selon la formule du Prince, "falsifie la nature" (p. 81), a bien sûr une fonction critique, qu'illustre la scène 4 de l'acte III, dans laquelle le regard naïf d'Arlequin met au jour la contradiction entre la noblesse de mœurs et la noblesse de titre. Elle exhibe le caractère fantasmatique de tout l'édifice culturel, en tant qu'il est un système de valeurs et de représentations non fondées dans l'être.

Toutefois, on aurait tort de croire que Marivaux oppose la nature à la culture comme la réalité à sa représentation imaginaire ; en vérité, la nature elle-même apparaît dans nos deux pièces comme le pur produit d'une projection culturelle. Ainsi de "la pudeur et la timidité naturelles" qu'Hermiane prête sans aucun fondement empirique au genre féminin (p. 7). Le naturel ne précède pas l'ordre des représentations, mais il en procède, à tel point que les qualités qu'Arlequin et Silvia revendiquent sont précisément celles qui leur sont prêtées par les membres de la cour : le Prince louant l'un pour "la franchise et la simplicité de son caractère"

(p. 67), et Flaminia vantant de l'autre l'"ingénuité", la "beauté simple" et les "grâces naturelles" (p. 55). L'un et l'autre ont intériorisé ces représentations d'eux-mêmes, et se sont approprié ces clichés; ils incarnent l'oxymorique "nature-représentation" chère à Diderot, et non la "nature-existence" privilégiée par Rousseau (Guichet, "Rousseau VS Diderot: la nature-existence ou la nature-représentation?"). Comme l'a bien compris Lisette, la "naïve[té]" même de Silvia est devenue "un agrément" (p. 58). Les bourgeois ne sont donc pas naturels, mais, à leur insu, ils cherchent à correspondre à l'image que la cour se fait de la nature. Ils (se) représentent (comme) l'absence de représentation.

On peut, selon cette perspective, rendre entièrement compte du dispositif complexe de *La Dispute*, pour peu que l'on s'aperçoive de l'écho qu'entretiennent ces répliques essentielles d'Azor et de Mesrou déjà citées, à propos du portrait d'Églé: "Ah! C'est Églé [...]. / Du moins, cela la représente" (p. 18-19), et cette phrase de la tirade du Prince, expliquant à Hermiane ce à quoi elle va assister: "Le monde et ses premières amours vont reparaître à nos yeux tels qu'ils étaient, ou du moins tels qu'ils ont dû être" (p. 9). Dans les deux cas, une épanorthose* corrige une première affirmation: de même que le portrait n'est pas Églé telle quelle, et la représente seulement, ce qu'on verra sur scène n'est pas la nature telle quelle, mais sa seule représentation. Dans la seconde phrase, la proposition comparative ("tels qu'ils étaient"), doublée de la modalisation déontique* ("tels qu'ils ont dû être"), indique que nous n'aurons pas affaire à la chose, ni même à son portrait fidèle, mais à son image hypothétique. Image non pas semblable au vrai, mais image à peine vraisemblable, car conforme à un préjugé – le Prince préjuge que la nature "prononcera en faveur" d'Hermiane (p. 9) – ou à un désir. Non pas "la nature elle-même" (p. 8) mais son fantasme culturel. La nature n'est pas l'autre de la représentation; c'est l'élément central du système culturel des représentations.

## "Point de clarté." Représentation et expression

À ce stade, nous devrions mieux comprendre les raisons pour lesquelles Marivaux entend, sinon corriger, du moins balancer la tendance à l'imagination qui caractérise le personnel curial (le verbe "imaginer" est employé six fois dans *La Double Inconstance*: cinq fois par ledit personnel, et une seule par Arlequin pour mettre en cause l'imagination du Seigneur : "Vous n'imaginez rien qui vaille", p. 69) par une représentation fidèle de la réalité. Comme l'écrit Guenancia à propos de Pascal, envers qui Marivaux a plusieurs fois exprimé sa dette, dès lors que "la réalité est plus imaginaire que représentée [...], le travail de la représentation est de dés-imaginer [la] relation" que nous entretenons avec elle (*Le regard de la pensée. Philosophie de la représentation*). Marivaux, autrement dit, n'oppose pas un état de nature à un état de représentation ; il oppose à une représentation culturelle de la nature (entendue comme projection imaginaire) une représentation naturelle de la culture (entendue comme expression exacte). Il prône à cette fin une poétique du naturel, associant la "clarté" de l'expression, c'est-à-dire "l'exposition nette de notre pensée, au degré précis de force et de sens dans lequel nous l'avons conçue" (v. Florilège, "Sur la clarté du discours"), à la "justesse" de la représentation, c'est-à-dire la conformité de cette dernière à "l'objet qu'elle peint" comme un "portrait". Il se veut dans cette mesure l'antithèse de l'auteur précieux, dont le défaut majeur tient à ce qu'il "peint ses sujets d'après lui et non pas d'après eux", qu'il "invente [et] ne copie pas" ["Du style", *Journaux*, II, p. 228 et 230]. Représenter, c'est pour Marivaux faire de la plus naturelle expression la plus exacte copie du modèle qu'il se propose de peindre.

Dans l'impératif catégorique qu'il formule à l'intention des auteurs : "Peignez la nature à un certain point" [*Journaux*, II, p. 166], le "point" dont il est question peut ainsi être assimilé tant au "point de perfection" atteint par la coquette en représentation, que le Spectateur "avait crue naturelle" (v. Florilège, "Femme au miroir"), qu'au "point de clarté" atteint par l'expression littéraire "quand tout le monde l'entend de même" [*Journaux*, II, p. 52]. Entendez : le naturel procède d'un art de la mimétique et de l'univocité. L'enjeu est dès lors, pour le dramaturge, de porter la chose même à la limpidité de l'expression, de la donner à voir dans la formule qui, littéralement, l'exprime. On pourrait considérer, dans nos deux pièces, toutes les citations polémiques* (typiquement, *DI*, p. 87 : "L'ambition, c'est un noble orgueil de s'élever. / – Un orgueil qui est noble !", et *D*, p. 23 : "Je ne me considère jamais que je ne sois enchantée, moi qui vous parle. / – Enchantée !") et les anaphores infidèles* (comme dans *DI*, p. 37 : "Mais les richesses que vous promet cette amitié ? / – On n'a que faire de toutes ces babioles-là", et *D*, p. 25 : "[Elle] prétend être aussi belle que moi ! / – Je ne dis pas cela, je dis plus belle") comme la mise en abîme d'une telle quête agonistique de l'expression juste. Ce programme, qui viserait à mieux dire pour mieux montrer, pour mettre par la langue sous les yeux la chose même, n'est rien de moins que celui que la rhétorique classique a rangé sous les termes grec et latin d'*enargeia** et d'*evidentia**.

*La Dispute* pourrait même être lue tout entière comme le chemin qui sépare le mutisme d'enfants (*infans*) qui ne savent rien dire de l'amour (comme le dit paradoxalement Azor, *D*, p. 12 : "Le plaisir de vous voir m'a d'abord ôté la parole"), de la maîtrise oratoire d'adultes prêts à tout dire, et ce, en toute transparence. Les scènes d'aveu, 15 de *La Dispute* et III, 6 et 7 de *La Double Inconstance*, n'ont d'autre fonction en vérité que celle-ci : mener les amants à s'exprimer pleinement et à appeler l'amour par son nom ; à faire, par conséquent, la lumière sur ce qu'ils sentent – à gagner en lucidité, mot qui dit aussi bien la clairvoyance du locuteur que la clarté corrélative de son élocution. De la sorte, le langage littéraire et amoureux redevient au terme des pièces l'élément limpide et expressif d'une communication directe entre les cœurs, comme si elle n'était plus médiée par aucune représentation. Le langage littéraire devient le langage du naturel, modelé sur celui que le Prince prête à Silvia : "Ici, c'est le cœur tout pur qui me parle, comme ses sentiments viennent, il les montre" (p. 81). Il rend l'expression à sa nature de représentation transparente dont Marivaux avait fait la racine de sa théorie du signe [v. *Journaux*, II, p. 222-224].

## "Je ne sais quoi" : hors scène et hors langage

Toutefois, si l'expression, lorsqu'elle est claire et distincte, peut se confondre avec la représentation naturelle du réel, elle n'épuise pas sa représentation, dans la mesure où elle n'est pas non plus susceptible d'épuiser le réel. Elle a beau chercher à tout dire, l'expression n'est jamais en mesure de dire tout, parce que le réel recèle une part d'indicible, d'obscurité dont elle ne peut venir à bout, propre à la sphère de l'intériorité et des sentiments. Églé le sait bien, qui dit à propos du plaisir d'Azor et du sien : "Nous ne le comprenons pas, nous qui le sentons ; il est infini" (*D*, p. 17). L'expression n'épuise donc pas la représentation car l'indicible, que la représentation théâtrale prend en charge, lui échappe. L'indicible ne s'exprime pas, et pourtant il se représente. Marivaux dit, plus précisément, qu'il se laisse "entrevoir" : "Si la pensée ou le sentiment trop vif passe toute expression, ce qui peut arriver, [l'exacte clarté] sera pour lors l'exposition nette de [la] pensée dans un degré de sens propre à la fixer, et à faire entrevoir en même temps toute son étendue non exprimable de vivacité" (v. Florilège, "Sur la clarté du discours"). À la vision claire de la chose directement montrée par le discours, à l'*evidentia**, se substitue dans ce cas son appréhension partielle et médiée ; à la représentation comme "exhibition de quelque chose" (Furetière, *Dictionnaire universel*) se substitue la représentation d'une autre chose, qui révèle indirectement et laisse entendre la première. À l'expression, en somme, se substitue l'impression, ou la "suggestion", selon le mot de Deloffre.

C'est certainement dans cette perspective qu'il faut replacer la difficulté et la rareté des véritables aveux dans nos deux pièces, surtout dans *La Double Inconstance*, où le "Je vous aime" annoncé par Flaminia (p. 45) ne sera jamais prononcé sous une forme aussi claire par Silvia. "Ses discours" ont pourtant donné au Prince un "plaisir" supérieur à celui des aveux ; ils "val[ent] mieux qu'un aveu", dit Flaminia, parce que le Prince y a "vu le moment où elle allait [lui] dire : Ne m'aimez plus, je vous prie, parce que vous seriez cause que je vous aimerais aussi" (v. les premières répliques de III, 1). Il a entrevu dans l'obscurité de ses phrases ce qu'elles ne sont pas capables de mettre au jour ; il a induit de sa syntaxe embarrassée et inouïe ce que la langue de Silvia ne parvient à rendre audible que malgré elle, au-dessous d'elle et en sourdine. Il perçoit l'aveu dans l'absence d'aveu, car c'est là que se donne à voir ce que Silvia cherche à cacher. Chez Marivaux, l'amour se représente où son expression fait défaut. Il "double" le langage, non seulement au sens où il le sème en le prenant de vitesse (ainsi le "cœur" de Silvia va "plus vite qu'elle", *DI*, p. 43), mais encore au sens où, en s'énonçant sous le langage, il en constitue la doublure.

En d'autres termes, l'amour est semblable au "*Je ne sais quoi*" auquel l'esthétique de Marivaux accorde une place capitale, et à la description duquel il consacre la deuxième feuille du *Cabinet du Philosophe* : "on sent [le *Je ne sais quoi*], et on ne [le] démêle pas", comme l'amour d'Azor pour Églé : "Je ne sais ce que je sens, je ne saurais le dire" (p. 13) ou celui de Silvia pour le Prince en officier : "Je ne sais ce qu'il m'a fait depuis que je l'ai revu" (p. 75). Indicibles et invisibles l'un comme l'autre, puisqu'on "[les] perd de vue en les voyant" (Florilège, "Le *Je ne sais quoi*"), il faut paradoxalement ne pas les voir pour les voir. Dans cette mesure, le hors langage qu'ils représentent fonctionne aussi comme un hors scène. Dans tous les cas, il s'agit de montrer qu'on ne représente pas, et de donner à deviner ce qui échappe. Ainsi, dans nos deux pièces, des innombrables actions qui se déroulent à notre insu : entre mille, les rencontres d'Adine avec le ruisseau puis avec Mesrin (suggérées à la scène 9), ou son étonnante leçon de musique (évoquée à la scène 11 alors que rien ne laissait présager que les enfants y étaient formés, et laissant donc envisager la possibilité qu'ils pratiquent encore bien d'autres activités), et l'ensemble des manigances fomentées par Flaminia, que signalent de rares signes d'entente avec les personnages dont elle oriente les faits et gestes (v. la didascalie qui clôt la scène 3 de l'acte III). De même que l'élément essentiel de l'intrigue de nos deux pièces, l'amour, ne se montre pas sinon en creux, comme par *lapsus*, l'essentiel des éléments de l'intrigue ne nous sont pas montrés. Ces pièces de théâtre reposent, pour l'essentiel, sur la non-représentation. C'est à l'auditeur ou au spectateur de suppléer au manque, de se représenter ce qui n'est pas représenté. Le doigt de Marivaux pointe sans cesse vers la coulisse de la scène (ou) du langage.

## Des copies plus vraies que nature. Représentation et *mimesis*

Les figures diverses sous lesquelles se présente et opère la représentation littéraire dans le théâtre de Marivaux sont toutes, on le voit, paradoxales. La dernière que nous voudrions évoquer, non seulement ne l'est pas moins, mais résulte de l'ensemble des précédentes : elle concerne la *mimesis* – terme fondamental, sous la forme duquel Aristote a, dans sa *Poétique*, légué à la dramaturgie occidentale la tâche de représenter la réalité sur scène. C'est de l'interprétation aristotélicienne de ce concept que vient le principe de l'*ut pictura theatrum*, dont dérive le plus connu *ut pictura poesis*, et selon lequel, très simplement en apparence, le théâtre imite la nature (cf. Henin, *"Ut pictura theatrum". Théâtre et peinture de la Renaissance italienne au classicisme français*). Au nom de ce principe, les objets du réel se rangent en deux catégories, selon qu'ils sont naturels ou artificiels, des originaux ou des copies.

À cet égard, Marivaux serait un aristotélicien très singulier : s'il fait bien, comme tous les classiques, de la *mimesis* l'enjeu central de sa dramaturgie ("Peignez la nature…"), il semble qu'il ait pris Aristote au mot, lorsque ce dernier affirme dans *La Poétique* qu'"imiter est naturel aux hommes, et se manifeste dès leur enfance" (1448b, 12). La nature de l'homme, suggère en effet Aristote, est d'être non seulement imitateur mais encore, si l'on songe au comédien qui s'identifie à son œuvre jusqu'à se confondre avec elle, imitation ; il est spontanément mime, comédien et comédie, producteur et produit de l'opération mimétique. Le propre de l'homme, ou le propre du comédien, est alors qu'en lui rien ne distingue plus l'original de la copie, le propre de l'emprunté. Platon, d'ailleurs, condamnait dans *La République* le théâtre et la peinture précisément pour cette raison, à savoir pour le risque de confusion ontologique entre l'être et son image, l'imité et l'imitant, que présentent ces arts mimétiques. Marivaux, au contraire, court ce risque. Chez lui la *mimesis* opère à contresens : non seulement l'art humain imite la nature, mais la nature humaine imite l'art. L'homme n'est pas le modèle original dont un tableau serait la copie – il est d'emblée copie, parce qu'il est d'emblée tableau. "Je me regardais comme on regarde un tableau" écrit-il dans la première feuille de *L'indigent Philosophe* [*Journaux*, II, p. 87], et dans la cinquième feuille du *Spectateur français* : "Nous sommes tous des tableaux les uns pour les autres" [*Journaux*, I, p. 85].

Ainsi est-ce dans toute la complexité de ce dispositif renversant que nous voudrions resituer les jeux de renversement qui s'opèrent dans nos deux pièces entre les êtres et leurs représentations mimétiques, entre les "originaux" et leurs "copies". Nous pensons bien sûr à la scène 7 de *La Dispute*, dans laquelle le reflet (miroir ou portrait) commence à prendre l'avantage sur l'original, et à partir de laquelle, de l'aveu même d'Églé, "[l]a copie a tout" (p. 19), mais, d'une manière plus significative encore, à la scène 4 de l'acte II de *La Double Inconstance*, dans laquelle Flaminia compare son amant défunt à Arlequin. "Vous lui ressemblez tant", lui dit-elle, "vous êtes son portrait", et à ce stade, Arlequin se considère bien comme la copie de l'original, comme le terme secondaire auquel incombe la *mimesis* : "Je vous donnerais de bon cœur la ressemblance de votre amant". Flaminia l'invite ensuite à faire le chemin inverse, à se représenter d'abord lui-même, puis le défunt – à inverser, en somme, la charge de la ressemblance : "Regardez-vous, Arlequin, voyez combien vous méritez d'être aimé, et vous verrez combien je l'aimais". Et voilà le renversement accompli dans la réplique d'Arlequin : "Puisque vous aimez tant ma copie, il faut bien croire que l'original mérite quelque chose" (p. 64). Prenons la mesure du vertige : il semble qu'Arlequin, copie conforme de l'amant défunt, se substitue à son modèle, le représente, et tienne lieu de l'original ; dans ce cas, nous aurions affaire à un parfait accomplissement mimétique. Mais en réalité, c'est l'inverse qui a lieu. Arlequin, original dont l'amant défunt est le portrait créé de toutes pièces par Flaminia à son image, s'identifie à sa copie ; il devient la copie de sa propre copie en se confondant avec elle, précisément au moment de tomber en amour ("Je vous trouve charmante avec cette pensée-là", p. 65). La nature se retrouve à imiter l'art, l'original sa copie, et le réel sa représentation. Au terme de ce mouvement, qu'il faut bien dire dialectique, la copie de copie vaut mieux, "pla[it] davantage" (p. 64) que l'original original ; c'est elle qui modèle son modèle.

Dans cette perspective, il devient possible de rendre raison du saisissant rapport d'intertextualité* qui se noue entre deux textes de Marivaux, une pièce de théâtre et un récit allégorique, à la faveur d'une discrète autocitation. Au début de *La Dispute*, le Prince annonce en effet à Hermiane qu'il la mène assister "à un spectacle très curieux" (p. 7) ; au début du *Miroir*, texte lu par Marivaux à l'Académie en 1748 et publié en 1755, il reprend cette formule : "Je me livrai tout entier au plaisir d'examiner ce qui s'offrait à mes regards, et en effet le spectacle était curieux". De même que dans *La Dispute* il s'agit de voir renaître "la nature elle-même", il s'agit dans *Le Miroir* d'une allégorie de "La Nature" : elle apparaît le front ceint "d'une espèce de bandeau, ou de diadème", "large, élevé, et comme partagé en deux Miroirs éclatants, dans l'un desquels on voyait une représentation inexplicable de l'étendue en général", et dont l'autre "représentait [...] comme une image de l'âme", "un être encore plus indéfinissable" (v. Florilège, "Le Miroir"). Si les deux miroirs reflètent respectivement la nature physique et la nature morale, le Miroir au singulier n'est rien d'autre que La Nature. Allons plus loin : non seulement la nature est un miroir (donc le réel un reflet, l'original une copie, etc.), mais, en témoigne la suite de l'allégorie, son reflet dans le miroir est plus vrai que la nature même. Pour Marivaux, la nature est un miroir au reflet plus vrai que nature – et le reflet, c'est *La Dispute*.

Tout le paradoxe du "Monde vrai" est de la sorte susceptible d'être réinvesti sur la scène dramaturgique. Rappelons que dans ce récit, un sage invite un jeune homme à quitter le monde réel ou "véritable" pour se rendre dans le monde vrai – à abandonner les "hommes faux" au langage hypocrite, pour aller trouver les "hommes vrais" dont la langue “est naturelle” [*Journaux*, II, p. 244 et 249]. Or, dit le guide au narrateur, “il n’y a pas une figure d’homme, ni de femme dans notre monde, dont vous ne trouviez [dans le monde vrai] une copie si exacte que vous la prendrez pour l’original” [*Ibid.*, p. 246]. On l’aura compris : le vrai et le naturel, d’après ce dispositif radicalement antiplatonicien, ne sont pas le véritable ou le réel. À ces derniers appartient d’être des simulacres, quand le vrai et le naturel concernent la copie. Ainsi des personnages de *La Double Inconstance* et de *La Dispute* : copies des personnages de la comédie sociale, ou copies de la femme et de l’homme naturels tels qu’on les fantasme, en tout cas représentations, ils sont à l’origine de ce qu’ils représentent, dans la simple mesure où ils sont plus vrais que leurs modèles. La représentation qu’ils donnent est la vérité du réel.

## LITTÉRATURE ET MORALE

### Une morale naturelle ?

“Littérature” et “morale” sont deux termes qu’on peut tenir pour des faux-amis ; les sens qu’ils reçoivent dans la langue d’aujourd’hui ne sont plus tout à fait ceux que leur prêtait un homme du XVIIIe siècle comme Marivaux. Souvenons-nous d’abord que le concept de “littérature” et son référent contemporain, à savoir l’ensemble des pratiques d’écriture auxquelles l’on reconnaît une valeur esthétique, n’émergent qu’au XIXe siècle, comme en témoignent le *Dictionnaire de l’Académie française*, qui n’enregistre ce sens qu’en 1835, et l’essai-repère de Germaine de Staël, *De la littérature considérée dans ses rapports avec les institutions sociales*, paru précisément en 1800. Au XVIIIe siècle, la “littérature” n’est guère qu’un synonyme de la culture en général, et en particulier de celle des lettrés : elle “désigne l’érudition, la connaissance des Belles-Lettres et des matières qui y ont rapport” (*Encyclopédie*). Pour nommer à peu près ce que nous entendons aujourd’hui par “littérature”, Marivaux parlerait ainsi des Belles-Lettres, dans le champ desquelles le théâtre, comme genre noble et codifié, occupe une place importante. Quant à la “morale”, elle renvoie littéralement, au XVIIIe siècle, comme adjectif substantivé, à tout discours sur les mœurs, c’est-à-dire sur la manière qu’ont les individus de se conduire, seuls ou en société. Littérature et morale se rejoignent donc d’abord chez Marivaux au lieu où le genre comique rencontre la science des mœurs – celui, par conséquent, des comédies de mœurs* que sont en partie *La Double Inconstance* et *La Dispute*. Elles appliquent le principe dramaturgique classique du *castigat ridendo mores*, où se retrouvent encore nos deux thèmes, la littérature derrière l'ambition d'amuser, et la morale partout dans la critique des mœurs. Elles remplissent simultanément ces deux fonctions, parce que la première procède du geste analytique de la seconde. Analyser les mœurs, c'est de fait amuser, comme l'affirme la dramaturge interne Flamina, à propos des agréments de Lisette: "Je les examine, moi, voilà pourquoi ils deviennent ridicules" (p. 33).

Comme l'écrit Jacques Truchet, "le public du XVIIIe se passionnait pour les problèmes moraux. S'il est un point qui fit l'unanimité des dramaturges, c'est la défense de la vertu; que l'on se tourne vers la tragédie, la comédie de caractères ou de mœurs, [...] partout il est question d'elle sous toutes ses formes". Et Truchet, pour appuyer son propos, de citer "Marivaux, Destouches, Nivelle de La Chaussée, Voltaire lui-même" ["Introduction", *Théâtre du XVIIIe siècle*, Bibliothèque de la Pléiade]. Cette séquence, qui fait succéder à la comédie marivaudienne la comédie moralisatrice de Destouches, invite à identifier dans nos pièces une semblable dimension moralisatrice. Corriger les mœurs suppose en effet, et en principe, non seulement de tenir un discours moral, mais encore de l'ordonner selon une axiologie* qui polarise les phénomènes représentés en scène, les rend souhaitables ou condamnables, et les situe tantôt du côté du bien et de la vertu, tantôt du côté du mal et du vice. Or, *La Double Inconstance* et *La Dispute* disposent bien à première vue d'une telle axiologie: la polarisation de la vertu et du vice s'y superpose apparemment à l'antinomie de la nature et de la culture. Corriger les mœurs, c'est d'abord, notamment dans *La Double Inconstance*, corriger l'attitude des hommes en société, dont les travers sont révélés par la présence de personnages étrangers au milieu curial. Silvia, en ce sens, accomplit la même fonction de décentrement critique que l'Usbek des *Lettres persanes* (1721) de Montesquieu; elle fait, depuis sa position vertueuse et naïve, le tableau du monde social comme monde à l'envers: "C'est quelque chose d'épouvantable que ce pays-ci ! [...] Vous diriez que ce sont les meilleures gens du monde, qu'ils sont pleins de cœur et de conscience; point du tout. [...] Ne valoir rien, tromper son prochain, lui manquer de parole, être fourbe et mensonger, voilà le devoir des grandes personnes de ce maudit endroit-ci" (p. 53-54). Silvia nous dépayse littéralement; comme en témoigne la prolifération des adverbes de lieu “ci” et “là” qui entrent dans la composition des démonstratifs, elle pointe la cour du doigt ; elle s’en tient suffisamment loin, à ce “point de distance auquel certains objets doivent être regardés” pour être correctement perçus, que Marivaux assimile au “point de clarté” [*Journaux*, II, p. 52], pour en saisir lucidement toute la barbarie. Car c’est bien de cela qu’il s’agit, le barbare étant originairement celui qui ne parle pas grec, et, par extension, n’est pas civilisé : “Ils ne m’entendent pas, ils ne savent pas ce que c’est que tout cela, c’est tout comme si je leur parlais grec” (p. 53). La civilité des membres de la cour s’oppose à la moralité de Silvia ; la langue de la morale est naturelle à cette dernière, que la société n’a pas encore dénaturée. Elle pourrait demander avec l’Indigent Philosophe : “Que dites-vous de ma morale ? Elle n’est pas fort réfléchie, c’est qu’elle est naturelle” [*Journaux*, II, p. 84].

Le vice serait ainsi promu par la société, par le simple commerce des hommes entre eux, de sorte qu’on ne peut s’étonner du peu de sens moral des enfants de *La Dispute* : ils ne représenteraient pas quelque humanité impeccable et antélapsaire*, mais une humanité déjà mondaine, déjà sociale ; les regardant, contrairement à ce qu’annonce le Prince, nous n’aurions pas affaire à “la nature elle-même” (p. 8), mais, conformément à ce qu’il annonce dans la réplique suivante, “au commencement du monde et de la société” (p. 9). Les enfants seraient, dès le commencement, déjà corrompus par la société, et non polis par elle, comme *Arlequin poli par l’amour*. Raffinés, ils sont abîmés, selon la logique de l’axiome posé par le narrateur du *Paysan parvenu* : “L’âme se raffine à mesure qu’elle se gâte”. La société, en somme, occasionnerait la perversion au sens courant, parce qu’elle serait elle-même une perversion au sens étymologique, c’est-à-dire un renversement, une inversion axiologique et sémiologique. Les signes, en effet, y renvoient aux référents contraires à leurs référents naturels, et ce phénomène fait tout le comique des scènes I, 4 et III, 7 de *La Double Inconstance*, dans lesquelles Arlequin, semblable à l’*Arlequin sauvage* (1721) de Delisle de la Drevetière, souligne, notamment aux moyens de polyptotes*, l’abîme qui en contexte social sépare les signifiants des signifiés. Telle formule, entre plusieurs autres : “Ce n’est pas grand-chose que d’être honoré, puisque cela ne signifie pas qu’on soit honorable” (p. 47) ne va pas d’ailleurs sans assimiler Arlequin à l’Indigent Philosophe, qui écrit dans la cinquième feuille, sur un ton également “dégoûté” : “C’est une terrible chose que de n’avoir pas besoin de mérite pour être respecté” [*Journaux*, II, p. 127]. La posture naïve qu’adoptent

Silvia et lui est ainsi identique à celle du sage qu'adopte Marivaux dans cette feuille, qualifiée *a posteriori* "d'excellente morale" [*Ibid*., p. 130]. Les interrogations juxtaposées de Silvia – "Où est la fidélité, la probité, la bonne foi ? [...] Qu'est-ce que c'est que ces gens-là ? D'où sortent-ils ? De quelle pâte sont-ils ?" (p. 53) – ne sont qu'une traduction comique de la formule cynique de Diogène, reprise dans *L'indigent Philosophe* : "Je demandais l'autre jour ce que c'était qu'un homme, j'en cherchais un ; mais je ne mettais pas le méchant au nombre de ces créatures appelées hommes, et parmi lesquelles on peut trouver ce que je cherche" [*Journaux*, II, p. 122]. "L'excellente morale", autrement dit, prise en charge sur scène par des innocents, tend à diviser le genre humain en deux espèces, la vertueuse et la méchante, dont une seule "mérite ce nom" [*Ibid*., p. 126]. La société déshumanise, si l'humanité se confond avec la moralité, confondue avec la nature.

## Des masques et des visages : une anthropologie morale

Cette thèse, toutefois, doit être nuancée. Une telle interprétation des deux pièces de Marivaux, comme spectacles, non seulement de la corruption des mœurs et de l'inhumanité de l'homme en société, mais encore de la dénaturation au cours de l'intrigue et par la société de personnages initialement innocents – une telle interprétation, que l'on dira rousseauiste, dans la mesure où elle postulerait que "l'homme est naturellement bon" (*Discours sur l'origine et les fondements de l'inégalité parmi les hommes*) et que la société, en attisant les passions liées à l'amour-propre, est l'origine du mal et porte toute la responsabilité du vice, ne peut être tenue jusqu'au bout. Marivaux, on le sait, eut des liens personnels avec Rousseau, au point d'avoir pu retoucher sa comédie *Narcisse amant de lui-même* ; mais contrairement à celle de Rousseau, l'anthropologie marivaudienne tient pour fondement que "nous naissons tous méchants" [*Journaux*, I, p. 226]. Le mal n'est pas pour lui d'origine sociologique, mais bien métaphysique, car il ne fait pas l'impasse sur le dogme chrétien du péché originel. Les personnages de nos deux pièces s'inscrivent ainsi dans une durée qui ne va jamais jusqu'à précéder la chute, mais qui s'écoule, aux dires d'Hermiane, "depuis que le monde et sa corruption durent" (p. 8). La corruption du monde est contemporaine de sa naissance, et c'est dans ce monde-là que naissent les enfants.

Arlequin et Silvia ont beau n'être pas du même monde social, le partage social n'est pas un partage ontologique : les courtisans leur trouvent "l'air d[es] innocent[s]" (p. 68), mais la leçon de la pièce, comme l'a bien vu Marcel Bluwal, est que "l'innocence n'existe pas".

Dans ces conditions, le rapport entre littérature et morale doit être révisé : il ne s'agit plus de chercher dans les pièces de Marivaux l'illustration de quelque morale naturelle dont certains personnages seraient les dépositaires, mais la mise en évidence d'une peccabilité généralisée. Les comédies marivaudiennes ne sont pas édifiantes, au sens où elles nous montreraient des exemples de vertu à imiter, mais elles sont instructives, au sens où nous y découvrons l'étendue de nos vices. Elle accomplit la monstration de notre monstruosité pour la donner à connaître aux spectateurs assemblés, et cette monstration est la première étape du "contrat" social décrit par le *Spectateur français* : "Nous naissons tous méchants, mais cette méchanceté, nous ne l'apportons que comme un monstre qu'il nous faut combattre : nous la connaissons pour monstre dès que nous nous assemblons" [*Journaux*, I, p. 226]. Non seulement l'homme n'est pas naturellement bon, mais la bonté est pour lui contre-nature ; elle est un combat contre soi rendu possible par le commerce des hommes. Lever le rideau, c'est donner à voir le mal naturel en l'homme ; c'est lever le voile sur son apparence de vertu, et lui montrer son vrai visage, pour l'amener à se réformer, c'est-à-dire à se déformer. C'est le mener à dire, avec le Trivelin de *La Fausse Suivante*, mais cette fois en face de sa propre image : "Masque, je vous connais" [*Théâtre complet*, p. 340].

Cette volonté de faire tomber les masques, si caractéristique de la pratique du moraliste – rappelons par exemple que le frontispice de la première édition des *Maximes* de La Rochefoucauld représente une allégorie de "l'amour de la vérité" ôtant le masque souriant du stoïcien Sénèque, et révélant au-dessous un visage crispé aux sourcils froncés –, se retrouve dans la dramaturgie marivaudienne. Il s'agit, dans *La Double Inconstance*, de personnages masqués, forcés chemin faisant de découvrir leurs plus ou moins vrais visages : Lisette, dont le masque de théâtre emblématisé par la "mouche galante" est retiré par Flaminia (I, 3) ; le Prince qui, paradoxalement, avait dû commencer par retirer son masque social, et "cach[er] son rang" (p. 100) à Silvia, pour avoir quelque chance d'être aimé pour lui-même ; mais aussi Silvia et Arlequin, qui se révèlent peu à peu sujets à l'ambition et à l'amour-propre, et n'avoir été que masqués en naïfs, simples "porteurs de visage" [*Journaux*, I, p. 68].

Dans *La Dispute*, il s'agit plutôt de personnages qui s'avancent d'emblée démasqués. Cette absence de voile se traduit chez eux par un narcissisme effrontément exposé au grand jour, et par une fascination symbolique pour leur propre visage. Ainsi d'Églé, dont le visage résume entièrement, métonymise* l'identité: "C'est là moi, c'est mon visage?" (p. 11), et "se tâtant le visage": "Je ne me lasse point de moi" (p. 12). Le projet, dans les deux pièces, reste celui du "Monde vrai", que le narrateur expose en ces termes: "Je vais vous lever le masque que portent [les hommes]. Vous ne connaissez point leur âme, vous allez les voir au visage, et ce visage vaut bien la peine d'être vu, ne fût-ce que pour n'être point la dupe de celui qu'on lui substitue, et que vous prenez pour le véritable" (v. Florilège, "Monde vrai").

En d'autres termes, Marivaux entend non seulement nous donner à voir les visages tapis sous les masques, mais encore, ce faisant, nous donner à savoir que tous les hommes sont duplices. Si le visage consiste en une épiphanie*, s'il montre la vérité de l'individu, il ne la montre qu'en partie, car le masque n'est pas moins propre à l'individu que son visage. Contrairement à La Rochefoucauld, qui, selon la forme de Jean Starobinski, "s'avance en ennemi des masques" ["Introduction", *Maximes et Mémoires*] et en condamne l'usage, Marivaux les tient pour un fait anthropologique, propre à sa conception de l'homme comme *homo duplex*: "Dans chaque homme il y en a deux, pour ainsi dire; l'un qui se montre, l'autre qui se cache" [*Journaux*, II, p. 235]. Cette dualité est un fait de morale, dont rend compte la structure dramaturgique du "double registre" [v. "Un dramaturge des Lumières?"] et qui rend raison du comportement social des hommes; la sagesse consiste à le savoir, et à en prendre son parti. C'est précisément ce que ne fait pas Hermiane; contrairement au Spectateur français qui avoue rire "de [lui]-même qu'[il] voi[t] dans les autres" [*Journaux*, I, p. 241], la spectatrice ne soutient pas la vue de son épiphanie, ne supporte pas la vérité d'elle-même que lui montrent Adine et Églé: "Je n'en veux point voir davantage; cette Adine et cette Églé me sont insupportables" (p. 41).

En vérité, l'existence de ce risque pour le spectateur tient à la structure même des comédies que Marivaux aura conçues et articulées à sa morale. Alors que la comédie classique, sur le modèle de l'antique (l'*Amphitryon* de Plaute en est un exemple parmi des dizaines), réserve à la tombée des masques une place conclusive, sous le terme technique d'*anagnorisis**, la comédie marivaudienne en est entièrement saturée.

La reconnaissance simultanée du visage et du masque n'intervient pas qu'à la dernière scène mais elle fonde toutes les scènes, la dernière exceptée : ainsi *La Dispute* s'achève-t-elle sur le déni par Hermiane de la vérité des visages sous lesquels s'est montré "[s]on sexe" (p. 41). La découverte est recouverte, et le masque de "la pudeur et la timidité naturelles" (p. 8) remis en place. Quant à la fin de *La Double Inconstance*, nous avons déjà suggéré qu'elle donne une parfaite illustration de ce renversement : lorsque le Prince se donne *in extremis* à connaître comme tel à Silvia, il ne se démasque pas, mais remet en place son masque social. Ce qu'il révèle à Silvia, ce n'est pas alors sa véritable identité (car l'identité sociale n'est pas la véritable) ; il lui révèle que l'identité qu'elle aurait pu prendre *in fine* pour un masque (celui de l'officier) était sa véritable. L'*anagnorisis* ne dénoue pas l'intrigue, elle est l'intrigue. Les hommes et les femmes sont des masques et des visages, que Marivaux sur scène démasque et dévisage.

## Moraliste sans moraline

*Marivaux moraliste* est le titre d'une "étude critique, suivie d'un choix de morceaux", composée et publiée par Émile Gossot en 1881. On ne s'étonne pas de ce qu'il propose sous ce titre une anthologie de textes exclusivement extraits des journaux de Marivaux ; aucune scène de nos pièces n'y est prise à témoin, qui relèveraient, d'après l'auteur, "du littérateur brillant, qui eut parfois trop d'esprit pour en avoir assez", et ne formeraient pas "le côté solide et sérieux de Marivaux". On ne s'en étonne pas, car Marivaux l'avait prévu, justement dans ses journaux, lorsque le Spectateur français met ironiquement en balance l'épaisseur d'un lourd *Traité de morale*, avec les "feuilles volantes" dont il est l'auteur, et dont les pensées doivent, à ceux qui jugent d'après l'allure, paraître d'aussi peu de poids [*Journaux*, I, p. 90-91]. La morale la plus sérieuse et la plus profonde, suggère Marivaux, n'est guère où on le croit. Les "leçons de morale" qu'il préfère sont celles qui prennent d'autres formes ; il les trouve "d'autant plus insinuantes qu'elles [ont] l'air moins dogmatiques" [*Ibid.*, p. 228]. Le théâtre est l'une de ces formes, sinon la privilégiée : moraliste, pour Marivaux, est synonyme de dramaturge.

Pour s'en convaincre, il n'est que de mettre en évidence l'unité d'objet et de style que le théâtre de Marivaux entretient avec ses journaux, et plus généralement, au-delà du geste du démasquage qu'ils ont en commun, avec l'œuvre de tous les moralistes proprement dits. Après tout, lorsqu'il parle "du style", Marivaux ne place pas le sien dans l'ascendance de dramaturges comme Molière, mais dans la tradition des grands moralistes français – Montaigne parfois, plus régulièrement La Bruyère et Pascal [v. *Journaux*, p. 232]. On pourra assez aisément reconstituer les liens entre les caractères des personnages de nos deux pièces (les coquettes Églé et Adine, ou Lisette puis Silvia ; les courtisans serviles et opportunistes en la personne du Seigneur et de Trivelin ; les galants volages Mesrin et Azor, etc.) et ceux dont La Bruyère a donné les portraits dans ses *Caractères* imités de Théophraste. Les chapitres 2, "Du mérite personnel", 4, "Du cœur", 6, "Des biens de fortune", mériteraient pour cela d'être lus, respectivement, en regard des scènes I, 7 de *La Double Inconstance* ("Les gens sans honneur et qui ne méritent pas qu'on les honore", p. 46), 16 de *La Dispute* ("Mon bon cœur le condamne, mon bon cœur l'approuve", p. 37), et II, 5 de *La Double Inconstance* ("Ma fortune serait ruinée ; à présent qu'il ne m'est plus permis de voir le Prince", p. 67). Plus encore, les titres des chapitres 3 et 8, "Des femmes" et "De la Cour", vaudraient pour *La Dispute* et *La Double Inconstance* tout entières. Si Marivaux n'eut pas tort d'emprunter à La Bruyère le surnom de "Théophraste Moderne" au moment d'écrire ses *Caractères des habitants de Paris* [*Journaux* I, p. 309], il eût également pu signer ainsi ses comédies. Une différence subsiste néanmoins entre les deux auteurs : tandis que La Bruyère propose des éthopées*, c'est-à-dire la mise en situation d'individus aux caractères immuables et toujours égaux à eux-mêmes, Marivaux donne à voir la formation progressive (dans *La Dispute*) ou la métamorphose (dans *La Double Inconstance*) des caractères de ses personnages. La Bruyère illustre les caractères dans une intrigue dont ils ne sortent pas changés ; Marivaux met les caractères à l'épreuve d'une intrigue qui exhibe leur versatilité. Plus : l'intrigue consiste entièrement en cette versatilité, ou "inconstance" du caractère. Les caractères sont, chez La Bruyère, mais chez Marivaux, ils deviennent.

Des *Pensées* de Pascal, Marivaux ne retient pas seulement, par l'intermédiaire de La Rochefoucauld, la critique des grandeurs d'établissement, ou le principe anthropologique des raisons du cœur (on comparera Pascal : "Le cœur a ses raisons que la raison ne connaît pas", La Rochefoucauld : "L'esprit est toujours la dupe du cœur", et Arlequin : "Parlons raison ! [...] Je vous aime [...], et je n'y comprends rien", p. 95). Il hérite également, de l'un comme de l'autre, du goût pour les formes fragmentaires, et notamment pour la plus dense d'entre elles, à savoir la maxime.

Ainsi trouve-t-on dans nos deux pièces des figures relais du moraliste, il est vrai plus ou moins pertinentes, selon qu'on songe à Flaminia et Arlequin dont les maximes participent de la veine satirique : "[Le sexe féminin] n'a rien de prodigieux que sa coquetterie" (p. 29, qu'on comparera à la maxime 241 de La Rochefoucauld : "La coquetterie est le fond de l'humeur des femmes") et : "Une femme est laide quand elle est coquette" (p. 43), ou plutôt à Carise et Mesrou, dont les conseils participent de la veine pédagogique des préceptes moraux : "Si vous voulez vous aimer toujours [...], il faut de temps en temps vous priver du plaisir de vous voir" (p. 16). Là où le discours satirique s'énonce dans des sentences auxquelles les présents gnomiques et les articles définis singuliers donnent une portée générale, le discours édifiant comprend des auxiliaires de modalité déontique* (ici, "falloir") et des pronoms de l'interlocution (ici, "vous") qui bornent la portée du propos. L'un conclut un devoir ou une vérité morale universelle d'une situation particulière, quand l'autre déduit d'un axiome général un devoir ou une vérité morale particulière. L'un maximalise, l'autre singularise le discours de la science des mœurs. Inverses l'un de l'autre, ces deux mouvements opèrent ensemble dans la logique du moraliste ; ils entrent dans la composition de ce qu'on a appelé, chez Marivaux, la "métaphysique du cœur" (cf. Armand, "Science et métaphysique du cœur dans *La Double Inconstance* et *La Dispute* de Marivaux"). Ils concourent à la structure de tel enthymème*, au nom duquel Flaminia échafaude tous les stratagèmes : "[Silvia] a un cœur, et par conséquent de la vanité" (p. 30).

Qui chercherait dans les pièces de Marivaux une éthique, c'est-à-dire, telle que l'a définie Aristote, une science didactique qui réponde à la question "que (ne) dois-je (pas) faire ?", risque cependant d'être déçu. La morale marivaudienne n'est certes pas prescriptive, mais descriptive ; elle est morale en tant qu'elle aide à comprendre l'agir, et non parce qu'elle aide à agir moralement. Elle ne repose en fait sur aucune axiologie* stable, et ne peut par conséquent châtier les mœurs ; elle les peint sans les condamner. À en croire le Prince de *La Dispute*, "les deux sexes n'ont rien à se reprocher" (p. 43), et ce n'est pas uniquement par mauvaise foi que Églé et Arlequin prononcent en chœur cette question rhétorique : "Est-ce ma faute à moi ?" (*D*, p. 34, et *DI*, p. 98). La responsabilité morale n'engage pas la culpabilité, dans la mesure où l'inconstance n'est pas le fait de l'individu aux mœurs dégradées, qu'il faudrait inviter à se réformer, mais le fait de l'espèce, naturellement changeante, selon l'adjectif des *Serments indiscrets*, IV, 3 : "Le cœur de l'homme est changeant". L'inconstance est même "de bon sens" dans ce cadre anthropologique [*Journaux*, II, p. 142]. Ainsi Hermiane fait-elle preuve d'ignorance plutôt que de vertu en trouvant "d'une perfidie horrible" le fait de "chang[er] à propos de rien" (p. 43) ; ainsi Carise a-t-elle également tort de se faire moralisatrice, et d'accuser Églé d'un tort qui la dépasse. Si cette dernière commence par concéder sa honte : "Ne rougissez-vous pas un peu de votre inconstance ? / – Il me paraît que oui, mon accident me fait honte" (p. 36), elle finit par comprendre que le "changement" ne lui est pas accidentel, mais essentiel, et que par conséquent, déterminée par cette essence, il n'est pas en son pouvoir d'agir différemment : "Je ne puis pas plus empêcher l'un que l'autre ; ils sont tous deux de conséquence ; auquel des deux suis-je le plus obligée ? Faut-il me faire de la peine ? Faut-il me faire du plaisir ? Je vous défie de le dire" (p. 36). Églé, dût-elle n'user de cet argument que par stratégie, est meilleure moraliste que Carise, car elle sait que là où fait défaut la liberté d'agir, il ne peut y avoir d'obligation morale – il ne peut rien "falloir". La question "que faire ?" est ainsi dans nos deux pièces toujours une question rhétorique, à laquelle succède, pour toute réponse, un constat du fait accompli : "Qu'y ferais-je ? lorsque j'ai aimé [Arlequin], c'était un amour qui m'était venu ; à cette heure que je ne l'aime plus, c'est un amour qui s'en est allé ; il est venu sans mon avis, il s'en retourne de même, je ne crois pas être blâmable" (*DI*, p. 97). Marivaux, en somme, n'est pas un moraliste du faire, mais du fait ; sa morale ne propose aucune doctrine du bien, et n'est pas un remède au mal. Tout la distingue d'une "moraline"* (Nietzsche, *Généalogie de la morale*). Elle ne châtie pas les mœurs, mais les peint complaisamment, et en rit. "Rions un moment", déclare Flaminia en aparté après le "qu'y ferais-je ?" d'Églé, et Éraste réclame du dramaturge Merlin, dans *Les Acteurs de bonne foi* : "Fais-nous rire, on ne t'en demande pas davantage" (*Théâtre complet*, p. 1457).

## Une économie des valeurs

Que la morale marivaudienne se passe tout à fait d'axiologie* explicite, et situe son discours par-delà le bien et le mal, ne va en vérité pas de soi. S'il n'est pas aisé de dégager positivement de nos pièces un certain nombre de valeurs morales, du fait de l'apparente indifférence du moraliste à l'égard d'actes possiblement condamnables, l'existence même d'une quelconque morale ne semble pas lui être tout à fait indifférente.

En d'autres termes, si les pièces de Marivaux ne promeuvent pas particulièrement de valeurs morales, elles reconnaissent encore à la morale une valeur particulière. Elles mettent en valeur les valeurs, pourrions-nous dire en rappelant que la locution "mettre en valeur" est une invention de Marivaux, dans *Le Spectateur français*. C'est surtout le cas dans *La Double Inconstance*, où Silvia, du fait de sa proximité avec la nature, et par suite avec la morale (v. "Une morale naturelle ?"), est douée d'une certaine valeur, par opposition aux courtisans, qui en sont privés par un mauvais sens du devoir: "Ne valoir rien, tromper son prochain, lui manquer de parole, être fourbe et mensonger, voilà le devoir des grandes personnes de ce maudit endroit-ci" (p. 54). De même, l'absence de moralité rend les enfants de *La Dispute* "haïssable[s]" aux dires d'Hermiane (p. 41) – adjectif pascalien par excellence, et chargé par lui de résonances morales – ; elle est responsable de ce que le Prince non plus "n'estime point le cœur des hommes" (p. 8). Avoir des valeurs, c'est donc avoir de la valeur. Dire d'Arlequin qu'il est "estimable" moralement, c'est dire de lui que sa valeur pourrait être estimée: "Vous êtes si estimable", lui avoue Flaminia, "vous ne savez pas ce que vous valez" (p. 63). Estimer Silvia pour son naturel (Flaminia: "Ce qui touche le Prince, [...] ce qu'il estime, [...] ce sont ces grâces naturelles", p. 55) revient à la mesurer, et à la classer sur une échelle de valeurs en la comparant à d'autres (Silvia elle-même: "Une bourgeoise contente dans un petit village vaut mieux qu'une princesse qui pleure dans un bel appartement", p. 28). On comprend donc que, loin de constituer une valeur en soi, inestimable et absolue, la morale dispose d'une valeur toute relative. L'estime morale des individus entre eux le cède à l'estimation économique de leurs valeurs respectives.

Pour preuve, on se souviendra d'abord que Silvia a beau être appréciée pour la simplicité de ses mœurs, on a beau apprécier en elle la valeur de la morale, la valeur que lui reconnaît le Prince ne diminue pas à mesure qu'elle se pervertit. Au contraire, en acceptant, fût-ce d'abord sous la forme d'un irréel du passé, d'échanger Arlequin pour un autre ("Tenez, si j'avais eu à changer Arlequin pour un autre", p. 54), en acceptant par la suite de substituer à la valeur morale de son amant une valeur d'échange, en acceptant donc d'en faire une devise convertible en monnaie (comme Arlequin, qui devant le Prince identifie Silvia à un liard: "Vous m'arrachez mon liard", p. 91), elle entre de plain-pied dans le marché économique en quoi consiste la cour, et donne littéralement le change. Le change ou le "changement", comme l'appelle Carise avant Églé ("Quels étranges motifs de changement !", p. 36), autres mots pour l'inconstance, est en effet un phénomène moins anthropologique qu'économique ; il tient à la fluctuation du cours du marché auquel est indexée la valeur des individus. Le taux de change est fixé par le désir du Prince, référence à l'aune de laquelle tous les courtisans jugent les sujets dans *La Double Inconstance* ("Ces gens-là, dit Flaminia, souhaiteraient que le Prince fût content", p. 54), ou par le "désir de l'autre" en général, selon le principe du "désir triangulaire*" analysé par René Girard (*Mensonge romantique et vérité romanesque*). Ainsi l'amour d'Adine pour Mesrin augmente-t-il sa valeur aux yeux d'Églé (sc. 16). Le cours du marché, en somme, décide du cours de l'intrigue. Par-delà le bien et le mal règne ainsi, Nietzsche le savait, la transvaluation de toutes les valeurs.

Le "trafic" dont se plaint Arlequin avant d'y succomber (p. 69) nomme précisément l'espace du marché dans sa double dimension, commerciale et avilissante. Le trafic à l'œuvre dans le monde trafique la vérité du monde. C'est lui, et non pas l'amour, que découvre Azor ; c'est lui qu'il n'avait pas prévu en promettant à Églé : "Je n[e] changerai point [de perfection], je l'aurai toujours" (p. 14). Car le marché détériore non seulement la morale, comme le prouve la réaction de Lisette à la proposition de Flaminia, qui fait taire sa conscience : "S'il vient à t'aimer, tu l'épouseras, et cela te fera ta fortune ; as-tu encore des scrupules ? [...] / - Oh voilà ma conscience en repos" (p. 33-34). Il détériore encore la relation morale et amoureuse, dont l'expérience n'est plus celle du devoir d'exclusivité, mais celle de l'accumulation, comme le laissent entendre les réactions de Silvia et d'Églé au possible désamour de l'amant dont elles ne veulent plus (v. *DI*, p. 98, et *D*, p. 35 : "Je voudrais qu'ils m'aimassent tous"). L'amour, en régime économique, n'est plus une donation pleine et entière de soi, mais une fureur d'acquisition : le Prince de *La Double Inconstance* veut "acquér[ir] le cœur de Silvia" (p. 31), et Églé dit à Mesrou avoir "fait l'acquisition d'un objet qui [lui] tenait la main" (p. 14). La valeur de l'être moral est supplantée par la valeur de l'avoir économique. Dans cette perspective, nos deux pièces ne sont plus l'œuvre d'un moraliste, mais bien celle d'un immoraliste.

Dans la cinquième feuille du *Cabinet du Philosophe*, on trouve sous le titre "Des femmes mariées" tel récit, qui décrit la genèse d'une inconstance d'après le paradigme d'une économie de l'amour : "Un amant est une espèce de créancier qui a donné son cœur à une femme, et qui vient lui demander d'en être payé en même valeur. Donnez-moi le vôtre, lui dit-il d'abord ; elle le renvoie et ne veut point entendre parler de cette dette-là. [...]. Vous me parlez d'une chimère, je ne vous dois rien. Elle a beau dire, point de trêve de la part de l'amant. [...] Mais est-il bien vrai que je vous doive ? La dette est-elle constante ? [...] Elle fait durer plus ou moins. Il est enfin temps de vous payer tout à fait, lui dit-elle ; je vous ai disputé mon cœur autant que je l'ai pu ; mais [...] je vous le donne" [*Journaux*, II, pp. 218-220]. Dans *La Double Inconstance* et dans *La Dispute* comme ici, la dette et le don amoureux ont raison du devoir de fidélité.

## Le don, la dette et le devoir. Morale de la littérature

Au terme de ce bref parcours, on s'aperçoit que le rapport de la littérature à la morale dans l'œuvre de Marivaux doit, pour l'être jusqu'au bout, être pensé à une autre échelle. Il faudrait, en vérité, se situer au lieu où ce rapport n'est plus conçu comme un rapport de subordination du second au premier terme (la littérature morale de Marivaux), ni comme un rapport de contenance (la morale dans la littérature de Marivaux), mais bien comme un rapport égalitaire de parfaite interdépendance. La littérature marivaudienne de la morale, à savoir la manière qu'a la morale de s'écrire, serait ainsi mise en rapport direct avec la morale marivaudienne de la littérature. Car si les personnages de nos deux pièces sont en un sens dépourvus d'éthique, l'esthétique des deux pièces dépend entièrement de l'éthique de leur dramaturge. La littérature, chez Marivaux, par le seul fait qu'elle s'écrit, suppose et implique la morale ; toujours l'une se mêle de l'autre. Le marivaudage, c'est de l'esthétique et de l'éthique mêlées.

D'abord, parce que l'esthétique marivaudienne du naturel et de la clarté (v. "Point de clarté. Représentation et expression") procède explicitement d'une éthique de l'écriture. Dans son essai "Sur la clarté du discours", Marivaux s'adresse en effet à un auteur en ces termes : "Il est nécessaire que ce que vous exprimez soit entendu de tous également. Tant pis pour vous si vous perdez à l'exposition : en ce cas, vous êtes exact et clair, quant à ce que vous devez aux autres [...]. Cette dernière clarté [...] est la seule qu'on doive exiger d'un auteur" [*Journaux*, II, p. 50]. Il y a, autrement dit, une déontologie propre au métier des gens de lettre, qui "doiv[ent]" à leurs lecteurs la franchise d'une expression probe et honnête. La clarté assure non seulement la beauté de l'œuvre, mais encore le respect d'une des quatre "maximes conversationnelles" définies par Paul Grice, à savoir la "maxime de manière" : "Évitez de vous exprimer de manière obscure, ou d'être ambigu" [*Logique et conversation*]. Ainsi l'écrivain ne fait-il pas que formuler des maximes ; ses propres formulations en appliquent. Il lui faut en outre, au nom du naturel, s'exposer sans fard ni masque ; et puisque Marivaux déploie une physionomie du style selon laquelle son expression lui "ressemble" (v. Florilège, "Écrire naturellement"), écrire sans tromper le lecteur, c'est lui montrer la singularité de son visage. La littérature marivaudienne en général respecte ces deux principes moraux, en tant qu'elle assure ce que Georges Benrekassa a appelé, en se souvenant de Jürgen Habermas et de Karl Otto Apel, une "éthique de la communication". La valeur esthétique de l'œuvre est fonction de sa valeur éthique. Écrire humanise : "Je veux être un homme, et non pas un auteur", écrit l'Indigent Philosophe [*Journaux*, II, p. 131]. Voilà pour le devoir.

Ensuite, parce qu'en accomplissant ce devoir, en entrant vertueusement dans la conversation avec le lecteur, en coopérant avec lui (les maximes de Grice visent explicitement à satisfaire au "principe de coopération" conversationnelle), l'écrivain reconnaît qu'il lui est redevable. De la même manière en effet que les signes du monde demandent à être interprétés par le dramaturge et les comédiens (v. "L'interprétation théâtrale : un paradigme herméneutique"), les signes de l'œuvre littéraire demandent à être interprétés par un lecteur attentif et patient, faute de quoi la visée pédagogique du moraliste n'aurait aucune chance d'être atteinte. Si, comme l'écrivent les responsables de l'édition moderne des *Journaux*, "le propos [de Marivaux] ne gagne sa valeur morale que de procéder à l'interprétation des signes relevés lors de l'observation *in vivo*", le propos ne conserve sa valeur morale pour le lecteur que s'il est en mesure de procéder à l'interprétation des signes relevés lors de la lecture. Or, les lecteurs capables d'une telle herméneutique* sont aussi rares que les hommes véritables, comme le suggère le parallèle dressé implicitement par l'Indigent Philosophe, qui tour à tour déclare : "Je cherche un homme, c'est-à-dire quelqu'un qui mérite ce nom", et demande : "Est-ce qu'il y a des Lecteurs dans le monde ? je veux dire des gens qui méritent de l'être" [*Journaux*, II, p. 126 et 140]. Lire est moralement aussi exigeant que mériter le nom d'homme, et c'est pourquoi l'écrivain est redevable au lecteur de son humanité.

Lire humanise, et c'est pourquoi le lecteur est aussi redevable à l'écrivain de son œuvre. Voilà pour la dette.

Enfin, parce que l'esthétique marivaudienne nous confronte aux mêmes limites, nous mène dans les mêmes apories que son éthique. À cet égard, la deuxième feuille du *Cabinet du Philosophe* ne laisse pas de donner à penser. Cette feuille, en effet, est composée de trois parties, apparemment sans lien direct, conformément au style montaignien, “à sauts et à gambades”, que s'est choisi le moraliste ; mais à la lire de près, on s'aperçoit que chacune des parties présente une distinction entre deux termes, dont l'un est privilégié au détriment de l'autre. La première oppose la grâce à la vertu et accorde sa faveur à la grâce, en dépit de tout bon sens moral : “Tout ce qui n'est qu'estimable est trop froid aux yeux de l'Amour. Il veut plus de grâces que de vertus” ; la deuxième préfère la finesse naturelle au raffinement artificieux : “Il faut avoir de bons yeux pour distinguer la finesse du raffinement”, et la troisième critique la Beauté au profit du Je ne sais quoi : “Rarement la Beauté et le Je ne sais quoi se trouvent ensemble” [*Journaux*, II, p. 164, 166 et 167]. Le parallèle établi est ainsi clair, avec sa conclusion : la vertu, le raffinement et la Beauté valent mieux, bien sûr, que le vice, la grossièreté et la laideur, mais surtout ils valent moins – esthétiquement et éthiquement parlant – que la grâce, la finesse et le Je ne sais quoi. Ils ne sont pas “haïssables”, mais pas non plus “estimables” – ils sont aimables absolument, sans dépendre d'aucune économie. Marivaux, par la mise en système de ces notions, ouvre la voie à une formidable sortie des oppositions binaires, et à la mise à jour de troisièmes termes qui renouvellent littérature et morale, et sur lesquels il fonde son œuvre. Le Je ne sais quoi est la grâce de la littérature, et la grâce est le Je ne sais quoi de la morale. L'un n'est pas plus définissable que l'autre : “J'entends par Je ne sais quoi ce charme répandu sur un visage et sur une figure, et qui rend une personne aimable sans qu'on puisse dire à quoi il tient” (v. Florilège). Parce qu'elle et il sont naturels, ils sont innés à l'écrivain qui en est doué. Parce qu'elle et il sont aimables, ils dotent les objets et les individus de toutes les qualités par lesquelles ils séduisent. Et voilà, finalement, pour le don.

# THÉOPHILE GAUTIER,

# *LE CAPITAINE FRACASSE*

# PARTIE ANALYTIQUE

## REPÈRES

### Enfance et formation

Théophile Gautier naît le 30 août 1811 à Tarbes, dans le département des Hautes-Pyrénées. Marqué dès sa petite enfance par les paysages montagneux des alentours, dont il gardera un souvenir fécond pour ceux de son Capitaine Fracasse, Gautier quitte sa région natale à l'âge de quatre ans pour emménager à Paris avec ses parents. Élevé au cœur de la capitale, il est alors pensionnaire au lycée Louis le Grand, puis externe au collège Charlemagne.

À cette époque assez triste et de santé quelque peu fragile, Gautier passe régulièrement ses vacances à Mauperthuis, petit village situé à l'est de Paris où il découvre, cette fois-ci plus profondément, un paysage champêtre qu'il évoquera plus tard dans sa prose et sa poésie, par exemple au sein de son recueil *Albertus* (1832). Du reste, ces séjours bucoliques sont l'occasion d'une initiation précoce au sentiment du beau, à l'émotion provoquée par la nature et ses *loci amoeni** ; c'est d'ailleurs pour l'église de Mauperthuis que, quelques années plus tard, Gautier offre en signe d'attachement un tableau peint de sa main, représentant "Saint Pierre guérissant un paralytique". L'émotion que donne la beauté des choses, et en particulier celle liée au paysage, l'avait en effet poussé à s'intéresser aux arts plastiques et à fréquenter l'atelier du peintre Louis-Édouard Rioult, situé à quelques rues de son collège.

Malgré l'écriture de quelques tout premiers poèmes dans les années 1820, c'est donc au métier de peintre que Gautier se destine alors, son talent inné pour le dessin étant reconnu et encouragé par l'abbé de Montesquieu, protecteur de sa famille, et par Rioult lui-même, avec quelques réserves cependant. Gautier tente ainsi quelque temps de se former à la peinture, mais déjà grand lecteur – il avait, entre autres, dévoré Villon ou Rabelais avec beaucoup de plaisir –, il s'enthousiasme à cette même période pour le romantisme auquel les conversations et bavardages des autres apprentis de l'atelier de Rioult l'introduisent ; on discute en effet autour de lui des écrivains anglais Scott et Byron, des allemands Goethe et Schiller, et bien sûr de Victor Hugo, récemment consacré par le succès fulgurant des *Orientales* (1829). L'amitié qu'entretient Gautier avec Gérard Labrunie, véritable nom de Gérard de Nerval, renforce par ailleurs ce penchant décisif pour le romantisme : rencontré au collège Charlemagne, Nerval avait publié en 1827 une admirable traduction de *Faust*, et cet intérêt pour ceux qu'on identifiera comme les pré-romantiques germaniques, tel Goethe, donc, ou encore Novalis, notamment introduits en France par le biais de Mme de Staël et de son ouvrage *De l'Allemagne* (1813), marque fortement et durablement l'imagination de Gautier. Ce sont cette fréquentation poétique et l'effervescence littéraire de la période qui orientent définitivement Gautier vers le métier d'écrivain.

## La période romantique

L'image du jeune Théophile au gilet rouge et aux longs cheveux est, comme on le sait, entrée dans la légende littéraire ; sa participation le 25 février 1830 à la bataille d'*Hernani* est en effet remarquée par la presse d'alors, qui se charge d'immortaliser en divers articles ses fameuses caractéristiques vestimentaire et capillaire. Dans son *Histoire du romantisme* (œuvre inachevée et publiée de façon posthume), Gautier tâchera cependant de souligner la déformation par la presse des faits réels, et surtout ironisera sur l'étonnante ténacité de cette image : “Le jeune homme au gilet rouge et aux longs cheveux ! C'est la notion que nous laisserons à l'univers. Nos poésies, nos livres, nos articles, nos voyages seront oubliés, mais l'on se souviendra de notre gilet rouge”...

Si Gautier semble déplorer dans cet extrait une certaine superficialité de la mémoire littéraire collective, cette anecdote si célèbre est pourtant bel et bien révélatrice d'un trait de caractère et même d'un type de pensée qu'il est très important de prendre en compte pour pressentir son œuvre : comme Alain Montandon le souligne dans la biographie qu'il lui consacre, le jeune Théophile de 1830 conçoit le monde et ses habitants selon une dichotomie* (c'est-à-dire une opposition de nature) entre “flamboyants” et “grisâtres”, la première catégorie paraissant lui convenir davantage que la seconde et expliquant la couleur cerise volontairement excentrique de son habit. Or l'excentricité est justement une donnée essentielle et fondatrice des premiers écrits de Gautier, et qui bien que pratiquée sous différents modes et selon divers degrés au fil de son parcours, se retrouve comme nous aurons l'occasion de le voir au sein même du *Capitaine Fracasse*, plus de trente ans après la première représentation d'*Hernani* au Théâtre Français.

Un an avant cet épisode clef de l'histoire littéraire française, Gautier avait justement fait la rencontre de Hugo par l'entremise de Nerval et Pétrus Borel : saisis du même enthousiasme pour celui qu'ils estiment déjà être leur grand maître, ces jeunes poètes sont à la fin des années 1820 de nouvelles “recrues” pour l'avènement d'une époque nouvelle, voulue comme une rupture avec un passé littéraire qui remonterait au classicisme et donc au modèle des Belles-Lettres. Ce dernier accordait une grande importance au respect de certaines règles et codifications prédéfinies (comme la séparation de genres, ou les célèbres trois unités au théâtre), et prônait l'imitation de modèles antiques, considérés comme parfaits et en cela impossibles à surpasser. À la fin du XVIII^e^ et au début du XIX^e^ siècle, les Lettres reposaient encore en partie sur un héritage issu de la rhétorique antique malgré de mémorables tentatives menées dès le XVII^e^ siècle pour critiquer et défier cette vision dominante de l'écriture (on songera bien sûr ici à la Querelle des Anciens et des Modernes). Or en 1830 en France, dans la lignée de cet affrontement déjà ancien, ce courant d'idées qu'est le romantisme se donne pour ambition de renouveler le monde littéraire afin de permettre à l'audace ou à la singularité, chères à Gautier au même titre que l'excentricité, de s'exprimer librement.

Adhérant à ces réflexions, et encouragé par Sainte-Beuve, Hugo, et d'autres amis du Petit Cénacle*, Gautier se consacre dès lors au développement d'une écriture qui lui serait propre et publie ses premières *Poésies* (1830), qui passent assez inaperçues à cette époque mouvementée en particulier sur le plan politique. À la Restauration (1814-1830) de Charles X, roi bourbon qui avait rétabli la monarchie en France suite à l'abdication de Napoléon, succède en effet la Monarchie de Juillet (1830-1848), où l'on sacre le nouveau roi Louis-Philippe, orléaniste et plus libéral que son prédécesseur ; cette bascule politique s'établit dans un contexte à nouveau révolutionnaire, les soulèvements civils et les barricades mises en place à Paris pour renverser le pouvoir de Charles X ayant dès lors de quoi occuper l'opinion publique et faire ignorer un ouvrage auquel une petite poignée de lecteurs, toutefois, trouve un charme encore trop enfantin et redevable aux grands maîtres. Ces premières poésies seront refondues dans un recueil retravaillé, *Albertus* (1832), qui connaîtra un meilleur succès. Gautier écrit à cette même période un ensemble de courts récits goguenards, réunis dans *Les Jeunes France* (1833) – du nom que les jeunes romantiques se donnent alors –, et commence une longue production de récits fantastiques, voguant sur la mode hofmannienne installée en France à partir des années 1830 (v. Grotesque et romantisme, "Fantastique et merveilleux"). Ces dernières sont enfin marquées par la publication de l'un de ses plus grands romans, *Mademoiselle de Maupin* (1835), où Gautier prend pour sujet le thème, romantique par excellence, de l'androgynie ; jugé scandaleux au moment de sa sortie, puisqu'il reprend l'histoire peu commune de Julie d'Aubigny, actrice et duelliste bisexuelle de la fin du XVIIe siècle, ce roman trouvera finalement son public une décennie plus tard.

## Prise d'indépendance, achèvement d'une carrière

Dès les années 1840 cependant, Gautier prend un certain recul sur ses années passées et, sans renier l'élan qui l'avait conduit au cœur de l'enthousiasme romantique ni les grands principes de ce courant de pensée, il écrit des œuvres en prose ou de poésie plus matures, telles que les *Émaux et Camées* (1852) qu'il ne cessera d'enrichir de nouvelles pièces au cours de sa vie. Gautier intensifie par ailleurs son activité de critique (artistique et littéraire), qui lui vaut notamment en 1862 une élection à la présidence de la Société nationale des beaux-arts, et entreprend avec Nerval ou d'autres amis écrivains de grands voyages dans divers pays d'Europe et d'Afrique du Nord ; les souvenirs qu'il en garde marquent dès lors ses œuvres de fiction (l'Italie ou l'Égypte, qu'il admire profondément, deviennent ainsi les cadres de nombre de ses récits comme *Jettatura*, *Arria Marcella*, *Le Roman de la Momie*...), et donnent lieu à des écrits de nature réflexive (*Caprices et Zigzags*, *Quand on voyage*, *Voyage en Russie*...).

Sa liaison platonique avec Carlotta Grisi, danseuse à l'Opéra de Paris à partir de 1841, devient également un terreau fertile pour son œuvre : la grâce de cette incomparable ballerine lui inspire non seulement le rôle de Giselle, dans le ballet romantique du même nom et dont il rédige en partie le libretto, mais aussi les contours d'autres personnages féminins de productions cette fois-ci romanesques, comme ceux de la vaporeuse et délicate Isabelle du *Capitaine Fracasse*. Cette passion impossible pour Carlotta Grisi, féconde pour ses écrits mais douloureuse et presque terrassante dans sa vie personnelle, pousse Gautier à choisir de vivre en concubinage avec Ernesta, la sœur cantatrice de Carlotta ; plusieurs de ses enfants, issus de cette union ou de relations extérieures, travaillent avec lui dans l'âge adulte et participent de près ou de loin à ses réflexions, comme son fils qui publie en 1861 une traduction nouvelle du *Wilhelm Meister* de Goethe, dont le récit initiatique n'est pas sans lien avec *Le Capitaine Fracasse*, achevé un an plus tard (v. Littérature et morale, "Un récit édifiant ?").

Reconnu par ses pairs, célébré par son maître Hugo ou encore par Baudelaire qui lui avait dédié en 1857 ses *Fleurs du Mal* ("Au poëte impeccable, au parfait magicien ès Lettres françaises, [...] avec les sentiments de la plus profonde humilité je dédie ces fleurs maladives"), Gautier continue de voyager et d'écrire des textes variés jusqu'à sa mort en 1872 dans sa maison de Neuilly. La presse, accompagnée par de nombreux hommes et femmes de Lettres, rend alors hommage à celui qu'on désigne unanimement comme l'un des grands poètes du siècle, et comme un véritable "maître en l'art d'écrire" pour les générations futures (Alexandre Dumas fils, aux obsèques de Gautier).

## Genèse du roman

### • Le titre

Le titre du roman se réfère explicitement au "*Fracasso*", l'un des types* des comédies italiennes et françaises issu en particulier du groupe des "*capitans*", terme espagnol signifiant "capitaine". Ces personnages – parmi lesquels figure aussi le Matamore, que l'on retrouve dans le roman dans une position de double du Capitaine Fracasse-Sigognac –, étaient caractérisés par leur exubérance, conçue en ce temps comme propre au tempérament ibérique, aussi le Fracasso perpétuait-il le type du soldat fanfaron, bouffon, grandiloquent mais craintif et pleutre. Amoureux rejeté ou antagoniste désireux de se venger, le *capitan* est souvent tourné au ridicule et possède donc une fonction comique et parodique, trouvant souvent son paroxysme dans les scènes de bastonnade.

Le choix d'un tel titre pour le roman fait donc directement référence à cette tradition littéraire, qui remonte au XVIe siècle et qui attribuait à un ensemble de personnages des rôles et des traits moraux comme physiques bien précis (on pourra consulter, sur ce point, un ouvrage de Claude Bourqui, *La Commedia dell'arte : introduction au théâtre professionnel italien entre le XVIe et le XVIIIe siècles*, Armand Colin, 2011), et pousse ainsi le lecteur à questionner la nature de ce rapport à cette tradition: s'agit-il d'un hommage, d'une subversion, d'une adaptation ? Ce titre mène également à des réflexions d'ordre générique (v. Le théâtre), puisqu'il met au-devant d'un roman le nom d'un personnage extérieur à cette même catégorie. Enfin, le lecteur peut s'interroger au sujet du rôle que pourrait remplir un protagoniste doté du nom propre de Fracasso ; le nom pouvant en effet avoir une valeur d'antonomase*, il faut se demander en quoi le Capitaine Fracasse de notre roman, donc Sigognac, possède ou non les qualités caractéristiques du personnage de comédie dont il reprend la dénomination.

### • Étapes du projet et de sa publication

On se reportera sur ce point aux éclairants commentaires de Jean-Luc Steinmetz, disponibles à la fin de notre édition; rappelons cependant quelques faits, et ajoutons-y quelques anecdotes intéressantes et susceptibles d'enrichir encore notre compréhension de la genèse du roman.

C'est dans les années 1834 et 1835, au cours de l'écriture de *Mademoiselle de Maupin* et donc de sa première période romantique, que Gautier se donna *Le Capitaine Fracasse* pour projet ; annoncé à paraître dès 1836 chez l'éditeur Renduel, le personnage de Fracasse est encore quelques années après, dans l'esprit de Gautier, “une sorte de *miles gloriosus*, Gascon, hâbleur, fanfaron, panache au vent, flamberge au clair, sacrant le diable, maugréant Dieu, au demeurant poltron, de cœur pâle et rengainant dès qu'on dégainait”, selon le témoignage de Maxime Du Camp dans la *Revue de Paris* (janvier 1855). On reconnaît bien dans ce rapide portrait la parenté avec les types du Fracasso et du Matamore, évoqués par le titre, mais pas avec le Sigognac de la version définitive du roman. Le projet a donc drastiquement évolué au fil des décennies, notamment en raison de la publication par Eugène Sue, en 1840, des *Aventures d'Hercule Hardi*, roman dont le héros éponyme possédait les mêmes caractéristiques que celles que Gautier prévoyait initialement de donner à son Fracasse. On peut dès lors supposer que le personnage de Sigognac tel que nous le côtoyons dans *Le Capitaine Fracasse* fut finalement construit, dans une certaine mesure, en regard du type traditionnel du *capitan* qu'Hercule Hardi incarnait désormais sur la scène littéraire de la première moitié du XIX^e siècle.

Cette évolution manifeste ne fut cependant pas aisée, et malgré plusieurs autres annonces de parution dans cette même *Revue de Paris*, le roman n'avait toujours pas été donné à imprimer en 1856; son contrat de publication finit par passer aux mains de l'éditeur Charpentier après la disparition de la *Revue de Paris*. Devant d'abord paraître en feuilleton dans *La Revue nationale et étrangère, qui appartenait à Charpentier, le premier chapitre du Capitaine Fracasse est enfin donné au public en 1861, plus de vingt ans après la naissance du projet. L'engouement pour le roman est alors fort malgré quelques critiques, et en justifie de façon définitive la publication en volumes réunis: le public en apprécie notamment le bond dans le passé, l'aspect divertissant et le ton semble-t-il léger et plaisant, que beaucoup considéreront plus tard en adéquation avec les présupposés d'une littérature adaptée à la jeunesse. Si notre propos, qui doit se concentrer sur le roman au programme, ne saurait trop s'appesantir sur des données purement contextuelles, nous pouvons souligner que ces caractéristiques du Capitaine Fracasse, qui plurent ainsi au public, distinguent ce roman des grandes publications de la période et le font paraître en effet bien éloigné de textes comme Madame Bovary (1856) de Flaubert, qui fit scandale pour son réalisme et valut un procès à son auteur pour atteintes aux bonnes mœurs, ou encore des Misérables de Hugo, longue épopée moderne et sociale, souvent pathétique, qui parut en 1861, un an avant notre roman.*

On sait néanmoins, notamment grâce au témoignage de sa fille Judith Gautier (dans son autobiographie *Le Second Rang du collier*, parue en 1903), que la fin initialement prévue par Théophile pour *Le Capitaine Fracasse* devait faire revenir Sigognac à son château, mais seul et plus mélancolique que jamais, après le décès de Vallombreuse; n'ayant pu épouser Isabelle, puisqu'une femme ne doit s'unir à l'assassin de son frère (ou de son père, ainsi que le montre *Le Cid*), Sigognac devait ainsi attendre, près d'un caveau, que la mort vienne "le pousser de son doigt décharné au fond du trou sombre". Nous sommes ici loin d'une résolution particulièrement allègre; ce serait pourtant Charpentier qui aurait expressément demandé au romancier de réécrire cette fin sombre et désespérante en un dénouement heureux, le recommandant au goût de son public pour les apothéoses grandioses. L'horizon de réception* du roman semble donc bien avoir guidé ou orienté la dernière étape de sa composition, le texte supposant donc un rapport étroit avec son lectorat.

# PROBLÉMATIQUES

## Le temps et l'histoire

### • Retrouver une époque…

Roman "rétrospectif", comme l'a défini Sainte-Beuve dans sa critique de novembre 1863, livre qui "malgré la date qu'il porte", "n'appartient réellement pas" à son temps, comme l'a également précisé Gautier lui-même dans son avant-propos (p. 12), *Le Capitaine Fracasse* est en effet partagé entre trois grandes périodes : celle de sa création initiale (les années 1830), celle de son achèvement et de sa publication (les années 1860), puis celle qui s'offre comme décor au récit (le début du XVIIe siècle). Bien que séparées, ces périodes se répondent d'une façon complexe dans le texte et déterminent le rapport de ce roman au temps – de l'écriture, des idées… – mais aussi au temps de l'histoire.

Le XVIIe siècle préclassique fut une source d'inspiration notable pour les auteurs de la période romantique, comme Hugo qui dans sa pièce *Marion Delorme* (1829) met en scène la vie d'une célèbre courtisane de la période, ou encore Vigny qui consacre son roman *Cinq-Mars* (1826), sous-titré "Une conjuration sous Louis XIII", à un complot fomenté contre Richelieu. Nerval, proche de Gautier comme on le sait, convoque lui aussi ce passé lointain dans ses poèmes. Ce "siècle de raffinés" (p. 239) fascine tout particulièrement pour l'idée d'élégance et de grandeur que ces écrivains et leurs contemporains gardent d'elle, notamment retranscrite dans le texte à travers les interactions galantes des personnages : Sigognac fait par exemple référence au poète du XVIIe siècle François Maynard pour flatter Isabelle ("Même à soixante ans vous garderez vos charmes comme la belle vieille de Maynard, répondit galamment Sigognac", p. 372), et "aiguise" ensuite pour elle "des *concetti* en style marinesque", en référence au compositeur italien Biagio Marini qui fut particulièrement populaire en Europe dans les années 1615, pour son style précieux* (c'est-à-dire particulièrement orné et propre à un courant artistique qui s'opposait à la simplicité du classicisme)…

Néanmoins, le XVIIe siècle est aussi et surtout convoqué dans le roman à travers de nombreuses descriptions, et l'on pourra songer ici à la volonté de précision quasi voluptueuse qui semble tout particulièrement animer le narrateur dans la peinture des habits portés par les personnages. Prenons par exemple le premier portrait de Sérafina, avec ses "deux longues mèches, appelées moustaches et nouées chacune par trois rosettes de ruban noir" se détachant capricieusement des crêpelures de ses cheveux, "son chapeau de feutre à bord rond, orné de plumes dont la dernière se contournait en panache sur les épaules" et les autres "se recroquevillaient en bouillons", son "col d'homme rabattu, garni d'un point d'Alençon et noué d'une bouffette noire", s'étalant "sur une robe de velours vert à manches crevées, relevées d'aiguillettes et de brandebourgs, et dont l'ouverture laissait bouillonner le linge" (p. 40)... La multitude des termes techniques employés ici participe de façon très nette à l'évocation historique, le point d'Alençon étant par exemple un type de dentelle porté du XV^e^ au XVIII^e^ siècle, mais aussi à la recherche d'un certain effet de couleur locale, la mode étant un domaine typiquement dépendant de cadres spatiotemporel précis et limités.

La scène des mouches, au chapitre 8, fait par ailleurs du détail historique que fut cette mode particulière du maquillage un véritable élément de tension dans la diégèse*, et semble ainsi donner une place de premier plan à l'élément temporel : Vallombreuse posant sur le sein d'Isabelle une mouche dite "assassine", et désignée d'ailleurs par ce seul qualificatif – le texte compte ainsi sur les connaissances préalables de ses lecteurs –, fait en effet violence à la pudeur de la jeune actrice et déclenche l'ire de Sigognac, posant ainsi les fondements nécessaires à un premier affrontement entre les deux hommes (p. 223). Cette scène, qui par sa teneur n'aurait donc pu avoir lieu qu'au XVII^e^ siècle, est un point de précipitation de l'intrigue du roman, un seuil à partir duquel la partie amoureuse de l'intrigue va véritablement prendre son envol.

### • ... par le pouvoir de l'imagination

Malgré cet ancrage historique, force est de constater que *Le Capitaine Fracasse* ne reconstitue pas cette période du XVII^e^ siècle de façon exacte et détaillée, notamment en ce qui concerne le contexte politique (d'ailleurs plus que relégué à l'arrière-plan du roman). En effet, l'intrigue n'est pas datée de façon précise et se dispense de mentions temporelles, tandis que dans cet espace aux contours dès lors assez flous, le roman privilégie la mise en scène d'un ensemble de personnages entièrement fictifs, évoluant dans un monde qui certes ressemble à celui de Louis XIII, mais qui n'en a en vérité que la saveur et le parfum.

Louis XIII lui-même n'est que peu évoqué par les personnages et généralement pour des raisons de second ordre, comme quand il s'agit de poser un décor comprenant un ameublement typique de son règne (p. 119), ou encore pour mentionner de façon purement anecdotique le dédain du monarque pour une certaine couleur tirant sur le roux. Louis XIII n'apparaît comme personne agissante que brièvement et à des endroits parfaitement conventionnels comme la fin du roman, où, en bon souverain, il offre son approbation au couple nuptial enfin formé par Isabelle et Sigognac (p. 497) ; pourtant, il n'est à vrai dire mentionné que de façon rétrospective à cet endroit, qui n'est d'ailleurs pas le dernier chapitre de l'intrigue mais son épilogue* (c'est-à-dire une conclusion ajoutée, extérieure à l'ensemble de l'action), démontrant ainsi le peu d'importance de cette figure historique et politique dans le développement réel du récit, malgré le caractère bien entendu symbolique que possède cet acquiescement du représentant de l'ordre en France (l'accord du roi équivaut en effet à celui du père que Sigognac n'a plus, et consacre l'union des deux jeunes gens aux yeux de l'ensemble de la société). Enfin, le seul portrait détaillé qui est fait de Louis XIII dans le roman frappe le lecteur sans être pour autant flatteur (p. 315-316) : brièvement croisé à Paris, où on pouvait là encore s'attendre à l'apercevoir, le monarque ressemble à “un fantôme pâle, vêtu de noir, [...] aussi immobile qu'une effigie de cire” ; de longs cheveux bruns encadrent son “visage mort attristé par un incurable ennui [...]”, aux yeux vides et à la lèvre tombante, “morose”, flasque donc comme les maigres mains qui complètent ce personnage visiblement asthénique, spleenétique* avant l'heure. Cette figure historique se trouve donc réduite dans le texte à un état d'ombre, reconstituée pour nous par le narrateur ; cette ombre n'en attise pas moins l'imagination, comme le montrent les pensées de Sigognac rapportées immédiatement après le portrait du roi : “Sigognac resta tout rêveur de cette apparition. En son imagination naïve, il se représentait le roi comme un être surnaturel, rayonnant dans sa puissance au milieu d'un soleil d'or et de pierreries, fier, splendide, triomphal, plus beau, plus grand, plus fort que tous les autres”. Le texte souligne ainsi dans ce passage le pouvoir du fantasme sur le fait réel, la force de l'imagination éclipsant ici l'Histoire prise comme entité (incarnée ou figurée par Louis XIII).

*Le Capitaine Fracasse* ne contient pas non plus de réflexion explicite sur l'histoire de France et ses événements, préférant s'intéresser à la sphère des intrigues privées ; il ne saurait donc guère être considéré comme un roman proprement historique, genre pourtant souvent pratiqué et très apprécié à l'époque de Gautier. Si la description de Paris au chapitre 11, par exemple, semble chercher une forme d'exactitude et s'appuie, comme les notes de notre édition nous l'indiquent, sur les travaux de l'historien Édouard Fournier – historien du début du XIXe siècle, c'est-à-dire plutôt un homme de Lettres qu'un historien moderne s'appuyant sur des méthodes scientifiques et rigoureuses –, il s'agit en réalité de proposer dans le roman une sorte de fresque (v. La représentation littéraire, "Un livre d'images structurées"), reposant sur une idée plus ou moins nette d'une période de l'histoire, et surtout sur un imaginaire développé à son sujet *a posteriori*. S'y présente donc un XVIIe siècle non pas faux ou inexact, mais romancé et dénué d'ambition académique dans sa représentation ; c'est un XVIIe siècle que Gautier fait ainsi revivre comme on peut rêver, imaginer une époque révolue mais dotée d'un certain pouvoir de fascination. L'avant-propos du roman ne s'en cache d'ailleurs pas : "Bien que l'action se passe sous Louis XIII, *Le Capitaine Fracasse* n'a d'historique que la couleur du style" (p. 13). Plutôt qu'une photographie, qu'une imitation parfaite, c'est donc l'idée d'une couleur ou d'une patine, si l'on veut, que le texte chercherait à rendre.

Ce mot de "style", employé dans la citation ci-dessus, doit cependant retenir notre attention : il n'est en effet pas anodin, et Gautier, immédiatement à la suite de son affirmation, déclare encore que les personnages "emploient la langue de leur époque". C'est ainsi plutôt dans l'écriture elle-même, c'est-à-dire dans la forme prise par la phrase au sein du roman, qu'il faut chercher la source la plus importante et significative du travail de reconstitution historique partielle opéré par Gautier ; cette question du style, telle qu'elle est posée dans l'avant-propos du *Capitaine Fracasse*, amène ainsi à envisager le rapport de ce roman aux notions de reproduction et d'imitation langagière, c'est-à-dire à celle du pastiche.

## Pastiche langagier et recul parodique

Tout comme *Le Capitaine Fracasse* fait interagir plusieurs périodes temporelles, plusieurs styles s'adjoignent et y cohabitent, créant ainsi une forme de polyphonie* textuelle (donc une superposition de "voix" différentes) : en effet, si les personnages sont censés parler la langue du XVIIe siècle, Gautier affirme simultanément avoir donné à son roman un style typiquement romantique, en expliquant dans son avant-propos s'être "report[é] vers 1830, aux beaux jours du romantisme", et avoir écrit "dans le goût qui régnait au moment où il eût dû paraître" (p. 12). On peut de fait remarquer dans le style du texte des éléments qui font surgir en son sein l'esprit du XIXe siècle, comme ce commentaire humoristique et rétrospectif du narrateur décrivant la mise en place d'une représentation de la troupe de Blazius : "de chaque côté de la scène on avait disposé des fauteuils pour les personnes de marque ; chose, certes, nuisible à l'illusion théâtrale et au jeu des acteurs, mais dont l'habitude empêchait de sentir le ridicule" (p. 214). Mais pour nous lecteurs, c'est sans doute le travail de recomposition dix-septièmiste qui peut paraître le plus visible et même le plus frappant. Ce dernier nous est rendu sensible par le biais de deux grands types de procédés : le pastiche d'une part, et l'intertextualité*, voire l'hypertextualité*, d'autre part.

Commençons par le pastiche, qui consiste en l'imitation ou la reproduction *a priori* fidèle d'un genre ou d'un style d'écriture, souvent dans une démarche visant l'hommage ou l'expression d'un sentiment d'admiration ; il peut cependant inclure une dimension ludique qu'il partage avec la parodie, qui tient plutôt de la contrefaçon souvent volontairement exagérée, pour donner à rire de l'objet qu'elle imite. Dans *Le Capitaine Fracasse*, les outils textuels les plus aisés à repérer et à relier à une intention de pastiche stylistique, visant donc à épouser une élocution propre à la période préclassique, sont bien entendu l'emploi d'un vocabulaire spécifique – nous en avons eu un aperçu avec la description des habits des personnages –, mais aussi la référence antique, typique du langage pratiqué au XVIIe siècle ; ce dernier, en vertu de son intérêt pour les arts et la littérature antiques, appréciait en effet tout particulièrement les mentions mythologiques, or Gautier a habilement inséré ce procédé à ses descriptions, notamment pour faire ressortir plus vivement encore les images qu'il souhaitait créer. Ainsi, parmi une multitude de références de ce genre, "Hébé versant le nectar ne s'y fût pas mieux prise" (p. 237) que Zerbine servant du vin au marquis de Bruyère et à Sigognac, et "Diane n'est pas plus sauvage [qu'Isabelle] en ses forêts et vallées de l'Hémus" (p. 462). Autre exemple intéressant, Vallombreuse et Vidalinc nous sont tout d'abord présentés par le narrateur sous les noms d'emprunt Oreste et Pylade : on reconnaît aisément ces personnages de la mythologie grecque, passés à la postérité et restés fameux à l'âge préclassique grâce à leurs apparitions dans diverses tragédies telles que *Les Euménides* d'Eschyle ou l'*Iphigénie en Tauride* d'Euripide, très lues au XVIIe siècle ; ces deux personnages connurent une fortune particulière auprès des spectateurs et des lecteurs pour leur amitié sans faille et leur complicité dans l'assassinat de Clytemnestre, mère d'Oreste et épouse d'Agamemnon. Or cette référence antique produit d'emblée une forme de caractérisation des personnages par le biais d'un jeu d'associations, puisqu'avant même de connaître Vallombreuse et Vidalinc, nous pouvons en effet déjà prévoir leur alliance dans un quelconque projet dangereux (en l'occurrence, l'enlèvement d'Isabelle et la tentative d'élimination de Sigognac). Cet écho à des personnages spécifiquement tirés d'un répertoire de tragédies grecques permet également de faire le lien avec le deuxième grand procédé employé pour lier *Le Capitaine Fracasse* au XVIIe siècle : l'intertextualité.

Si le lecteur est amené à se rappeler, dans l'exemple précédemment soulevé, l'œuvre d'Eschyle ou d'autres tragédiens, notre roman prend en effet pour sources et modèles un nombre impressionnant d'autres personnages, textes et auteurs de l'époque préclassique et de ses environs, que Gautier convoque de façon plus ou moins explicite dans son développement (cela va en effet de l'allusion, qu'un lecteur cultivé peut deviner, à la citation et la mention*). Parmi les auteurs sur lesquels il s'est appuyé, Paul Scarron est certainement le plus facile à reconnaître, en vertu des rapprochements que l'on peut aisément faire entre *Le Capitaine Fracasse* et *Le Roman comique* (1651) : du texte de Scarron, Gautier reprend ainsi les thèmes du voyage d'une troupe de théâtre, des relations amoureuses des comédiennes et de l'enlèvement de la parfaite héroïne, mais il s'inspire également pour son Matamore, toujours chez Scarron, des *Boutades du capitan Matamore et ses comédies* (1647). On doit de plus mentionner, parmi les sources de Gautier, Cervantes et son Don Quichotte hâve, maigre et desséché, mais aussi Corneille avec l'*Illusion comique* (1636), dramaturge directement mentionné dans le texte comme l'est le poète Saint-Amant, à qui *Le Capitaine Fracasse* emprunte l'esprit burlesque* du *Poète crotté* (1629), fondé sur un contraste entre sujet noble et élevé, et traitement prosaïque et ridicule. Ces écrivains, dont Gautier s'inspire, lui sont bien connus ; il en a en effet étudié et commenté certains, dont Scarron et Saint-Amant, dans un recueil de jeunesse intitulé *Les Grotesques* (1844), qui en propose une série de portraits commentés et qui, nous allons le voir, est d'une grande importance dans notre étude du *Capitaine Fracasse*.

## Grotesque et romantisme

Nous avions rappelé que le jeune Gautier des années 1830 accordait une valeur significative à la question de l'excentricité ; cette dernière, synonyme de "fantaisie" et d'"originalité", se caractérise par un désir de singularité, à l'encontre donc des codes préétablis, et s'accompagne souvent d'une veine humoristique. Sa défiance à l'égard des règles et le brouillage catégoriel qui en résulte nécessairement rapprochent l'excentricité du grotesque, notion d'esthétique également indissociable du type d'écriture que Gautier pratiquait aux "beaux jours du romantisme" (p. 12), en particulier dans la lignée de Victor Hugo qui, comme nous le verrons, réhabilita la notion en question dans les années 1820 et en fit une donnée essentielle de l'esthétique romantique. Or, bien qu'achevé trente ans plus tard, *Le Capitaine Fracasse* montre encore tous les signes d'une imprégnation profonde du grotesque, dans son écriture et ses idées.

### • Gautier et le grotesque

Le terme "grotesque" vient du mot latin "*grutta*", signifiant "grotte" ; à la fin du XV^e^ siècle, des fouilles dans ce qui semblait être un ensemble de grottes décorées, trouvé par hasard à Rome, avaient permis d'exhumer les fresques de la *Domus Aurea* de Néron, enterrée sous les thermes de l'empereur Trajan. On qualifia dès lors de "grottesques" (puis "grotesques") ces fresques redécouvertes, au style pictural manifestement fantaisiste : principalement composé de représentations humaines, animales et même chimériques, de visages grimaçants et déformés, ce style en marge des canons du Beau marqua par sa redécouverte la fin de la Renaissance et accompagna sa transition vers le Baroque, notamment dans le goût des productions artistiques de la période. En littérature, le grotesque se développa dès lors comme une esthétique de la chimère, de l'alliance incongrue et surprenante, que le classicisme mettra au ban pour lui préférer une beauté inspirée par les canons antiques, régulière, symétrique et ordonnée. Tombée en désuétude, l'esthétique grotesque retrouve cependant une certaine popularité au XIX^e^ siècle, avec entre autres la définition qu'en donne Hugo dans sa célèbre préface de *Cromwell* (1827) : "tout dans la création n'est pas humainement beau, le laid y existe à côté du beau, le difforme près du gracieux, le grotesque au revers du sublime, le mal avec le bien, l'ombre avec la lumière". Or la poésie, au sens de création littéraire, "se mettra à faire comme la nature, à mêler dans ses créations, sans pourtant les confondre, l'ombre à la lumière, le grotesque au sublime, en d'autres termes, le corps à l'âme, la bête à l'esprit. [...] Dans la pensée des modernes [...] le grotesque a un rôle immense. Il est partout ; d'une part, il crée le difforme et l'horrible ; de l'autre, le comique et le bouffon."

Comme on le voit, cette reprise de la théorie du grotesque a pour volonté affichée de s'opposer au classicisme (d'où le choix, pour le cadre de notre roman, du XVIIe préclassique), et ce donc dans la lignée de la pensée romantique ; or c'est justement durant les années 1830 que Gautier écrivit les différents textes qui composent le recueil des *Grotesques* (sous-titré *Exhumations littéraires*), où il célèbre, de Villon à Scarron, des écrivains marginaux qui avaient eux-mêmes placé leurs œuvres sous le signe du grotesque ou de la fantaisie personnelle. Gautier loue dans ce recueil l'esprit d'invention et la curiosité, la singularité des imaginations de ces auteurs, mises au profit d'un art provocateur et hétérogène dont le goût "dépravé" et "paradoxal" est logiquement propre à plaire à un jeune écrivain lui-même excentrique. Or Martine Lavaud, dans *Théophile Gautier, militant du romantisme* (2001), a de fait proposé de penser *Le Capitaine Fracasse* comme "le développement romanesque du discours des *Grotesques*", c'est-à-dire la réalisation en prose fictionnelle d'une certaine pensée sur l'art.

Comme nous l'avons vu, notamment avec la préface de *Cromwell*, le grotesque repose fondamentalement sur un mélange d'éléments et donc d'émotions contradictoires ; cette idée de mélange est particulièrement importante, et se résume en une certaine doctrine dite "de l'arabesque", justement théorisée dans la postface des *Grotesques* (nous nous référerons à l'édition de Michel Lévy frères, de 1853) :

> En dehors des compositions que l'on peut appeler classiques, et qui ne traitent en quelque sorte que des généralités proverbiales, il existe un genre auquel conviendrait assez le nom d'arabesque, où sans grand souci de la pureté des lignes, le crayon s'égaye en mille fantaisies baroques. Le profil de l'Apollon est d'une grande noblesse, c'est vrai ; mais ce mascaron grimaçant, dont l'œil s'arrondit en prunelle de hibou, dont la barbe se contourne en volutes d'ornement, est, à de certaines heures, plus amusant à l'œil. Une guivre griffue, rugueuse, papelonnée d'écailles, avec des ailes de chauve-souris, sa croupe enroulée et ses pattes aux codes bizarres, produit un excellent effet dans un fourré de

> lotus impossibles et de plantes extravagantes. Un beau torse de statue grecque vaut mieux sans doute, et pourtant il ne faut pas mépriser la guivre. (p. X-XI)

Le terme "arabesque", qui désignait principalement un genre d'ornementation architecturale, permet à Gautier de renouer avec le style baroque et de développer une esthétique de la contradiction, liée d'ailleurs à un "esprit drolatique", c'est-à-dire plaisant par son étrangeté. Or l'esthétique de l'arabesque grotesque est introduite dès le début de notre roman, avec la peinture mi-affreuse mi-risible du castel de Sigognac, mais aussi avec la description du premier habit du jeune baron. Justement qualifié de "grotesque", ce misérable vêtement, usé et obtenu de seconde main, râpé et rapiécé de pièces hybrides comme une chimère, exemplifie l'effet de mélange constitutif de cette esthétique si chère à Gautier, mélange qui dans ce cas précis aboutit à l'association du comique et du pathétique: drapé dans sa "défroque hétéroclite" (p. 29), le jeune baron avait en effet "l'air à la fois ridicule et touchant" (p. 30), et c'était "un spectacle assez grotesquement mélancolique" que de l'apercevoir ainsi aux abords du Château de la Misère.

Mais le grotesque dépasse largement le cadre de cette vieille bâtisse: s'il nous arrive de croiser, au fil du périple des personnages, des spectacles relevant de cette esthétique, comme un singe qui dans une rue de Paris "contrefaisait d'une façon comique les cris, gestes et contorsions" grotesques d'un malheureux se faisant arracher une dent (p. 311), cette veine s'incarne dans nombre de personnages eux-mêmes, en témoignent les curieuses physionomies de Blazius ou d'autres figures marginales et comiquement laides, comme le bretteur Lampourde dont la mine est dite digne d'un croquis de Callot. Jacques Callot fut en effet un maître graveur du début du XVIIe siècle, célèbre pour ses compositions historiques ou religieuses, mais aussi pour ses caricatures grotesques de mendiants ou d'hommes du peuple, dont certains, à l'instar de Blazius, faisaient d'ailleurs directement référence à des personnages de la *Commedia dell'Arte*. Dans *Le Capitaine Fracasse*, ces types de visage, dans leurs étranges dissonances et disharmonies, s'accordent à des élocutions elles aussi ridicules, le Pédant parlant par exemple toujours "avec l'emphase grotesque qui lui était habituelle et qu'il transportait de ses rôles dans la vie ordinaire" (p. 112), et se donnant pour "maître Alcofribas Nasier" (p. 70), c'est-à-dire Rabelais. De façon similaire, l'emploi du Tranche-Montagne lui-même, c'est-à-dire le rôle du

Matamore, est lui de même désigné comme intrinsèquement "grotesque" (p. 48), qualificatif qui résonne dès lors dans l'ensemble du roman puisque c'est précisément de ce rôle qu'il tient son titre, et que Sigognac doit se substituer au Matamore après son décès. *Le Capitaine Fracasse* semble ainsi mettre en avant des personnages représentatifs de cette esthétique grotesque qui elle-même célèbre l'échappée hors des carcans habituels et donc la bizarrerie, et qui n'est d'ailleurs pas sans lien d'une part avec le fantastique, et d'autre part avec la tradition du roman picaresque*.

**• Fantastique et merveilleux**

L'une des voies empruntées par le romantisme pour explorer les possibilités du grotesque est le récit fantastique, également parfois désigné sous le nom de "fantaisie": l'historien et écrivain français Jean-Jacques Ampère a en effet traduit et introduit en France, en 1830, les *Fantasiestücke in Callot's Maniere* (1819) du romantique allemand Hoffmann, recueil dont le nom devint en langue française *Contes fantastiques* – alors que le terme "*Fantasiestücke*" signifie en principe "pièces fantaisistes" – et qui proposait un nouveau type de récit, fondé par Hoffmann sur un principe de libération de l'imagination (qui est d'ailleurs elle-même synonyme de "fantaisie"). Les textes de ce recueil sont caractérisés par une exploration thématique de l'anormalité, de l'inhumain et de la folie, et adoptent en cela une forme volontairement contraire au cheminement rectiligne de la raison: il en résulte une hétérogénéité justement liée au grotesque, qui coïncide donc avec la théorie romantique encline au mélange que Hugo proposa de son côté dans la préface de *Cromwell*. Plus formellement, le fantastique serait, selon la célèbre définition de Tzvetan Todorov, "l'hésitation éprouvée par un être qui ne connaît que les lois naturelles, face à un événement en apparence surnaturel" (*Introduction à la littérature fantastique*, 1970) ; le récit fantastique devrait donc s'attacher à exprimer cette hésitation de façon textuelle. La définition que propose Roger Caillois dans *Au cœur du fantastique* (1965) semble cependant plus appropriée pour penser les écrits de Gautier, et en l'occurrence la teneur grotesque du fantastique présent dans *Le Capitaine Fracasse*: le fantastique serait selon R. Caillois la mise en cause plus ou moins radicale de notre rapport familier et rationnel au monde, par le biais du surgissement en son sein d'un élément extraordinaire, et en cela scandaleux. On comprend en quoi le fantastique peut dès lors se trouver une parenté avec la doctrine de l'arabesque grotesque, qui par son intérêt pour le difforme, l'extraordinaire et donc l'anormalité, peut tendre dans ses manifestations vers le domaine inquiétant du surnaturel, sans jamais pour autant se départir tout à fait de sa dimension ludique.

On songe ici au portrait du chat Béelzébuth, qui dès son ouverture place le roman sous le signe d'Hoffmann et de son esthétique grotesque : s'il n'est pas inhabituel de croiser un félin dans une cuisine, celui du *Capitaine Fracasse* est "pelé comme un manchon hors d'usage" et ressemble à "ces chimères japonaises qu'on place dans les cabinets parmi les autres curiosités", ou à "ces animaux fantastiques à qui les sorcières, allant au sabbat, confient le soin d'écumer le chaudron où bouillent leurs philtres" (p. 25). Il semble en cela tout droit sorti d'une faille qui ferait se rejoindre notre monde et une autre dimension surnaturelle ; bien que d'apparence quelque peu démoniaque – "ce chat visionnaire" possède un nom et une mine qualifiés de "diaboliques" (p. 33) –, Béelzébuth est pourtant humanisé quelques lignes plus loin en quasi-majordome, "la serviette sur la patte" et paraissant "faire la soupe pour lui-même", après avoir semble-t-il mis la table tout seul. Son aspect est ainsi si étrange et comique, si incongru, que l'imagination du narrateur paraît s'en trouver immédiatement stimulée, ce dernier se questionnant au conditionnel sur la possible identité du maître d'un tel serviteur : tantôt "esprit familier" ou "*genius loci*", tantôt "Kobold fidèle", c'est-à-dire un gnome ou un elfe de maison, celui qui s'attable au Château de la Misère avec un tel chat à ses côtés pourrait ainsi bien être une créature elle aussi surnaturelle, pour celui qui n'a pas encore pu apercevoir Pierre ou Sigognac. Le narrateur convoque ainsi simultanément la culture latine et le folklore germanique, dans une superposition de références propres au principe de mélange constitutif du grotesque de Gautier.

Béelzébuth et cet éventuel Kobold sont par ailleurs parfaitement à l'image du château lui-même : mi-gothiques et mi-inquiétants, quoique parfois un peu ridicules, les lieux semblent eux-mêmes constituer le corps maladif d'un être bossu et accablé de "larges plaques de lèpre" (p. 16), dans la longue description que le narrateur en fait au premier chapitre. En effet, l'imaginaire du cadavre s'y développe grâce à un ensemble d'éléments morbides ("Dès le seuil, une odeur de relent [...] vous mont[ait] aux narines comme lorsqu'on lève la pierre d'un caveau et qu'on se penche sur son obscurité glaciale", p. 24), tandis que s'y adjoignent également des évocations de sorcellerie. Lui aussi humanisé à certains endroits, le château a par exemple des vantaux de porte qui "semblaient rougir de leur état de délabrement", ce qui au passage est une savoureuse petite plaisanterie, le narrateur filant cette image du rougissement honteux à partir des restes de vieille peinture rouge tenant encore sur les battants. Tout le château, du jardin en friche à ces chambres vides où l'on craindrait de "trouver dans l'ombre quelque larve accroupie ou quelque forme roide dessinant, sous la blancheur du drap, un nez pointu, des pommettes osseuses, des mains jointes et des pieds placés comme ceux des statues allongées sur des tombeaux" (p. 23), dénote le délabrement et l'abandon. On retrouve en réalité ici le topos de la ruine angoissante, propre notamment à la littérature gothique* pratiquée en Angleterre à partir de la fin du XVIIIe siècle et introduite en France avec la renommée du *Moine* (1796) de Lewis ou des *Mystères d'Udolphe* (1794) de Ann Radcliffe ; inspirée par un imaginaire moyenâgeux et caractérisée par une atmosphère inquiétante, la littérature gothique fait en effet du vieux château un décor emblématique pour ses intrigues centrées sur les thèmes de l'enfermement, du surnaturel et de la mort. La ruine gothique que nous trouvons dans *Le Capitaine Fracasse* est cependant là encore colorée du grotesque propre à Théophile Gautier, sombre mais aussi rendue ridicule par certains détails excessifs ou la formulation de quelques mots d'esprit, plaisamment insérés au milieu des qualificatifs négatifs.

La "chambre à coucher fantastique" (p. 32) du baron, ou encore la galerie de portraits du château sont d'autres délectables passages du roman : dans l'une des descriptions que le narrateur fait de cet ensemble de portraits, on trouve des "douairières vertueuses, engoncées dans leurs collerettes et roides sous leur vertugadin" prenant "un air pincé à l'aspect des jeunes comédiennes folâtrant dans ce grave manoir", quand en revanche "les guerriers et les chevaliers de Malte semblaient leur sourire du fond de leur cadre et se trouver heureux d'assister à pareille fête, à l'exception de deux ou trois vieilles moustaches grises boudant obstinément sous leur vernis jaune, et gardant, malgré tout, les mines rébarbatives dont le peintre les avait dotées" (p. 39). Un lecteur régulier de Gautier pourra songer en lisant cette description aux portraits de *La Cafetière* (1831), court récit fantastique et humoristique que l'auteur écrivit au début de ses années romantiques. Si, dans *Le Capitaine Fracasse*, ces figures peintes ne finissent pas par s'animer, sortir de leurs cadres et sauter à terre comme celles de *La Cafetière* le font au signal d'une pendule, on n'en reste pas moins proche de l'idée d'une vie partielle mais surnaturelle du portrait, c'est-à-dire d'une image non pas figée mais animée de façon anormale et inquiétante, bien que somme toute inoffensive et bienveillante.

Dans *Le Capitaine Fracasse*, le fantastique n'est en effet jamais absolument terrifiant et semble même évoluer vers le merveilleux, ce dernier correspondant, en littérature, à une manifestation magique ou surnaturelle qui ne trouble ni ne dérange les modes de pensée des personnages. Contrairement au fantastique, dont l'irruption est censée provoquer un déchirement angoissant du monde habituel, pour celui qui en est le témoin, le merveilleux ne surprend pas les personnages ni ne fait offense à leur perception des choses qui les entourent ; ainsi, si le merveilleux peut être menaçant (sous les traits d'une sorcière mal intentionnée, par exemple), il a pour principe de ne jamais inquiéter ni heurter par sa présence même.

Béelzébuth est un bon exemple de ce renversement du fantastique vers le merveilleux : de créature à la saveur hoffmannienne au début du roman, cet étrange chat se transforme pleinement en bon ange ou esprit protecteur à son dénouement, et comme une fée qui disparaît après avoir comblé de dons celui ou celle qu'elle protège, Béelzébuth décède en révélant l'emplacement d'un trésor caché apte à rétablir l'ordre que l'on croyait perdu (la fortune des Sigognac n'ayant donc pas été dilapidée de façon insensée par les aïeux du jeune baron). Cet événement, dont on conviendra qu'il est extraordinaire, est pourtant admis par Sigognac sans surprise aucune, comme l'indique l'annonce qu'il en fait à Isabelle : "Décidément, dit le Baron, Béelzébuth était le bon génie des Sigognac. En mourant, il me fait riche, et s'en va quand arrive l'ange. Il n'avait plus rien à faire puisque vous m'apportez le bonheur" (p. 509) ; on perçoit bien ici la logique du raisonnement, articulé selon un principe de cause-conséquence (avec l'emploi du mode indicatif et la subordonnée introduite par "puisque") qui ôte toute forme d'incongruité à la situation. La découverte d'un trésor, ou de n'importe quel élément dissipant le mauvais sort, est d'ailleurs un topos de la logique merveilleuse, très présent dans le genre des contes de fées vers lequel *Le Capitaine Fracasse* finit donc par se diriger.

### • La place du picaresque

Un autre modèle littéraire lié au grotesque et à l'excentricité, qui n'a pas de rapport direct avec le romantisme mais que notre roman semble convoquer, serait le roman picaresque. On pourra se référer, pour s'informer sur ce sujet, au chapitre qu'Alain Montandon lui consacre dans *Le roman au* XVIII*e* *siècle en Europe* (1999) ; très brièvement néanmoins, le récit picaresque émerge en Espagne au XVIe siècle, en particulier en lien avec le genre du roman, et se centre sur le personnage du *picaro*, dont il tient son nom. Traditionnellement, le *picaro* est un valet ou un serviteur qui raconte, dans une sorte de confession autobiographique, les nombreuses aventures qui dictèrent le cours de sa vie. Bien souvent soumis au vagabondage et à l'errance, et donc aux caprices de la Fortune, ce type de personnage accumule en effet les emplois et rencontre maints personnages au sein d'un parcours dont le sens se révèle à lui progressivement. De position sociale basse et d'origine souvent infamante, il possède les caractéristiques morales (au sens de "psychologiques") et les talents du fripon, et est en cela une forme d'antihéros populaire, d'abord désillusionné par les duperies du monde puis contraint lui-même à la ruse et à la tromperie.

Certains personnages du *Capitaine Fracasse* semblent ainsi s'inscrire de façon plus ou moins évidente dans la lignée du *picaro* : Sigognac rappelle, au début du roman, les contours de l'hidalgo aussi affamé qu'imperturbable, debout tant qu'il le pourra au milieu de ruines sur le point de s'écrouler, et est même qualifié de "pauvre hobereau se promenant sur un bidet étique dans les habits trop larges de son père" (p. 274). Scapin en revanche, peut-être plus que tout autre, rappelle par ses dires et par ses faits le *picaro* malicieux et rusé, adroit et railleur de la tradition. Sa vie d'acteur errant, son rôle de valet permanent, sa "tête de renard, futée, pointue, narquoise" (p. 43) et ses boutades fréquentes rappellent dès le deuxième chapitre le moule du héros picaresque, dont les contours se confirment au chapitre 5 avec la joie malicieuse que cette "maligne bête" (p. 146) éprouve en faisant échouer les plans galants de son comparse Léandre. Détail comique enfin, Scapin n'est pas fait pour le combat à l'épée mais "passe le croc-en-jambe mieux que pas un" ; il voit certes sa "vaillance héroïque" recevoir les louanges de ses compagnons, lors de la première attaque contre Sigognac (p. 234), mais il faut bien sentir que l'hyperbole*, procédé qui joue donc sur l'exagération et l'amplification, a presque ici valeur d'antiphrase* et sous-entend donc de façon ironique l'idée contraire de ce qui est exprimé, malgré le réel courage de Scapin. Au-delà de ce personnage, le roman déploie en arrière-plan un espace propice au genre héroï-comique*, parcouru de bandits et de spadassins en tout genre : ainsi, le stratagème d'Agostin pour dépouiller les voyageurs sur la grande route est reconnu comme étant "assez picaresque" (p. 97), tandis que les divers bretteurs ou tueurs à gage employés par Vallombreuse évoquent également le motif du couard employé de fortune.

Cependant, comme le souligne Françoise Court-Perez dans son article "*Le Capitaine Fracasse*, roman des romans", "on parlera avec plus de justesse d'un 'pittoresque' picaresque que d'un véritable 'esprit' picaresque, cru, dur, satirique" ; plutôt que de faire un véritable roman picaresque, Gautier reproduit en réalité l'apparence de la catégorie, l'humour bienveillant du narrateur proposant d'observer le type du *picaro* avec une certaine distance qui en adoucit les traits habituels. En effet, Scapin n'est pas un hors-la-loi mais plutôt un adjuvant bienveillant dans la répartition des fonctions des personnages, et ne met sa sournoiserie qu'au service de plaisanteries sans grande conséquence ; c'est finalement un *picaro* qui sert un comique de situation ou de geste, sans autre rôle de grande envergure dans l'intrigue. Il s'agit là encore, dans cette atténuation du picaresque, de pastiche, d'esprit parodique justement propre à la question de l'excentricité et qu'ici Gautier retourne en quelque sorte contre elle-même dans une sorte d'effet auto-ironique, le picaresque étant comme on l'a dit lui-même un genre excentrique. Le picaresque entre ainsi dans l'aspect ludique et humoristique de notre roman, mais, en restant cantonné à une zone de second plan, n'en est qu'une clef de compréhension partielle.

### • Un "anti-roman" ?

Insistons à nouveau sur ce point, la question du grotesque et de l'excentricité en littérature amène par sa nature à envisager la façon dont certains textes parviennent à dépasser les catégories littéraires habituelles et finissent par produire des œuvres qui leur sont même délibérément opposées. Une telle ambition recoupe justement la notion d'"anti-roman", terme repris à une longue tradition européenne remontant à Rabelais mais largement développée au XVIIe siècle, notamment pour s'opposer aux codes des romans amoureux, mettant en scène chevaliers ou bergers. L'ensemble des romans picaresques, mais aussi des œuvres comme le *Don Quichotte* de Cervantes et le *Roman comique* de Scarron, font justement partie de cette tradition de l'anti-roman, avec leurs personnages sans noblesse et aux antipodes des héros traditionnels. Par leur nature, les anti-romans sont donc essentiellement parodiques vis-à-vis des traditions littéraires, et attentifs à provoquer le rire et la dérision. Or, dans cette lignée, *Le Capitaine Fracasse* est lui aussi un roman qui à certains égards "se moque du romanesque", expression employée par Françoise Court-Perez pour désigner un certain effet de distance créé dans le texte grâce au jeu de la narration: Gautier, en s'appuyant sur autant de sources dont certaines sont elles-mêmes des anti-romans, et qu'il traite avec un certain recul, affiche délibérément une certaine artificialité dans son acte de composition, au point d'ailleurs de courir le risque de sembler à certains, comme au critique et écrivain Jules Barbey d'Aurevilly, écrire un "monument d'archaïsme", "dépourvu entièrement d'invention puissante et de toute originalité" (dans *Le Pays*, janvier 1864).

L'objet livre lui-même est à vrai dire exposé à plusieurs reprises, dans le roman, comme une véritable source d'ennui, et pourrait en cela sembler quelque peu dévalorisé. Dès le tout début du roman, Sigognac à qui va enfin s'offrir une perspective d'avenir, en l'arrivée de la troupe dans son château, ne parvient pas à reprendre un recueil qu'il a pourtant longtemps parcouru auparavant, faute de mieux dans son existence:

> Sigognac prit sur la table un petit volume dont la reliure ternie portait estampé l'écusson de sa famille, et se mit à en tourner les feuilles d'un doigt nonchalant. Si ses yeux parcouraient exactement les lignes, sa pensée était ailleurs ou ne prenait qu'un intérêt médiocre aux odelettes et aux sonnets amoureux de Ronsard, malgré leurs belles rimes et leurs doctes inventions renouvelées des Grecs. Bientôt il jeta le livre (p. 33)

Au cours de son rétablissement, Vallombreuse à qui Isabelle fait la lecture, déclare de même: "Chère sœur, ces aventures sont les plus divertissantes du monde, et l'auteur peut se compter parmi les plus gens d'esprit de la cour et de la ville; il n'est bruit que de son livre dans les ruelles, mais j'avoue que je préfère à cette lecture votre conversation charmante" (p. 459). Quelques répliques plus loin, Isabelle répond à une suite de galants compliments par cette menace: "Si vous me complimentez ainsi [...] je vais reprendre mon livre, et il vous faudra ouïr tout au long l'histoire qu'allait raconter, dans la cabine de sa galère, le corsaire barbaresque à l'incomparable princesse Aménaïde, sa captive, assise sur des carreaux de brocart d'or." La boutade vise bien entendu la littérature elle-même et en particulier les romans d'aventures ou sentimentaux, et Vallombreuse répond à Isabelle dans la même lignée ("Je n'ai pas mérité une si dure punition"). Au contraire de la lecture, l'aventure réelle et la découverte du théâtre par Sigognac deviennent dans le récit "une littérature en acte" selon F. Court-Perez, c'est-à-dire la réalisation et la concrétisation du fictif. Notre roman, qui reste évidemment ontologiquement* (c'est-à-dire "par nature") limité par la fiction, se critiquerait ainsi lui-même, là encore dans une forme de mise en abyme* réflexive.

Mais au lieu d'"anti-roman", peut-être faudrait-il plutôt parler pour *Le Capitaine Fracasse* de "roman total" ou, selon une expression de F. Court-Perez, de "superposition de romans", qui reprendrait de la toute première catégorie l'idée d'un refus de la classification stricte, mais au profit d'un épanouissement romanesque qui n'est pas incompatible avec cette forme de distanciation que peut entretenir l'auteur envers son objet, ainsi que nous l'avons vu avec le picaresque. Ce serait là l'originalité de Gautier : tout comme Hugo prévoyait, dans sa préface de *Cromwell*, "que le grotesque soit un temps d'arrêt, un terme de comparaison, un point de départ d'où l'on s'élève vers le beau avec une perception plus fraîche et plus excitée", les éléments grotesques mais aussi picaresques du roman mettent en valeur, par le biais du contraste, un ensemble de données qui tiennent à un romanesque traditionnel, et dont il nous faudra désormais parler.

*Le Capitaine Fracasse* se caractérise en effet par l'alliance hétéroclite mais non antithétique du parodique et du sérieux : le paradoxe* était la figure de pensée favorite de Théophile Gautier, qui aimait associer les opposés non pas pour les faire batailler, s'affronter les uns aux autres d'une façon anarchique, mais avec art et pour les enrichir mutuellement, démontrant ainsi en quoi le paradoxe peut très bien ne pas être l'aporie* (c'est-à-dire une contradiction insoluble) ou la perdition du sens, mais bien son amplification, son augmentation. Aussi nous retrouvons-nous, dans ce roman, face à une profusion d'éléments qui, adjoints les uns aux autres, peuvent aboutir à un résultat déroutant mais non moins fonctionnel : comme dans la boutique d'un antiquaire, le lecteur serait mis face à des objets dépareillés et d'origines ou d'époques différentes, et c'est bien en cela que *Le Capitaine Fracasse* devient la transposition littéraire d'un véritable "cabinet grotesque" (p. 19). Ayant étudié les éléments parodiques et excentriques de ce cabinet, ce sont désormais les objets proprement liés à un romanesque en bonne et due forme qui nous occuperont, dans les prochaines parties de notre analyse.

### • Un roman de cape et d'épée : aventure et héroïsme

Northrop Frye, dans ses célèbres *Anatomie de la critique* (1957) et *Essai sur la structure romanesque* (1976), définit le romanesque non pas comme un genre, mais comme un mode, c'est-à-dire comme une catégorie transgénérique que l'on pourrait retrouver aussi bien dans le roman que dans le théâtre, tel celui de Shakespeare par exemple ; le romanesque serait en effet déterminé, selon N. Frye, par la présence dans n'importe quelle œuvre d'une topique, c'est-à-dire d'un ensemble de thèmes et de motifs, notamment héroïques, aisément identifiables et relativement constants d'un texte à l'autre. Plus encore, cette topique propre au mode romanesque doit être orientée par une axiologie*, donc un système de valeurs se répartissant sur une échelle dont une extrémité est positive, et l'autre négative.

Cette topique et cette axiologie doivent s'organiser dans un système où "l'aventure constitue l'élément essentiel du sujet" ; cette dernière prend en particulier la forme d'une quête (*Anatomie de la critique*), au sein de laquelle N. Frye identifie notamment la présence d'un mouvement cyclique de descente et de remontée mettant à l'épreuve le courage du héros principal, et qui conduirait l'action à la contemplation à travers une série de phases précises. Ainsi, viendrait d'abord le "mythe de la naissance du héros", puis le récit de sa jeunesse innocente (ce serait le temps de l'idylle) ; apparaîtrait ensuite la nécessité d'une poursuite, avant son achèvement et le début d'un repli contemplatif associé à l'examen final des conséquences de l'action – phase dite du "*penseroso*" –, où l'on retrouve fréquemment l'imaginaire paisible et rassurant du foyer enfin constitué et stabilisé. On reconnaît là, sans grande difficulté, l'organisation globale du *Capitaine Fracasse* : si la jeunesse de Sigognac ne saurait être qualifiée d'idyllique, cette dernière est bien marquée par une innocence que le narrateur associe même à une forme prononcée d'ignorance ; le début du voyage de Sigognac hors des murs de son enfance est bien, quant à lui, l'instant d'une naissance au monde, justifiée non seulement par la nécessité d'enfin vivre – la mort par atrophie générale guettant le jeune baron en son triste château –, mais aussi par celle d'une réhabilitation du nom, enjeu généalogique puissamment opérateur. Sauver Isabelle des mains de Vallombreuse devient ensuite la quête principale de notre héros, qui peut à la fin du roman rejoindre avec sa nouvelle épouse son château d'enfance transformé en foyer accueillant. Le parcours de Sigognac suit donc bien les bornes de celui, typique, du héros romanesque... à un détail près, peut-être.

On pourrait en effet considérer, comme le narrateur lui-même le souligne au chapitre 10, que le "rôle ridicule" du Fracasse, que Sigognac se voit contraint de revêtir pour pleinement intégrer la troupe de comédiens venue chez lui, "ne [prête] point aux illusions romanesques" (p. 266), et que son personnage pourrait donc se voir exclu de la catégorie des véritables héros de romans; ce serait d'ailleurs là un écho tout à fait avoué à la tradition de l'anti-roman, la question du métier d'acteur (situé au bas de l'échelle sociale) permettant un retournement parodique du héros traditionnel, en principe valeureux et destiné aux grandes actions. Le narrateur précise bien dès le deuxième chapitre, après la proposition par Blazius de partir avec sa troupe, que "l'orgueil de race se révoltait en [Sigognac] à l'idée d'être l'obligé d'un pauvre saltimbanque" (p. 56), tandis que le jeune baron éprouve à certains endroits une réelle répugnance à jouer lui-même la comédie, en témoigne ce passage où son premier amour impossible, Yolande de Foix, assiste à l'une de ses représentations :

> Ô honte ! ô rage ! ô mauvais tour du sort ! [...] être vu, sous un accoutrement grotesque en cette fonction indigne et basse de divertir la canaille avec des grimaces, par une dame si hautaine, si arrogante, si dédaigneuse devant qui pour l'humilier et lui rabattre la superbe on n'eût voulu faire qu'actions magnanimes, héroïques, surhumaines ! (p. 279)

Il s'agit pourtant là d'un mouvement d'orgueil momentané, et le roman montre bien que l'héroïsme de Sigognac n'est pas restreint ou dévalorisé par l'emploi d'acteur, loin de là. C'est même à partir de lui que le jeune baron développe une certaine confiance en ses moyens : en effet, "l'idée du demi-masque souriait assez à Sigognac. Le masque lui assurait l'incognito et lui donnait le courage d'affronter la foule. Ce mince carton lui faisait l'effet d'un heaume à visière baissée [...] ; cet arrangement conciliait le respect de ses aïeux et les nécessités de sa position. [...] Sa dignité n'avait rien à souffrir de ce jeu" (p. 219). Le nouveau courage de Sigognac est prolongé dans la suite par des actes de bravoure que ses réponses aux attaques de Vallombreuse et le sauvetage d'Isabelle viennent exemplifier : battu par celui qu'il ne qualifie encore que d'"histrion", Marindol déclare qu'il "passe en vigueur et en courage les Hercules fabuleux" (p. 231), tandis qu'incomparable escrimeur, Sigognac domine de loin les meilleurs maîtres et adversaires que la Fortune répand sur son chemin, au point de devenir une nouvelle légende auprès des habitants de Poitiers. Pour venir en aide à Isabelle, le jeune baron poursuit à pied les ravisseurs de son aimée qui eux filent à cheval, scie un arbre et apparaît au moment le plus critique du roman, quand Isabelle se voit sur le point d'être véritablement déshonorée :

> Un bruit de branches froissées se fit entendre et une forte voix qui semblait venir du ciel jeta dans la chambre ces mots : "Me voici !" et, avec la vitesse de l'éclair, une ombre noire passa entre les quatre bretteurs, poussée d'un tel élan qu'elle était déjà au milieu de la pièce lorsque quatre détonations de pistolets éclatèrent presque simultanément. Des nuages de fumée se répandirent en épais flocons qui cachèrent quelques secondes le résultat de ce feu quadruple ; quand ils furent un peu dissipés, les bretteurs virent Sigognac, ou pour mieux dire le capitaine Fracasse, car ils ne le connaissaient que sous ce nom, debout l'épée au poing et sans autre blessure que la plume de son feutre coupée, les batteries à rouet des pistolets n'ayant pu partir assez vite pour que les balles l'atteignissent en ce passage aussi inattendu que rapide. (p. 417)

On voit en quoi cet extrait – bien qu'il puisse faire sourire un lecteur moderne, avec ce nuage de fumée et un Sigognac imperméable aux balles –, achève la mutation du Fracasso en sauveur *deus ex-machina**, apparaissant donc de façon soudaine et presque miraculeuse, imbattable et drapé de dignité. Plus loin, on aperçoit encore le jeune baron s'escrimant "contre Malartic avec la furie froide d'un homme qui peut mettre une profonde science au service d'un grand courage" (p. 419). Ainsi, le Sigognac de la version finale du roman n'est pas un faux héros, comme le titre du roman et son rôle de Fracasse auraient pu le laisser projeter, mais un héros en bonne et due forme ; même inséré au milieu d'éléments anti-romanesques et poussé dans le récit à un rôle de théâtre qui par définition est anti-héroïque, le personnage de Sigognac fait bien du *Capitaine Fracasse* un véritable roman d'aventures, illustrant des actes de force et de bravoure propres au héros dans sa forme traditionnelle.

Il n'est cependant pas anodin du tout que ce soit ce nom de "Capitaine Fracasse" qui, dans le passage de la page 417 précédemment cité, soit convoqué *in fine*, avec la modalisation complice contenue dans le "pour mieux dire" du narrateur: Gautier réhabilite ici le personnage de comédie, le cousin de l'anti-roman picaresque, et fait de lui, au-delà de Sigognac lui-même, un personnage digne d'un roman (presque tout à fait) sérieux. C'est véritablement l'apothéose d'un jeu sur les catégories littéraires, et les traditions et les attentes qu'elles supposent chez les lecteurs ; *Le Capitaine Fracasse* ne copie donc pas le *Roman comique* de Scarron, qui a du reste sa propre complexité, et n'en est pas davantage une continuation, comme certains ont pu le dire. Le roman de Gautier fait encore autre chose, diffracte d'une façon jouissive le grand genre romanesque en tous ses types et sous-catégories ; on peut également s'en apercevoir en étudiant une autre donnée essentielle du roman : la question de l'amour.

### • Un roman d'amour

Albert Thibaudet, dans *Le roman de l'aventure* (1919), définit son objet d'étude comme le roman "qui satisfait l'esprit romanesque, c'est-à-dire imagine et fait imaginer l'amour non comme venu d'un intérieur et mêlé à la trame ordinaire de la vie, mais descendu par un vol inattendu de la destinée, et prenant une figure extraordinaire et lyrique" ; presque magique, l'irruption de la femme aimée dans la vie du héros tiendrait ainsi de la révélation, serait un seuil entre un avant et un après. La question de l'amour, ainsi elle aussi constitutive du romanesque, doit dès lors plus ou moins entièrement coexister avec la notion d'aventure, voire lui donner une impulsion et une justification, ce qui est tout à fait le cas du *Capitaine Fracasse*: Isabelle, dont le nom est d'ailleurs lui-même "charmant et romanesque" selon Vallombreuse (p. 214), apparaît par hasard dans l'existence de Sigognac, et motive presque à elle seule son départ du Château de la Misère. Comme le narrateur le souligne en effet, "l'attrait d'une aventure galante déguisait à ses propres yeux ce que ce voyage fait de la sorte pouvait avoir d'humiliant. Ce n'était pas déroger que de suivre une comédienne par amour et de s'atteler comme soupirant au chariot comique ; les plus fins cavaliers ne s'en fussent pas fait scrupule" (p. 59).

Au sein des motifs qui constituent la topique romanesque, N. Frye remarque par ailleurs la présence d'un lieu commun en particulier, celle de la virginité : cet élément, qui caractérise à la fois Sigognac et Isabelle dans *Le Capitaine Fracasse*, met surtout en relief la figure de l'héroïne virginale, prête, telle Chariclée dans *Les Éthiopiques* – roman grec du IIIe ou IVe siècle –, à défendre sa virginité contre tous, y compris contre son amant, tant que le mystère de sa naissance n'aura pas été éclairci (la scène finale devant faire coïncider le motif de la reconnaissance et l'apogée du mariage – fin heureuse d'ailleurs typique de la comédie). Ainsi, dans le développement "cyclique" de l'intrigue romanesque, la virginité de l'héroïne se trouve menacée, exposée à l'outrage, au sacrifice ou encore au viol, et "est à mettre en relation avec les tensions et les complications qu'elle devra surmonter avant le mariage, et qui constituent l'histoire en tant que tel" (*Essai sur la structure romanesque*). On reconnaît là la situation d'Isabelle, qui sans s'offrir à Sigognac dont elle accepte pourtant l'hommage à condition qu'il soit respectueux, doit survivre aux tentatives passionnées de Vallombreuse, avant d'être finalement reconnue par ce dernier comme sa sœur longtemps perdue. La trame du *Capitaine Fracasse* coïncide donc bien avec ces caractéristiques, et semble être à première vue un roman parfait, du moins en ce qui concerne l'aspect amoureux (d'ailleurs développé à travers un autre couple dont il faudra parler séparément pourtant, que Chiquita et Agostin forment ensemble ; v. La représentation littéraire, "Les ravages de la passion").

Cependant, comme pour la question de l'héroïsme, on peut trouver au sujet de l'amour un prolongement de cet effet de distance partielle, précédemment identifié. Isabelle commence par exemple à lire *L'Astrée* et se trouve bien vite profondément ennuyée par "ces bergerades déjà surannées" (p. 412). Ce roman pastoral* d'Honoré d'Urfé, qui prend pour sujet les discussions et les amours d'un groupe de jeunes bergers dans un cadre idyllique, commença à paraître en 1607 et connut, tout au long de sa longue publication, un succès immense, au point de devenir une référence littéraire incontournable du XVII^e^ siècle ; cet ouvrage était pourtant déjà perçu comme ampoulé par nombre de ses contemporains et s'est vu en cela fortement et ouvertement moqué au XVIII^e^ siècle, malgré sa grande importance dans l'histoire de la littérature européenne. À travers l'ennui d'Isabelle, c'est donc une pique amusée que le Gautier du XIX^e^ siècle envoie aux amours polissées, artificielles et invraisemblables que contient ce roman fleuve. Mais bien avant encore, dès le deuxième chapitre, la narration fait comiquement passer au second plan toute préoccupation amoureuse, pourtant constitutive du mode romanesque mais décidément moins importante à ce stade du récit que la nourriture apportée par le Pédant au Château de la Misère : "Le jeune baron, qui peut-être ne s'était pas rassasié depuis le jour où il avait été sevré, bien qu'il eût la meilleure envie du monde de paraître amoureux et romanesque devant la Sérafina et l'Isabelle, mangeait ou plutôt engloutissait avec une ardeur qui n'eût pas laissé soupçonner qu'il eût soupé déjà" (p. 46). Cette association cocasse entre amour et nourriture, qui joue sur notre échelle habituelle de valeurs – bien que les deux aient en commun d'être aussi indispensables l'un que l'autre à une vie délicieuse –, se trouve amplifiée par le choix de certains vocables, comme le verbe "engloutir", et par le recours évident à l'hyperbole. Cette dialectique entre importance de l'amour et recul parodique à son égard se retrouve tout particulièrement dans un traitement particulier de la question amoureuse, qui s'avère également être l'une des multiples sources du roman : la littérature courtoise.

**• Une filiation courtoise ?**

La cohabitation de l'amour et de l'héroïsme au sein du romanesque peut faire écho à un genre de textes en particulier, où cette alliance est tout à fait indispensable. Les amours d'Isabelle et Sigognac, mises au premier plan du roman, semblent en effet reproduire des schémas propres à la littérature courtoise, notamment en ce qu'elles ne sont pas sans rappeler aux lecteurs les épreuves subies par un amant tel que le célèbre Lancelot, en l'honneur d'une dame aussi vertueuse qu'inaccessible.

Le terme "courtoisie" apparut à la fin du XI^e^ siècle, d'abord pour désigner les qualités du vassal parfait, c'est-à-dire le courage, la fidélité, et la noblesse guerrière, traits que le héros courtois, en littérature, adopte logiquement lui aussi. La courtoisie devint au XII^e^ siècle le propre d'une attitude de l'esprit dans un milieu aristocratique, donnant une grande importance à la question du *lignage* du héros : le personnage de Sigognac n'échappe pas à cette règle dont Gautier avait bien connaissance, de sorte qu'il est précisé au chapitre 18 que la noblesse des Sigognac "est fort ancienne. Palamède de Sigognac figurait glorieusement à la première croisade. Un Raimbaud de Sigognac, le père de celui-ci, sans doute, était fort ami et compagnon de Henri IV en sa jeunesse" (p. 457). Cette information avait d'ailleurs été déjà donnée au chapitre 9 par le baron lui-même ("le sang des Sigognac est noble depuis deux mille ans, pur de toute mésalliance", p. 236). Du chevalier courtois cependant, Sigognac n'a pas que le sang irréprochable mais aussi l'héroïsme, comme on l'a vu, et le respect des conventions sociales imposées dans le milieu de la noblesse : l'organisation de son premier duel avec Vallombreuse suit les conventions nécessaires (sollicitation de tiers comme le marquis de Bruyères, officialisation et présence de témoins) ; "avec une courtoisie parfaite" justement, Sigognac s'arrête même aussitôt Vallombreuse blessé, "quoiqu'il pût doubler le coup" (p. 260). Contre Vallombreuse, qui veut coûte que coûte obtenir une Isabelle habitant, selon ses dires semi-sarcastiques, "une tour sans pont-levis", et qui est "gardée, comme dans les histoires de chevalerie, par des dragons soufflant feu et flamme" (p. 232), se dresse ainsi un Sigognac armé d'un esprit juste, heureux de son emploi de "champion et chevalier" (p. 267).

On voit ici que le roman lui-même fait des allusions directes à la chevalerie, dont on peut en réalité trouver des traces dès les premiers chapitres : on peut citer pour exemple ce moment où Isabelle, après l'embuscade d'Agostin, déclare à Sigognac qu'il s'est "conduit comme un héros de roman" (p. 99), et que ce dernier lui fait derechef une réponse dont certains éléments sont typiquement courtois :

> Ce péril était bien peu de chose, à peine une algarade, répondit modestement le baron ; pour vous protéger je fendrais des géants du crâne à la ceinture, je mettrais en déroute tout un ost de Sarrasins, je combattrais parmi des tourbillons de flamme et de fumée des orques, des endriagues et des dragons, je traverserais des forêts magiques, pleines d'enchantements, je descendrais aux enfers comme Énéas et sans rameau d'or. Aux rayons de vos beaux yeux tout me deviendrait facile, car votre présence ou votre pensée seulement m'infuse quelque chose de surhumain.

L'"ost de Sarrasins", c'est-à-dire "l'armée de Sarrasins", est bien évidemment une évocation – et une formulation – de l'époque féodale, ainsi qu'un écho à des textes comme ceux du cycle du Lancelot-Graal, qui mentionne une invasion de la Grande-Bretagne (notons que dans le roman, Palamède de Sigognac s'est justement jadis battu contre "l'ost des Sarrasins", p. 240) ; on retrouve également ici le procédé de la référence antique et épique, avec la descente d'Énée aux Enfers (on remarquera là encore l'emploi de la forme latine du nom d'Énée, détail qui fait très XVIIe siècle), tandis que les autres éléments du paragraphe rassemblent tout un imaginaire légendaire et fabuleux, poussé jusqu'à l'extrême par le biais de l'accumulation. La dernière phrase a quant à elle une consonnance très pétrarquienne*, en écho donc à l'œuvre du poète et humaniste italien Pétrarque, et fait ainsi penser aux beaux yeux de Laure, l'aimée courtoisement célébrée dans son célèbre *Canzionere* (1374). Dans la même lignée, on pourrait aussi se référer à un autre passage du chapitre 4 du *Capitaine Fracasse* où, au sujet de son sentiment pour Isabelle, Sigognac "arrangeait dans sa tête une foule d'incidents terribles ou romanesques, de dévouements comme on en voit dans les livres de chevalerie, pour amener ce formidable aveu dont la pensée seule lui serrait la gorge" (p. 93).

La formulation de ce passage, où le narrateur omniscient dévoile les pensées les plus intimes de Sigognac, n'est pas non plus dénuée d'un certain effet volontairement comique : comme précédemment, quand nous disions que l'amour pouvait être traité de façon amusante, nous pouvons voir dans cet écho à la courtoisie une forme d'exagération ridicule et burlesque à la *Don Quichotte*, bien que touchante (qui en effet n'a jamais craint d'avouer ses sentiments ?). L'accumulation et le mélange des références dans la réponse de Sigognac à Isabelle, juste après l'embuscade d'Agostin, sont aussi particulièrement emphatiques et presque risibles, volontairement lourds et malhabiles, même ; Sigognac, qui échappe au type du blanc-bec grâce à sa modestie naturelle, n'est cependant au début du roman qu'un jeune homme sans expérience et abreuvé de "sonnets amoureux de Ronsard" (p. 33), nécessairement maladroit et délibérément présenté comme tel par le narrateur. Son sentiment pour Isabelle ne peut que copier, et à vrai dire que pasticher, dans ses tentatives d'expression, les sources littéraires qui se constituèrent en nébuleuse dans son imagination, dans un passé qui précède le temps du récit. La logique du pastiche, que l'on trouve comme on l'a vu de façon diffuse dans le roman, pénètre ainsi jusqu'au niveau même des intériorités des personnages, dans la diégèse elle-même, permettant à Gautier d'adroitement justifier ses propres choix d'écriture.

Cette intertextualité avec la littérature courtoise et ses schémas, bien qu'exposée par le roman lui-même avec un sourire d'amusement, n'en est pas pour autant artificielle et donc sans valeur réelle, et le narrateur s'empresse bien par exemple de préciser, immédiatement après le passage du chapitre 4 évoqué ci-dessus, que "cette rhétorique était peut-être un peu exagérée, et comme dirait Longin, asiatiquement hyperbolique, mais elle était sincère" (p. 99) ; le narrateur répète également que "le sentiment le plus vrai dictait ses emphases au baron". Les codes courtois que Sigognac convoque en pensée, qui peuvent ainsi paraître non seulement déjà surannés et excessifs au XVII^e^ siècle qui est le temps du récit, et *a fortiori* plus encore au XIX^e^, ne sont donc pas nécessairement l'objet d'un dénigrement ou d'un rabaissement. En cela, Gautier ne se situe pas entièrement à rebours de cette tendance romantique qui au début du XIXe siècle a cherché à réhabiliter les grands thèmes des romans de chevalerie : Gautier traite en effet cet héritage avec une certaine distance, mais ne l'amoindrit pas en pures flatteries, paroles hypocrites et mensongères de séducteur, du moins en ce qui concerne Sigognac (contrairement à Léandre). La dévotion absolue du chevalier à sa dame peut ainsi encore être le signe d'un sentiment véritable, même après le Moyen Âge.

Cette valorisation de la courtoisie se dédouble par ailleurs d'une mise en valeur romantique d'une forme d'héritage platonique : sans adhérer à la lettre au platonisme antique, le début du XIXe siècle réhabilite, grâce à l'influence de *De l'Allemagne* (1813) de Mme de Staël – ouvrage qui introduit en France la philosophie des romantiques d'Iéna (du nom de la ville allemande où le mouvement naquit, à la toute fin du XVIIIe siècle) –, une vision du monde partagée entre le domaine des choses réelles, empiriques et corporelles, et le domaine des idées, sphère propre à l'âme. Or cette dichotomie entre sensible et intelligible se retrouve dans *Le Capitaine Fracasse*, à travers par exemple la distinction entre amour chaste et amour charnel que revendique courtoisement Isabelle, mais aussi à travers une tension que le roman entretient avec l'idée d'un monde meilleur, propre à satisfaire les vraies aspirations de l'âme.

## La place de l'idéal

### • Une aspiration au rêve

Nous avons vu plus haut en quoi le grotesque se définit à partir de l'idée d'une contradiction entre comique et tragique, et comment la nature du romanesque, dans *Le Capitaine Fracasse*, oscille perpétuellement entre sérieux et parodie. Derrière cette dialectique pourrait en réalité se dissimuler l'idée d'une douleur, d'une aspiration à autre chose : le grotesque fait en effet jouer la tension entre le laid ou le bizarre – présents jusqu'à un certain point dans le réel – et le monde de l'idéal, chacun étant l'image déformée de l'autre. C'est ce pouvoir révélateur du grotesque que signalait Hugo : il est l'empreinte grimaçante, déformée de l'idéal compris selon sa définition platonique, c'est-à-dire en tant que sphère spirituelle de ce qui est parfait et absolu. Or l'idéal n'étant *a priori* pas aisément atteignable, ce dernier crée un désir vertigineux qui se manifeste par un sentiment d'insatisfaction à l'égard des réalités communes, sentiment qui lui-même implique la mise en fantasme de ces choses que nos êtres voudraient obtenir.

Notre étude du texte a montré en certains endroits en quoi la question de l'imagination a son importance dans *Le Capitaine Fracasse*, et N. Frye, dans son *Essai sur la structure romanesque*, associe même directement le romanesque au rêve, dont la présence serait impliquée par une "polarisation [...] entre le monde que nous désirons et celui que nous refusons". On reconnaît là le mécanisme de l'idéal, lié ici à l'axiologie que suppose la topique romanesque ; le roman chercherait dès lors à donner vie, au sein de son espace fictif, à ce rêve auquel l'auteur ou les personnages aspirent. Gautier, qui déjà à l'époque où il fréquentait l'atelier de Rioult se trouvait assez déçu par les corps féminins dont il préférait largement les représentations, idéalisées et transmutées par le rêve du peintre, donne justement dans son œuvre littéraire une place essentielle à l'idéal, notamment dans *Le Capitaine Fracasse* à travers la bouche de Sigognac. Ce dernier déclare par exemple à Isabelle que sa "beauté vient de l'âme, qui est immortelle" (p. 372), ce qui la distinguerait des autres femmes, avant de lui-même se réclamer d'un amour infini et supérieur aux basses réalités des couples ordinaires.

Sigognac a d'ailleurs dans le roman une certaine propension à l'onirisme*, qu'il partage bien sûr avec Isabelle : il lui promet par exemple au chapitre 10 que le rêve d'amour auquel elle s'était momentanément abandonnée se réalisera, juste avant de lui-même faire "comme une sorte de rêve" reprenant en partie celui d'Isabelle, dans lequel son castel rénové accueille les deux amants tout juste mariés tandis que Yolande, représentant "les rêves de l'adolescence" (p. 272), s'évanouit en arrière-plan comme un souvenir confus. Pour le lecteur qui a connaissance du dénouement, ce fantasme nuptial, qui devrait pourtant être à ce stade du roman parfaitement inenvisageable pour Sigognac si ce dernier était plus froidement raisonnable, son état de fortune n'en permettant pas la réalisation, peut ainsi être interprété selon la logique platonique et romantique comme le signe précurseur d'un futur que l'âme, pour peu qu'on l'écoute, est capable d'entrevoir. Prisonnière de Vallombreuse au chapitre 16, Isabelle est également assaillie par des "rêves bizarres" qui lui permettent de prédire, grâce à des signes mystérieux et symboliques, l'arrivée de Sigognac, aidé en amont par Chiquita : "tantôt elle voyait Chiquita courir en agitant ses bras comme des ailes devant le capitaine Fracasse à cheval, tantôt le duc de Vallombreuse avec des yeux flamboyants pleins de haine et d'amour" (p. 403). Le texte montre par ailleurs en quoi, grâce à cette dimension annonciatrice, le rêve peut être un baume pour celui qui a soif d'idéal :

> — Chère Isabelle, le jour, je n'avais pas une idée qui ne volât vers vous, et le soir, en posant ma tête sur l'oreiller effleuré une fois par votre front pur, je suppliais les divinités du rêve de me représenter votre charmante image dans leur miroir fantastique.
> Et ces bonnes divinités vous exauçaient-elles souvent ?
> — Elles n'ont pas trompé une fois mon attente, et le matin seul vous faisait disparaître par la porte d'ivoire. Oh ! la journée me paraissait bien longue, et j'aurais voulu toujours dormir.
> — Je vous ai vu aussi bien des nuits de suite. Nos âmes amoureuses se donnaient rendez-vous dans le même songe. (p. 493)

Sigognac et Isabelle ne sont cependant pas les seuls personnages à posséder un penchant pour le monde bienheureux du fantasme, qui semble en vérité être le propre de chacun : ainsi, les seigneurs "croient atteindre l'idéal" en s'attachant à des comédiennes pour les images qu'elles renvoient sur scène (p. 210), et Léandre lui-même "doit tenir les promesses de l'idéal, réaliser la chimère des poèmes, des comédies et des romans" dans l'exercice de son rôle (p. 126) : le théâtre est le rêve du public, comme le livre est celui du lecteur.

**• Entre espoir et mélancolie**

S'il faut savoir se méfier des interprétations peut-être trop "psychologisantes" de certains textes, il n'en reste pas moins nécessaire d'introduire ici une donnée biographique éclairante sur laquelle René Jasinski insiste dans son étude du *Capitaine Fracasse* : cette donnée est ce qu'il identifie comme "l'éternel dualisme de Gautier. D'une part, une sorte de fureur de vivre le possédait. Ses rêves le portaient vers l'héroïsme, l'amour, la gloire, le plaisir, la beauté, tout ce qui lui eût permis d'étreindre dans sa plénitude avec une intensité d'émotion presque éperdue l'univers extérieur comme aussi le mode profond des âmes. [...] Mais d'autre part une terrible lucidité sapait chez lui toutes les illusions. [...] Trop d'écart séparait l'idéal du triste réel".

Ce dualisme profond, qui n'est pas étranger à la philosophie romantique elle-même, s'est exprimé de façon variable au cours de la carrière de Gautier, avec toutefois une nette propension à la mélancolie dans les dernières décennies ; *Le Capitaine Fracasse*, dont la rédaction se répartit sur une trentaine d'années, est justement profondément marqué par cette oscillation, en témoignent les deux versions de son dénouement (celle, originalement prévue, où Sigognac meurt seul dans son château, correspondant peut-être plus franchement à l'état d'esprit de Gautier au début des années 1860). Pas d'abattement réel dans le roman cependant, malgré les quelques effets de distanciation ironique présents dans le texte qui laissent parfois entendre un soupçon de voix plus attristée : le monde romanesque et fictif s'offre en effet comme un domaine possiblement compensatoire, où le rêve parvient à s'épanouir pleinement et à laisser libre cours, sans scrupule aucun, à toutes les nuances et au foisonnement merveilleux de sa fantaisie. *Le Capitaine Fracasse* célèbre bel et bien la pulsion qui pousse vers l'aventure, qu'on la vive dans un livre ou sur les grands chemins.

Du reste, si on entend bien souvent Gautier dans la voix du narrateur externe, R. Jasinski comme d'autres critiques ont reconnu en Sigognac une sorte de double imaginaire et fantasmé de Gautier lui-même ; le jeune et mélancolique baron est en effet un peu poète, puisqu'il rédige des vers pour Isabelle :

> Sigognac, après s'être laissé aller à ces rêvasseries fantasmagoriques, se tança de sa paresse et parvint, non sans peine, à fixer son attention sur la pièce qu'Isabelle lui avait confiée pour en retoucher quelques passages. Il retrancha certains vers qui ne congruaient pas à la physionomie de la jeune comédienne, il en ajouta certains autres ; il refit la déclaration d'amour du galant comme froide, prétentieuse, guindée et sentant son Phébus. Celle qu'il substitua était, certes, plus naturelle, plus passionnée, plus chaude ; il l'adressait, en idée, à Isabelle même.
> Ce travail l'amena fort tard dans la nuit, mais il s'en tira à son avantage et satisfaction, et fut récompensé, le lendemain, par un gracieux sourire d'Isabelle, qui se mit tout de suite à apprendre les vers que son poète, comme elle l'appelait, avait arrangés. Ni Hardy, ni Tristan n'eussent mieux fait. (p. 274-275)

Il y a là en effet un peu du Gautier brûlant pour Carlotta et rédigeant des vers en son honneur, à la différence près que Sigognac et Isabelle accèdent effectivement au bonheur conjugal à la fin du roman, et que Gautier ne réalisa jamais ce désir. La jeunesse et l'héroïsme de cet être d'exception qu'est Sigognac ont pu ainsi être le rêve plus ou moins distant du romancier lui-même, qui était connu, et c'est pour cela que nous nous avançons à faire cette interprétation biographique, pour mettre beaucoup de lui-même dans ses œuvres. *Le Capitaine Fracasse* a de quoi stimuler les imaginations de lecteurs de tout bord, mais a bien une part d'intime que révèle tout particulièrement la question de l'idéal.

## Au sujet de la structure

Tous les éléments que nous avons étudiés se caractérisent, pris dans leur ensemble, par leur multiplicité et leur hétérogénéité ; nous avons vu en quoi des liens ou des contrastes s'établissaient entre eux, mais le lecteur peut à juste titre se sentir dérouté par cette effervescence littéraire. L'abondance, la multiplicité des références, des esthétiques et des thèmes qui caractérisent *Le Capitaine Fracasse* ne doivent cependant pas faire ignorer l'existence d'une cohérence bien étudiée, visible en particulier dans la structure du roman ; ne serait-ce que par la contrainte de sa parution en feuilleton, comme il fut convenu avec Charpentier, *Le Capitaine Fracasse* devait pouvoir répondre dans son architecture à un type de fragmentation régulière, où chaque morceau aurait pour rôle évident de maintenir la tension du récit, et donc de capter durablement l'attention du lecteur, le maintenir en haleine. Le rythme hebdomadaire des sorties des nouveaux extraits imposait également une gestion du matériau romanesque prête à parer les oublis éventuels des lecteurs, contraints à des périodes d'attente de plusieurs jours.

Si, de façon évidente et sur un plan très large, le récit se trouve par exemple encadré par le diptyque formé par le “château de la Misère” et le “château du Bonheur”, avec la cocasse et attendrissante présence de Béelzébuth qui surveille le maigre potage de Sigognac au premier chapitre puis quitte notre monde dans le dernier, on pourra aussi identifier des séries de parallélismes, de reprises, voire de symétries tous disséminés dans le roman, à différentes échelles. À un premier niveau global, qui s'intéresserait au chemin suivi par les protagonistes, les quatre auberges visitées par la troupe au fil de son périple (dans l'ordre, celle du Soleil bleu, celle de Bellombre, celle de Poitiers, et du Radis couronné) se répondent en s'opposant, mais sont également le lieu de quatre représentations théâtrales distinctes ; on retrouve de plus le personnage de Yolande à chaque étape essentielle du roman, pour ramener Sigognac à son passé et le pousser à s'en émanciper. Au dyptique formé par les deux états du château de Sigognac peuvent s'ajouter deux autres châteaux, celui des Bruyères (où apparaît justement Yolande et où a lieu la première grande représentation théâtrale du roman) et celui de Vallombreuse, où Isabelle est emprisonnée au chapitre 15. À un niveau plus interne, les discours des personnages peuvent se faire écho, le Tyran reprenant par exemple, pendant le périple de la troupe sous la neige, des paroles imagées déjà prononcées: ce dernier parle en effet de ce "cheval de l'Apocalypse qui agonise entre les brancards de [la] charrette" (p. 175), tandis que le narrateur lui-même avait déclaré que "le cheval que monte la Mort dans l'Apocalypse eût paru une bête fringante propre à parader aux carrousels à côté de ce pitoyable et désastreux animal" (p. 156). Enfin, Jean-Claude Brunon montre comment le narrateur s'attache de son côté à souligner la continuité du texte par le biais d'insertions directement adressées au lecteur, prenant la forme de petits commentaires soulignant la logique du récit: ainsi, le narrateur déclare au chapitre 7, au moment d'arriver chez Bellombre, que "comme on le pense bien, les compagnons de Blazius ne se firent point prier et ils entrèrent dans la ferme fort charmés de l'aventure qui, du reste, n'avait rien d'extraordinaire que l'à-propos de la rencontre" (p. 182). Pendant la bataille critique du roman, au chapitre 17, le narrateur n'omet pas non plus de préciser et de signaler à nouveau un certain nombre de détails permettant d'en mieux comprendre le déroulement: "On n'a pas oublié que La Râpée, Agostin, Mérindol, Azolan et Labriche, franchissant le fossé dans la barque dès le commencement de l'attaque, étaient sortis du château pour opérer une diversion et tomber sur les derrières de l'ennemi", p. 421.

L'empilement des aventures et des événements n'est donc pas chaotique, mais artistiquement conçu, tout à fait ludique même, et commenté de façon à nous donner le sentiment de la présence d'un guide. Le travail d'équilibriste que réalise Gautier dans *Le Capitaine Fracasse* est probablement la donnée la plus admirable de son projet littéraire, et la raison principale qui en justifierait le succès: les critiques en ont célébré le sens du détail et le travail stylistique, qui méritent bien entendu les lauriers qu'ils reçurent; on est toutefois en droit de louer aussi la profonde ambivalence, et donc la richesse, des choix esthétiques, thématiques et même philosophiques, avec cette question de l'idéal, qui parviennent à tisser tous ensemble la trame d'un récit à tiroirs, apparemment simple et facile, accessible à un jeune lectorat, mais relevant d'un art de conter d'une finesse remarquable.

# PARTIE THÉMATIQUE

## LE THÉÂTRE

Nous disions, dans notre étude du titre du roman, que le nom de "Capitaine Fracasse" devait encourager le lecteur à se poser des questions d'ordre générique ; placer un roman en prose sous l'égide d'un célèbre rôle de comédie n'est pas anodin et doit faire réfléchir à la perméabilité des genres littéraires, alors même que le romantisme se donnait pour ambition de défiger les règles classiques stipulant leur stricte distinction.

*Le Capitaine Fracasse*, dont l'esthétique est comme on l'a vu fondée sur l'idée de mélange, offre-t-il également au niveau générique un exemple de ce que pourrait donner une alliance entre les catégories du roman et du théâtre ? Si oui, en vertu de quels procédés et jusqu'à quel degré ? Jean-Luc Steinmetz, dans les commentaires qu'il fait dans notre édition, qualifie *Le Capitaine Fracasse* de "pièce impossible" (p. 514) ; c'est souligner en quoi l'un des deux genres doit nécessairement garder une prédominance sur l'autre, pour des raisons de lisibilité tout à fait logiques. Nous verrons cependant pourquoi nous sommes en droit de considérer, comme le fait Peter Whyte dans son article "Pastiche et parodie dans *Le Capitaine Fracasse*, le jeu des perspectives narratives", qu'il s'agit d'"un roman théâtral".

## Des vies d'acteurs

### • Vue sur les coulisses

La vie de théâtre est de toute évidence le thème central du roman. L'action, jusqu'à l'existence de Sigognac elle-même, est tout d'abord conditionnée par l'arrivée de la troupe au Château de la Misère ; une fois le voyage commencé, les différentes étapes du parcours du "chariot de Thespis" illustrent également les fluctuations de la vie itinérante des artistes de l'époque, ainsi que les problèmes auxquels ces derniers pouvaient se trouver confrontés. En dehors de la quête du public et de la recherche d'une forme de publicité, tout propres au métier et induisant parfois des stratagèmes typiques eux aussi (le procédé des "cabales" ou des "applaudisseurs apostés" est par exemple cité au chapitre 5, p. 116), on peut prendre ici l'exemple quelque peu sinistre du difficile enterrement du Matamore, au chapitre 6, où le narrateur nous rappelle ceci : "les canons de l'Église sont formels, et l'histrion excommunié ne peut gésir en terre sainte, à moins qu'il n'ait renoncé au théâtre, à ses œuvres et à ses pompes, ce qui n'était pas le cas de Matamore" (p. 168). Or :

> Étonnés par l'aspect bizarre du cortège que ne précédaient ni croix ni prêtre, et qui ne se dirigeait point du côté de l'église, quelques paysans allant ramasser du bois mort s'arrêtaient et regardaient les comédiens de travers, les soupçonnant hérétiques, sorciers ou parpaillots, mais cependant ils n'osaient rien dire. Enfin, on arriva à une place assez dégagée, et le garçon d'écurie, qui portait une bêche pour creuser la fosse, dit qu'on ferait bien de s'arrêter là. Des carcasses de bêtes à demi recouvertes de neige bossuaient le sol tout alentour. Des squelettes de chevaux, anatomisés par les vautours et les corbeaux, allongeaient au bout d'un chapelet de vertèbres leurs longues têtes décharnées aux orbites creuses, et ouvraient leurs côtes dépouillées de chair comme les branches d'un éventail dont on a déchiré le papier. Des touches de neige fantasquement posées ajoutaient encore à l'horreur de ce spectacle charogneux en accusant les saillies et les articulations des os. [...] Les comédiens déposèrent le corps à terre, et le garçon d'auberge se mit à bêcher vigoureusement le sol. Le Tyran relayait le garçon, et la fosse se creusait rapidement. Déjà elle ouvrait les mâchoires assez largement pour avaler d'une bouchée le mince cadavre, lorsque les manants attroupés commencèrent à crier au huguenot et

> firent mine de charger les comédiens. Quelques pierres même furent lancées, qui n'atteignirent heureusement personne. Outré de colère contre cette canaille, Sigognac mit flamberge au vent et courut à ces malotrus, les frappant du plat de sa lame et les menaçant de la pointe. (p. 168)

On trouve ainsi dans ces quelques lignes, en plus d'une scène sinistre et morbide, la représentation en acte de la vindicte populaire à l'âge classique, qui laisse tout juste au comédien un petit espace dans une fosse commune pour animaux ; or cette conception de l'indignité de l'homme de théâtre était déjà en décalage avec l'opinion générale du XIXe siècle qui, surtout après la Restauration, ne comprenait et n'acceptait plus le rejet des acteurs par l'Église. Cette transformation des mœurs est justement soulignée de façon implicite dans le texte, à travers l'emploi d'un ton hautement pathétique et l'usage d'images pour le moins violentes.

Sur une note plus gaie, le départ de Zerbine dans ce même chapitre exemplifie quant à lui le rapport de la vie d'actrice à l'"Occasion", c'est-à-dire aux offres de protection galante et donc à la nécessité, encore de mise au siècle de Gautier, de trouver un mécène ou un protecteur. Les dons du marquis à Zerbine entretiennent non seulement la vie de la belle actrice, mais rejaillissent aussi sur l'ensemble de la troupe et l'aident donc à continuer la pratique de son art (cf. chapitre 8, où Zerbine offre une partie de ses gains à ses amis et se propose d'en garder le surplus comme une "trésorière"). L'organisation des répétitions et les préparations des représentations, avec la mise en place des espaces scéniques, le maquillage ou encore l'adornement des costumes sont également largement décrites dans le roman, avec force détails et informations détenues et adaptées au cadre dix-septièmiste par un Gautier lui-même grand amateur de théâtre, et qui en a longtemps fréquenté les salles et les arrière-scènes. Parmi tous ces éléments propres aux réalités de la vie d'acteur, que le roman nous donne ainsi à observer, il en est cependant dans la structure même de l'intrigue qui semblent tout droit repris au répertoire, et font ainsi appel à la culture du lecteur.

**• Des péripéties typiques du genre**

L'action du roman n'est pas sans rappeler des schèmes théâtraux célèbres: la reconnaissance de la filiation d'Isabelle avec les Vallombreuse est bien évidemment un topos théâtral – on se rappelle de tragédies des frères Corneille, de comédies de Molière, mais aussi de pièces antiques comme celles de Plaute ou Térence –, dans une reprise du vieux principe aristotélicien de l'*anagnorisis**, qui consiste en un renversement de l'action éclairant les personnages sur un fait essentiel qu'ils ignoraient. De même, il n'y a pas jusqu'à la fin du roman elle-même, avec l'aspect *deus ex machina** de l'intervention de Vallombreuse préparant la réunion d'Isabelle et Sigognac, qui ne soit, selon les propres mots du personnage, un "coup de théâtre" (p. 486). En parlant de Vallombreuse, ses manigances au cours du roman et l'enlèvement d'Isabelle peuvent de plus faire écho à *L'Amour médecin* (1665) ou à *L'École des maris* (1661) de Molière, tandis que le chassé-croisé du marquis des Bruyères, de son épouse et de Léandre, au chapitre cinq, forme une petite comédie secondaire au sein du roman: le "poulet" de Léandre à la marquise intercepté et la vengeance du mari se répandant en coups de bâton sur le dos de l'acteur, trompé par une fausse réponse et moqué par Scapin, semblent eux aussi tirés d'une farce ou d'une comédie, et peuvent même rappeler, si l'on souhaite faire une référence plus propre au XIX^e^ siècle, l'esprit de certains vaudevilles.

Enfin, le stratagème d'Agostin, au chapitre 4, relève de même du genre théâtral. Son guet-apens est qualifié dans le texte de "farce des mannequins" (p. 97), et est justement l'occasion pour Gautier d'introduire une réflexion sur la vie de troupe, les figures des bandits et des acteurs se superposant momentanément: "[...] il ne reste plus que moi de ma troupe aussi bien composée naguère que la vôtre; le bourreau m'a pris mes premier, second et troisième rôles; il faut que je joue tout seul ma pièce sur le théâtre du grand chemin, affectant des voies diverses [...]. Ah! c'est un sort plein de mélancolie!" Agostin met ici sa pierre à un édifice d'évocations permanentes du théâtre qui en tant que genre artistique se trouve fréquemment questionné dans l'espace du roman, notamment par les personnages eux-mêmes qui peuvent intervenir pour disserter à son sujet. Ainsi, le Tyran commente en ces mots le récit du séjour de Zerbine dans le pavillon de chasse du marquis: "Ce serait là [...] une belle décoration pour un cinquième acte de tragi-comédie. On pourrait s'égorger à loisir en une telle maison" (p. 207), ce à quoi la soubrette de théâtre rétorque que "l'habitude des rôles tragiques [lui] rembrunit l'imagination". La perception du monde qu'ont les personnages du roman se trouve ainsi orientée, voire remaniée par la logique théâtrale, de sorte que l'espace de la scène et celui des choses extérieures se trouvent brouillés, imprégnés l'un de l'autre dans une communication qui redéfinit jusqu'aux contours de l'existence.

C'est l'idée que formule Hérode, au chapitre 17, pour récapituler les séquences précédentes du roman :

> Que vous semble, monsieur le baron, de tous ces événements ? disait Hérode à Sigognac, qui cheminait botte à botte avec lui. Cela s'arrange comme une fin de tragi-comédie. Qui se fût attendu, au milieu de l'algarade, à l'entrée seigneuriale de ce père précédé de flambeaux, et venant mettre le holà aux fredaines un peu trop fortes de monsieur son fils ? Et cette reconnaissance d'Isabelle au moyen d'une bague à cachet blasonné ? ne l'a-t-on pas déjà vue au théâtre ? Après tout, puisque le théâtre est l'image de la vie, la vie lui doit ressembler comme un original à son portrait. (p. 439)

## *Theatrum mundi*

### • "Un chariot comique contient tout un monde"

Les correspondances entre le réel et la vie théâtrale, tout particulièrement, sont omniprésentes et consciencieusement soulignées dans le roman. La plus importante occurrence de ce phénomène est sans doute celle du chapitre 5, dans ce magnifique passage :

> Un chariot comique contient tout un monde. En effet, le théâtre n'est-il pas la vie en raccourci, le véritable microcosme que cherchent les philosophes en leurs rêvasseries hermétiques ? Ne renferme-t-il pas dans son cercle l'ensemble des choses et les diverses fortunes humaines représentées au vif par fictions congruantes ? Ces tas de vieilles hardes usées, poussiéreuses, tachées d'huile et de suif, passementées de faux or rougi, ces ordres de chevalerie en paillon et cailloux du Rhin, ces épées à l'antique au fourreau de cuivre, à la lame de fer émoussé, ces casques et diadèmes de forme grégeoise ou romaine ne sont-ils pas comme la friperie de l'humanité où se viennent revêtir de costumes pour revivre un moment, à la lueur des chandelles, les héros des temps qui ne sont plus ? Un esprit ravalé et bourgeoisement prosaïque n'eût fait qu'un cas fort médiocre de ces pauvres richesses, de ces misérables trésors dont le poète se contente pour habiller sa

> fantaisie et qui lui suffisent avec l'illusion des lumières jointe au prestige de la langue des dieux à enchanter les plus difficiles spectateurs. (p. 107)

Gautier exploite bien sûr ici le topos baroque du théâtre conçu comme un microcosme de la vie humaine, et reprend sans le citer le fameux "*All the world's a stage*", "le monde entier est un théâtre" (suivi d'un tout aussi important "*And all the men and women merely players*", soit "tout homme et toute femme sont des comédiens") que Shakespeare mit dans la bouche de Jacques dans sa célèbre comédie de 1599 *As You Like it* (*Comme il vous plaira*). Il est vrai que le *dramatis personae** du théâtre possède des types inspirés par la vie réelle, mais on peut considérer, en contrepartie, que la vie réelle comporte elle-même un certain nombre de types que le théâtre se charge de classer et d'illustrer. Notre roman ne se contente cependant pas seulement d'évoquer ce topos, mais cherche à l'exemplifier, à l'intégrer pleinement à son récit.

De toute évidence, le parallélisme entre les personnages-acteurs du *Capitaine Fracasse* et les rôles qu'ils jouent est parfait : Isabelle, Scapin, le Tyran et tous les autres non seulement n'ont pas d'autres noms que ceux de leurs emplois, mais possèdent de surcroît les tempéraments et les physiques exacts de leurs avatars théâtraux. Si cette correspondance est maintes fois soulignée dans le texte, l'exemple du Matamore reste sans doute le plus frappant, ce dernier n'ayant pas la chance "d'*être* [nous soulignons] un Polyphème, un Cacus, une montagne de chair" comme le Tyran (p. 53) et s'imposant dès lors un régime draconien pour adhérer au plus près à la maigreur caractéristique de son rôle, quitte à s'affaiblir et en mourir ; même trépassé, il conserve d'ailleurs ses mimiques de scène ("la tête de mort sculptée par la maigreur apparaissait déjà à travers ce visage pâle, où l'habitude des grimaces avait creusé des plis horriblement comiques, que le cadavre même conservait, car c'est une misère du comédien, que chez lui le trépas ne puisse garder sa gravité", p. 162).

Un autre signe flagrant de la correspondance entre théâtre et vie réelle serait le parallélisme fréquemment établi entre hiérarchie sociale et hiérarchie théâtrale : la première se trouve logiquement reproduite dans la deuxième, mais l'inverse est également vrai, la hiérarchie théâtrale devant semble-t-il être respectée dans la vie réelle sous peine de faire preuve de mauvais goût (faute terrible dans les mœurs du XVIIe siècle). La querelle de Zerbine et Serafina se disputant les faveurs du marquis au

Château des Bruyères illustre ce point : accueillies avec le reste de la troupe au chapitre 5, les deux actrices se préparent à séduire leur hôte et Serafina, de rang pourtant supérieur à celui de Zerbine dans leur répertoire, s'offusque de voir le marquis lui préférer sa comparse :

> Il ne s'est pas seulement informé du rôle de la grande coquette, pensait la Sérafine outrée de dépit ; cela n'est pas congru, et ce seigneur, si riche de bien, me semble terriblement dénué du côté de l'esprit, de la politesse et du bon goût. Décidément il a les inclinations basses. Son séjour en province l'a gâté, et l'habitude de courtiser les maritornes et les bergères lui ôte toute délicatesse. (p. 116)

Le roman démontre donc bien l'existence d'un rapport évident entre théâtre et valeurs sociétales ; le monde dramatique s'offre comme le reflet en miroir du monde véritable, et vice versa. Il y a certes des spectacles de la vie réelle que le théâtre ne peut ni retranscrire ni égaler, comme celui qu'offre Paris – qui est tel "que les théâtres n'en présentent point dans leurs décorations de pièces à machines" (p. 303) –, mais pour l'essentiel, la vie, qui est donc une tragi-comédie, peut bien être contenue dans le chariot magique de Thespis. Bien comprendre le théâtre peut donc être un avantage dans la conduite de ses affaires, comme le texte le montre par exemple avec la question du masque (au sens figuré, c'est-à-dire tout ce qui nous dissimule et nous donne une allure différente).

### • L'enjeu du masque

La question du "paraître", "qui n'est que l'*être* en raccourci" selon une belle formule de Peter Whyte dans "Pastiche et parodie dans *Le Capitaine Fracasse*", est l'un des fils conducteurs les plus féconds du roman : quand on ne remarque pas d'abord, ainsi que Sigognac, les flétrissures de ses habits, on peut prendre une actrice sans fortune pour une grande dame, ou se laisser berner par un hôtelier aux caves vides mais à l'attitude assurée et ampoulée, tel qu'on en trouve à l'auberge du Soleil bleu.

Le costume ou le masque qu'on se forge, matériellement ou par la parole, sont en effet présentés dans le roman comme un atout dans l'existence, et ce tout particulièrement dans le jeu de la séduction. Si la marquise de Bruyères déclare aimer les "galants de comédie [...] experts à pousser les beaux sentiments" (p. 122), l'histoire du marquis son époux et de Zerbine exemplifie ce même principe, quand la belle actrice explique à ses amis, après un séjour avec son amant, que ce dernier "avait la femme, mais regrettait la comédienne" (p. 210). "Il cherchait, à travers mon visage de ville, mon visage de théâtre, car nous autres actrices, [...] nous possédons deux beautés, l'une composée et l'autre naturelle ; un masque et une figure. [...] En rentrant dans la coulisse, j'avais perdu pour lui une partie de mes séductions", philosophe-t-elle, avant que le texte ne dépeigne l'enthousiasme passionné du marquis une fois Zerbine revenue à son rôle de malicieuse soubrette :

> "Monsieur le marquis est arrivé, dit tout bas Zerbine à Blazius [...] ; vois comme il jubile, comme il rayonne, comme il est passionné ! Il ne se tient pas d'aise, et n'était la vergogne, il sauterait par-dessus la rampe pour me venir embrasser devant tout le monde ! Ah ! monsieur de Bruyères, les soubrettes vous plaisent. Eh bien ! l'on vous en fricassera avec sel, piment et muscade."
>
> À partir de cet endroit de la pièce, Zerbine fit feu des quatre pieds et joua avec une verve enragée. Elle semblait lumineuse à force de gaieté, d'esprit et d'ardeur. Le marquis comprit qu'il ne pourrait plus se passer désormais de cette âcre sensation. Toutes les autres femmes dont il avait eu les bonnes grâces, et qu'il opposait en souvenir à Zerbine, lui parurent ternes, ennuyeuses et fades. (p. 225)

On remarquera ici l'opposition gustative entre le "sel", le "piment" et la "muscade" d'une part, et la fadeur d'une relation amoureuse sans comédie d'autre part ; déjà au chapitre 5, le narrateur déclarait au sujet de ce même couple que "ces feintes pudicités donnent beaucoup de ragoût à la dépravation véritable ; elles plaisent aux libertins, bien qu'ils n'en soient pas dupes, par le piquant du contraste"... Ce parallélisme entre séduction et univers culinaire était typique du XVIIe siècle, où prédominait la question du goût dans tous les domaines ; dire d'une chose qu'elle ne manque pas de sel est ainsi élogieux, le texte plaçant dès lors l'idée du masque de l'acteur en haut de son échelle de valeurs. Cela est d'autant plus frappant chez Gautier qu'au XIXe siècle en particulier, les spectateurs commençaient à se passionner pour les individus et leurs vies privées, derrière les rôles et les représentations ; on cherchait à démasquer les gens, plutôt qu'à en savourer le charme fabriqué jusque dans la vie réelle. Gautier, qui méprisait le vedettariat pour le danger qu'il représentait pour l'illusion dramatique, semble ainsi s'opposer à cette dynamique de son propre temps pour célébrer à sa place et rafraîchir dans ce roman le mythe du comédien du Grand Siècle ; c'est là, une fois de plus, faire l'éloge du fantasme et du rêve.

À travers la citation précédente, le roman montre cependant que le jeu et donc le masque – métaphorique ou non – ne produisent pas non plus d'illusion complète et véritable, et l'on pourrait paradoxalement qualifier leur usage d'"hypocrisie sincère", en ce qu'elle se donne d'emblée comme artificielle. Il faut d'ailleurs toujours qu'un peu de naturel parvienne à se laisser deviner ; en effet, pour bien jouer, il ne faut pas non plus éradiquer le spontané, le geste vrai, comme le souligne par exemple l'ex-comédien Bellombre en faisant ce conseil à Sigognac, tout neuf au métier d'acteur : "Gardez de corriger en vous les mouvements qui viennent de la nature" (p. 193). Cette idée est à nouveau reprise au chapitre suivant :

> Sigognac, dont Blazius s'était institué le professeur, étudiait dans sa chambre avec le vieux comédien et se façonnait à cet art difficile du théâtre. Le type qu'il représentait par son caractère extravagamment outré s'éloignait du naturel, et cependant il fallait que sous l'exagération on sentît la vérité et qu'on démêlât l'homme à travers le fantoche. [...] Blazius était d'avis que Sigognac prît le demi-masque [...] pour garder la tradition de la figure et mêler sur son visage le fantasque au réel, grand avantage en ces sortes de rôles moitié faux, moitié vrais, caricatures générales de l'humanité dont elle ne se fâche point comme d'un portrait. [...] Un acteur de mérite peut y introduire des traits naturels et représentant mieux la vie que s'ils étaient concertés. (p. 219)

Ce complexe entrelacs de vrai et de faux, de naturel et de mimé, rejoint bien l'idée du *theatrum mundi*, et résume, à une certaine échelle, la façon dont le roman lui-même emprunte ce qui l'intéresse à l'histoire et aux réalités humaines, pour transformer tout cela en un coup d'arabesque. Dans *Le Capitaine Fracasse*, comme dans le chariot de Thespis, nous avons une image de la vie, avec ses luttes, ses amours, ses colères et ses efforts, mais passée au prisme des fantaisies littéraires de son auteur.

## Faire jouer une pièce dans un roman

Sur le plan de l'écriture elle-même, il faut surtout s'interroger sur les moyens adoptés par le texte, donc par le discours*, pour reproduire un certain nombre de procédés théâtraux essentiels comme les dialogues bien sûr, mais aussi les niveaux de paroles, les didascalies, ou encore les déplacements scéniques... Comment le roman parvient-il à faire spectacle ?

De façon tout à fait logique, l'insertion du théâtre dans le dispositif romanesque conduit Gautier à donner à plusieurs endroits du roman une certaine prépondérance à la forme textuelle de la scène, qui se rapproche le plus du genre dramatique lui-même : la scène narrative correspond en effet au moment du récit où les personnages dialoguent ou monologuent. Une égalité parfaite entre le temps de la narration (donc le temps de lecture) et le temps de l'histoire qu'on raconte se met dès lors en place. Les personnages se déplacent et s'expriment donc en même temps que nous lisons, comme si nous les observions ; la scène narrative intègre ainsi des segments de discours rapportés (le plus souvent directement) et des indications de déplacements spatiaux qui peuvent être considérées comme les équivalents narratifs des didascalies de théâtre. Un joli exemple de ce principe peut être trouvé au chapitre 8, page 212 : juste après l'annonce à Zerbine du décès du Matamore et de son remplacement par Sigognac, le narrateur nous rapporte au discours direct un paragraphe des paroles de la fausse soubrette, que nous nous permettrons de qualifier de réplique ; ces paroles encourageant le jeune baron à entrer dans la pièce où se trouve Zerbine, le narrateur les fait immédiatement suivre d'une brève "didascalie" ("Sur ce, Sigognac entra dans la chambre"). À cette indication de mouvement, le narrateur en ajoute une deuxième synthétisant une révérence que l'actrice offre au baron, agrémentée d'une précision sur la manière dont Zerbine manipule son costume (elle fait "bouffer ses jupes"). Ce découpage peut se poursuivre encore quelques lignes, jusqu'à une plongée du narrateur dans l'intériorité de Sigognac, signalant dès lors le retour à l'omniscience et au régime narratif habituel.

Mais plus encore que l'usage de la scène narrative, le roman insère directement le genre théâtral dans son espace textuel à travers les "retransmissions" des tirades jouées par Sigognac et les autres acteurs, mais aussi avec la représentation des *Rodomontades du capitaine Matamore*, au chapitre 5 : tout lecteur aura remarqué ces quelques pages extraordinaires, où du *Capitaine Fracasse* nous plongeons tout droit dans une pièce, d'abord résumée et racontée par les soins du narrateur, puis retranscrite au discours direct, les différents personnages prenant tour à tour la parole comme si nous avions leur script sous les yeux. Ce passage propose ainsi une sorte de "scène en abyme", c'est-à-dire une scène de théâtre au sein d'une scène de roman, qui réécrit en prose et avec quelques variations la fameuse scène II de l'acte II de *L'Illusion comique*. Si le Clindor de la pièce de Corneille se transforme en Scapin dans cette scène de théâtre retransmise, on y retrouve bien un Matamore fanfaron et imbu de lui-même, fier de ses exploits militaires imaginaires :

> Pour aujourd'hui, Scapin, je veux bien quelques instants laisser au fourreau ma tueuse, et donner aux médecins le soin de peupler les cimetières dont je suis le grand pourvoyeur. Quand on a comme moi détrôné le Sofi de Perse, arraché par sa barbe l'Armorabaquin du milieu de son camp et tué de l'autre main dix mille Turcs infidèles, fait tomber d'un coup de pied les remparts de cent forteresses, défié le sort, écorché le hasard, brûlé le malheur, plumé comme un oison l'aigle de Jupin qui refusait de venir sur le pré à mon appel, me redoutant plus que les Titans, battu le fusil avec les carreaux de la foudre, éventré le ciel du croc de sa moustache, il est, certes, loisible de se permettre quelques récréations et badineries. D'ailleurs, l'univers soumis n'offre plus de résistance à mon courage, et la parque Atropos m'a fait savoir que ses ciseaux s'étant ébréchés à couper le fil des destinées que moissonnait ma flamberge, elle avait été obligée de les envoyer au rémouleur. Donc, Scapin, il me faut tenir à deux mains ma vaillance, faire trêve aux duels, guerres, massacres, dévastations, sacs de villes, luttes corps à corps avec les géants, tueries de monstres à l'instar de Thésée et d'Hercule à quoi j'occupe ordinairement les férocités de mon indomptable bravoure. [...] Mais à quels divertissements le seigneur Mars, qui près de moi n'est qu'un bien petit compagnon, passe-t-il ses vacances et congés ? (p. 130)

On reconnaît ici tout particulièrement, adapté en monologue, le début de l'échange du Matamore et de Clindor, qui dans *L'Illusion comique* sert à introduire le personnage du *capitan* et nous informer sur son rôle d'amoureux (nous nous référerons au premier tome du *Théâtre complet* de Corneille dans la Bibliothèque de la Pléiade, aux éditions Gallimard) :

CLINDOR

Quoi ! monsieur, vous rêvez ! et cette âme hautaine,
Après tant de beaux faits, semble être encore en peine !
N'êtes-vous point lassé d'abattre des guerriers ?
Et vous faut-il encor quelques nouveaux lauriers ?

MATAMORE

Il est vrai que je rêve, et ne saurais résoudre
Lequel je dois des deux le premier mettre en poudre,
Du grand sophi de Perse, ou bien du grand mogor.

CLINDOR

Eh ! de grâce, monsieur, laissez-les vivre encor.
Qu'ajouterait leur perte à votre renommée ?
D'ailleurs, quand auriez-vous rassemblé votre armée ?

MATAMORE

Mon armée ? Ah, poltron ! ah, traître ! pour leur mort
Tu crois donc que ce bras ne soit pas assez fort ?
Le seul bruit de mon nom renverse les murailles,
Défait les escadrons, et gagne les batailles.
Mon courage invaincu contre les empereurs
N'arme que la moitié de ses moindres fureurs ;
D'un seul commandement que je fais aux trois Parques,
Je dépeuple l'État des plus heureux monarques ;
Le foudre est mon canon, les Destins mes soldats :
Je couche d'un revers mille ennemis à bas.
D'un souffle je réduis leurs projets en fumée ;
Et tu m'oses parler cependant d'une armée !
Tu n'auras plus l'honneur de voir un second Mars ;
Je vais t'assassiner d'un seul de mes regards,
Veillaque : toutefois, je songe à ma maîtresse ;
Ce penser m'adoucit. Va, ma colère cesse,
Et ce petit archer qui dompte tous les dieux
Vient de chasser la mort qui logeait dans mes yeux.
Regarde, j'ai quitté cette effroyable mine
Qui massacre, détruit, brise, brûle, extermine ;
Et pensant au bel œil qui tient ma liberté,
Je ne suis plus qu'amour, que grâce, que beauté. (p. 630)

Gautier emprunte à Corneille, si l'on compare ces deux extraits, divers éléments tels que les mentions du Sofi de Perse, du dieu Mars ou encore des Parques ; ces deux Matamore sont également aussi belliqueux, égocentriques et pédants l'un que l'autre, développant chacun un imaginaire épique porté par un ample lexique de la guerre et de la mort, qui paraît bien évidemment inconvenant pour ce type de personnage grotesque (et même presque atteint, dans ces deux œuvres, par une forme d'hybris, puisqu'il s'attribue un pouvoir sur des divinités supérieures). L'espace offert par la prose permet cependant à Gautier de filer davantage d'images frappantes et facilite le procédé de l'accumulation, augmentant encore la bouffonnerie du personnage, tandis que le texte de Corneille la fait ressortir par le biais des flatteries ironiques de Clindor.

Le rapport de ce roman au théâtre est ainsi multiple : simultanément thématique et formel, le lien qui unit ces deux genres cherche à abolir leurs limites imperméables par tous les moyens décemment envisageables, ce pourquoi Jean-Luc Steinmetz parle bien d'une "dramaturgie rêvée" (p. 515), jouée pour nous par le biais des outils de la prose. Cette question du genre théâtral nous a ainsi conduits à nous interroger sur l'un des aspects de la capacité du texte à faire "représentation" – c'est bien le mot que l'on emploie pour désigner l'actualisation d'une pièce sur les planches d'une scène –, capacité qu'il faut toutefois comprendre de façon plus large encore dans *Le Capitaine Fracasse* et qui nous mène, d'une façon très heureuse, au second axe du programme de cette année.

## LA REPRÉSENTATION LITTÉRAIRE

La question de la représentation, en littérature, vise communément à étudier en quoi le texte, et donc la phrase, permet la production d'images mentales. Pour Gautier qui disait avec humour "Je suis de ceux pour qui le monde extérieur existe", comme le rappelle René Jasinski dans son étude du *Capitaine Fracasse*, les apparences, et donc les images que l'on peut produire à partir d'elles, sont d'une importance primordiale, car susceptibles de stimuler la pensée et par conséquent l'idée d'une façon non abstraite. Or ses romans, et en particulier celui qui nous intéresse, démontrent justement que "de la forme naît l'idée", ainsi que Gautier se plaisait à le dire.

### Un livre d'images structurées

Dans son avant-propos d'octobre 1863, Gautier explique à ses lecteurs comment lire *Le Capitaine Fracasse* : "Figurez-vous que vous feuilletez des eaux-fortes de Callot ou des gravures d'Abraham Bosse historiées de légendes" (p. 13) ; il s'agirait en effet d'une œuvre "purement pittoresque", où "les personnages [se] présentent comme dans la nature par leur forme extérieure, avec leur fond obligé de paysage ou d'architecture".

Gautier, qui affirmait dans *La Nature chez elle* (1870) que "la Nature est peu parleuse. Elle se fait plutôt comprendre par des images que par des phrases, et le livre auquel depuis si longtemps elle travaille est comme un journal d'illustration sans texte", accordait en effet une grande importance au pittoresque ; si cet adjectif désigne aujourd'hui ce qui frappe par son originalité, il servait au XIXe siècle à qualifier les choses qui se rapportent à l'art de la peinture, c'est-à-dire les objets dignes d'être peints pour leur intérêt visuel, pour la façon dont ils frappent le regard d'une part, et l'imagination d'autre part. En se voulant "pittoresque", *Le Capitaine Fracasse* cherche donc à se donner à lire comme un tableau à plusieurs pans, un recueil d'images dont la force proviendrait de leur capacité à interagir avec les yeux de nos imaginations (le médium de transmission de l'image restant un texte, et non un dessin). Ce serait ainsi privilégier de façon délibérée l'aspect descriptif du texte, et ce possiblement au détriment de la narration, comme le souligne Jean-Claude Brunon dans "Le pittoresque et l'expression de la durée dans *Le Capitaine Fracasse*" ; par le biais de ce projet de "roman-album", l'image se voit ainsi investie d'une valeur non pas purement accessoire ou ornementale, mais de première importance. C'est donner à ce qui entoure l'action une présence et une envergure primordiales, parfois surprenante pour qui s'attendrait à un pur récit d'aventures.

Le roman se trouve par conséquent rythmé par les descriptions, qui par leur nature consistent en des temps d'arrêt : la contemplation s'oppose en effet à l'action en tant que succession ininterrompue d'événements, bien que Gautier prenne garde à disséminer dans le récit des images parallèles ou des métaphores filées, aptes à créer une continuité dans le texte et donc à prévenir le ralentissement du roman. Cette difficulté, propre à la question de la représentation dans le domaine de l'écriture, est signalée dès le début du *Capitaine Fracasse*, dans un passage proposant une réflexion sur le principe même de la description verbale :

> L'artifice de l'écrivain a cette infériorité sur celui du peintre, qu'il ne peut montrer les objets que successivement. Un coup d'œil suffirait à saisir dans un tableau où l'artiste les aurait groupées autour de la table les diverses figures dont le dessin vient d'être donné ; on les y verrait avec les ombres, les lumières, les attitudes contrastées, le coloris propre à chacun et une infinité de détails d'ajustement qui manquent à cette description, cependant déjà trop longue, bien qu'on ait tâché de la faire la plus brève possible. (p. 46)

Ce commentaire narratorial, qui nous renseigne sur la pratique de l'auteur, permet également d'établir une forme de pacte de lecture en vertu duquel nous acceptons l'adoption par le roman d'une scansion particulière, mais aussi le principe d'une nécessaire partialité de l'image verbale ; l'aspect pittoresque du *Capitaine Fracasse* vise ainsi à se rapprocher au mieux de la représentation la plus entière et exacte possible, sans toutefois pouvoir y arriver pleinement.

La pratique descriptive du roman emploiera donc tous les outils possibles pour remplir cet objectif, et en effet, presque tous les types de description avec leurs dispositifs spécifiques sont convoqués dans *Le Capitaine Fracasse* : on y trouve les catégories du portrait, de l'*ekphrasis** (avec la galerie de portraits ou les sculptures du jardin du Château de la Misère, par exemple), et bien entendu la topographie, c'est-à-dire la description de lieux et de paysages. Dans toutes ces catégories, mais de façon peut-être encore plus nette dans la dernière, se développent – malgré "l'infériorité" de la description littéraire sur la peinture –, un sens du détail (grâce à l'usage prononcé des qualificatifs, notamment) et une richesse de langage tout à fait remarquables, placés sous le signe d'une diversité et d'une abondance propres au style de Gautier, mais savamment organisées de façon à favoriser chez le lecteur l'effort de visualisation. On pourra ainsi remarquer l'agencement tout pictural – nous entendons "en rapport avec l'art de la peinture" – des éléments de la description, dans ce passage du chapitre 6 où la troupe et Sigognac cheminent en province :

> Au premier plan se tordaient les squelettes convulsifs de quelques vieux ormes tourmentés, [...] dont les branches noires [...] se détaillaient sur un ciel d'un gris jaune très bas et gros de neige qui ne laissait filtrer qu'un jour livide ; au second, s'étendaient des plaines dépouillées de culture, que bordaient près de l'horizon des collines pelées ou des lignes de bois roussâtres. De loin en loin, comme une tache de craie, quelque chaumine dardant une légère spirale de fumée apparaissait entre les brindilles menues de ses clôtures. (p. 156)

La composition de ce passage descriptif est très intéressante : on y remarquera l'usage des notions de niveau de plan et d'horizon, que le narrateur emprunte aux arts du dessin, ainsi que celui de termes de couleur précis, procédé d'ailleurs particulièrement fréquent dans l'ensemble du roman. L'idée de couleur et de forme est même associée ici, par le biais de la comparaison, à ce médium artistique qu'est la craie, soulignant très nettement le lien de parenté qui s'établit entre écriture et peinture. Le texte cherche ainsi à se donner comme l'équivalent le plus proche d'une toile, et les mots comme ceux des divers outils de l'artiste plastique : les variations dans les usages des termes pourraient d'ailleurs correspondre, pour un ex-peintre tel que Gautier, à différents *media*, le suffixe -âtre dans "roussâtre" signalant par exemple une couleur moins forte, plus sombre et indistincte que le rouge, et qui serait alors analogue à une huile ou une aquarelle plus diluée.

Ce travail textuel sur la production de l'image se justifie donc par un enjeu d'ordre technique et poétique (en lien non pas avec la poésie mais avec la *poiesis*, c'est-à-dire tout ce qui concerne la fabrication d'une œuvre), mais possède également une autre justification. Comme nous l'avons dit, les images dans le roman ne sont pas purement ornementales et elles doivent amener, par leur force d'allusion, à un sens profond que le texte souligne parfois, comme après la mort du Matamore : "ce chariot poursuivant son voyage", que le narrateur a pris soin de longuement nous décrire, "symbolisait la vie, qui avance toujours sans s'inquiéter de ceux qui ne peuvent suivre et restent mourants ou morts dans les fossés." (p. 170). Cette force symbolique est présente dès l'ouverture du roman avec l'ambitieuse description du Château de la Misère – son aspect figurant de toute évidence la mélancolie de son propriétaire –, et doit pousser le lecteur à se rendre sensible, derrière les pans descriptifs, à des significations et des affinités secrètes.

## L'épanouissement du rêve

### • La place de la mimésis*

Le terme "mimésis", dérivé du verbe grec "*mimeisthai*" ("imiter"), désigne la représentation du monde – non pas comme image calquée, mais comme reflet vivant, comprenant de la façon la plus fidèle possible le souffle qui l'habite –, et entretient des liens forts avec la question de la vraisemblance, justement problématique dans notre roman. En effet, le rapport du *Capitaine Fracasse* à l'histoire devrait tout d'abord supposer une forme de mimésis attachée à la réalité du XVII^e^ siècle de Louis XIII. Or, comme nous l'avons vu, la dimension historique du récit est au mieux partielle. Certes, il y a dans le roman des descriptions, notamment de costumes, qui visent la vraisemblance et l'authenticité, mais même ces endroits sont en vérité contaminés par l'esthétique grotesque et son pouvoir de travestissement, ou de défiguration : déjà les habits de Blazius ou du Tranche-Montagne nous poussent-ils du côté de la référence littéraire et du rêve, tandis que le fantastique peut surgir depuis un coin de rue pourtant anodin, comme au chapitre 9 où Léandre quitte de nuit sa chambre d'auberge pour rejoindre son amante, la marquise de Bruyères.

Nous avons vu en quoi Gautier, sur les plans métaphysique et artistique, concevait l'idéal comme une échappée merveilleuse hors du réel ; or, pour coïncider avec ce principe, la représentation dans *Le Capitaine Fracasse* semble elle aussi tendre vers des catégories qui repoussent les frontières normales de la mimésis et de la vraisemblance. L'image chez Gautier entre en effet souvent dans un engrenage d'associations, de dédoublements et d'amplifications qui les extirpe d'une reproduction, même vivante, de la réalité : ainsi, un simple "pâté de venaison" à moitié dévoré montre "dans ses ruines vermeilles des marbrures de pistaches" et gît "éventré sur le carreau", tel "un cadavre attaqué des loups au fond d'un bois" (p. 320) ; juste après, des "flacons dont on avait sucé l'âme", n'étaient plus quant à eux "que des fantômes de bouteilles"... Bien avant dans le texte, le Matamore assoupi devient un héron dressé sur une seule patte, rêvant "à demi éveillé comme un oiseau aquatique au bord d'un marais, le bec dans son jabot, le pied replié sous le ventre" (p. 54) ; encore ailleurs, "roulé dans sa cape grise", c'est "à un hareng dans du papier" (p. 50) qu'il ressemble. On a, à travers ces quelques exemples, un bel aperçu de la façon dont les choses banales du réel se transforment par le biais de la comparaison et plus largement de l'analogie, pour aboutir à des images qui ne ressemblent plus au réel et n'entretiennent avec lui qu'un lien imaginatif et fantaisiste.

Chez Gautier, les apparences se trouvent ainsi presque toujours déformées, diffractées, sans pour autant perdre de leur vérité fondamentale – après tout, le Matamore est maigre, un héron est un oiseau maigre, donc par la force du syllogisme*, le Matamore peut bien être non plus un homme mais un héron. C'est que l'imagination, ici de l'auteur, a un profond pouvoir créateur que les personnages du roman eux-mêmes, à certains endroits, exemplifient, notamment par le biais de la mise en évidence d'une correspondance visuelle s'établissant entre eux et les choses qui les entourent.

**• Le paysage état d'âme**

Bien souvent dans le roman, les lieux semblent en effet exister à l'image des personnages qui les habitent et les traversent : ce procédé, qui prend racine dès l'Antiquité dans le rapport étroit que les hommes entretenaient avec le monde extérieur, est particulièrement employé par la littérature mais aussi les arts romantiques en général, grâce à l'importance qu'ils ont accordée à la notion de paysage. Si cette dernière varie de siècle en siècle, en particulier dans les codes de sa représentation, elle est très fortement associée à partir du XVIIIe siècle aux sentiments et aux comportements de ceux qui, en spectateurs, observent ou traversent la nature, comme l'illustrent des romans majeurs tels que *La Nouvelle Héloïse* (1761) de Rousseau, ou *Paul et Virginie* (1787) de Bernardin de Saint-Pierre. Ces deux textes eurent une grande influence sur le romantisme, et ont contribué à théoriser en littérature l'idée d'un rapport dialectique au paysage : ce dernier exercerait un pouvoir sur l'homme et pourrait ainsi provoquer une émotion esthétique en lui, mais l'homme de même, grâce à la force de son regard et à son aptitude à vivre une expérience sensorielle et sentimentale – voire une expérience d'ordre spirituel –, pourrait composer lui-même le paysage, faire d'une étendue naturelle un lieu symbolique ou propice au fonctionnement de l'imagination.

Dans *Le Capitaine Fracasse*, la description de la traversée de la lande démontre par exemple en quoi un écho peut s'établir entre l'état d'âme de Sigognac, souffrant de s'arracher à son château familial, avec le paysage qui l'entoure : le castel lui-même semble d'ailleurs s'animer au chapitre 2 pour faire ses adieux au baron, qui croit voir l'"habitude", c'est-à-dire les années passées en ces lieux, personnifiée devant lui sur les marches de sa demeure :

> Au moment de quitter cette triste demeure, Sigognac se sentit le cœur oppressé douloureusement. Il embrassa encore une fois du regard ces murailles noires de vétusté et vertes de mousse dont chaque pierre lui était connue ; ces tours aux girouettes rouillées qu'il avait contemplées pendant tant d'heures d'ennui de cet œil fixe et distrait qui ne voit rien ; [...] cette chapelle au toit effondré, aux arceaux croulants, qui obstruaient de ses décombres les dalles verdies, sous lesquelles reposaient côte à côte son vieux père et sa mère, gracieuse image, confuse comme le souvenir d'un rêve,

> à peine entrevue aux premiers jours de l'enfance. Il pensa aussi aux portraits de la galerie qui lui avaient tenu compagnie dans sa solitude et souri pendant vingt ans de leur immobile sourire [...] ; toutes ces choses vieilles, misérables, maussades, rechignées, poussiéreuses, somnolentes, qui lui avaient inspiré tant de dégoût et d'ennui, lui paraissaient maintenant pleines d'un charme qu'il avait méconnu. Il se trouvait ingrat envers ce pauvre vieux castel démantelé [...] ; mille amères douceurs, mille tristes plaisirs, mille joyeuses mélancolies lui revenaient en mémoire ; l'habitude, cette lente et pâle compagne de la vie, assise sur le seuil accoutumé, tournait vers lui ses yeux noyés d'une tendresse morne en murmurant d'une voix irrésistiblement faible un refrain d'enfance, un refrain de nourrice, et il lui sembla, en franchissant le porche, qu'une main invisible le tirait par son manteau pour le faire retourner en arrière. (p. 61-62)

On voit dans ce magnifique passage comment le regard de Sigognac, en balayant de façon successive les éléments constitutifs du château, met en action un processus mémoriel et donc imaginatif – la mémoire étant une recomposition d'un événement par l'esprit – pour finir par créer une vision personnelle et intime des lieux, hautement pathétique et synthétique d'une enfance désormais révolue. Cette personnification du passé – l'habitude assise les yeux pleins de larmes –, présentée par le texte au mode indicatif et sans modalisation aucune comme si elle se trouvait véritablement là devant Sigognac, acquiert même à la fin de l'extrait une dimension fantasmagorique qui touche à une forme de présence quasi charnelle. Le paysage est ainsi animé et même hanté par l'émotion du jeune baron, qui transforme par l'imagination ce qu'il voit et confère au paysage un mode d'existence lié à l'apparition.

Les chemins enneigés du chapitre 6, précédemment cités (v. L'image sur l'idée), sont eux aussi tout à fait en harmonie avec la troupe qui les parcourt, confrontée, depuis son départ des Bruyères, à une période aride et difficile : "Le paysage qu'on traversait n'était guère propre à dissiper la mélancolie. [...] Le terrible dans le sombre n'est pas difficile à concevoir. Les ténèbres logent aisément les épouvantes, mais l'horreur blanche se fait moins comprendre. Cependant, rien de plus sinistre que la position de nos pauvres comédiens, pâles de faim, bleus de froid, aveuglés de neige et perdus en pleine grande route au milieu de ce vertigineux tourbillon de grains glacés les enveloppant de toutes parts" (p. 159).

Il faut parler ici du procédé de l'hypotypose*, qui revient à peindre les faits dont on parle comme si ce que l'on décrit était actuellement sous nos yeux; en rapport par sa nature avec le concept d'*enargeia**, cette peinture est si vive et énergique qu'elle tend vers la forme de la scène et peut aller jusqu'à engendrer un effet de sidération chez celui qui témoigne. La description de Paris, qui occupe une grande partie du chapitre 11, peut justement être considérée comme un exemple parfait de ce procédé: après l'arrivée et l'installation de la troupe, Hérode propose à Sigognac d'aller visiter ensemble cette ville "dont on fait tant de récits" (p. 302) et qui est donc d'emblée donnée comme légendaire, c'est-à-dire à la source des fantasmes de chacun; plusieurs pages de description s'ensuivent, selon un itinéraire précis que nous suivons avec les personnages, et qui se déploie sous nos yeux à l'aide d'une multitude d'indications spatiales – dont des noms de rues et de monuments – et de détails architecturaux. Ce tableau de Paris, loin d'être inerte, s'anime avec les nombreux passants qui le traversent, le texte s'arrêtant successivement sur certains d'entre eux pour les croquer brièvement (le narrateur dit même "tirer des coups de crayon rapides", p. 305), tandis que la description devient presque synesthésique avec des indications sonores (certains crient ou lisent des libelles, et les clochettes d'une horloge se mettent "à tintinnabuler le plus joyeusement du monde avec leurs petites voix grêles, argentines ou cuivrées, chantant un air de sarabande", p. 306)... Les mouvements de la foule sont scrupuleusement indiqués, et les teintes et les couleurs saturent presque le texte, où figurent même des indications sur les textiles ou les matières des différents objets qui s'ajoutent à ce déversement visuel. Autre procédé récurrent de l'hypotypose, les verbes de vision abondent ("on distinguait la porte de la Conférence", "en ramenant le regard vers le pont, on apercevait [...] des maisons"); si la narration reste externe, on est bien en adhésion avec le point de vue émerveillé de Sigognac "que ce spectacle absorbait" (p. 308), et que le Tyran définit comme l'"un des plus beaux spectacles de l'univers" (p. 306). Les lieux et les objets peuvent donc fasciner par leurs apparences et entrer en communion avec nos êtres; le réel s'offre dans notre roman comme un marchepied, ou comme une base nécessaire au développement de l'image et du rêve intérieurs.

## Peindre le cœur des hommes

### • Des portraits symboliques

Si Gautier n'est finalement pas devenu peintre dans sa jeunesse, il n'en a pas moins été un célèbre critique d'art et a développé toute une théorie personnelle des grandes catégories et techniques picturales, dont celles liées aux portraits. Ces derniers abondent dans l'espace textuel du *Capitaine Fracasse*, et ce au même titre que les paysages : s'ils cherchent d'abord à représenter les personnages "par leur forme extérieure", enveloppés de leurs habits et découpés sur les arrière-plans du roman, ces portraits sont cependant souvent dotés d'une valeur symbolique et peuvent révéler les mutations des intériorités des personnages. En effet, tout comme le paysage peut acquérir une dimension synthétique et allégorique, l'art du portrait que développe Gautier se donne lui aussi comme créateur de signification. On pourrait objecter que certains personnages sont tellement déshumanisés par leurs rôles et leurs apparences qu'ils disparaissent derrière eux, qu'ils semblent devenir pures images : c'est le cas du Matamore qui en poursuivant la maigreur ressemble "à son propre cadavre" (p. 52), élément descriptif qui annonce son décès quelques chapitres plus loin. Mais ce personnage est somme toute secondaire, et a vocation à être remplacé par un autre, Sigognac, dont la nature est, comme on l'a vu, beaucoup moins creuse. Le Matamore devient d'ailleurs, à travers cette absorption par son image, une quasi-allégorie, et acquiert en cela même une dimension symbolique.

Pour montrer en quoi les portraits sont révélateurs, on peut prendre l'exemple de la paire que forment ensemble Isabelle et Yolande. N. Frye, dans son *Essai sur la structure romanesque*, montrait en quoi l'héroïne virginale typique du mode romanesque doit sembler vivre dans un monde situé en dessous, du point de vue hiérarchique, de celui qu'elle devrait habiter, de sorte qu'"elle se trouve [...] dans une position analogue à celle d'une déesse tombée dans un monde inférieur." Or la façon dont Gautier représente Isabelle coïncide bien avec ce principe, comme on peut le voir dès le second chapitre du roman : elle "[trouble] doucement l'imagination" de Sigognac et lui fait l'effet d'une divinité descendue sur la terre (p. 39) dès son entrée au Château de la Misère ; face à l'adversité, elle "ne paraissait pas se chagriner [...] ; son âme était satisfaite, qu'importaient les souffrances et les fatigues du corps ?" (p. 156). Les éléments qui participent de sa représentation physique sont ainsi toujours marqués du sceau de la délicatesse, de la grâce et de la transparence, conformément à son tempérament et son identité d'héroïne ; les couleurs de son teint et de ses vêtements ne créent d'ailleurs aucun contraste violent, comme peut toutefois le faire l'apparence de la brûlante Zerbine. La description d'Isabelle évolue cependant, mais toujours en accord avec les mutations de son personnage comme le montre sa transformation physique dans l'épilogue, où l'ordre est rétabli et où Isabelle se révèle au monde telle que sa naissance l'avait faite :

> Isabelle était adorable et, devant elle, les beautés les plus altières de la cour eussent été forcées d'amener pavillon. Cet habit cavalier faisait ressortir, dans la grâce ordinairement si modeste de la baronne, un côté fier qui sentait son origine illustre. C'était bien toujours Isabelle, mais c'était aussi la fille d'un prince, la sœur d'un duc, la femme d'un gentilhomme dont la noblesse datait d'avant les croisades. Vallombreuse le remarqua et ne put s'empêcher de dire : "Ma sœur, que vous avez aujourd'hui grande mine ! Hippolyte, reine des Amazones, n'était certes pas plus superbe et plus triomphante !" (p. 503)

La figure de l'amazone est rapprochée dans le roman d'un deuxième personnage, celui de Yolande, mais sous un angle très différent. Au chapitre 2 par exemple, "l'intrépide amazone" (p. 67) passe à cheval devant Sigognac et la troupe, et les insulte ; son portrait à la fois physique et moral – on parlera donc de prosopographie* et d'éthopée* – est néanmoins plus longuement développé dans le chapitre consacré au séjour aux Bruyères :

> Si Yolande de Foix n'eût pas été là, plusieurs déesses mortelles auraient fait hésiter un Pâris chargé d'accorder la pomme d'or, mais sa présence rendait toute lutte inutile. Elle ne ressemblait pourtant pas à l'indulgente Vénus, mais bien plutôt à la sauvage Diane. La jeune châtelaine était d'une beauté cruelle, d'une grâce implacable, d'une perfection désespérante. Son visage, allongé et fin, ne semblait pas modelé avec de la chair, mais découpé dans l'agate ou l'onyx, tant les traits en étaient purs, immatériels et nobles. [...] Sa bouche, ondulée comme l'arc de la chasseresse, décochait la moquerie même lorsqu'elle restait muette, et son œil bleu avait des éclairs froids à déconcerter l'aplomb des hardiesses. Cependant son attrait était irrésistible. Toute sa

> personne, insolemment étincelante, jetait au désir la provocation de l'impossible. Nul homme n'eût vu Yolande sans en devenir amoureux, mais être aimé d'elle était une chimère que bien peu se permettaient de caresser. (p. 124)

Si ce portrait correspond, par le biais de la divinisation, à l'une des caractéristiques de l'héroïne romanesque telle que N. Frye la dépeignait, les termes qui servent à la représentation de Yolande sont diamétralement opposés à ceux employés pour Isabelle, même après son "anoblissement". Ce couple de personnages féminins propose donc deux versions opposées et complémentaires du type de la dame, la première étant fière mais hautaine, la seconde pure et tendre. Ces deux portraits font particulièrement sens l'un en regard de l'autre, et symbolisent, en plus des intériorités des deux femmes, deux différentes étapes de la maturation de Sigognac, les fascinations successives que ce dernier éprouve pour Yolande et Isabelle se faisant elles aussi le reflet des évolutions de son cœur. À l'amour insensé et humiliant que suppose la beauté de Yolande (le texte parle même de "servage", p. 141), et que Sigognac vit dans sa jeunesse démunie, s'oppose l'amour plein et serein qui correspond à Isabelle, et donc à un Sigognac plus assuré, en possession de lui-même. Les portraits, dans *Le Capitaine Fracasse*, s'établissent bien ainsi au miroir des profondeurs intimes, au-delà des enveloppes charnelles.

### • Les ravages de la passion : représentation et sublime

Pour peindre le sentiment, ce qui est une entreprise particulièrement ardue puisque ce dernier relève en partie de l'invisible, le texte doit trouver des moyens susceptibles de transmettre l'émotion du personnage au lecteur ; une représentation satisfaisante d'une émotion, qu'il s'agisse de bonheur, de colère ou d'un emportement passionnel, peut et doit bien entendu s'appuyer sur la description des signes corporels qui traduisent généralement l'émoi, qui le rendent manifeste, mais sans pour autant s'en contenter. On peut en effet rester de marbre à la vue d'une personne émotive, *a fortiori* quand on l'observe par le biais d'un livre. Pour outrepasser cet obstacle, le texte doit chercher à se rendre sensible pour le lecteur, et donc représenter le sentiment à travers une écriture capable d'elle-même le susciter. Cet effort textuel intervient dans *Le Capitaine Fracasse* dans les moments pathétiques, comme l'enterrement du Matamore que nous avons cité plus haut, ou encore le premier retour de Sigognac en son château, au chapitre 19 :

Malgré lui, Sigognac se sentait repris par ce milieu. Ses anciennes pensées lui revenaient en foule ; et il se perdait en des rêveries silencieuses que respectait Pierre et que n'osaient troubler Miraut et Béelzébuth par des caresses intempestives. Tout ce qui s'était passé ne lui faisait plus l'effet que d'aventures qu'il aurait lues dans un livre et dont le souvenir lui serait vaguement resté. [...] Il comprenait que la roue de son char un moment lancé sur une autre route était retombée dans son ornière fatale, et il s'y résignait avec un accablement tranquille. Seulement il se blâmait d'avoir eu quelques minutes d'espérance et d'illusion. Pourquoi diable aussi les malheureux veulent-ils être heureux ? Quelle sottise ! (p. 469-470)

On remarquera ici comment les premières phrases de l'extrait, relativement brèves et assertives, imitent le ton maussade des pensées de Sigognac, contrairement aux dernières phrases qui, plutôt marquées par une forme de désespoir (suite logique de la dégradation morale du personnage), jouent non seulement sur les modalités exclamative et interrogative, mais aussi sur les discours rapportés ("Pourquoi diable aussi les malheureux veulent-ils être heureux ? Quelle sottise !" pouvant être du discours direct libre de Sigognac, ou un commentaire ironique du narrateur). Le passage gagne graduellement en expressivité et fait même entendre clairement une voix, mimant ainsi les variations émotionnelles vécues par le jeune baron, privé d'Isabelle et de leur vie aventureuse. Toutefois, l'enjeu d'une écriture apte à transmettre l'émotion est peut-être plus évident encore dans les passages où la passion des personnages s'expose au grand jour avec toute sa puissance (la passion étant comme on le sait un état émotionnel intense et douloureux, lié à une souffrance ou un désordre intérieur qui touche souvent aux extrêmes).

Avant d'aborder quelques exemples de ces moments passionnels, nous devons nous pencher ici sur la question du sublime*, cette catégorie esthétique qui s'attache aux choses si belles et élevées qu'elles abolissent la distinction entre monde normal et monde transcendant ; si la période classique a proposé une définition du sublime, reprise au Pseudo-Longin (nom que nous donnons aujourd'hui à un écrivain grec resté anonyme, confondu au XVIIe siècle avec un autre philosophe appelé Longin) et fondée sur une idée selon laquelle la grandeur exceptionnelle d'un objet nécessite un style élevé et parfaitement régulier, c'est une autre conception du sublime qu'il nous faut convoquer dans le cadre de l'œuvre de Gautier. Il s'agit en effet du "sublime burkien", tel qu'il fut théorisé au XVIIIe siècle par Edmund Burke : simultanément lié au plaisir et à la terreur, ce type de sublime doit donner le sentiment d'un déchirement entre ces deux notions, poussées à leurs extrémités ; dès lors, l'objet qui correspond à cette esthétique est nécessairement d'une beauté terrible, irrégulière et imparfaite, et s'oppose en cela à la beauté idéale et sereine du classicisme (qu' à certains égards Isabelle incarne, dans le roman). Le premier personnage auquel l'on pourrait penser ici est Vallombreuse : lors de sa première confrontation avec Sigognac, le jeune duc, "malgré sa beauté, avait une tête plus horrible et formidable que celle de Méduse" (p. 223) ; la description qui suit insiste sur le contraste de couleurs entre la "pâleur affreuse" de son visage, ses "noirs sourcils" et "la pourpre" violette de ses lèvres, offrant ainsi aux lecteurs toutes les teintes d'une palette propre à dépeindre la rage ; "ce damné seigneur, beau comme un ange et méchant comme un diable" (p. 367). Sigognac, c'est-à-dire le beau héros de la mélancolie et de l'amour vrai, et non de la passion sublime et destructrice, n'est jamais dépeint ainsi, le texte cherchant en effet à les opposer de façon symétrique, y compris dans leurs représentations : celle qui concerne Vallombreuse, en plus de chercher à donner à voir les indices de l'emportement sur son visage, adopte un vocabulaire puissamment négatif et même structuré par des antithèses ("beau" / "méchant", "ange" / "diable"). Ces mots, par leur nature et leur structure, s'offrent ainsi comme les signes verbaux d'une émotion que subit Vallombreuse et qu'il doit provoquer en nous à sa "vue".

Il faut enfin faire ici une place à Chiquita, l'enfant "sauvage" et "demi-folle", à l'"imagination ardente" (p. 398) qui se dévoue à Isabelle et surtout Agostin : la scène du chapitre 20 où Chiquita poignarde ce dernier pour lui éviter l'exécution publique est sans doute l'une des plus puissamment romanesques du *Capitaine Fracasse*, en ce qu'elle convoque la fameuse dialectique d'Éros et Thanatos* et se donne comme un exemple extraordinaire d'amour primitif et absolu. À travers ce geste, "une sorte de transfiguration" s'opère en la jeune fille et déchire ainsi sa "chrysalide enfantine" :

> En plongeant son couteau dans le cœur d'Agostin, elle avait du même coup ouvert le sien. Son amour était né de ce meurtre ; l'être bizarre, presque insexuel, moitié enfant, moitié lutin, qu'elle avait été jusque-là, n'existait plus. Elle était femme désormais, et sa passion éclose en une minute devait être éternelle. Un baiser, un coup de couteau, c'était bien l'amour de Chiquita. (p. 486)

Cette métamorphose correspond bien à l'idée, centrale pour le mode romanesque, de la renaissance ou de l'avènement ; bien que Chiquita soit un personnage de la marge du récit, un adjuvant* (ou un opposant) de second plan, elle aussi accède à un nouvel état au cours de la succession d'aventures présentées par le roman, et ce parallèlement aux propres évolutions de Sigognac. Elle finit d'ailleurs au service d'Isabelle et quitte donc le banditisme, à la toute fin de l'intrigue ; or ce parcours et cette ascension sociale sont propres au mode romanesque. On remarquera par ailleurs, dans le passage cité ci-dessus, la remarquable brièveté des phrases, si on les compare aux longs développements auxquels le narrateur nous avait habitués dans le reste du roman : cette brièveté, donc cette concentration de la parole, est une marque d'intensification et l'un des signes fréquents du style sublime, qui a pour fonction de faire l'effet d'un coup de tonnerre et d'abasourdir le lecteur. L'écriture se déploie alors à l'image de l'idée saisissante dont elle doit être le vecteur, créant une forte cohésion entre fond et forme : dans le cadre du sublime, le texte devient, jusqu'à un certain degré, la représentation de son propre sens.

Du reste, le portrait de Chiquita en "figure pâle, étincelante, sublime" (p. 485), que le narrateur dresse juste avant la mort d'Agostin, contient lui-même le mot qui nous intéresse et se trouve prolongé une page plus loin par des indications cette fois-ci plus fournies, qui ne sont pas sans rappeler certaines descriptions de Vallombreuse subissant l'orage de sa passion : "Sous l'apparence la plus calme, elle était en proie à une exaltation extrême. Aucun muscle de sa figure ne bougeait, mais un flot de sang empourprait ses joues, ordinairement si pâles, et donnait à ses grands yeux fixes, qui regardaient sans voir, un éclat surnaturel." On retrouve ici la même palette de couleurs que celle employée pour dépeindre la fureur de Vallombreuse, et surtout l'idée d'une forme de transcendance ou de quasi-divinisation par l'amour et la violence (Vallombreuse était comparé à Méduse, Chiquita a ici un regard inhumain). Le sentiment du sublime transcende ainsi celui qui en fait l'expérience, et la représentation, par des moyens textuels tels que la concentration de la phrase ou encore l'emploi d'un vocable intense et hyperbolique, cherche à lui correspondre au mieux pour tenter de produire le même effet sur le lecteur.

# LITTÉRATURE ET MORALE

La morale peut être définie comme l'"ensemble des règles, des principes selon lesquels on dirige sa vie, sa conduite, ses mœurs, considéré relativement au bien et au mal" (*Dictionnaire de l'Académie française*). Allier cette notion à la littérature revient à interroger en quoi les textes peuvent illustrer ou se référer à ces règles de conduite, voire en proposer de nouvelles ; certains récits se proposeraient donc à l'intelligence du lecteur en tant qu'exemples ou contre-exemples, dans une intention et une utilisation que l'on qualifie dès lors de "moralisatrice". *Le Capitaine Fracasse* entretient-il ou évite-t-il ce rapport à la morale ?

## Un refus de la morale

### • L'art pour l'art ?

Toujours dans son avant-propos d'octobre 1863, Gautier devance les possibles attentes de ses lecteurs et les prévient qu'on ne trouvera, dans *Le Capitaine Fracasse*, "aucune thèse politique, morale ou religieuse" (p. 12) ; plus encore, rien "ne s'y débat" et "on n'y plaide pour personne". Au lieu donc d'un roman orienté, pris dans telle querelle ou dans un quelconque débat, le lecteur aura sous les yeux "une œuvre purement [...] objective" (p. 13), sans parti pris et même empreinte d'une certaine légèreté d'esprit. On serait ainsi loin de tout "grand problème" qui pourrait peser de façon importune sur le lecteur, censé "feuillete[r]" *Le Capitaine Fracasse* pour son plaisir. Même cet avant-propos ne saurait outrepasser les bornes d'une rapide justification de l'œuvre, Gautier minutant presque son argumentation : "Mais arrêtons-nous. N'allons pas faire une préface quand il n'est besoin que de quelques mots d'explication".

Or cette alliance entre intention plaisante et refus de toute visée argumentative, notamment sur le plan de la morale, doit faire songer à la fameuse préface de *Mademoiselle de Maupin* (1834), qui bien qu'écrite plusieurs décennies avant la version finale du *Fracasse*, reste contemporaine des premières réflexions de Gautier sur ce dernier :

> Une des choses les plus burlesques de la glorieuse époque où nous avons le bonheur de vivre est incontestablement la réhabilitation de

> la vertu entreprise par tous les journaux [...] La vertu est assurément quelque chose de fort respectable, et nous n'avons pas envie de lui manquer, Dieu nous en préserve ! la bonne et digne femme ! — Nous trouvons que ses yeux ont assez de brillant à travers leurs bésicles, que son bas n'est pas trop mal tiré, qu'elle prend son tabac dans sa boîte d'or avec toute la grâce imaginable, que son petit chien fait la révérence comme un maître à danser. [...] Nous conviendrons même que pour son âge elle n'est pas trop mal en point, et qu'elle porte ses années on ne peut mieux. — C'est une grand'mère très-agréable, mais c'est une grand'mère... — Il me semble naturel de lui préférer, surtout quand on a vingt ans, quelque petite immoralité bien pimpante, bien coquette, bien bonne fille, les cheveux un peu défrisés, la jupe plutôt courte que longue, le pied et l'œil agaçants. [...] Dorine, la soubrette effrontée, peut très bien étaler devant moi sa gorge rebondie, certainement je ne tirerai pas mon mouchoir de ma poche pour couvrir ce sein que l'on ne saurait voir. [...] Cette grande affectation de morale qui règne maintenant serait fort risible, si elle n'était fort ennuyeuse. — Chaque feuilleton devient une chaire ; chaque journaliste, un prédicateur ; il n'y manque que la tonsure et le petit collet. Le temps est à la pluie et à l'homélie.

Cette très longue préface dont nous n'avons reproduit qu'un extrait suffisamment parlant – autant par son propos provocateur que par son ton railleur – permet à Gautier de définir sa conception de l'"inutilité" de l'Art : à une époque où une partie du lectorat semble appeler de ses vœux une littérature moralisatrice, calée sur une certaine idée des bonnes mœurs, de la bienséance et de la vertu, Gautier se réclame plutôt d'une écriture débarrassée d'une telle ambition, qui est à ses yeux éculée, réductrice et même déplaisante (car essentiellement hypocrite). "Il n'y a de vraiment beau que ce qui ne peut servir à rien ; tout ce qui est utile est laid", déclare-t-il. La sacralisation de l'artiste qui s'opère au XIXe siècle, telle qu'elle fut étudiée par Paul Bénichou, a en effet pu amener chez certains d'entre eux à une libération de l'Art de ses visées utilitaires, tandis que s'est établie au même siècle une dissociation entre l'idée du Beau, du Vrai et du Bien : l'union de ces trois notions était en effet propre à l'esprit du classicisme, et le romantisme (peu après aidé du réalisme) a largement contribué à leur autonomisation, pour permettre aux productions artistiques de ne pas avoir à justifier leurs existences à travers leurs conformités à ces grandes notions.

Le Gautier des années 1830 et de la préface de *Mademoiselle de Maupin* s'attaquait en réalité à des idées entretenues par une bourgeoisie qu'il juge pudibonde : dans un esprit partagé avec les autres membres du Petit Cénacle, il s'agit pour lui d'ouvertement provoquer les membres de la classe bourgeoise, accusés de pratiquer un rationalisme et un matérialisme réducteurs, et même pire, d'être philistins*. C'était d'ailleurs par réaction opposée que le cercle romantique cultivait bien souvent l'excentricité, l'anticonformisme et pour certains la vie de Bohème. La bourgeoisie se caractériserait encore par sa pruderie et, à certains endroits, son attachement à une bigoterie qui remet à l'ordre du jour des valeurs chrétiennes raccourcies et dépouillées de leur sens véritable (ce que la préface de *Mademoiselle de Maupin* raille justement). Or, même trente ans après l'époque du gilet rouge, ce même esprit anti-bourgeois n'est pas étranger au *Capitaine Fracasse* qui, jusqu'à un certain degré, semble non seulement illustrer de façon critique de possibles avatars de ces valeurs bourgeoises tant honnies, mais aussi et surtout les confronter à un contre-modèle positif.

**• Des valeurs anti-bourgeoises**

Bien qu'il se dédouane explicitement de toute ambition moralisatrice, *Le Capitaine Fracasse* n'est en effet pas pour autant immoral ; il met au contraire en scène un grand nombre de personnages dotés de codes éthiques et même hautement moraux, que ces derniers appliquent scrupuleusement voire curieusement, pour certains. Ainsi, Zerbine enfin de retour auprès de la troupe et ayant promis des baisers à ses bons amis, "accomplit loyalement sa promesse, car c'était une fille de parole et qui avait de la probité à sa manière" (p. 204). On peut encore songer au don que fait Bellombre à la troupe représentée par Blazius, au chapitre 8 : ce moment du récit, bien que rendu sur un mode presque burlesque* – notamment pour retranscrire l'émotion silencieuse de Blazius dont le comique visage s'ébranle bizarrement, au passage d'une unique larme –, cherche à émouvoir le lecteur (sans pour autant recourir à une quelconque modalisation explicite) pour lui donner l'exemple d'un don désintéressé, fait au nom d'une vieille amitié et d'une belle camaraderie professionnelle.

Un exemple plus frappant encore de moralité serait celui de Lampourde, qui malgré son apparence elle aussi grotesque "n'était pas dénué de noblesse" (p. 362) ; son caractère, en le dotant de courage et de fermeté, lui épargne par ailleurs toute sensation de peur dans l'exercice de son métier de spadassin, tant l'acceptation ferme et raisonnée de son emploi le protège de l'angoisse et de la poltronnerie. La rigueur morale de Lampourde, bien qu'excessive et évidemment mise au service d'un comique de caractère et de situation, ne permet pas moins au personnage de se distinguer du truand ordinaire : s'il monologue d'une façon cocasse pour se convaincre lui-même d'aller boire – le narrateur souligne ensuite de façon sarcastique que ce personnage accomplit "la promesse qu'il s'était faite après la réponse de l'oracle en faveur du cabaret" au point de devenir "saoul comme grive en vendange" (p. 338), image diminutive et amusante pour décrire un tueur à gages –, Lampourde ne jouit pas moins d'une grandeur d'esprit, cette "délicatesse" dont le texte signale justement qu'il n'est pas dépourvu (cf. le titre du chapitre), et s'élève ainsi au-dessus de Vallombreuse puisque contrairement à ce dernier, Lampourde se refuse à attaquer Sigognac après avoir été battu par lui à l'épée (combat d'ailleurs lui-même assez comique, puisqu'entrecoupé par les étranges politesses et les commentaires enthousiasmés du bretteur, pages 353 à 355). Comme s'il était un homme bien né, il reconnaît ainsi la supériorité du jeune baron et y répond en se soumettant aux codes de dignité employés dans des rangs supérieurs à sa condition réelle, tout en gardant néanmoins conscience de son état réel, en témoigne la déclaration de soumission complète et même déjà "fanatique" (p. 421) qu'il offre à Sigognac : "Baron, permettez-moi d'être désormais votre admirateur, votre esclave, votre chien. On m'avait payé pour vous tuer. J'ai même reçu des avances que j'ai mangées. C'est égal ! Je volerai pour rendre l'argent" (p. 355).

Tout au contraire, comme le montre Marie-Louise Lentengre dans "Le Microcosme du *Capitaine Fracasse*", sont dénoncés par le ridicule un certain nombre de personnages proprement immoraux ou de bas esprit, qui correspondent à une couche assez médiocre de la société. Au chapitre 9 par exemple, le narrateur décrit les spectateurs de Poitiers venus à l'une des représentations de la troupe :

> Bientôt la salle fut pleine à n'y pouvoir introduire un cure-dent. [...] Des espèces de loges en planches de sapin, recouvertes de serge ou de vieilles verdures de Flandre, avaient été pratiquées sur les côtés de la salle, dont le milieu formait le parterre, où se tenaient debout les petits bourgeois, courtauds de boutique, clercs de procureur, apprentis, écoliers, laquais et autres canailles. (p. 246)

On voit ici que sont mis exactement sur le même plan, grâce à la juxtaposition et la coordination, petits emplois, "petits bourgeois" et malfrats en tous genres ; l'insulte familière en laquelle consiste le mot "courtaud", en plus du terme péjoratif "canaille", vise quant à elle, et ce sans ambiguïté, l'expression d'une opinion pour le moins négative. Ce sont donc finalement ces mentalités réduites, "ravalées" ou "bourgeoisement prosaïques" (p. 107) qui, par le biais du ridicule ou de la dépréciation, voire de la satire (on peut songer ici à l'aubergiste du Soleil bleu), sont érigées en exemples à ne pas suivre ; c'est bien pour cela que, dans le passage du chariot qui contient tout un monde, ces esprits mesquins n'eussent "fait qu'un cas fort médiocre" des "misérables trésors dont le poète se contente"... Les acteurs de la troupe, Sigognac, Lampourde, Gautier lui-même sont au contraire de ces poètes qui peuvent discerner la véritable richesse des choses, entrer en communion avec le pouvoir imaginatif de leurs apparences, et nous, depuis nos positions de lecteurs, sommes également indirectement invités à faire de même, bien qu'à travers le prisme des mots. Ainsi, sans énoncer de morale au sens strict et donc sans intention proprement moralisatrice, *Le Capitaine Fracasse* n'est pas dépourvu d'une certaine sensibilité à la morale qui rejoint en réalité la question de l'idéal, si cher à Gautier. Comme on l'a vu, l'idéal suppose d'une part une axiologie, et d'autre part une gradation, une hiérarchie dans l'intensité ; or le haut sentiment est en effet porté à son comble dans le roman, d'abord réalisé sous sa forme la plus entière, qu'est l'amour pur, véritablement vertueux et dévoué de Sigognac et Isabelle, mais aussi à travers le rayonnement d'autres grandes valeurs telles que la camaraderie et l'amitié (Sigognac est ainsi aidé de ses fidèles et même momentanément héroïques compagnons pour délivrer Isabelle, Hérode ayant par exemple "du cœur [...] autant qu'un capitaine" et terrassant un allié de Vallombreuse, p. 423), mais aussi la noblesse d'esprit ou encore l'entraide, qui s'y manifestent elles aussi au plus haut degré. N'oublions pas non plus que même le chat Béelzébuth, qui rend toujours "ses devoirs à son maître bien-aimé" (p. 502), que le chien Miraut, qui en posant la tête sur le genou de Sigognac le fixe d'une prunelle où semble "percer une étincelle d'intelligence presque humaine", si bien qu'"on eût dit qu'il comprenait les pensées du baron et cherchait à lui témoigner sa sympathie" (p. 31), et que le cheval Bayard, qui lance des "appels affectueux de [...] bête reconnaissante" (p. 66) en perdant son maître pour un temps, s'élèvent au-delà de leur condition strictement animale et dévoilent un trésor d'âme possiblement universel quoique inégalement distribué, à travers les preuves d'amour et de constance qu'ils parviennent à donner au jeune baron :

[Sigognac] ne pensait point que les animaux fussent de pures machines, et il accordait aux bêtes une âme de nature inférieure à l'âme des hommes, mais capable cependant d'intelligence et de sentiment. Cette opinion, d'ailleurs, est celle de tous ceux qui, ayant vécu longtemps dans la solitude en compagnie de quelque chien, chat, ou tout autre animal, ont eu le loisir de l'observer et d'établir avec lui des rapports suivis. (p. 507)

En se refusant toute intention "politique, morale ou religieuse", c'est donc plutôt une forme de dogmatisme écrasant que rejette Gautier : aux antipodes d'un propos étriqué, le récit doit libérer le cœur et l'imagination, les célébrer, sans que cela empêche que l'on puisse en apprendre quelque chose. *Le Capitaine Fracasse* ne doit certes pas être un sermon, une leçon accablante et prétentieuse mais, en prenant pour sujet le développement et l'initiation de Sigognac au monde, y compris à ces beautés, ce roman peut bien tenir du voyage formateur, tel que nombre de jeunes gens le pratiquaient notamment au XIXe siècle ; nous sommes bel et bien initiés à une forme de morale douce, certes parfois considérée avec un sourire amusé (à travers Lampourde, qui est d'une telle rigueur qu'il propose à Vallombreuse un autre bretteur pour le remplacer dans son projet d'annihiler Sigognac, au chapitre 14) mais non moins charmante et valable. Nous y sommes initiés, au même titre que les personnages, grâce à notre voyage dans le monde du roman.

## Un récit édifiant ?

Nous avons déjà établi que le mode romanesque suppose un cycle d'aventures permettant le développement du héros, tandis que le picaresque, lui aussi présent dans le roman, se structure autour d'une accumulation d'événements qui ne sont pas non plus sans posséder une dimension formative, puisque la confrontation au monde est de même créatrice de nouveau sens. C'est bien ce qu'exemplifie *Le Capitaine Fracasse*, dont l'intrigue montre en quoi le choix de l'action peut triompher d'une lacune première ; la "mauvaise fortune inutilement combattue" des débuts (p. 29) finit bel et bien par se trouver renversée à la fin du récit, renversement qui s'effectue par le biais d'un long périple et emprunte au récit de voyage son aspect éducatif.

Ce genre, qui ne concerne pas en réalité *Le Capitaine Fracasse* puisqu'il s'agit généralement d'un récit à la première personne favorisant le réel sur le fictif, a traditionnellement pour ambition de décrire et proposer un regard analytique sur les lieux et les habitants visités au cours d'un itinéraire, pour en tirer un savoir ; or bien que cette dimension soit moins importante dans le parcours des personnages du *Capitaine Fracasse*, qui privilégie l'intérêt pictural, sensoriel et sentimental du voyage (v. La représentation littéraire), notre roman possède lui aussi cette façon propre à la littérature viatique*, en particulier telle qu'elle était pratiquée au XIXe siècle (c'est-à-dire souvent sans visée proprement scientifique), de donner des informations sur l'état du monde et d'en tirer réflexions et conclusions. Au début du chapitre 3 par exemple, le narrateur dépeint et analyse l'organisation du hameau où se situe la première auberge du roman, celle du Soleil bleu :

> C'était un pauvre ramassis de cahutes, qu'en tout autre lieu moins sauvage on n'eût pas songé à baptiser du nom de hameau [...].
> Le hameau se composait de cinq ou six cabanes éparses sous des arbres d'une assez belle venue [...]. Ces maisons, faites de torchis, de pierrailles, de troncs à demi équarris, de bouts de planches, couvertes de grands toits de chaume brunis de mousse et tombant presque jusqu'à terre, avec leurs hangars où traînaient quelques instruments aratoires déjetés et souillés de boue, semblaient plus propres à loger des animaux immondes que des créatures façonnées à l'image de Dieu ; aussi quelques cochons noirs les partageaient-ils avec leurs maîtres sans montrer le moindre dégoût, ce qui prouvait peu de délicatesse de la part de ces sangliers intimes.
> Devant les portes se tenaient quelques marmots au gros ventre, aux membres grêles, au teint fiévreux, vêtus de chemises en guenilles, trop courtes par-derrière ou par-devant, ou même d'une simple brassière lacée d'une ficelle, nudité qui ne paraissait gêner leur innocence non plus que s'ils eussent habité le paradis terrestre. À travers les broussailles de leur chevelure vierge du peigne brillaient, comme des yeux d'oiseau de nuit à travers les branchages, leurs prunelles phosphorescentes de curiosité. La crainte et le désir se disputaient dans leur contenance ; ils auraient bien voulu s'enfuir et se cacher derrière quelque haie, mais le chariot et son chargement les retenaient sur place par une sorte de fascination.

> Un peu en arrière, sur le seuil de sa chaumine, une femme maigre, au teint hâve, aux yeux bistrés, berçait entre ses bras un nourrisson famélique. L'enfant pétrissait de sa petite main déjà brune une gorge tarie un peu plus blanche que le reste de la poitrine et rappelant encore la jeune femme dans cet être dégradé par la misère. La femme regardait les comédiens avec la fixité morne de l'abrutissement, sans paraître bien se rendre compte de ce qu'elle voyait. Accroupie à côté de sa fille, la grand'mère, [...] rêvassait le menton sur les genoux et les mains entrecroisées sur les os des jambes, en la position de quelque antique idole égyptiaque. (p. 68-69)

L'observation de ce groupement de maisons, marquée par une forme d'impersonnalité (il n'y a en effet aucune marque grammaticale de première ou de deuxième personne) et qui semble reprendre le lieu commun de l'introduction en terre quasi sauvage, avec l'insalubrité et la curiosité hébétée des enfants devant le chariot comique, conduit à des suppositions et des déductions d'ordre social sur le type de vie mené par les habitants de l'endroit ; la vision de ces deux femmes assises sur le seuil d'une habitation amène également Blazius à déclamer cette intéressante tirade sur le thème universel de la vieillesse :

> À la vue de cet épouvantail séculaire, le Pédant, qui marchait à pied, se récria :
> "Oh ! l'horrifique, désastreuse et damnable vieille ! À côté d'elle les Parques sont des poupines ; elle est si confite en vétusté, si obsolète et moisie, qu'aucune fontaine de Jouvence ne la pourrait rajeunir. [...] Cette sorcière a été sans doute belle en son avril, car ce sont les plus jolies filles qui font les plus horribles vieilles. Avis à vous, mesdemoiselles, continua Blazius en s'adressant à l'Isabelle et à la Sérafina, qui s'étaient rapprochées pour l'entendre ; quand je songe qu'il suffirait d'une soixantaine d'hivers jetés sur vos printemps pour faire de vous d'aussi ordes, abominables et fantasmatiques vieilles que cette momie échappée de sa boîte, cela m'afflige en vérité et me fait aimer ma vilaine trogne, qui ne saurait être muée ainsi en larve tragique, mais dont, au contraire, les ans perfectionnent comiquement la laideur." (p. 70)

Cet extrait, qui reprend d'ailleurs de façon comique un discours à la Ronsard, ne doit pas être pris à la lettre dans la légèreté et le burlesque du ton de Blazius : c'est un véritable moment de réflexion sur la nature humaine, à travers un thème qui a beaucoup occupé Gautier et les romantiques de façon générale, et qui est ici amené et permis par le topos du voyage (les personnages principaux, hormis Léonarde, n'étant pas vieux et donc peu susceptibles de provoquer ce genre de méditation).

Une autre forme liée au thème du voyage et convoquée par *Le Capitaine Fracasse* serait le modèle odysséen – le terme est d'ailleurs employé par le narrateur lui-même, au chapitre 7, quand ce dernier qualifie le voyage de la troupe d'"odyssée comique" (p. 190). Notons par ailleurs que Blazius se réfère à un épisode de l'Odyssée au chapitre 5, en observant et commentant l'habit troué de Sigognac ("Corbacche ! dit le Pédant, dont la voix fit tressaillir le baron surpris, cette chemise a la mine vaillante et triomphale. [...] Il n'en faut pas rougir, baron ; [...] plusieurs héros considérables, dont l'histoire rapporte au long les gestes, n'étaient point trop bien fournis en linge, témoin Ulysse, personnage grave, prudent et subtil, lequel se présenta, vêtu seulement d'une poignée d'herbes marines, à la tant belle princesse Nausicaa, comme il appert en l'Odyssée du sieur Homérus" (p. 111). La trajectoire de Sigognac est également marquée en ses deux bouts, comme celle d'Ulysse auquel Blazius comparait le jeune baron, par la question du foyer, du pays d'origine vers lequel on retourne de façon circulaire, après maintes épreuves et une sagesse nouvelle acquise. Sigognac rentre chez lui deux fois, plus précisément ; d'abord seul, au chapitre 19, où il est accueilli par son chien Mirault ("Argus lui-même reconnaissant Ulysse chez Eumée n'était pas si content que Miraut", p. 466), puis au bras d'Isabelle dans l'épilogue, sous la suggestion de cette dernière malgré les hésitations du nouveau marié :

> [...] je n'ai point osé vous engager à ce voyage, ne sachant pas s'il serait de votre goût. Je ne me serais pas permis de vous arracher aux délices de la cour dont vous êtes l'ornement, pour vous conduire à ce château [que] je préfère pourtant aux plus riches palais, comme étant la séculaire habitation de mes ancêtres et le lieu où je vous vis pour la première fois, place à jamais sacrée que volontiers je marquerais d'un autel. (p. 498)

On pourra d'ailleurs remarquer que la dernière description du castel de Sigognac, remis à neuf par les soins d'Isabelle, suit en symétrie inversée la structure de la toute première peinture que nous en offre le premier chapitre du roman : aux pages 500 et 501, le narrateur nous renseigne en effet sur le nouvel état du domaine en commençant par l'intérieur de la demeure, puis en poursuivant du côté des jardins (tandis que la description, au début du livre, avait suivi un chemin inverse), mais au sein même de ces deux parties, si on s'y intéresse individuellement, c'est bien l'itinéraire du premier chapitre qu'il nous est à nouveau proposé de suivre. En effet, nous passons pour la seconde fois, dans le passage qui concerne l'enceinte du château, des salles communes ornées d'"Hercules à gaine" (cf. p. 20 et p. 500, si l'on veut comparer) à la chambre du baron ; dans la partie extérieure, nous retrouvons "un perron dont les marches, raffermies et dégagées de mousses, ne vacillaient plus sous le pied trop confiant", des chemins dégagés et des "buis retaillés", et même "au fond du jardin, la Pomone, guérie de sa lèpre" (statue qui avait déjà fait l'objet d'une peinture mémorable à l'ouverture du roman, p. 18). Tous ces éléments, en se trouvant repris dans l'épilogue, servent ainsi à clore de façon habile un cercle à la fois narratif et imagier. Peter Whyte souligne cependant, dans "Pastiche et parodie dans *Le Capitaine Fracasse*", en quoi la fin du roman, qui reprend donc de l'Odyssée un retour triomphal bien que marqué par une dernière épreuve – vaincre les prétendants de Pénélope dans l'épopée d'Homère, et réussir à être uni à Isabelle dans *Le Capitaine Fracasse* –, est satisfaisante moralement bien que tout à fait invraisemblable (notamment en raison de cette présence du merveilleux que nous avons déjà identifiée, v. Étude de l'œuvre, "Fantastique et merveilleux"). Rappelons-nous ici que Charpentier, l'éditeur du roman, en avait refusé le dénouement initialement prévu par Gautier ; trop triste et désespérant, il n'allait pas manquer de décevoir le public, car "ce qu'il faut, c'est la récompense de la vertu, le bonheur des amants et l'apothéose finale dans le triomphe de l'hyménée", selon les dires de Charpentier rapportés par Judith Gautier dans son autobiographie *Le Second Rang du collier* (1903). Or la victoire du bien sur le mal et "la récompense de la vertu" sont des données d'ordre moral, finalement insérées dans le roman dans une visée directement orientée par l'adhésion du public, quoique non officiellement déclarée.

Cette morale de conte de fées, qui clôt donc un long périple circulaire, a ainsi une sorte de fonction didactique non explicitée dans le texte mais suggérée sur le plan logique (n'oublions pas que Gautier privilégie avant tout le plaisir du récit et en évacue par principe toute préoccupation utilitaire évidente ; les interventions du narrateur ne servent qu'à guider le lecteur, et non lui faire la leçon), fonction didactique sous-entendue, donc qui en dernière référence n'est d'ailleurs pas sans rapport avec celle qui caractérise le genre du *Bildungsroman** allemand, c'est-à-dire cette catégorie de romans d'apprentissage dont le *Wilhelm Meister* de Goethe serait l'un des grands représentants. Perçue comme un guide moral pour le jeune homme du XIX^e siècle, cette œuvre met elle aussi en scène un personnage principal doté d'une vocation d'acteur de théâtre, et qui se familiarise aux intrigues de la société en s'engageant au sein d'une troupe itinérante. Ce roman de Goethe, construit en deux parties respectivement intitulées *Les Années d'apprentissage de Wilhelm Meister* et *Les Années de voyage de Wilhelm Meister*, est par ailleurs de même conçu en fonction d'une dichotomie entre monde réel et monde rêvé, où l'amour, l'art et l'enthousiasme peuvent former une forme de propédeutique* vers l'idéal ; *Le Capitaine Fracasse* semble se faire le vecteur d'un message similaire, seule véritable leçon du roman si l'on s'attache à lui chercher une morale implicite derrière le chatoiement et la valse – ou plutôt la contredanse, pour faire une ultime référence au XVII^e siècle – des images.

# COLETTE,

# *LA VAGABONDE*

# ÉTUDE ANALYTIQUE

## INTRODUCTION : ÉCRIRE À LA "BELLE-ÉPOQUE"

À partir de la fin du XIXe siècle et jusqu'à la Grande Guerre, le déclin successif des deux grands mouvements finiséculaires, le naturalisme et le symbolisme, entraîne les écrivains et les écrivaines de tous bords sur les chemins d'une écriture qui cherche timidement à se renouveler. Leurs conditions matérielles évoluent elles aussi et l'écrivain consolide sa place dans la société. Son homologue féminine plus difficilement mais le nombre de femmes qui écrivent, du roman à la poésie, augmente considérablement. Peu à peu, l'écriture se professionnalise et le lectorat s'agrandit et se diversifie grâce aux lois éducatives de la Troisième République, mais aussi à l'industrialisation qui a, elle, rendu possibles les progrès techniques de la presse et de l'édition. Le spectacle vivant à la Belle Époque occupe une place prépondérante dans la société, il est l'une des formes de divertissement les plus appréciées des Français et, même si les publics ne se mêlent pas, il est accessible aux plus petites bourses [Touret et Hamon-Siréjolis dans TOURET, 2000, p. 53]. Les formes populaires sont en pleine ébullition et la pantomime*, que Renée pratique dans *La Vagabonde* sous la férule de Brague, renaît grâce à son modèle dans la réalité, Georges Wague. Ce sont ces formes "populaires" plus que les œuvres dramatiques des théâtres des grandes salles qui nourrissent les réflexions des avant-gardes françaises et européennes. Après l'impression que cause le roman russe arrivé en France à la fin du XIXe siècle (en qui les écrivains voient une alternative aux structures rigides du roman naturaliste*), ce sont les représentations des Ballets Russes de Serge Diaghilev (1872-1929) qui marquent, de 1909 à 1913, toute une génération d'écrivains français.

Parallèlement, les professions intellectuelles attirent de plus en plus, notamment en raison de la possibilité de dégager des revenus de ces métiers. Les profils des auteurs se diversifient donc et aux côtés des écrivains issus de l'aristocratie (Anna de Noailles), nous trouvons des représentants du prolétariat urbain monté à la capitale, de l'administration, de l'enseignement (Charles-Louis Philippe, Marguerite Audoux) et de la grande bourgeoisie et de la bourgeoisie, de Paris, de Province ou étrangère (Proust, Gide, Mauriac, Colette, Renée Vivien). Pour tous, toutes conditions sociales, choix esthétiques (littérature populaire ou grande littérature), nationalités et sexes confondus, c'est à Paris qu'il faut rechercher le succès. Centre de la vie culturelle, artistique et littéraire française et encore capitale, pour un temps, de la République mondiale des lettres, la Ville Lumière attire écrivains, artistes, intellectuels et traducteurs des quatre coins du monde, éblouis par les expositions universelles, la bohème littéraire, l'apparente liberté de mœurs qui permet à la "femme moderne" de s'épanouir et aux homosexuels, surtout aux femmes, de se rencontrer dans des espaces certes marginaux mais bien connus des intéressés.

Et pourtant, dans l'ensemble, le monde littéraire est encore fortement marqué par un certain respect des valeurs bourgeoises qui ont triomphé depuis l'avènement et la consolidation de la Troisième République. Sur le plan esthétique, les avant-gardes percent timidement avant de voir leurs avancées stoppées net en 1914. La société de ce début de siècle appelé nostalgiquement la Belle Époque après la Première Guerre mondiale, comme l'a montré Dominique Khalifa, est bâtie sur de profondes inégalités. Et comme le remarque Paul Claudel dans son *Journal* en 1922, peu d'auteurs y sont sensibles : "Je suis frappé du caractère bourgeois de la littérature française, de sa dureté, de sa sécheresse de cœur, de sa haine pour le peuple, de son manque de sympathie, de son affectation de dureté et de détachement" [cité par BRUNEL, 2001, p. 45]. En 1910, le parcours de Colette Willy est emblématique des contradictions et des enjeux qui parcourent le champ littéraire : elle incarne la représentante des aspirations à l'écriture de la petite bourgeoisie et des femmes. Son roman *La Vagabonde*, basé sur son expérience personnelle, fait aussi entendre l'une des voix discordantes qui s'attachent à décrire l'envers d'un monde dur aux femmes et aux habitants des marges de la société.

## REPÈRES

### Qui est Colette Willy : femme de, actrice, mime, lesbienne, ex-femme de, écrivaine ?

En 1910, Colette Willy, née Gabrielle Sidonie Colette, n'est pas encore Colette, ni "Madame Colette" ni bien sûr la Grande Colette, mais elle jouit déjà d'une double reconnaissance : celle du public et celle de ses confrères des milieux littéraires. La publication de *La Vagabonde* consolide cet acquis puisqu'il est finaliste du Prix Goncourt. De plus, malgré les scandales qui entachent sa réputation, beaucoup d'écrivains proposent son nom dans une enquête destinée à savoir quelles femmes seraient dignes d'accéder à l'Académie française [PICHOIS, I, p. 1593]. Comment en est-elle arrivée là ?

Les conditions de son accès à l'écriture restent encore, à l'heure actuelle et en grande partie en raison du récit élaboré par Colette elle-même, assez mystérieuses. En 1941, dans *Journal à Rebours*, elle nie l'existence d'une vocation présente dès l'enfance et insiste sur le rôle clé de la nécessité économique dans son choix. En 1936, année de tous les honneurs, elle se refuse subtilement à préciser les circonstances et les raisons à son entrée en littérature dans son "Discours de réception à l'Académie Royale Belge de langue et de littérature françaises" :

> Je suis devenue écrivain sans m'en apercevoir, et sans que personne s'en doutât. Sortie d'une ombre anonyme, auteur de plusieurs livres dont quelques-uns étaient signés de mon nom, je m'étonnais encore que l'on m'appelât écrivain, qu'un éditeur et un public me traitassent en écrivain, et j'attribuais ces coïncidences renouvelées à un hasard complaisant, hasard qui de palier en palier, de rencontre en prodige, m'a amenée jusqu'ici. [III, p. 1079-1080]

Avec le terme "hasard", que son maître Balzac considérait dans l'"Avant-propos" de la *Comédie humaine* comme "le plus grand romancier du monde", Colette place son parcours d'écrivaine sous le signe du romanesque et déçoit les lecteurs et admirateurs en quête de vérité biographique. Elle élude également le sujet dans son ouvrage autobiographique *Mes apprentissages*, publié la même année, dans lequel elle prétendait pourtant revenir sur sa période de formation. Jacques Dupont montre que c'est l'un des points aveugles du texte et de son œuvre, en général : Colette se refuse à plusieurs reprises à faire la lumière sur des débuts marqués par la figure de Willy, pseudonyme du brillant écrivain et journaliste parisien Henri Gauthier-Villars (1859-1931) qu'elle a épousé en 1893.

À l'heure actuelle, les multiples portraits à charge de Colette à son endroit ont façonné l'image qui nous est parvenue de lui. Malgré ses multiples aventures, Colette semble l'avoir profondément aimé: elle l'affirme de manière voilée dans ses œuvres, plaçant ces aveux dans la bouche de ses héroïnes (p. 81), et de ses narratrices appelées Colette. Il semble d'ailleurs que ce soit Willy qui l'ait mise à la porte mais que la séparation n'ait pas été si nette. Sidonie Gabrielle et lui avaient quatorze ans de différence, phénomène assez fréquent à l'époque. Issu de la bourgeoisie, il vivait à Paris et sa famille possédait la maison d'édition scientifique Gauthier-Villars (1864-1971). Son mariage avec la jeune Colette, sans dot, et son désengagement progressif de l'affaire familiale au profit d'une activité littéraire perçue comme frivole, sans parler de ses relations sentimentales, nous le montrent certainement comme un homme en rupture de ban avec nombre des valeurs de sa classe sociale et s'inscrivant contre la littérature officielle du début du siècle.

Née en 1873 à Saint-Sauveur-en-Puisaye, Sidonie Gabrielle Colette de son vrai nom, arrive au monde dans une famille cultivée de la bourgeoisie de Province. Sa mère, Sidonie Landoy (1835-1912), veuve, s'est remariée avec le Capitaine Colette. Elle deviendra “Sido”, figure tutélaire de l'œuvre de sa fille, à partir des années 1920 (*La Maison de Claudine* – 1922). Colette la décrit comme éprise de son mari, de ses enfants, de son jardin et de lecture, observatrice et quelque peu surprotectrice. Le père de l'écrivaine, Jules Joseph Colette (1829-1905) est un ancien capitaine de zouaves qui a perdu sa jambe dans l'exercice de ses fonctions. Il devient percepteur à Saint-Sauveur en 1860 où il rencontre sa future femme. Il fait l'objet d'un portrait émouvant dans l'un des trois chapitres de *Sido* intitulé “Le Capitaine”. Colette le montre tour à tour comme un grand lecteur, un méridional passionné qui cache sa mélancolie sous une fausse gaîté, un écrivain manqué et un homme profondément amoureux de sa femme. En compagnie de sa fratrie (sa demi-sœur Juliette, son demi-frère Achille et son frère Léopold sont décrits ensemble dans “Les Sauvages” de *Sido*), Colette vit une enfance heureuse dans cette maisonnée au jardin paradisiaque et clos, qui s'ouvre pourtant sur la nature environnant le petit village.

À la suite de difficultés financières, les Colette sont toutefois contraints d'abandonner la maison. Sa vente et le départ définitif de Saint-Sauveur en 1891 constituent alors une perte irrémédiable pour l'adolescente, comme elle l'écrira dans *Sido* (1930). Les évocations nostalgiques de cette enfance libre représentent tout un pan de l'œuvre de Colette. Elles trouvent leur prolongement dans l'omniprésence des espaces naturels dans ses reportages, articles de presse, fictions autobiographiques ou non (sous la forme de jardins, forêts...), et dans sa propension pour les courts textes descriptifs dédiés à la faune et à la flore. Peu à peu, elle y atteint la maîtrise de son style qui mêle habilement lyrisme, observation sans complaisance et minutieuse de la réalité, goût pour le mot technique et sonore, évocation enflammée des couleurs, odeurs, textures ainsi que des sensations que fait naître la porosité entre l'être qui observe et le milieu observé. En 1893, assez rapidement après cette première déchirure, elle se marie et part pour Paris. Cette deuxième séparation d'avec son pays natal, Colette n'aura de cesse de la dramatiser, de manière rétrospective et sous des formes diverses, autobiographiques ou fictionnées, et ce jusque très tard dans sa carrière. Ainsi, dans une nouvelle du recueil *Gigi et autres nouvelles* (1944), "Noces", Colette revient sur cet épisode clé du récit qu'elle a patiemment agencé de sa vie. Après la nuit de noces, la jeune narratrice quitte son village et prend conscience du changement radical qu'elle vient de vivre :

> Le lendemain, mille lieues, des abîmes, des découvertes, des métamorphoses sans remèdes me séparaient de la veille. [...] Le lendemain, je partais pour Paris, dans un vieux wagon qui roulait avec un fracas de diligence, en compagnie de trois hommes qui ne m'étaient guère connus, mais dont l'un venait de m'épouser. [IV, p. 564]

À Paris, Colette accède de plain-pied au monde littéraire parisien grâce à la célébrité de son mari : elle fréquente aussi bien les salons littéraires et musicaux (elle y croise, entre autres, Anatole France et le jeune Proust) que les cercles décadents, les cercles saphiques de la rue Jacob et les milieux des femmes journalistes du premier journal féministe français *La Fronde*. Peu après leur mariage, il semble que c'est son mari qui lui aurait demandé d'écrire les souvenirs d'enfance à l'origine de *Claudine à l'école*, relégués dans les tiroirs jusqu'à 1900.

Dès sa parution, Rachilde (1858-1938), écrivaine reconnue et femme d'Alfred Vallette, directeur de la fameuse revue littéraire *Le Mercure de France*, fait l'éloge de cet opus signé Willy qui met en scène le personnage de Claudine, jeune provinciale qui raconte sa vie à la première personne. Ironie, sarcasme, lyrisme, érotisme et description foisonnante de la nature, la nouveauté du ton et l'audace de la parole de la jeune héroïne donnent un coup de fouet au roman d'enfance alors en vogue et font du roman un best-seller de la Belle Époque. "Sans s'en rendre compte", Colette vient d'entrer en littérature car c'est bien elle qui a écrit le texte, même si son mari a collaboré et signé le roman pour bénéficier de la renommée de la marque associée à son pseudonyme. Habile exploitant des nouvelles tendances de la littérature commerciale et affriolante, il ne signe pas que les romans de sa femme. Il utilise un système "d'ateliers" collectifs et rémunère un ou plusieurs écrivains, souvent débutants, chacun selon sa spécialité, pour écrire tout ou parties de "ses" romans. Il raccorde les parties de ses "nègres", truffe le texte de calembours et grivoiseries, polit le tout et lance ces productions en publiciste expert. Willy tire avantage du succès et, entre 1901 et 1903, trois autres *Claudine* suivent. Les difficultés du couple – les nombreuses et notoires infidélités de Willy, découvertes dès les débuts de son mariage par la jeune Colette, les dettes du ménage et les aventures saphiques de Colette, sans doute encouragées par son mari – menacent leur mariage. La collaboration littéraire entre les époux se poursuit jusqu'en 1909, date à laquelle elle apprend qu'il a cédé tous les droits des *Claudine* aux éditeurs, sans l'avertir et encore moins lui demander sa permission. C'est la fin de leurs relations sentimentales et professionnelles.

Elle poursuit alors la carrière littéraire qu'elle avait amorcée en solitaire dès 1904 en publiant ses *Dialogues de bêtes*. En 1906, elle commence à prendre des cours de danse et de pantomime avec Georges Wague (1874-1965). Désir de s'émanciper de son mari alors que la séparation semble inévitable ? De 1903 à 1910, le parcours de Colette montre la difficulté d'exister en dehors de la sphère d'influence, tant sentimentale que professionnelle et sociale, de son mari. Elle garde à la scène le nom avec lequel elle avait accédé à la célébrité mondaine et littéraire et acquiert une existence d'artiste en solitaire, dégagée de la tutelle qu'exerce son mari dans le domaine de la littérature, pour explorer une autre voie que l'écriture et se reconstruire.

Marquée par ailleurs par la perte de son père (1905) et le suicide de sa demi-sœur (1908), cette période est en effet éprouvante. La séparation n'est pas une sinécure dans une société profondément bourgeoise dans laquelle le mariage n'est pas menacé par une pratique de l'adultère qui lui semble consubstantielle tant elle est courante. En refusant de l'accepter, Colette se met à dos une bonne partie de sa classe sociale mais trouve refuge auprès d'amis fidèles comme Léon Hamel, rencontré dans le monde du spectacle, ou de camarades, comme Georges Wague, devenus respectivement Hamond et Brague dans *La Vagabonde*. Elle est également épaulée sentimentalement et économiquement par sa compagne, la marquise de Belbeuf, née Marquise de Morny, et surnommée Missy. Elles se sont rencontrées en 1906 et vivent publiquement leur liaison. Le scandale arrive quand elles montent ensemble sur la scène du Moulin Rouge en 1907 pour jouer la pantomime *Rêve d'Égypte*. La Marquise a utilisé le blason des Morny pour l'affiche et le mari complaisant de Colette est dans la salle avec sa nouvelle compagne : c'en est trop. Après avoir bâti sa carrière sur une suite de scandales, Willy a cette fois été trop loin: il perdra tout sur celui-ci. Colette, elle, n'entre bien sûr pas à l'Académie mais arrive à se relever. Elle danse, joue la pantomime et des rôles dramatiques, sur les scènes parisiennes, en Province et à l'étranger, tout en publiant *La Retraite sentimentale* (1907), *Les Vrilles de la Vigne* (1908) et *L'ingénue libertine* (1909). Par ailleurs, elle inaugure la pratique, qui s'étendra sur toute son œuvre, de prépublier de nombreux textes dans la presse, faisant de ce média "une sorte d'atelier de son œuvre, y essayant ses personnages et ses intrigues." [Thérenty, 2019, p. 265]. Elle donne des articles sur ses spectacles et des reportages de tournées au quotidien sur l'actualité des spectacles *Comœdia* et à la première revue homosexuelle parue en France, *Akadémos*. C'est dans *La Vie Parisienne*, "revue illustrée 'humoristique et grivoise'" [Sadoun-Édouard, 2018, p. 15], qu'elle prépublie en feuilleton, du 21 mai au 1er octobre 1910, le premier roman qu'elle écrit seule : *La Vagabonde*, texte inspiré par cette période mouvementée de sa vie qui s'étendra plus ou moins jusqu'à 1913.

En effet, en décembre 1910, Colette entre au journal *Le Matin* où elle rencontre le rédacteur en chef Henry de Jouvenel avec qui elle entame une liaison. Elle se sépare de Missy. En 1912, elle perd sa mère et se brouille avec Achille, son frère aîné, car elle refuse de se rendre à l'enterrement. Elle abandonne peu à peu la scène et se remarie en décembre, devenant Baronne de Jouvenel. Sa fille, Colette de Jouvenel, naît en juillet 1913. C'est la fin du vagabondage auquel elle consacre encore *L'Envers du music-hall* (1913). Le début d'une nouvelle étape de sa vie et de sa carrière se lit en filigrane dans la publication de la suite de *La Vagabonde*, *L'Entrave* (1913), roman dans lequel nous retrouvons Renée Néré prise aux pièges de l'amour.

## PROBLÉMATIQUES

*La Vagabonde*, l'un des "meilleurs romans de Colette" [DUGAST-PORTE, 2004, p. 82], fut un succès auprès du public, tant chez les critiques que parmi le lectorat non professionnel. C'est le premier qu'elle écrit seule, sans le concours de Willy, et c'est pour cela qu'il résonne particulièrement dans son œuvre. D'abord publié en vingt livraisons, il paraît en volume à la mi-novembre. Ce premier roman se caractérise par son ancrage dans les pratiques esthétiques qui attestent de ce que Michel Raimond a appelé la crise du roman des années 1910, par son hybridité générique et une variété de tonalités* spécifiques de ce que sera la manière de Colette en matière de romanesque, mais aussi par certains traits déjà exploités depuis ses débuts. Ainsi, les potentialités du roman à la première personne, qui joue de la focalisation interne*, avaient fait le succès des *Claudine* et de *La Retraite sentimentale*. Sur le plan de l'intrigue, il s'agit là d'une nouvelle variation sur le thème des conséquences de la trahison amoureuse infligée par son premier mari parisien à une fière jeune fille de Province qui s'était pourtant abandonnée sans réserve au mariage et à l'amour. Une histoire similaire à celle de Claudine et de Colette : Renée lui ressemble et tous les lecteurs peuvent reconnaître Willy sous les traits de Taillandy. Celui-ci ne s'y trompe pas et riposte au moyen du même procédé, un roman-vengeance, accablant pour Colette (*Lélie fumeuse d'opium*, 1911).

Comme dans tous les écrits de Colette, nous trouvons dans ce roman une composante autobiographique. Colette elle-même en révéla les clés* dans un manuscrit annoté. Dans l'article "*Mes idées sur le roman*" (*Le Figaro*, 30 octobre 1937), elle admet elle-même s'être toujours plus ou moins inspirée de sa vie privée pour écrire. Mais c'est une tendance qui ne lui est pas propre et une lecture à laquelle on ne doit pas réduire le texte. D'une part, elle s'inscrit alors dans la tradition du roman personnel. Ainsi, Jean-Yves Debreuille identifie cette tendance chez Proust et les autres représentants du genre narratif en 1910. Pierre Brunel propose ainsi de considérer comme un véritable roman le récit d'enfance d'inspiration autobiographique de Marguerite Audoux, *Marie-Claire*, publié en 1910 et finaliste du Prix Goncourt aux côtés de *La Vagabonde* [2001, p. 55]. D'autre part, tout comme Proust, Colette a revendiqué de pouvoir être lue autrement, tout comme l'a montré Martine-Boyer Weinmann. Elle a toujours été consciente des mécanismes de réception de son œuvre et de celle de ses consœurs. En 1928, dans *La Naissance du jour* (dernier roman après *L'Entrave* (1913) dans lequel elle emploiera le "je"), Colette suggérera que les auteures étaient à l'époque plus fréquemment lues sous cet angle fatalement réducteur [III, p. 316]. Elle répondait alors à cette tendance par cette provocation au lecteur dans l'épigraphe* du même texte : "Imaginez-vous, à me lire, que je fais mon portrait ? Patience : c'est seulement mon modèle" [III, p. 275].

Ainsi, les divergences entre Renée Néré et Colette touchent deux éléments clés de l'intrigue et de la caractérisation du personnage principal : l'amour et l'écriture. Renée choisit la solitude et renonce à l'amour à la fin du roman au profit de son Art de comédienne et de sa liberté. Colette, elle, vivait en couple avec Missy. Par ailleurs, ses biographes et le manuscrit annoté ont attesté que Maxime n'avait pas de modèle réel. Finalement, il semble que ce soit Willy et non pas Colette qui soit parti dans la réalité. Alors que Renée assume sa "patience, [sa] longue, lâche et complète complaisance" (p. 83) mais décide également d'en finir : "Partir, mais ne plus m'abaisser à promener, tout un jour, une des maîtresses de mon mari, pendant qu'il en étreint, rassuré, protégé par moi, une autre !" (p. 84). Elle surprend même Taillandy en le quittant : "Et il arriva ce qu'Adolphe Taillandy, qui pense à tout, n'avait pas prévu : un jour que, pour mieux recevoir Mme Mothier sur le grand divan de l'atelier, il m'avait sans courtoisie mise à *ma* porte, je ne rentrai pas." (p. 85). Il est clair ici que l'ancrage biographique sert à construire une "fiction du moi idéal, véritable moteur de l'affabulation romanesque" [DUPONT, 1995, p. 24].

D'autant plus que Colette n'avait nullement abandonné l'écriture pendant ses tournées, bien au contraire. Elle admet même que le caractère quelque peu décousu du texte est, en partie, dû aux conditions de vie peu confortables lors de sa rédaction pendant ses multiples tournées: "C'est alors que j'entrepris de soumettre, au rythme de mon existence d'artiste, mon travail d'écrivain." [II, p. 1236]. Elle n'hésite pas, contrairement à Renée Néré, à composer avec les contraintes que les logiques commerciales font peser sur la littérature. Aux revenus de ses cachets sur scène, elle associe ceux de la presse. Comme le dit Guy DUCREY, l'essentiel se trouve donc ailleurs que dans la lecture biographique: "L'héroïne elle-même ne se nomme ni Colette ni Claudine, mais Renée Néré, un mot en miroir qui laisse deviner que le personnage sera le reflet déformé de sa créatrice" [2018, p. 1059]. Avec *La Vagabonde*, Colette réussit sa prise d'indépendance et se montre en pleine possession de ses moyens d'écrivaine: elle connaît le succès et accède au statut de classique auprès des critiques – sauf en ce qui concerne les réserves morales, nous le verrons.

## Aux origines du roman: les hésitations génériques

À l'origine, Colette avait pensé *La Vagabonde* comme un roman épistolaire, ce dont la troisième partie du texte porte encore la trace. Toutefois, les lettres de l'amoureux font pâle figure pour mieux montrer la prise de pouvoir sur sa propre parole de la part de Renée. Il semble donc que Colette ait opté pour la forme romanesque en raison de sa volonté d'explorer, des deux composantes à l'origine du roman épistolaire, "la voie de l'introspection et de la vraisemblance" plutôt que celle de la "structure communicationnelle" [CALAS, 2007, p. 13]. Ce sont les dialogues et les incursions du discours rapportés, ainsi que les apostrophes au lecteur, qui joueront ce rôle dans le manuscrit que porte Colette Willy à *La Vie parisienne* pour sa publication.

### • *La Vagabonde* et la presse

Avant de publier *La Vagabonde* en feuilleton, Colette avait déjà collaboré activement dans la presse. Certains des textes qu'elle réunit en volume dans *Les Vrilles de la Vigne* (1908) comme "De quoi est-ce qu'on a l'air?", "Toby-chien parle", petits dialogues parfois cinglants, critiquaient ouvertement l'hypocrisie du milieu de la narratrice envers sa séparation. Par ailleurs, elle avait déjà commencé à décrire le monde du music-hall ainsi que des lieux de la sociabilité lesbienne comme dans le texte “Sémiramis Bar” publié dans *La Vie parisienne* en mars 1909 (“Chez Olympe”, dans notre texte p. 145-148). Le roman se nourrit donc de son activité dans la presse et particulièrement de celle qu’elle mène dans cette revue illustrée littéraire et très parisienne. En effet, si nous lisons dans ses pages de la littérature et des nouvelles sur l’actualité, il y est surtout question de la femme et de “sa représentation, son traitement ‘encyclopédique’” [SADOUN-ÉDOUARD, 2018, p. 279]. La femme, comme le rappellera Paul Morand, est omniprésente dans la vie culturelle de la Belle Époque. Elle est toutefois confinée à un statut de perpétuel objet du regard de l’homme. Des multiples représentations qui circulent, c’est la femme frivole, “de luxe”, dont le corps et les accessoires typiquement féminins (étoffes, parfum, chaussures, bijoux…) s’offrent au voyeurisme masculin, qui occupe la première place dans *La Vie parisienne*. Nous pouvons alors nous demander pourquoi Colette, en plein processus d’émancipation, participe à cette revue et a choisi d’y publier *La Vagabonde* dont l’héroïne tente elle aussi de se libérer de l’emprise de son mari et de sortir de la passivité assignée socialement au sexe féminin.

Si Colette s’est liée d’amitié avec son directeur, Charles Saglio, lui-même ami avec Willy, elle n’hésite pas non plus, contrairement à Renée Néré, à composer avec les impositions que les logiques commerciales font peser sur la littérature et à utiliser en retour les possibilités d’accès à la reconnaissance du public et des critiques que lui offrent des médias largement diffusés. Aux revenus de ses cachets sur scène, elle associe ceux de la presse pour obtenir son indépendance financière et professionnelle [SADOUN-ÉDOUARD, 2018, p. 331-333]. Elle y parvient: *La Vagabonde* est sélectionnée au Prix Goncourt de 1910, tout comme *L’Hérésiarque et Cie* d’Apollinaire qui réunit lui aussi des contes, chroniques et nouvelles parus entre 1902 et 1910 dans la presse et en revue.

Par ailleurs, la prépublication dans la presse confirme une tendance dans l’œuvre de Colette, celle du passage d’une œuvre centrée sur le moi autobiographique à une œuvre qui intègre l’observation du monde et de ses habitants. Moment à partir duquel elle “tourne résolument son regard vers le monde extérieur, se plie avec une virtuosité croissante aux contraintes de la forme brève, fait ses gammes en traitant des thèmes et des sujets très divers, et souvent nouveaux” [DUPONT, 1995, p. 27]. Ainsi, Marie-Ève Thérenty affirme que l’écriture pratiquée par Colette dans

*La Vagabonde* et dans *Dialogues de bêtes*, caractérisée par une "porosité entre les formes fictionnelles et les genres référentiels et une écriture en *continuum* entre chose vue, souvenirs, autofiction et roman", expliquerait en partie son entrée au *Matin* en 1910. En effet, lors de sa sortie en feuilleton *La Vagabonde* avait été "perç[u] comme un reportage sur le music-hall et non comme un roman sentimental autobiographique" [p. 265]. L'observation minutieuse de la vie de ses camarades du music-hall le faisait appartenir au genre de la chose vue* qui abondait dans la presse. Grâce à son regard, constamment mis en scène par les verbes de perception, la narratrice légitime sa prise de parole pour révéler aux lecteurs la réalité du monde du music-hall, au-delà des apparences de la scène et des stéréotypes sur la "bohème": "J'en ai vu tant, déjà, d'établissements de premier ordre ! Côté public : une salle cruellement inondée de lumière, où la fumée lourde amortit à peine l'or des moulures. Côté artistes : des cases sordides, sans air, et l'escalier de fer aboutissant à des latrines immondes." (p. 179). Lumière, odeurs, bruits, toutes les notations de Colette tentent de faire voir (et entendre) au lecteur le milieu qu'il ne connaît pas et sur lequel elle porte un regard à la fois tendre et informé: "Ma muette sympathie, qui, depuis trois ans, s'éclaire et s'informe, s'attache à eux tous, sans en préférer aucun. [...] Pour la vingtième fois, je me rabâche, à moi toute seule, ces choses pas gaies." (p. 92).

Elle suit alors la voie tracée par ses prédécesseurs journalistes comme Séverine (1855-1929) et Marguerite Durand (1864-1936), qui consiste à "défendre les plus faibles, les sans voix: les animaux, les enfants, les pauvres, les opprimés et les personnes très âgées." [Thérenty, 2019, p. 140]. Certains passages de *La Vagabonde* annoncent la défense des animaux dont Colette se fit une spécialité. Ainsi, Renée dénonce-t-elle le "commerce imbécile et malfaisant" du marchand de chien (p. 197) où Margot recueille les chiens malades qu'elle soigne. Plus largement, elle explique clairement qu'elle souhaite faire connaître des artistes auxquels la presse ne s'intéresse pas (p. 92). Grâce à son approche journalistique du monde du music-hall, et à la parole qu'elle donne à ses interprètes, Colette renouvelle en profondeur "l'esthétique de la coulisse et de l'arrière-scène que le XIXe siècle avait mise à l'honneur" [Ducrey et Dupont, 2018, p. 1059].

• *La Vagabonde* : le titre d'un renouveau

Le titre du roman de 1910 trouve son origine dans *La Retraite sentimentale* publiée en 1907. Dans ce roman, où Colette liquide définitivement l'univers frelaté des *Claudine* tout en posant les jalons d'une rhétorique personnelle fondée sur un lyrisme dominé par les sensations, l'héroïne est présentée comme une "vagabonde assise" [I, p. 860]. Cette tournure oxymorique est le signe d'une identité tiraillée entre un statut problématique – celui de vagabonde des lettres et des planches – et un état de passivité forcée – celui de femme assise, reléguée aux marges de la société. En reprenant ce titre innovant en 1910 et en supprimant l'épithète "assise", Colette insiste sur le besoin, sourd et nécessaire, de mettre en intrigue une existence problématique, largement dévoyée par un divorce, un nouveau métier de théâtre et l'envie d'écrire.

En effet, le substantif "la vagabonde" convient parfaitement au personnage stéréotypé qu'est l'actrice au XIX<sup>e</sup> siècle. Le nouveau "métier" de la narratrice est si mal vu pour une femme que celui qu'elle exerçait auparavant et qui était pourtant considéré à l'époque comme une exception monstrueuse pour son sexe, comme l'a bien montré Christine Planté, passe pour une occupation plus respectable. Pour le montrer, la narratrice emploie les guillemets du discours rapporté qui signalent ce que disent d'elles les autres : elle est devenue une "femme de lettres qui a mal tourné" (p. 67). Dans un dialogue avec Maxime, elle explique ses raisons à son amoureux et à travers lui, au lecteur bourgeois. Elle se justifie de ce nouveau métier comme du seul possible pour une jeune fille qui n'a été préparée qu'au mariage, le parant d'une dignité de "métier" que son amoureux n'est pas à même de comprendre car il ne travaille pas :

> – Petite, murmure-t-il, pourquoi fais-tu du café-concert ?
> – Grand-Serin, pourquoi ne faites-vous pas de l'ébénisterie ? Ne me répondez pas que vous avez les moyens de vivre autrement, je le sais ! Mais, moi que voulez-vous que je fasse ? De la couture, de la dactylographie, ou le trottoir ? Le music-hall, c'est le métier de ceux qui n'en ont appris aucun. (p. 203)

De fait, ce n'est pas la première fois qu'elle surprend le lecteur : dès les premiers mots du texte elle joue du paradoxe quand elle fait dire à la narratrice : "Dix heures et demie... Encore une fois, je suis prête trop tôt." (p. 59). Quelle vagabonde règle son existence sur un horaire ? Dès l'incipit, la narratrice n'hésite pas à reproduire les paroles de Brague à son endroit: "Sacrée graine d'amateur, va!" (p. 59). Elle avoue également: "On dit aussi de moi que 'je fais du théâtre', mais on ne m'appelle jamais actrice. Pourquoi ?" (p. 67). Le public, ses amis et même ses camarades refusent de l'identifier comme une professionnelle car elle n'appartient plus à la bourgeoisie et ne fait pas pleinement partie de sa nouvelle classe. Elle l'a choisie et ne dépend pas exclusivement des revenus de son nouveau métier, raison pour laquelle elle ne sacrifie pas son confort de vie. La troisième partie du roman met en scène une tournée théâtrale qui impose une scission entre Renée, qui voyage en première classe, et Brague et le jeune Troglodyte affamé qui choisissent, pour économiser, la seconde. Avec dérision, le professeur de mime rétorque à la narratrice: "*Tout le monde* n'est pas Vanderbilt ou Renée Néré, pour se coller des chambres à cent sous et des cafés au lait servis dans la taule !" (p. 242). C'est cette ambiguïté qui fait d'elle une parfaite vagabonde: la narratrice, tout en conservant un train de vie et "un fatalisme foncier et paisible de petite bourgeoise" (p. 129), répond au même mouvement involontaire qui jette les vagabonds sur les chemins du hasard, sans que ces revers de fortune n'éteignent la croyance indéfectible qu'ils portent à leur art. Elle est à même d'observer avec distance son ancien monde et avec empathie son nouvel environnement où elle trouve aussi quelques moments éphémères d'accalmie qui lui procurent une impression de fixité: "Vagabonde, soit, mais qui se résigne à tourner en rond, sur place, comme ceux-ci, mes compagnons, mes frères..." (p. 129). Car l'errance, tout comme la stabilité, confine à la routine, et c'est là que le regard de la narratrice tisse les liens sous-jacents entre deux mondes qui la maintiennent à distance et dont les discours mettent en péril son identité.

Car ce statut de l'entre-deux s'avère risqué. Quand ses proches identifient en Maxime un "homme bien" alors qu'elle nourrit encore des soupçons sur ses intentions, elle ne sait plus quels mots employer pour le congédier et son inconfort la pousse vers le "silence" (p. 141). En dehors de sa classe, Renée a perdu sa capacité à parler et donc à agir. Et son identité risque à tout moment de se dissoudre:

> Moi... En pensant ce mot-là, j'ai regardé involontairement le miroir. C'est pourtant bien moi qui suis là, masquée de rouge mauve, les yeux cernés d'un halo de bleu gras qui commence à fondre... Vais-je attendre que le reste du visage aussi se délaie ?

> S'il n'allait demeurer, de tout mon reflet, qu'une coulure teintée, collée à la glace comme une longue larme boueuse ?... (p. 61)

Les épisodes de monologue intérieur qui alternent avec les dialogues et les observations, les lettres, sont une tentative pour se reconstruire une identité à travers la maîtrise du langage. Renée cherche à redevenir actrice de son propre destin. Elle acquiert, au contact du music-hall, la capacité de ne pas s'enfermer dans un rôle ou une classe sociale. Elle peut se faire l'écho d'autres voix, devenue aussi banale que les autres femmes :

> il [l'isolement] avait repris, austère, dur à pleurer, dès les premières trahisons conjugales, et cela, c'est le plus banal de mon histoire... Combien de femmes ont connu cette retraite en soi, ce repliement patient qui succède aux larmes révoltées ? (p. 85-86)

Mais elle peut également se forger une singularité qui sait enfin se passer de "maître" : "Je n'ai pas d'égaux, je n'ai que des compagnons de route..." (p. 278). Cette singularité de Renée est servie par un roman qui n'est pas radicalement novateur dans sa forme mais sait jouer à la perfection des codes contemporains pour la faire briller.

## Un roman de 1910

Durant ses années de formation, au contact de Willy et de ses collègues romanciers, Colette a pu lire les tentatives de l'école humoristique* pour miner le roman officiel représenté par Anatole France, Barrès ou encore Paul Bourget, grâce à la fantaisie et à l'humour et sans toutefois délaisser les ressources du roman naturaliste [Pichois, I, p. XV]. À un moment où Colette rompt avec celui qui l'a initiée en littérature, elle se tourne vers une autre manière de contourner la crise du roman qui, selon les critiques et les romanciers eux-mêmes, n'a pas su renouveler sa forme depuis le naturalisme. Si elle assume son héritage, elle fait de l'exploration de la subjectivité le ressort romanesque d'un texte basé sur le retentissement des menus événements du quotidien – qu'il soit bohème ou bourgeois – sur la subjectivité des personnages.

### • L'appropriation des héritages balzacien et naturaliste

Comme dans les romans naturalistes, Colette recourt à la description minutieuse des conditions matérielles dans lesquelles ses personnages évoluent. Ses observations ne proviennent pas de notes (elle avouera plus tard avoir essayé d'utiliser cette technique et y avoir lamentablement échoué), mais de son expérience personnelle. Elle décrit l'immeuble de "dames seules" où vit Renée Néré, créant une parenthèse sur les "mœurs" de ces femmes qui s'attirent les foudres de la concierge quoi qu'elles fassent (p. 64-65). Lors de l'épisode du "cachet en ville", nous apprenons tour à tour le prix du loyer de la narratrice (p. 95), du cachet (p. 96) et d'un taxi (p. 99). Elle campe ainsi l'ambiance pour mieux croquer les mœurs (voir la partie thématique A, "un nouveau roman des comédiens").

En ce qui concerne le portrait, Colette, qui mentionne à plusieurs reprises sa dette envers Balzac, suit l'exemple de son maître dans sa recherche du détail. Il sert notamment à éclairer le comportement d'un personnage : dès la première rencontre dans la loge, ce sont les gestes de Maxime qui le trahissent. Le "poing serré", le "front en avant" et la lourdeur de "bûcheron" sont des signes qui ne trompent pas la narratrice : "Il ne rit pas, parce qu'il me désire. Il ne me veut aucun bien, cet homme-là, il me veut" (p. 75). Son regard aguerri (caractéristique récurrente des narratrices colettiennes) reconnaît parfaitement ce que l'homme ne veut pas admettre, en proie au déni de son propre désir. La maîtrise de l'écriture colettienne et son art de la nuance jouent à plein ici : la rectification du complément du verbe vouloir, de "du bien" à "me", indique la violence du désir de l'homme pour la femme. Celui-ci ne suit que sa volonté de possession, comme si la femme s'était transformée en "bien" à acquérir. Dans la suite du roman, cette caractéristique se confirme : Renée entrevoit son "ardent désir [qui] le gêne comme une arme encombrante" (p. 76), ou la "convulsion des mains nouées l'une à l'autre", qui confirment sa ressemblance avec Taillandy (p. 163). Colette ne recule pas non plus devant la physiognomonie* pour mettre en lumière un trait de caractère (p. 137). Pour animer ses portraits, elle utilise le discours rapporté pour accentuer l'effet de réalisme. Ici, c'est le langage populaire et l'argot du théâtre qu'elle reproduit fidèlement. Un bon exemple se trouve dans la scène où "un beau 'mac' en casquette, un des types classiques dont le quartier fourmille" (p. 104) se fait arrêter aux portes du théâtre par la directrice de l'Empyrée en raison de son comportement peu discipliné lors de la pantomime de la semaine précédente (p. 105-106). Colette écorne au passage le "type" de l'apache : il fait peur aux bourgeois (p. 104) mais, quelques pages plus loin, il rougit devant les réprimandes de la Patronne : "pour un peu de temps, il n'y a pas de différence entre cette bête dangereuse et le gosse qu'on a privé de dessert..." (p. 106).

Cette conception partagée par Colette rejaillit sur sa technique du portrait : elle procède par petites touches progressives qui obligent le lecteur à reconstruire, au fil de la lecture, comme lors d'une rencontre dans la réalité, la personnalité des personnages [DUGAST-PORTE, 2004, p. 18]. Ainsi, Maxime est d'abord perçu par la narratrice comme un "grand serin", puis comme "un homme", il appartient également "à la catégorie nombreuse, assez banale, qui s'intéresse à tout et ne fiche rien" (p. 136). Renée arrive à finalement s'expliquer son aspect gauche en raison de ses origines ardennaises (p. 166). Plus tard, elle se rend compte qu'il est plus intelligent qu'il n'en a l'air, notamment en matière d'amour (p. 165). La manière de Colette reprend ici celle du roman contemporain qui dissémine les traits caractéristiques de personnages plus flottants et moins définis.

De plus, si Colette met à jour l'existence de comportements masculins et féminins, de "types" sociaux, c'est également pour mieux réutiliser le motif balzacien de théâtre du monde où chacun joue un rôle. L'imposture la plus flagrante du texte est incarnée par Taillandy "ce balzacien génie du mensonge" (p. 80), qu'elle compare à l'acteur Fregoli, spécialiste du transformisme. Quant à la narratrice, elle n'échappe pas à sa manie de se farder constamment avant chaque apparition devant Maxime. Le silence même de ses camarades l'"abus[a]" à ses débuts (p. 92). Finalement, les passions qui sont à l'origine des actions des hommes chez Balzac ["Avant-propos" de la *Comédie humaine*], deviennent chez Colette la dépendance aux sens, et notamment au plaisir sexuel. Dans son univers fictionnel, il rend tous les personnages esclaves face à l'amour, et lui fait également dire qu'il n'y a qu'une bête, comme Balzac et Sido, grande lectrice du romancier.

Toutefois, si cette fatalité régit son univers fictionnel, Colette reste toujours attentive à la subjectivité de ses personnages, particulièrement ici de celle de sa narratrice. C'est à partir de l'analyse de l'influence qu'exercent ses expériences sur sa manière de voir la vie que Colette cherche à dire une certaine vérité. Quand nous entrons dans les coulisses froides (p. 61), nous respirons avec la narratrice "l'affreuse odeur du tabac froid" de la salle (p. 62) ; les sensations décrites nous font entrer dans ce monde grâce à une subjectivité assumée [Dugast-Porte, 2004, p. 41-48], portée par un corps féminin, profondément atteint dans son intégrité par l'asymétrie des relations entre hommes et femmes. Il ne s'agit pas d'un regard orienté par une idée préconçue du monde et du roman fondée sur des conceptions scientifiques, d'où le recours de Colette à la narratrice de première personne et au monologue intérieur.

**• Le monologue intérieur de la danseuse**

En choisissant le monologue, Colette opte consciemment pour une forme contemporaine : tout comme les écrivains autour de 1900 (Valery Larbaud, Georges Duhamel, Proust), elle privilégie l'exploration de l'intériorité d'un personnage, plutôt que l'interprétation de ses actions en fonction d'une appartenance à un milieu social, comme le faisaient les naturalistes. Ainsi, si cet outil n'est pas une grande nouveauté quand Colette l'emploie et permet de lui conserver le succès auprès d'un large public [Dugast-Porte, 2004, p. 20], sa radicale nouveauté réside dans le fait qu'elle subvertit les textes des auteurs contemporains qui prennent pour objet les danseuses. Certains comme Forain, Félicien Champsaur ou Lorrain, les "intronisent reines d'une modernité délurée et scandaleuse" [Ducrey dans Brunel, 2002, p. 495]. Du côté de la littérature plus populaire, le stéréotype perdure et trouve même son aboutissement dans le roman de Gaston Leroux *Le Fantôme de l'opéra* (1910) "qui semble condenser tous les fantasmes fin-de-siècle entourant la coulisse de danse" [Ducrey dans Brunel, 2002, p. 493]. La même année, *La Vagabonde* prend l'exact contrepied de ces représentations grâce au monologue de Renée.

Après Baudelaire, le regard masculin, fortement empreint de misogynie, charge la danseuse de figurer le décalage qui existe entre l'idéal de Beauté, qui sous-tend l'art de la représentation, et la réalité de la nature, crue et foncièrement décevante, que dévoilent les coulisses. L'homme y pénètre tout allumé du désir qu'a provoqué en lui le spectacle de la chair féminine et qu'il a pourtant dû refouler au profit d'une beauté idéale et désincarnée. Tiraillé entre ces deux pôles, il attribue à la danseuse les pouvoirs de la femme fatale : par sa beauté et sa vénalité, toujours cruellement présente sous le masque du maquillage et derrière les mirages des feux de la rampe, elle séduit irrémédiablement l'homme de bonne famille et le conduit à sa perte morale, financière et parfois même jusqu'au suicide. À la violence de ce déchirement chez les personnages masculins répond presque systématiquement un châtiment symbolique dans l'ordre du narratif. Les intrigues finissent rarement bien pour les intéressées : elles sont battues, torturées, meurent ou sont assassinées. De la fin du XIXe siècle aux années 1930, c'est l'artiste de music-hall qui incarne le mieux cette version du mythe [Ducrey dans BRUNEL, 2002, p. 494]. Colette renverse la perspective : elle élabore un roman du déclassement au féminin. La fatalité a changé de camp, elle menace les jeunes filles dans leurs relations avec les hommes. Le monologue permet ainsi à la narratrice de reprendre possession de ses pensées, de devenir sujet et objet de son propre discours, mais aussi de se protéger du lecteur en l'assignant à résidence dans la posture de spectateur.

De plus, cette forme lui permet de créer un certain effet d'intrigue romanesque fondé sur les non-dits vraisemblables. La narratrice se connaît, elle n'a pas besoin d'avouer certaines choses au lecteur (p. 177), elle peut ainsi plus aisément le surprendre [DUGAST-PORTE, 2004, p. 19-20]. Par ailleurs, le monologue initié dans l'incipit* ne se limite pas à un questionnement solipsiste*, uniquement centré sur sa personne :

> "Est-ce toi qui es là ?... Là, toute seule, dans cette cage aux murs blancs que des mains oisives, impatientes, prisonnières, ont écorchés d'initiales entrelacées, brodés de figures indécentes et naïves ? Sur ces murs de plâtre, des ongles rougis, comme les tiens, ont écrit l'appel inconscient des abandonnés... Derrière toi, une main féminine a gravé : *Marie*... et la fin du nom s'élance en parafe ardent, qui monte comme un cri..." (p. 59-60)

Sa "conseillère maquillée" la pousse à regarder autour d'elle et à lire sur les murs blancs de cette loge ce que d'autres mains, comme dans une prison, y ont gravé. Elle est amenée à lire le nom d'une anonyme, Marie, et à faire entendre le "cri" qui se cache sous cette signature illisible. Il manque symboliquement le nom de famille qui permettrait de la distinguer, de la reconnaître et de la faire exister dans une société encore dominée par l'obsession de se "faire un nom" ou d'être à la hauteur de son nom. Or ce nom "de famille" est fatalement masculin pour les femmes, il correspond en effet à celui du père ou du mari. À l'inverse, le maintien du nom de jeune fille suppose l'exclusion de la femme d'une société nettement patriarcale, phénomène de marginalisation qui touche les veuves, les jeunes filles ou encore les femmes auteurs. Sous cette taxinomie, on reconnaît le fonctionnement de l'ordre social analysé par la sociologue Nathalie HEINICH qui distingue trois "états de femme" [2018, p. 36] selon que l'identité féminine se construit *dans* ou *hors* de la sphère bourgeoise et hétérosexuelle. Dans *La Vagabonde*, nul doute que la romancière cherche à décrire un certain état de femme nourri en partie de son expérience de femme divorcée, déclassée, soucieuse de rejeter les avances incongrues de ses prétendants.

## L'amour

Colette a avoué dans son avant-dernier texte, *L'Étoile Vesper*, qu'elle n'avait eu de cesse de s'interroger sur le "nom" et la nature de l'amour ainsi que sur ses conséquences dans sa vie privée et littéraire : "Je te fais amende honorable, amour, contradicteur victorieux [...] Pain de ma plume et de ma vie, amour !" [IV, p. 863]. S'il apparaît "victorieux" c'est que Colette l'a affronté plus d'une fois dans sa vie privée et semble s'être heurtée à lui sans avoir pu échapper aux contradictions qu'il lui a imposées. Du côté de son œuvre, il devient très tôt et ce dès *La Retraite sentimentale*, le "domaine électif de [s]a réflexion" [DUPONT, 2004, p. 82]. Il nourrit de fait ses romans d'analyse, ses nouvelles comme dans *La Femme cachée* (1922) et ses réflexions comme dans *Le Pur et l'impur* (1941). *La Vagabonde* est à l'origine de ces questionnements et Colette greffe sur le genre de l'éducation sentimentale ses conceptions de l'amour. En ce début du siècle, de nombreux romanciers, ainsi que des romancières, se montrent sceptiques envers l'amour, quel que soit leur parti pris esthétique : "L'amour, dans ces romans, et sans doute dans la vie, est impossible." [PICHOIS, I, p. XXIII]. Colette semble partager cette conception et développera tout au long de son œuvre une vision de l'amour qui s'affirme comme un sentiment violent, en raison de son moteur principal, le désir de possession de l'autre, dérivant, selon elle, à la fois de la nature humaine et de l'organisation sociale et symbolique bourgeoise.

### • L'idéalisation de l'amour

Avant de nombreuses auteures, elle dévoile les relations de pouvoir qui se jouent dans la relation sexuelle, idéalisée par la littérature érotique et ce qu'elle-même nomme la "meilleure littérature" : "La 'question des sens'... [...] La meilleure littérature et la pire aussi tâche de m'apprendre que toutes les voix se taisent quand celle des sens a parlé.

Qu'en faut-il croire ?" (p. 115). Comme sa littérature se bâtit sur son observation et n'émane pas d'un système moral, religieux ou idéologique articulé (elle rejette les prises de position féministes à plusieurs reprises), Colette essentialise le fruit de ses observations : le comportement des hommes et des femmes qu'elle scrute, elle les fait découler d'une essence de la femme et de l'homme, et de l'amour lui-même. Elle décrit son premier amour pour Adolphe comme une fatalité : "La certitude de l'amour venait de s'abattre sur moi et, loin d'en faiblir, ma force adolescente la portait orgueilleusement" (p. 171). Dans cette conception, le premier amour est vu comme idéal pour deux raisons : il est conçu comme un total "don" de soi et c'est bien là que le bât blesse : à se donner l'on se perd car l'autre est là pour "prendre [sa] part" (p. 286) et non pour partager. D'autre part, comme tout idéal, il se construit en profond décalage, selon elle, avec la réalité de l'époque, surtout pour les jeunes filles qui n'ont aucune idée de ce qui les attend quand elles se marient ou quand elles "tombent amoureuses".

En écrivant le récit d'une tentative de séduction par un homme qui semble plus honorable que Taillandy et qui dit aimer Renée, celle-ci nous montre alors ce que peut ressentir une jeune femme lors de cette cour. La distance que l'héroïne a maintenue avec l'amour les trois années précédentes sert à Colette à recréer un sentiment d'étrangeté face à l'homme : "Quand je sais qu'il ne me voit pas, je l'observe, vaguement choquée de penser que je ne le connais pas du tout et que la présence chez moi de ce garçon est aussi insolite qu'un piano dans une cuisine." (p. 136). Doutant de l'amour, elle peut enfin y voir clair. Les discussions avec Margot, et particulièrement celle avec Hamond (p. 205-212), l'aident sur ce chemin. Elle arrive enfin à articuler les raisons qui font qu'elle se sent constamment menacée par le désir de cet homme inconnu qui prétend être tombé amoureux d'elle au premier regard : "Max ! Ça me semble si étrange qu'on puisse s'éprendre d'une femme rien qu'en la regardant..." (p. 202). Son beau discours de présentation, le premier soir, est donné pour ce qu'il est : "il me semble que mon admiration pour votre talent et... votre plastique... justifie une présentation aussi... incorrecte" (p. 74). L'accord au singulier de "justifie", subtil mais d'une ironie propre à l'auteure et qui touche savamment son but, comme souvent chez Colette qui se hisse ici aux subtilités des classiques, découvre les intentions de cet homme qui a pourtant du mal à les assumer. Il ne faudrait pas mettre, à tort, cette visite sur le compte de l'"admiration" pour l'art de danseuse de la narratrice !

Pour Colette, l'homme ne pense pas que la femme puisse désirer une relation autre que sensuelle avec lui. Il la choisit comme figure idéale pour incarner ses idéaux de beauté et de pureté, mais dans la réalité il la confine au royaume qu'il lui assigne véritablement : celui de la chair. Elle satisfait ainsi à ses deux penchants contradictoires et qui s'opposent violemment. Il ne cherche pas à la connaître ("il ne montre pas non plus l'appétit de me découvrir, de me questionner, de me deviner, et je le vois plus attentif au jeu de lumière sur mes cheveux qu'à mes paroles...", p. 136) mais ne songe pas non plus à lui découvrir qui il est, selon Renée, puisqu'elle n'a qu'un emploi dans sa vie : satisfaire son désir de propriétaire : "Mon souci n'est pas que vous me connaissiez tel que je suis : créez votre amoureux à votre guise, et c'est après – comme un maître retouche et refait l'œuvre médiocre d'un élève chéri ! – c'est après que, sournoisement, peu à peu, j'y mettrai ma ressemblance !" (p. 168). Or, c'est l'aveu de sa "tendresse" pour son pays natal qui fait céder les résistances de Renée pour la première fois et le rapproche le plus de Maxime (p. 166), tout comme le fait "qu'il [l]'oublie un instant" et cesse de lui parler de son amour. Elle aspire à connaître l'homme qui ne met que son désir dans la balance pour la séduire.

Et pourtant, comme le dit Hamon, Renée n'est pas exempte de contradictions (p. 209). Elle est capable de clairvoyance au sujet de la "domesticité conjugale" (p. 207) mais son profond sentiment de jalousie, qui lui a inspiré des désirs de vengeance (p. 83-85), montre qu'elle cède également à la tentation de posséder son partenaire. Par ailleurs, tout effrayée qu'elle soit par l'amour, elle n'en cède pas moins à ce qu'elle énonce comme l'une des prérogatives de l'amoureux : servir. La soumission n'est en effet pas l'apanage de la femme puisque Hamond s'y laisse également prendre. Dans l'univers de Colette, l'amour est pris dans un étau comme elle le montrera dans *Le Pur et l'Impur* (1941) : entre nature et culture. D'un côté, c'est le désir qui soumet les hommes et les femmes à sa loi ; de l'autre, l'organisation sociale et symbolique impose ses logiques. L'amour est alors le lieu d'une dynamique complexe qui oscille entre désir de s'abîmer en l'autre et celui de le maintenir sous son influence. Le plaisir, pris dans le réseau sémantique de l'argent et des transactions financières, ne semble parfois être qu'une monnaie d'échange dans un combat pour l'assujettissement de l'autre. Entre ces deux forces écrasantes, quelle place reste-t-il pour la fiction amoureuse et l'imaginaire ?

### • L'ouverture vers l'imaginaire : la figure mythique de Diane

À la manière d'autres romanciers contemporains comme Giraudoux, Colette semble se refuser à nous présenter une intrigue solide. C'est parce que la narratrice décide d'elle-même de sortir des schémas habituels du roman sentimental : "Personne ne m'attend, moi, sur une route qui ne mène ni à la gloire, ni à la richesse, ni à l'amour." (p. 77). Le récit s'oriente alors vers une structure mythique qui permet d'appréhender symboliquement ce qui se joue dans les relations amoureuses et dans la reconquête de soi et du monde : "Le destin, désormais ménager de mes forces, semble écarter de moi ces amoureux obstinés, ces chasseurs qui traquent une femme jusqu'au bat-l'eau inclusivement..." (p. 77). L'omniprésence du lexique de la chasse et les métaphores filées sont autant d'indices disséminés dans tout le texte et qui lui donnent une coloration menaçante et inquiétante en plaçant la crise d'identité sous le signe d'une menace physique. À partir du moment où Dufferein-Chautel fait irruption dans sa loge, comme Actéon lors du bain de Diane, nous pouvons voir comment la narratrice entreprend tout pour passer du statut de proie à celui de déesse de la chasse qui retrouve possession de son Royaume. Nous pouvons en effet tisser de nombreux parallèles entre celle-ci et la figure mythique de Diane qui, au cours de ses nombreuses reprises, affiche parfois des traits de lubricité : tout en étant "chaste et séduisante, vierge et sauvage, bénéfique et maléfique, elle semble incarner tous les aspects d'une féminité redoutée et adorée" [Mathieu-Castellani dans BRUNEL, 2002, p. 536]. L'identification entre sa figure et celle de Renée est frappante et tissée subtilement tout au long du texte.

Cela est tout à fait visible quand Renée s'irrite de la visite de Dufferein-Chautel le premier soir et lui demande de partir. L'insistance de l'homme et sa réticence à quitter les lieux, contre toute politesse et contre tout respect de la volonté de la danseuse, montrent son aveuglement sur son propre désir et la violence qu'il exerce autant sur lui que sur elle (p. 75). À partir de ce moment, tout le récit consiste pour celle-ci à éviter les multiples embûches que Maxime et les autres personnages tendent sur son passage et à éviter le "piège" du mariage et la traque de l'homme : "Les jours passent. Il n'y a rien de nouveau dans ma vie, qu'un homme patient qui me guette." (p. 111). Est-ce cette rencontre qui comblera ses aspirations ?

Juste avant la scène du premier baiser, qui a symboliquement lieu dans une forêt à côté de Paris, la narratrice observe de nouveau attentivement

Maxime et le dote de sourcils qui le font ressembler à un chien de chasse. Une fois seuls dans le bois, Maxime suit la narratrice dans sa course en calquant ses pas sur les siens pour qu'elle ne s'en rende pas compte, elle ne le trouve alors "pas rassurant du tout" (p. 176) et tente de calquer son attitude sur la sienne :

> Piquée, imprudente, et grisée encore d'une brutalité de nymphe, je lui riais en plein visage, le bravant. Je voulus, tentée, rallumer la jaune et méchante lumière au fond des belles prunelles sablées de gris et de roux... La menace y parut, mais je ne cédai pas, butée comme ces enfants insolents qui attendent, qui appellent la gifle. Et le châtiment vint, sous la forme d'un baiser coléreux, mal posé, un baiser raté, enfin, qui laissa ma bouche punie et déçue... (p. 176)

Elle incarne alors parfaitement son rôle de nymphe, qu'elle connaît bien pour le jouer sur scène (p. 117). Le plaisir constitue ainsi l'un des premiers écueils au sujet duquel Margot avait averti la narratrice. Contrepartie au désir masculin impérieux, la volupté est ressentie comme une blessure : "De mes lèvres jusqu'à mes flancs, jusqu'à mes genoux, voici que renaît et se propage cette douleur exigeante, ce gonflement de blessure qui veut se rouvrir et s'épancher, – la volupté oubliée" (p. 186). L'autre écueil du texte se situe dans le mirage de la fausse sécurité du mariage vantée par Hamond. Il apparaît comme une échappatoire acceptable pour la société mais dangereuse pour la narratrice : "Ma réponse précipitée a devancé mon raisonnement, la bête saute loin du piège avant de l'avoir vu..." (p. 207). Son instinct l'avertit une fois de plus du danger. Quand Hamon lui suggère d'avoir un enfant avec Maxime, la narratrice en parle à ce dernier pour voir sa réaction. Il est encore assez spontané pour se trahir et lui montrer ce que pourrait changer cet événement à sa situation : "– Et puis, au moins, tu ne pourrais plus me quitter, ni courir toute seule les grands chemins, hein ? tu serais prise !" (p. 214) Nous comprenons mieux pourquoi la narratrice se refuse juste après à devenir son amante.

Colette n'a pas changé Actéon-Maxime en cerf mais en prédateur-chasseur. Lors de l'une de leurs promenades au Bois, un matin avant que la narratrice ne parte en tournée, à la fin de la deuxième partie, ils aperçoivent ensemble une "biche toute jeune, dorée" (p. 222). La narratrice, fascinée par la vue de l'animal avec qui elle se trouve une ressemblance ("ses longs yeux, allongés encore d'un trait brun – comme les miens –, exprimaient plus d'embarras que de peur"), demande alors à Maxime si celui-ci l'aurait tuée à la chasse, sur ses terres. Il lui répond significativement: "– Tuer une biche? pourquoi pas une femme? répondit-il simplement." Il est certes incapable de la tuer, mais le parallèle est clairement établi. Ce moment rassérène toutefois brièvement la narratrice qui se demande à la page suivante: "Partirai-je vraiment?" (p. 223).

Après cette identification, elle renverse son destin quand elle décide de s'inspirer elle-même de Diane et de ne pas rester "biche". Dans la troisième partie, avant d'écrire à Maxime qu'elle ne va pas se marier avec lui, elle tient particulièrement à visiter Nice et "[s]on refuge élyséen: les jardins de la Fontaine" (p. 265) où se trouvent le Temple de Diane "ruiné". Elle devient alors dans la vie réelle la nymphe qu'elle incarne à plusieurs reprises sur scène. Cette fois, elle parvient à se soustraire à la violence qu'exercent les hommes sur elle et à retrouver enfin sa place dans le monde: "Tout ceci est encore mon royaume, un petit morceau des biens magnifiques que Dieu dispense aux passants, aux nomades, aux solitaires." (p. 266). Elle peut alors retrouver ses sensations d'enfant libre et orgueilleuse que lui avait irrémédiablement ôtées son premier amour.

## Les techniques romanesques

### • L'espace du théâtre

Dans le roman, le music-hall devient un refuge pour la narratrice. La solitude paradoxale qu'elle y trouve donne l'impression d'une retraite salutaire car le rythme soutenu des journées, qui fait alterner répétitions et spectacles, rompt avec des moments de silence parfait qui symbolisent la cohésion du groupe. Chacun se retranche dans son silence tout en le partageant avec autrui (p. 92).

La situation instable des vagabonds entraîne une description subjective de l'espace. Ces êtres bienveillants, exempts de la rivalité entre comédiens qui se retrouve dans les théâtres officiels, sont également confrontés à des espaces de travail vétustes. Dès l'incipit*, la narratrice mentionne le "froid" (p. 60). Situant l'action en hiver, elle accroît par le choix de cette saison les conditions difficiles d'existence dans ces music-halls. En maintes occasions, la narratrice étouffe à cause de la poussière, subit le froid glacial des loges et dénonce l'insalubrité auxquels les gens du métier font face (p. 179). Dans la première partie, les allers et retours de la narratrice entre l'Empyrée-Clichy et son logis resserrent l'espace. Les lieux confinés – la loge, la chambre – sont préférés aux espaces vastes et naturels qui seront au cœur de la tournée théâtrale de la dernière partie. Ce travail – le mot "métier" est répété à plusieurs reprises – suppose d'ancrer l'action dans un espace marqué par les objets qui rythment cette existence théâtrale, celle-ci prenant des allures de vie bureaucratique. Les mentions temporelles "dix heures et demie", "trois ans de music-hall", la peur d'être en retard, conditionnent une existence calfeutrée dans la loge devenue un lieu à soi. Alors que sa chambre se fait le bastion d'une fragilité intérieure sans cesse interrogée, la loge devient un intérieur à part entière que s'approprie la comédienne en dispersant, ici ou là, les objets symbolisant son métier. "La tablette à fards", "ce livre, lu et relu", "le *Paris-Sport*", le costume sont des signes identifiables de son identité de mime-danseuse, qui se retrouvent à l'identique dans la deuxième partie du roman quand Renée et Brague rendent visite aux "copains de la revue". À ce moment-là, la narratrice ne peut s'empêcher de "tripote[r] les fards et les crayons sur la tablette, avec cet agacement gourmand, ce prurit de maquillage, connu de tous ceux qui ont abordé le plateau" (p. 151). Toutefois, tous les espaces subissent le même traitement dans la mesure où leur clôture permet à la narratrice d'y disposer les mêmes objets, à commencer par le "miroir", objet qui accompagne le moment où elle se pare de son masque et s'en défait. La présence, dans chaque lieu, d'un livre qu'elle ne lit pas, symbolise enfin le statut de "femme de lettres qui a mal tourné", identité problématique qui met en tension l'ancienne écrivaine et la mime.

Appréhendés à travers la focalisation interne*, les différents endroits du théâtre s'ouvrent pour la narratrice. Par un curieux effet d'éclatement des barrières traditionnelles, elle passe des coulisses à la scène puis de la scène à la salle. Au terme d'une longue séquence terminant le récit de son mariage désastreux, Renée avoue se "sentir isolée, défendue de [s]es semblables, [...] sur la scène", "la barrière de feu" (p. 87) préservant celle qui ne fait plus confiance à quiconque. La rampe délimite ainsi l'espace scénique et la salle, protège la danseuse du public gouailleur, impertinent et taquin qu'est celui du music-hall et des cabarets de la Belle Époque. Quand elle rend visite aux "copains de la revue", c'est pour voir ses compagnons et non assister au spectacle. Désormais introduite dans la salle, précisément dans "une avant-scène", Renée détourne son regard de la scène sur la salle. Prolongeant la topique théâtrale qui fait de la salle une scène à part entière, Colette prête à son héroïne la capacité de voir son futur amant plutôt que la petite Jadin qui débite son tour de chant : "Par une interversion singulière, c'est lui qui devient, pour moi, le spectacle, car je vois seulement le profil de la petite Jadin, que la rampe aveuglante fait camard, comme rongé de lumière, la narine noire, la lèvre raccourcie au-dessus d'une lame brillante de dents..." (p. 152). Renée étant la seule à franchir tous les espaces, elle rend compte du "service d'ordre" qu'endosse la Patronne à l'entrée de l'Empyrée-Clichy ou encore d'un rendez-vous chez l'imprésario Salomon. Élargissant le personnel romanesque, Colette les met en scène par leurs particularités physiques et vestimentaires (la Patronne, "Brune et vive, couverte de bijoux" campe des yeux "brillants et agiles" qui "voient tout", p. 105) tandis que l'imprésario Salomon, par l'ambiguïté de son nom, affiche une appétence pour l'argent qui rappelle, au sortir des années Dreyfus, l'antisémitisme et l'amalgame entre argent et judéité.

Dans cette appréhension globale de l'espace théâtral que fournit la narratrice, on remarquera en dernier lieu le passage d'un lieu à un autre, sans aucune notation de déplacement – ces dernières étant réservées au voyage en train qui libère le lyrisme de la narratrice. Cette technique romanesque, cette "construction par séquences, autonomes ou liées" [Pichois, I, p. CXXI-CXXII], induit un *tempo* soutenu qui rappelle la rapidité du spectacle du music-hall, qui repose sur l'alternance des numéros. Préférant le sommaire*, selon la terminologie de Genette, aux longues descriptions, la romancière organise son récit en restreignant l'espace à quelques lieux qui réfèrent au théâtre ou à la sociabilité de la Butte Montmartre. La séquence du dîner chez Olympe consacre un monde interlope où règne la prostitution, incarnée par "ces filles qui crèvent de misère et d'orgueil" (p. 146). Leur présence, comme celle de Jadin qui se rend un temps au boulevard pour ramener du "pèze", révèle la situation problématique des actrices de music-hall en ce début de siècle. Dans l'imaginaire collectif, l'association entre jeu théâtral et prostitution est courante, au point que Renée Néré constate avec ironie que ses "conquêtes amoureuses" se réduisent au "monsieur du fauteuil onze" et au "monsieur de l'avant-scène 4". Par le recours à la métonymie, les spectateurs sont ainsi dépeints comme des courtisans qui considèrent l'actrice comme une femme légère et facile. Soucieuse de maintenir une forte opposition entre prostitution et art, la narratrice cite, dès l'incipit, une lettre d'un admirateur qui la conduit aussitôt à regagner son logis, seule. Cette opposition entre prostitution et métier de comédienne redouble l'identité problématique de la narratrice qui est aussi celle de Colette à l'époque où elle écrit ces lignes. Elle permet également de gommer les frontières entre la "ville" et le monde du théâtre. Ainsi, le roman colettien tisse des relations entre deux mondes qui se ressemblent, en raison de la nature des relations entre hommes et femmes, marquées par la logique de la conquête et de la chasse.

### • *Alter ego* et contrastes

La narratrice associe dès le début de l'œuvre son sort à celui des artistes, et notamment à celui des femmes, tout en prenant garde à ne pas assimiler deux situations qui ne peuvent être mises sur le même plan en raison de la différence de classe sociale. En effet, par la grâce du "hasard" auquel elle se fie entièrement, Renée incarne le parfait personnage de roman. Mais aussi le type de la femme qui peut se permettre une certaine vision romanesque de la vie (p. 60) ou le luxe d'arrêter l'action de sa vie, comme dans un monologue au théâtre, pour y réfléchir (p. 204). Ses "complications sentimentales" et son passé "d'ex-bas-bleu" la rapprochent en quelque sorte des précieuses et du genre du "débat" (p. 285) sur l'amour présent dans leurs salons et leurs romans psychologiques où la confrontation des points de vue est tout aussi importante que l'intrigue elle-même.

Au niveau narratif, et c'est un trait de l'esthétique colettienne qui complète celui du portrait par touches progressives, la succession des portraits des personnages et du discours rapporté est savamment agencée pour créer des phénomènes d'échos et de contrastes qui font avancer la réflexion de la narratrice. Les personnages d'Hamond et de Margot fonctionnent comme des *alter ego*. Son vieil ami connaît Dufferein-Chautel et le lui recommande comme un "très gentil garçon" (p. 123). Comme Renée (p. 143), Hamond a souffert de s'être laissé humilier par son ex-compagne et a mis du temps à sortir de sa passivité (p. 120-124). Il lui conseille de choisir Dufferein-Chautel car il pense que Maxime est l'exact opposé de Taillandy (p. 142). À l'inverse d'Hamon et de Renée, Margot a tout de suite rompu avec son frère quand il a quitté Renée. Comme Missy, Margot possède une allure masculine. Renée la décrit comme ressemblant à Rosa Bonheur (p. 112). Pour les besoins du roman (d'autres raisons interviennent peut-être comme le fait que la relation avec

Missy est en train de se dégrader à cette époque), Colette semble transformer son amante protectrice en belle-sœur solidaire de sa cause après le divorce qui les rapproche (p. 113). Willy a bien une sœur, Madeleine, mais il n'en est pas question dans les biographies colettiennes. Il est significatif que Colette utilise cette figure familiale pour renforcer la dénonciation du comportement du mari de Renée : sa propre sœur condamne son attitude envers sa femme ! Épouse et belle-sœur redoublent le geste de rupture avec l'infidèle qui n'en est que plus tranchant et justifié.

Elle est l'un de ses plus sûrs appuis (p. 113). Elle s'en différencie pourtant par un aspect très important : elle ne semble pas attirée par le contact physique avec les hommes. Elle se rapproche de la figure de Sido quand elle raconte à la narratrice qu'elle a refusé de partager son lit avec son mari lors des premiers jours de son mariage (p. 196). Sa distance par rapport à la sexualité lui permet de révéler à la narratrice son point faible avec les hommes : sa dépendance aux "sens" (p. 114). Durant leurs conversations réapparaît la dichotomie entre l'esprit et le corps, qui innerve *La Retraite sentimentale* (1907), récit construit sur deux conceptions de l'existence amoureuse sous les traits de deux héroïnes : l'une, Claudine, défend ardemment l'amour, quand Annie, libre et indépendante, loue les plaisirs des sens et de la chair. En définitive, l'opposition entre deux personnages féminins permet à Colette, dans ce roman et dans le nôtre, d'annihiler la frontière entre le corps et l'esprit. Sur ce point, on peut prêter à Renée cette maxime formulée par l'héroïne du roman de 1907 : "Moi, c'est mon corps qui pense."

Par ailleurs, la petite Jadin joue sur les deux tableaux de l'*alter ego* et de la rivale. D'une part, sa disparition dans la première partie permet à la narratrice de créer une intrigue parallèle. Peu clairvoyante, elle la cherche en même temps qu'elle se demande à plusieurs reprises la place qui lui convient. Toutes les deux font une incursion dans le monde des bourgeois : Renée pour le cachet en ville qui lui rappelle son ancienne vie ; Jadin, qui ne peut se permettre qu'une "escursion", est vue par les camarades aux bras d'un homme sur le "boulevard", lieu de la sociabilité bourgeoise où se représente l'autre théâtre, celui qui reçoit toute l'attention de la presse. Elle est à l'origine de l'un des premiers rapprochements entre Taillandy et Maxime. En effet, elle voit les fleurs que celui-ci a offertes à la narratrice dans sa loge et apprécie en connaisseuse le présent d'un "homme bien" (p. 108). Elle a reçu les mêmes du "type avec qui [elle s'a] cavalé". L'adjectif ici ne se réfère pas à la morale mais au portefeuille et à "l'amour" qu'il peut acheter. Elle suggère donc les mêmes intentions à l'amoureux de sa camarade. De fait, celle-ci ne semble pas se faire d'illusions sur le fait que Maxime reste un homme, c'est-à-dire une menace semblable à Taillandy (p. 140). Même Brague n'échappe pas à sa condition virile quand il repart "grave et égrillard" de chez la narratrice alors qu'il vient d'apprendre que son immeuble est uniquement habité par des femmes seules (p. 97).

D'autre part, elle apparaît également comme une rivale de la narratrice qui assiste par hasard en même temps que Maxime à son spectacle et devine le désir de celui-ci pour sa camarade. Elle en conçoit une certaine jalousie qui la ramène à la case départ : sa situation avec Taillandy et la différence fondamentale entre hommes et femmes. Les hommes aiment plusieurs fois et se consolent avec l'amour suivant (p. 206). À ce sujet, Maxime avoue lui-même à la narratrice retourner périodiquement soigner ses "embêtements" amoureux dans la propriété de sa mère (p. 165). Contrairement à la narratrice et à sa mère qui gère l'exploitation familiale d'une main de maître et lui fournit de l'argent selon ses nécessités (par exemple pour se marier avec la narratrice, p. 243), ce fils cadet est totalement oisif (p. 225). Il devient alors la figure même de la prostituée : "Il peut se donner tout entier, jour et nuit, à l'amour, comme… comme une grue." (p. 201). Alors que la narratrice tente de gagner son argent seule et n'y parvient pas totalement car elle n'échappe à la misère et au spectre de la prostitution que grâce à sa belle-sœur, Maxime se complaît, lui, dans sa dépendance économique puérile. Il n'a d'ailleurs pas honte d'écrire à Renée que sa mère se plie à toutes ses volontés (p. 254).

Comme au théâtre, les redondances et les oppositions permettent de mieux représenter ce qui se joue sur la scène du roman où, en plus de la voix de la narratrice, raisonne celle des personnages et de leurs joutes verbales.

### • Le dialogue : entre théâtre et roman

Dans un article de 1910, l'écrivaine et journaliste Judith Cladel (1873-1958) fait l'éloge de la *Vagabonde* en alléguant sa capacité à représenter "la vie même telle qu'une femme de ce temps la subit […] On lit *La Vagabonde*. On ne sait plus qu'on tient un livre" [I, p. 1593-1594]. L'effet de réel, construit grâce aux notations sensorielles et à l'écriture au présent, s'enrichit dans le texte de nombreux dialogues qui font que le roman se rapproche de la mimésis* théâtrale, c'est-à-dire de la représentation de la chose vue plutôt que du récit à proprement parler. Colette anime ses tableaux avec des dialogues, à la manière des romanciers du XIXe siècle, dans une volonté de donner en spectacle la réalité, de la mettre en scène pour les lecteurs. En cela, elle s'inscrit en héritière des esthétiques réalistes et naturalistes qui rapprochent ainsi la mimésis du roman de celle du théâtre : "Roman et théâtre se rencontrent et se confondent, au XIXe siècle, sur cette question fondamentale de la représentation vraisemblable et de la visualisation du réel" [Mélonio, Marchal et Noiray dans TADIÉ, 2007, p. 495]. Le genre théâtral dont s'inspire Colette est celui du théâtre de boulevard et du "dialogue étincelle" qu'elle appréciait et qui lui permet également de rompre la monotonie du monologue intérieur, de créer des surprises mais aussi un certain effet de suspense dans le fil du roman – et pour certains romans comme *La Vagabonde*, de préparer l'adaptation théâtrale [DUGAST-PORTE, 2004, p. 51]. Nous le voyons clairement dans un dialogue (p. 166-169) où la narratrice dévoile involontairement à Maxime qu'il l'intéresse plus qu'elle ne le lui a laissé voir jusqu'ici. Elle tente de prendre l'ascendant en lui assenant qu'il a une allure d'homme à marier et qu'il devrait accomplir son véritable destin avec une autre qu'elle, la vagabonde. Maxime lui montre alors clairement qu'il reconnaît la marque de son intérêt dans cette réplique qui prétendait le renvoyer dans ses pénates et il prend "brusquement" congé de la narratrice pour ne pas perdre son avantage. Colette-Renée exploite le comique de la scène et fait sortir Maxime par la fenêtre (p. 169) en "coup de théâtre" qui laisse la narratrice songeuse.

### • La forme épistolaire

De *La Retraite sentimentale* au recueil *Les Vrilles de la vigne*, Colette mûrit certes des thèmes essentiels qui structurent toute son œuvre – le théâtre, le pays natal, l'enfance et l'identité problématique, tiraillée entre passé et présent –, mais elle développe surtout une conscience profonde de l'écriture. Cette dimension réflexive se retrouve dans *La Vagabonde* dont la parution en feuilleton dans *La Vie Parisienne* masque l'hésitation générique qui préexiste au volume. En effet, Colette envisage d'abord un roman épistolaire. Délaissant ce genre qui eût rendu difficile l'évocation personnelle du music-hall qu'elle souhaitait, elle préfère la fiction. Le présent est ainsi préféré au passé car "le présent c'est ce qui colle, comme si on avait le nez sur le miroir" [Roland Barthes, *La Préparation du roman*, 2003, p. 45]. Nul doute que Colette relie ainsi une double tentation : aboutir à une fiction de soi qui emprunte tantôt au roman, tantôt à la lettre, jusqu'à les confondre tous les deux.

La dimension réflexive du roman touche également sa structure. Au fil des trois parties, Renée retrouve lentement mais sûrement le besoin, le "luxe" d'écrire. La tournée théâtrale justifie l'intrusion de l'échange épistolaire dans la dernière partie. Ce choix n'est pas anodin car la lettre est écrite pour un lecteur et réclame son regard, comme le théâtre exige un spectateur pour que l'illusion prenne corps et vie. Sur ce point, l'échange entre Renée et Max s'avère très vite décevant, en témoigne le peu de fragments des lettres de Max qui sont partagés par la narratrice, qui l'évince ainsi progressivement de l'espace textuel. Elle préfère les commenter : tout en badinage futile, elles exhibent une écriture "grasse et ronde, et pourtant élancée, élégante et frisée" (p. 239). Décevantes, les lettres de l'amoureux se lisent en "vingt secondes", et ne délivrent jamais ce que Renée y cherche, "une fleur, une image" (p. 241). Cette recherche d'un sentiment pur se comprend aisément. La narratrice, loin de considérer l'écriture comme une difficulté, en fait son mode d'expression privilégié : "Je passerais tout mon temps à vous écrire, j'y ai moins d'effort, je crois, qu'à vous parler." (p. 245-246). Au fil des lettres échangées, l'héroïne retrouve le bonheur de l'écriture.

## *La Vagabonde* : la conquête d'une écriture

### • Le style de Colette

Si les critiques ont toujours attaqué la moralité des ouvrages de Colette, ils se sont également rapidement accordés sur ce qui constitue la plus grande originalité de son œuvre : la "recherche du style" dont les manuscrits portent la trace. Cette recherche impose au lecteur de s'attacher aux détails en raison des nombreuses variations de formes et de tonalités dont Colette joue [DUGAST-PORTE, 2004, p. 55-58]. Elle-même avouait la difficulté qu'elle avait à créer des intrigues et à se couler dans la logique narrative. Ainsi, elle s'est résolument tournée vers la surprise qui réside dans l'effet produit par son style bigarré plutôt que sur l'intrigue.

De nouveau, nous pouvons la rapprocher du jeune Giraudoux romancier des années 1910 qu'elle égale parfois dans son goût pour la métaphore qui s'aventure à utiliser les réalités de la modernité pour adapter la littérature à la nouvelle perception du monde: par exemple quand Fossette court et fait "le train de ceinture" (p. 88). Mais c'est dans ses tentatives pour renouveler le regard et les sensations du quotidien qu'elle excelle et qu'elle revendique les joies de l'écriture. Pour Colette, il est déjà question de "débauche d'invention d'où l'on sort courbatu, abêtit, mais déjà récompensé, et porteur de trésors qu'on décharge lentement sur la feuille vierge, dans le petit cirque de lumière qui s'abrite sous la lampe..." (p. 68), plutôt que d'amour et de volupté. Les récompenses promises dans sa jeunesse, c'est là qu'elle les trouve: "Quand j'étais petite, on me disait: 'L'effort porte en soi sa récompense', et j'attendais, en effet, après le coup de collier, une récompense mystérieuse, accablante, une sorte de grâce sous laquelle j'eusse succombé. Je l'attends encore..." (p. 180) Après avoir reconquis son royaume, voici ce qu'elle peut récolter de son travail sur les mots: "Une étoile de pluie s'écrase au coin de ma lèvre et je la bois, tiède, sucrée d'une poussière à goût de jonquille..." (p. 268).

Ainsi, ses romans explorent la subjectivité et les résonances intimes des petits événements du quotidien. Le "besoin littéraire de rythmer, de rédiger [s]a pensée..." de Renée (67) l'emporte dans le texte sur le narratif: la preuve en est dans le développement qui suit sur l'écriture (p. 68). L'anaphore en début de paragraphe ("Écrire") signale la tentation permanente du poème en prose chez Colette, genre de prédilection pour Renée et qui a déjà apporté le succès à Colette dans *Les Vrilles de la vigne*. Dans la deuxième partie du roman, quand la tournée "se dessine" et que Salomon "dégote un jour ici, deux jours là, une semaine à Marseille, une à Bordeaux" (p. 148), Renée se souvient immédiatement d'une tournée précédente et des impressions qui l'ont brusquement surprise, sous les traits d'une mystérieuse enfant, apparue à la lisière d'un bois. Le lyrisme prend le dessus au passé, temps par excellence de l'appropriation des expériences chez Colette et du retour vers l'enfance encore "éblouie par le soleil levant":

> Un jour, je me rappelle... en quittant Rennes par un matin de mai... Le train suivait, très lent, une voie en réparation entre des taillis d'épines blanches, des pommiers roses dont l'ombre était bleue, des saules jeunets à feuille de jade... Debout, au bord du bois, une enfant nous regardait passer, une fillette de douze ans, dont la ressemblance avec moi me saisit. [...] Et cet air insociable,

ces yeux sans âge, presque sans sexe, qui paraissaient prendre tout au sérieux, – les miens, réellement les miens !... Oui, debout au bord du hallier, mon enfance farouche me regardait passer, éblouie par le soleil levant... (p. 149)

Toutefois, le lyrisme n'est pas l'unique tonalité que Colette emploie. Plus étonnamment car c'est une tonalité que l'on remarque moins chez elle, en raison de la difficulté à la penser en association avec le sérieux du lyrisme comme l'a montré Philippe Hamon, Colette se sert très souvent du comique. Dans *Sido*, l'écrivaine a assumé ces différents héritages : "Lyrisme paternel, humour, spontanéité maternels, mêlés, superposés, je suis assez sage à présent, assez fière pour les départager en moi tout heureuse d'un délitage où je n'ai à rougir de personne ni de rien" [II, p. 517]. Dans *Mes apprentissages*, Colette raconte que Willy aurait été un "sévère lecteur" envers elle et lui aurait permis de nuancer son lyrisme, celui même qui a limité Renée dans sa carrière d'écrivaine selon ses propres analyses (p. 82) :

> Mais je ne recueillais pas toujours du premier coup l'applaudissement. Quelques pages un peu trop livrées à la poésie – ne les cherchez nulle part, elles n'existent plus – méritèrent que mon manuscrit me revînt, jeté par-dessus la table, avec cette critique de mon sévère lecteur : "Je ne savais pas, ma chère que j'avais épousé la dernière lyrique !" [III, p. 1029]

Friande de théâtre de boulevard, formée à l'école du calembour par Willy, elle recourt constamment à l'ironie et à l'humour et montre un goût personnel pour la rosserie, tout à fait saillant dans notre roman au moment où elle met en pièce Taillandy-Actéon, notamment au moment de la comparaison entre sa relation avec lui et le fait de manger du rat pendant une guerre. Elle n'épargne par ailleurs aucun camarade dans ses manies ou petites lâchetés et ne recule devant aucun bon mot. Son ironie est particulièrement efficace quand elle utilise le discours rapporté pour mieux mettre en évidence l'hypocrisie de certaines postures, révélées par le langage qui est employé à vide par certains :

> – Comment ? il la trompe depuis huit ans, et c'est maintenant qu'elle s'avise de se plaindre !...

> J'eus des visites d'amis autoritaires, supérieurs, qui savent "ce que c'est que la vie"; j'eus celles de parents âgés, dont l'argument le plus sérieux était:
> – Que voulez-vous, ma chère enfant!...
> Ce que je voulais? Au fond, je le savais très bien. J'en avais assez. Ce que je voulais? Mourir, plutôt que de traîner encore ma vie humiliée de femme "qui a tout pour être heureuse" [...]. (p. 83-84)

Ici, l'emploi des guillemets, la resémantisation du verbe "vouloir", vidé de son sens par l'expression lexicalisée "que voulez-vous?", montrent que Colette domine parfaitement l'ironie et l'art de renverser le langage commun, d'en montrer les limites face à des expériences qui sortent du champ de l'expérience commune. La répétition du verbe "mourir" dans ce passage joue sur le tableau du lyrisme en rappelant le sentiment de détresse de la narratrice, mais constitue aussi une charge polémique: "Partir et mourir, mais ne plus feindre d'ignorer, mais ne plus subir..." (p. 84)

Finalement, c'est aussi à son amour des mots sonores, sa curiosité pour toutes les manières de parler et ce qu'elles sont à même d'exprimer quand les autres défaillent, autant qu'à son désir de rendre vivants ses tableaux, que nous devons son recours systématique au discours rapporté: "Je ne sais pas vous parler, pauvre Dufferein-Chautel. J'hésite entre mon langage *à moi*, [...] – mon langage d'ex-bas-bleu –, et l'idiome veule et vif, grossier, imagé, qu'on apprend au music-hall, émaillé de 'Tu parles!', de 'Ta gueule!'... 'J'les mets!'... 'Très peu pour moi!'..." (p. 141). Aux côtés de ces aspects très modernes d'hybridation, elle recourt à des stratégies classiques.

Elle n'hésite pas à délaisser le drame pour se tourner vers la tonalité tragique dans sa peinture du destin de Jadin et dans la dramatisation du renoncement à l'amour qu'elle impose à Renée. Il est question de "destin fumiste et brutal" au sujet de Jadin (p. 70), et de sens pour la narratrice. De même, dans *La Vagabonde* et dans son œuvre en général, Colette écrit en moraliste en ce qu'elle intègre des techniques littéraires comme l'animalisation propre à la fable pour mieux dénoncer les ridicules des comportements humains. Quand elle décrit Maxime, elle a recours à cette animalisation pour le rapprocher du prédateur, figure animale du chasseur: "il a appris très vite – sur le conseil d'Hamond je le parie! – à cacher son désir, adoucir son regard et sa voix en me parlant, [il] feint, rusé comme une bête, d'oublier qu'il me convoite" (p. 136). Ainsi, elle peut remettre en cause le terme “amour” au sujet de ce qu'il éprouve pour elle. Ce que l'homme enjolive avec ce mot, c'est la “bestialité” de son désir (p. 163). Inversement, elle utilise sa chienne Fossette pour illustrer la soumission que Colette prête à certaines femmes : c'est elle qui accueille le mieux Maxime dans l'appartement de sa maîtresse : “Elle fait la cour – damnée petite femelle servile ! – au monsieur bien mis qui sent l'homme et le tabac, qui la caresse d'une adroite claque sur le râble...” (p. 139).

Colette se fait également sentencieuse, notamment en ce qui concerne l'amour dans notre texte. Il fait l'objet de nombreuses tentatives visant à capter son essence de manière définitive : “Rien ne mène – je le sais – à l'amour. C'est lui qui se jette en travers de votre route. Il la barre, à jamais, ou s'il la quitte, laisse le chemin rompu, effondré...” (p. 77) Elle n'hésite pas non plus à recourir à l'euphémisme, par pudeur ou goût pour l'allusion qui intrigue et provoque le lecteur, notamment au sujet du plaisir féminin : “Et pourtant nous ne sommes pas amants ! [...] Il ne me reste pas grand-chose à souhaiter, d'ailleurs...” (p. 191). Dans *La Maison de Claudine*, Colette raconte comment les récits à mots couverts de ses parents à table excitaient son imagination de jeune fille quand il était question de cet “enlèvement des jeunes filles” que constituait le départ des filles suite au mariage : “Je me délectais, aux repas, de récits à mots couverts, de ce langage employé par les parents, où le vocable hermétique remplace le terme vulgaire, où la moue significative et le “hum” théâtral appellent et soutiennent l'attention des enfants” [II, p. 983]. La stratégie du “vocable hermétique [qui] remplace le terme vulgaire” ou ici de l'euphémisme, fonctionne ici comme un stimulant à la curiosité du lecteur : garant de la bienséance ou résultat de la pruderie de Renée, il est vraisemblable. Mais il sert également à exprimer des réalités difficilement accessibles aux jeunes filles et qui le deviennent brusquement lorsqu'elles sont à même de les comprendre.

Finalement, ne se rapproche-t-elle pas des précieuses dans son emploi du dialogue avec plusieurs interlocuteurs qui possèdent des visions différentes, comme Margot et Hamond, pour démêler ce qui se cache derrière l'amour, le mariage et la vie à deux ? Notamment quand elle affronte Hamond, son homologue bourgeois, qui lui signale que son nouveau désir de vivre l'amour en dehors du mariage s'assimile, pour beaucoup à du “libertinage” (p. 208).

Devant une telle variété et une telle maîtrise, une telle volonté d'exprimer au plus juste les doutes qui assaillent la jeune fille au contact de la réalité et des discours qui sont tenus sur elle (doxiques et moins conventionnels), les lecteurs ne peuvent que se rendre à ce style si travaillé dont les variations épousent la variété même de la vie.

**• Un roman sur l'écriture : reconquérir les mots pour se reconquérir soi**

C'est le théâtre, comme activité physique, comme expérience identitaire, qui permet à l'héroïne d'élaborer une première définition de l'écriture. Dans la première partie, Renée justifie son déclassement social et se dépeint comme "une femme de lettres qui a mal tourné", elle qui se "refuse le plaisir, le luxe d'écrire" (p. 68). Suit une longue définition de l'écriture qui, par l'anaphore "écrire", élabore un art poétique proche du poème en prose. On y lit la passion de Colette pour la graphie. Cette activité se déploie selon un "griffonnage inconscient" : des "jeux de plume" transforment le mot "en insecte fantastique, envolé en papillon-fée" (p. 68). Apparenter l'écriture à l'éclosion d'un papillon, c'est rapprocher écriture et théâtre. Le geste graphique s'apparente au geste chorégraphique, association très personnelle qui situe la vie de Renée-Colette entre ces deux pratiques artistiques. *La Vagabonde* relate ainsi la recherche d'une voix / voie à travers le théâtre. Si l'horizon est l'écriture, il faut acquérir une maîtrise totale du corps et des gestes pour trouver "une écriture physique et rythmique" [KRISTEVA, 2004, p. 267] qui puisse exprimer son désir de vivre libre et seule à travers l'écriture.

Ce bonheur émerge dans les descriptions naturelles, dans la conscience peu à peu retrouvée du paysage qui l'entoure, des fruits et des fleurs que le printemps pose sur sa route. "Les premières roses, mon ami aimé ! Je les ai achetées à la gare d'Avignon, à peine entrebâillées, d'un jaune de soufre rehaussé de carmin, transparentes au soleil comme une oreille que teinte un sang vif, parées de feuilles tendres, d'épines courbes en corail poli." (p. 250). Dans cette célébration du monde, la narratrice jouit égoïstement des trésors de la nature, se méfiant de l'homme "qui n'aurait pas dû la [la lettre] lire" (p. 251). Petit à petit, elle prend conscience que son correspondant "ne comprend que l'amour" (p. 252) quand l'essentiel, pour elle, se trouve ailleurs : dans la conscience, profonde, d'appartenir entièrement au pays qu'elle traverse. À plusieurs reprises, la tournée théâtrale devient le symbole d'une reconquête de soi. La multiplicité des scènes foulées et des villes traversées fait écho à l'identité diffractée de la narratrice qui laisse, ici ou là, quelque image d'elle-même dans le monde, imprimée dans le paysage à la manière d'un instantané photographique. "Demain je ne croirai pas emporter cette image, mais il me semble qu'une ombre de moi, détachée de moi comme une feuille, demeurera ici [...]." (p. 254). Comme un arbre ou une fleur qui renaît, l'héroïne se reconquiert elle-même à travers les mots, réalisant ce programme littéraire esquissé à la fin de la première partie du récit et qui donne au roman une structure circulaire: "[...] quelque chose de moi se suspend à tout ce que je traverse – pays nouveaux, ciels purs ou nuageux, mers sous la pluie couleur de perle grise –, s'y accroche si passionnément qu'il me semble laisser derrière moi mille petits fantômes à ma ressemblance, roulés dans le flot, bercés sur la feuille, dispersés dans le nuage" (p. 129). C'est ainsi que Colette fournit à son héroïne les armes pour exister pleinement.

*La Vagabonde* est un roman de l'écriture, un roman sur l'écriture. Ce "luxe" de l'écriture, précisément retrouvé grâce au théâtre et à ses conditions matérielles difficiles, confine au besoin de se raconter, sans pour autant entièrement se dévoiler. "Dire la vérité, oui, mais toute la vérité, on ne peut pas, on ne doit pas." (p. 265). Au terme du roman, il est permis de lire dans cet aphorisme le propre du livre qu'on est en train de lire: Renée, écrivant *La Vagabonde*, sait qu'elle doit dissimuler au public et à son destinataire sa part la plus secrète, son intimité désormais retrouvée au terme d'un long voyage, unifiée par le titre même du roman. "La vagabonde" est un programme de vie, une destinée littéraire: arpenter le monde, écrire sur soi sans jamais sacrifier ces "mille et mille ombres" qui font appartenir Renée à "la pierre chaude", à son pays natal, "au creux moite d'un vallon sans soleil" (p. 287).

Dans *La Vagabonde*, le théâtre libère des forces vitales. Cette "orgueilleuse énergie" (Sketch, *Les Hommes illustres*, 1911), qu'un contemporain remarquait dans le jeu mimique de Colette, se retrouve dans chaque page du roman où la narratrice, désirant être vue, se surpasse elle-même. Pour exister pleinement, il faut en passer par les exigences de la scène, par l'affrontement avec le public pour, *in fine*, le séduire. Gagner son adhésion, c'est pallier le manque d'amour. Néanmoins, quand ce dernier se présente à nouveau, le théâtre impulse l'envie d'écrire pour déjouer l'impasse que représente le mariage, pour préférer à l'homme la liberté procurée par l'écriture. La véritable richesse n'est donc pas l'argent que lui promet Max mais son indépendance gagnée sur les scènes des music-halls et par l'écriture de sa propre vie. En résumé, Colette associe théâtre et écriture, deux activités complémentaires, deux faces d'un même miroir. Danser et écrire sont deux voies pour se libérer.

# ÉTUDE THÉMATIQUE

## LE THÉÂTRE

Centré sur les tourments d'un être en quête de sa propre identité, *La Vagabonde* configure cette "identité narrative"* dont parle le théoricien de la fiction Paul Ricœur. Permettant de résoudre l'aporie* du temps, celle de se reconnaître malgré les changements, cette notion fait du récit un laboratoire identitaire, où l'identité est articulée autour du caractère qui permet au sujet de s'identifier à un personnage (Ricœur emploie l'expression d'identité-*idem*) et de la fidélité à se reconnaître en dépit des changements imposés par le temps (c'est l'identité-*ipse)*. Chez Colette, le "moi" se reconfigure dans le récit, selon des effets de projection permis par le théâtre. C'est donc à travers cette quête de l'identité que le théâtre se révèle aussi nécessaire que complexe. Régulant le rapport qu'entretient l'héroïne avec le monde, il permet d'envisager l'espace théâtral comme lieu de l'existence et, plus intimement, le cheminement de la vagabonde Renée, contrainte de trouver en elle les forces physiques et esthétiques pour reconstruire une existence, fragilisée par un mari volage et un déclassement social. Entre son expérience théâtrale et son désir inavoué d'écrire, la narratrice organise, à partir de la scène, les conditions de sa propre métamorphose. De femme esseulée à actrice-écrivaine, *La Vagabonde* raconte le passage, par le théâtre, d'une solitude à une reconquête de soi-même et de sa liberté.

### Un nouveau roman des comédiens : les vagabonds

Quand il est publié en volume, *La Vagabonde* s'inscrit dans une tradition romanesque instaurée au XVII^e^ siècle et prolongée aux siècles suivants, celle du roman des comédiens, que Colette entend renouveler en profondeur. Elle donne au music-hall, ce milieu qui selon elle "n'a pas été assez décrit" [Pichois et Brunet, 1999, p. 186], ses lettres de noblesse. Ce genre littéraire relate l'aventure d'une troupe de comédiens, leur condition d'existence au théâtre et la fraternité qui y règne, comme *Le Château des désertes* (1851) et *Pierre qui roule* (1870) de George Sand. À la fin du siècle, Colette situe le destin de son héroïne dans une nouvelle frange du théâtre qui atteint son âge d'or à cette époque : le music-hall et le café-concert. Ce roman se fait le miroir de l'existence difficile des "vagabonds" appelés à tourner d'une scène à l'autre. Ce thème du vagabondage marque également la genèse du texte. Écrivant son roman dans "les chambres d'hôtel les plus médiocres" et sur "la tablette à maquillage" [II, p. 1236], Colette met en scène des gens du spectacle qui sont devenus, par habitude et travail, des compagnons de fortune.

La périphrase "les vagabonds" désigne donc une troupe d'artistes, réunis par la variété des spectacles mis en scène et par les conditions déplorables imposées par la vie de théâtre. Le roman, qui présente habilement un personnel romanesque réduit, révèle avec lucidité "la misère de tant de gens" (p. 90). Ces conditions misérables se remarquent dans le souci constant de l'argent que chacun cherche à obtenir, à thésauriser et à préserver avec une peur partagée de l'avenir. La périphrase "Ça ne se dessine pas" cristallise cette angoisse du futur, que d'aucuns se plaisent à dissimuler par fierté et orgueil : "Les artistes de café-concert... Qu'ils sont mal connus, et décriés, et peu compris ! Chimériques, orgueilleux, pleins d'une foi absurde et surannée dans l'Art, eux seuls, eux, les derniers, osent encore déclarer, avec une fièvre sacrée : 'Un *artiste* ne doit pas... un *artiste* ne peut accepter... un *artiste* ne consent pas." (p. 92). Cependant, aussi orgueilleux soient-ils, les comédiens ne peuvent masquer leur misère physique. Fruit de conditions d'hygiène douteuses, conséquence des théâtres insalubres qu'ils fréquentent, cette décrépitude physique touche tous les artistes de music-hall qui sont mal en point alors que le spectacle repose souvent sur des prouesses physiques. Aussi le "pauvre petit Bouty [...] balade partout son entérite chronique" et sa "chétive et douce figure" (p. 72) alors que le "Gaulois blond [...] voit fondre ses biceps, ses cuisses roses" à cause de la tuberculose. Le regard de la narratrice est aussi compatissant que révélateur. Faisant le jour sur une réalité sombre, Colette, par le biais de sa narratrice, met en scène un milieu souvent évincé de la littérature. Ce dernier trouve dans *La Vagabonde* droit de cité. Et cette mise en avant d'un milieu injustement oublié va de pair avec une légitimation de l'art des artistes de caf'conc'. À une époque où le monde du cabaret est conspué par les gardiens du théâtre classique, Colette adopte le discours inverse. Défendant corps et âme ce milieu, elle insiste à plusieurs reprises sur "l'art" de haute voltige que pratiquent ces vagabonds.

Tout en conservant un point de vue distancié, Renée Néré fait corps avec ces vagabonds. La thématique du vagabondage engendre une série de déplacements que la danseuse réalise avec ses "compagnons", sans pour autant sacrifier à son confort de vie. La troisième partie du roman met en scène une tournée théâtrale qui impose une scission entre Renée, qui voyage en première classe, et Brague et le jeune Troglodyte affamé qui choisissent, pour économiser, la seconde classe. Avec dérision, le professeur de mime rétorque à la narratrice : "Tout le monde n'est pas Vanderbilt ou Renée Néré, pour se coller des chambres à cent sous et des cafés au lait servis dans la taule !" (p. 242). Quand la tournée théâtrale ne se dessine pas, les vagabonds sont contraints de s'arrêter un temps dans quelque cabaret de la place Blanche, à Paris, où ils trouvent à présenter leurs numéros. Ces moments éphémères d'accalmie procurent une impression de fixité que la narratrice résume ainsi : "Vagabonde, soit, mais qui se résigne à tourner en rond, sur place, comme ceux-ci, mes compagnons, mes frères..." (p. 129). La comparaison suppose une cohésion de groupe. La narratrice, tout en conservant un train de vie et "un fatalisme foncier et paisible de petite bourgeoise" (p. 129), répond au même mouvement involontaire qui jette les vagabonds sur les chemins du hasard, sans que ces revers de fortune n'éteignent la croyance indéfectible qu'ils portent à leur art.

Aussi le music-hall devient-il un refuge pour la narratrice. La solitude paradoxale qu'elle y trouve donne l'impression d'une retraite salutaire car le rythme soutenu des journées, qui fait alterner répétitions et spectacles, rompt avec des moments de silence parfait qui symbolisent la cohésion du groupe. Chacun se retranche dans son silence tout en le partageant avec autrui : "C'est ce silence, cette pudeur obstinée qui m'abusa sur ses camarades, à mes débuts au music-hall." La narratrice, avec "[s]a muette sympathie", "s'attache [donc] à eux tous, sans en préférer aucun" (p. 92).

**• La solitude**

La distance qui sépare la narratrice de ses compagnons de théâtre est souhaitée par elle. Bourgeoise, la narratrice se mure dans la solitude, bastion d'une identité menacée par les affres du mariage et contrainte de se reconstruire sur ses ruines. Cette réserve à l'égard des autres comédiens suppose ainsi une solitude qui situe Renée au sein du groupe et, paradoxalement, en périphérie. Elle côtoie ces vagabonds tout en goûtant le privilège de les cerner au plus profond d'eux-mêmes. Au moment de la "disparition" de Jadin, l'héroïne perçoit le désespoir qui gagne Bouty (p. 91). Cette distance affecte également sa relation amoureuse avec Max, le "Grand-Serin". Ce sobriquet insiste sur l'oisiveté du courtisan qui joue les codes de la galanterie avec une maladresse effroyable. Aussi peut-on lire la scène de rencontre, dans la loge de Renée, comme annonciatrice de la relation à venir: regardant et se laissant regarder, Renée se tient à bonne distance de l'homme. Après avoir cédé à ses avances, elle profite de la tournée théâtrale rythmée par l'envoi de ses lettres pour rejeter la vie de château qu'il lui offre au profit d'une carrière de femme de théâtre et d'écrivaine, c'est-à-dire libre et solitaire. Le titre du roman de Colette, écrit en 1907, résonne étrangement avec le milieu du music-hall : il est, à sa manière, une "*retraite sentimentale*".

C'est pourquoi son identité se construit par le théâtre, vaste réservoir de jeux et de rôles, qui engendre une projection de soi [ZURLO-TRUCHE, 2023, p. 49] qui se construit, page après page. La solitude apparaît alors bénéfique. Retranchée dans son for intérieur, la narratrice progresse de la défaite à la conquête de soi en solitaire, par ses propres moyens et ses propres ressources. Le silence, qui fait choisir à Renée-Colette la pantomime et la danse plutôt que le théâtre parlé, devient ainsi une manière éthique de vivre: "Parler, quelle dépense d'énergie pour qui demeure muette des journées entières !" (p. 161). Quand Brague et elle programment leur tournée avec l'imprésario Salomon, Renée "retrouv[e] la parole et l'art de [s]'en servir" (p. 154) pour rudoyer l'agent au sujet du pourcentage copieux qu'il s'octroie. Solitaire, Renée peut largement envisager de partir à la conquête de nouvelles scènes, sous de nouveaux cieux. Si "rien" (p. 157-158) ne la retient, c'est que la vagabonde ne connaît pas d'attache. Libre, seule, elle peut aisément organiser sa vie de la façon qu'il lui plaît. Réservoir d'expériences, source de conquête de soi, le théâtre apparaît comme le lieu où l'héroïne maintient ses amarres détachées: "Aucun cher visage ne surgira du brouillard, comme une fleur claire émerge de l'eau obscure" (p. 158). Dès le moment où sa relation amoureuse commence, le lecteur sait que le "Grand-Serin" est un personnage inconsistant dont l'existence oisive diffère en tout point de celle d'une vagabonde soucieuse de son art, accaparée par son métier.

### • Renouvellement de soi

Parce qu'elle en a fait l'expérience, Colette prête à son héroïne les forces nécessaires pour se renouveler et retrouver son identité. Dans *La Vagabonde*, le théâtre est "une leçon précieuse de renouvellement de soi-même" [DUCREY, 2018, p. 34]: elle passe nécessairement par un changement de statut. Quittant les rivages de la littérature – les titres de ses œuvres sont éloquents à plus d'un titre (p. 82) –, Renée se perfectionne dans la pantomime, sous la tutelle de Brague. La transposition, à peine cryptée, permet au lecteur de reconnaître aisément Georges Wague, rénovateur et réformateur de la pantomime à la Belle Époque, bientôt appelé à devenir professeur au Conservatoire. Ce "Pierrot", puisque c'est le personnage mimique qu'il s'est choisi, apprend à l'héroïne à maîtriser ses gestes, à se mouvoir en scène avec rigueur et élégance. Reposant sur l'expressivité traduite par le geste, la pantomime devient autant une appropriation du silence, comme nous l'avons vu, qu'une leçon esthétique et éthique pour Renée. La perte de repère liée au divorce est contrebalancée par la scène, ce point fixe autour duquel s'organise son existence. La scène du cachet en ville révèle combien la danse, peu importe les dispositions matérielles de la scène, engendre la séduction. Sans "barrière de feu", Renée commence à s'éveiller et "tord la chrysalide bleuâtre", "délie lentement [s]es membres" (p. 100). L'image du papillon, qui occupe également une nouvelle savoureuse des *Vrilles de la vigne* (1908), reflète la naissance, à la scène, d'une femme qui conquiert son talent artistique. D'où le regard critique qu'elle porte sur ses anciens amis bourgeois: relégués au rang de spectateurs charmés voire envoûtés, elle sait qu'ils n'appartiennent pas à cette nouvelle réalité créée par la danse, celle d'une illusion parfaite. "Non, non, il n'y a de réel que la danse, la lumière, la liberté, la musique..." (p. 102) Voici la Vagabonde devenue créatrice d'un art à part entière. Entre silence et séduction, précision du geste et expressivité corporelle, la danseuse s'épanouit. La fragilité de son *moi* est donc contrebalancée par la conviction profonde qu'elle témoigne à son art. Lucide, elle séduit quiconque porte le regard sur elle.

Cet épanouissement n'est d'ailleurs pas exclusif. Si le corps est objet de séduction, il est également incarné par une voix. D'une fine intelligence, d'une ironie mordante qui déstabilise les prétendants, Renée devient *sujet* de son destin, reconquis grâce à l'aventure théâtrale. C'est ainsi que *La Vagabonde* fait entendre, pour la première fois en littérature, une voix d'actrice qui n'est plus simplement séduite – comme

*Nana* de Zola ou *La Fanfarlo* de Baudelaire. Chez Colette, l'héroïne rudoie le conquérant qui pénètre sa loge, tacle l'imprésario, rétorque aux piques de Brague. Son *ethos*, c'est-à-dire l'image de soi à travers le discours [Maingueneau, 1999, p. 85], est celle d'une femme à la fois frondeuse et lucide. Cette lucidité, acquise de bon droit par l'expérience désastreuse de la vie conjugale, qui n'est que trahison et mensonge, culmine au moment de la rencontre avec Max. Alors que l'héroïne s'amuse de son air idiot, elle comprend que sa gravité dissimule son désir: "Il ne rit pas, parce qu'il me désire." (p. 75). Ainsi renversée, la perspective fait de l'héroïne non plus une actrice de plus mais bien une actrice indépendante, capable de déjouer les plates tactiques de séduction ou les pièges de l'amour. "Des chagrins jalousement cachés ont formé, affiné, durci cette femme", elle n'est pas "en acier", elle est "en femme, simplement, et cela suffit" (p. 86-87), avoue l'héroïne avec perspicacité.

Si elle dote son héroïne d'une parole drôle et cinglante, touchante et profonde, Colette ne lui donne pas seulement l'occasion de se renouveler, de se réinventer sur une scène de théâtre. Elle renouvelle en profondeur ce roman de l'actrice qui, au XIXe siècle, faisait du corps féminin en scène un objet de désir. Le regard masculin, dont on trouve maints exemples dans l'œuvre picturale d'Edgar Degas, est à présent déplacé du côté du féminin. Dès lors, le point de vue se trouve inversé: l'actrice regarde l'homme, lui renvoie ses défauts et ses maladresses, s'amuse de ce qu'elle lui échappe. En scène ou hors scène, le théâtre est une voie puissante de liberté. On comprend ainsi pourquoi Colette reste soucieuse de se distinguer dans cette littérature largement masculine. Mais elle est profondément novatrice quand elle prolonge sa mise en scène des coulisses de music-hall en résumant sa poétique par le terme "envers". *L'Envers du music-hall*, qui prolonge *La Vagabonde* sous forme de nouvelles, parachève cette peinture du milieu du spectacle à travers un regard féminin. L'actrice, sous sa plume, devient ainsi le porte-parole d'un univers théâtral largement dominé par des hommes, et l'on peut lire l'aventure théâtrale de Renée Néré comme une conquête perpétuelle d'un rang (célèbre danseuse), d'une place (à L'Empyrée ou dans une tournée), d'une légitimité artistique (la scène du cachet en ville), trois pôles qui ouvrent sa carrière à d'autres horizons, sans doute fantasmés. En effet, le brusque départ en Amérique, parfaitement invraisemblable du point de vue romanesque, se justifie autrement quand on considère que la tournée théâtrale est échappatoire, manière de se réinventer à travers les villes et les paysages parcourus. À la façon d'une Sarah Bernhardt modeste, l'héroïne colettienne rêve d'un ailleurs, sans pour autant sacrifier cette appétence pour l'argent qui demeure un souci constant. Le théâtre, en tant que source perpétuelle de renouvellement de soi, fournit une supériorité à nulle autre pareille.

### • Être ou paraître ?

Pour devenir une actrice à part entière, il faut apprendre à se grimer. L'habileté de Renée émerge à l'endroit où l'actrice se pare d'un masque, et où l'être cède au paraître : c'est le moment, sacré pour Colette, du maquillage. L'artifice se rencontre dès l'incipit où Renée se heurte à son double dans le miroir, cette "conseillère maquillée" qui porte "de profonds yeux aux paupières frottées d'une pâte grasse et violâtre" (p. 59). Plus loin, Renée sera soucieuse de paraître quand Max arrive chez elle de façon impromptue : "Poudrer mes joues, rougir mes lèvres, et disperser d'un coup de peigne les cheveux bouclés qui cachent mon front, c'est une besogne machinale, rapide et qui ne demande pas même le secours du miroir." (p. 180). Ce savoir, acquis de bon droit par une expérience théâtrale frappée du sceau de la ponctualité et de la précision, demeure exemplaire de la tension qui habite la vie et l'œuvre de Colette. Selon une tradition carnavalesque propre au roman, le personnage oscille entre être et paraître. C'est d'ailleurs, selon une tradition critique, l'argument essentiel qui rythme l'appréhension de cette carrière théâtrale : Colette aurait, grâce au théâtre, contenté son "besoin d'être vue" [II, p. CVI]. Le miroir, que l'on retrouve dans chaque partie du récit, cristallise ce narcissisme latent que l'héroïne, semble-t-il, emprunte à Colette. Cependant, l'on pourrait à raison considérer le théâtre, au sens large, comme une *catharsis**. Cette purgation de ses angoisses, que l'on retrouve dans le soliloque entre la narratrice et son reflet dans sa loge dès le seuil du texte, annonce le rôle problématique que tient l'image que l'autre se fait de soi-même. En toute occasion, Renée prend soin d'être visible, sans pour autant se livrer entièrement au spectateur. C'est le cas d'une scène où l'impatience voire l'agacement de Max éclate quand il découvre Renée endormie : "Quand vous dormez, vous n'avez pas l'air de dormir ! vous avez l'air… eh ! enfin, vous avez l'air d'avoir fermé les yeux pour cacher une joie plus forte que vous !" (p. 163). La locution "avoir l'air de" traduit cette habileté de l'actrice à échapper, un temps, au regard qui se pose sur elle. L'actrice est donc maîtresse d'elle-même et de ses pouvoirs, alors que l'homme reste identique à lui-même : "[…]

ce m'est un soulagement, dit la narratrice, de le retrouver sincère, pareil à l'homme qui entra, il y a deux mois, dans ma loge" (p. 163). Renée se retranche au moyen de ses artifices quand Max excelle dans "l'aptitude à l'amour" (p. 165). Sur le terrain des faux-semblants, seul l'amour est capable de faire vaciller l'héroïne, de lui procurer doutes et incertitudes. Dans cette perspective, le désir d'être vue compense le désarroi qui l'agite durant l'ensemble du roman : céder ou ne pas céder à l'amour ? Le théâtre ayant libéré ses entraves, la narratrice peut librement, en concertation avec elle-même, épouser pleinement sa destinée. *La Vagabonde* interroge donc, par le prisme de l'aventure théâtrale, une reconquête de l'écriture. Par le pouvoir des mots, Colette cherche à retrouver son unité.

## Littérature et représentation

### • La vraisemblance

Depuis la fin du XVII^e^, le roman s'est orienté vers la représentation vraisemblable du monde, c'est-à-dire d'événements qui pourraient se retrouver dans la réalité : ils seraient possibles mais aussi conformes à la morale en cours (v. Littérature et morale). Cette double imposition aux origines du roman moderne, "montrer le vrai pour enseigner le bien" [Mélonio, Marchal et Noiray dans TADIÉ, 2007, p. 443], s'est prolongée au XVIII^e^ siècle et a poussé les romanciers à se tourner vers le monde qui les entourait, notamment vers la vie quotidienne, pour mieux faire porter leurs leçons. Ajoutons à cela la tendance du roman à s'intéresser aux passions de l'homme et nous avons les ingrédients des développements du roman au XVIII^e^ et au XIX^e^ dans lequel la peinture de la société, cadre dans lequel naissent ces passions, devient incontournable [*Ibid.*, p. 445]. Mme de Staël explique bien ce changement quand elle parle de "ce roman de tous les possibles contenus dans le réel, dans lequel la 'vérité des tableaux' remplacera 'la circonstance arbitraire que l'auteur invente'" [*Ibid.*, p. 453]. Colette ne dit pas autre chose dans *Prisons et Paradis* quand elle avoue ne se fier qu'à la "réalité" qui seule peut fournir les motifs de l'écriture dans son abondance (v. Florilège). La littérature pour Colette est alors une tentative pour se réapproprier une réalité qui peut décevoir : le monde humain est tissé de représentations idéalisées en décalage complet avec la réalité, notamment pour les femmes. Le langage et les représentations sont constamment remis en question dans l'écriture de Colette, notamment grâce au roman qui cherche à imiter le monde tel qu'il est et non tel qu'il devrait être, selon une volonté de ne pas s'en tenir à ce qu'a décrit Clément Rosset en parlant du réel et de son double idéalisé qui voile aux yeux de tous les phénomènes les plus évidents.

Ainsi, notamment grâce au hasard, Colette utilise le romanesque pour interroger la puissance de nos représentations et ce que disent réellement les mots que nous employons pour parler des expériences et pouvoir les vivre.

### • Le hasard

Tout comme l'a fait Béatrice Didier avec *La Retraite Sentimentale*, nous voudrions comparer *La Vagabonde* avec *La Princesse de Clèves*: dans les deux romans, l'héroïne est mise en péril par la romancière et le récit se transforme en expérience. Madame de la Fayette plaçait au cœur des intrigues de la cour d'Henri II, réputée comme la plus galante de toutes, une jeune fille élevée en dehors de ce monde pour voir comment elle pourrait résister à la galanterie, aux affres de la jalousie et de la passion. L'expérience de Colette consiste à mettre sur la route d'une "héroïne tout en chair" (p. 283) un parfait amant pour voir si elle retombera dans le piège tendu par son premier mari. Saura-t-elle profiter de son expérience ? Tout comme dans la *Princesse de Clèves*, la romancière use du hasard pour les mettre en présence: Nemours se perd dans la forêt et trouve, comme par hasard, le chemin de la propriété de son aimée où il la voit contempler son image. L'artiste qui devait jouer dans le cachet en ville chez le frère aîné de Dufferein-Chautel tombe malade à l'improviste, et c'est donc Renée qui est appelée ; Maxime connaît Hamond: "je regarde, étonnée, cet homme qui a réussi à pénétrer chez moi. Parbleu ! il le voulait tellement ! Tous les hasards l'ont servi, et Hamond l'y a aidé..." (p. 135). Nemours comme Dufferein-Chautel mènent une cour insistante et inspirent tous les deux de la "méfiance" à l'héroïne en raison de leur passé galant. Toutes les deux résistent jusqu'à leurs derniers retranchements et refusent de parler de leur amour à leur poursuivant. La focalisation interne permet au lecteur de comprendre le refus de ces deux héroïnes que leurs prétendants ne peuvent entendre. Ils sont alors volontairement laissés à l'écart: les héroïnes, pour des raisons différentes, ne souhaitent pas les faire accéder à cette connaissance. Leurs raisons sont assez similaires et finalement, elles préfèrent au mariage le "repos" (p. 269): l'une dans la mort, l'autre dans un dénouement qui conserve un certain tragique, le maintien de sa liberté exigeant le renoncement à l'"amour". Mais était-il vraiment question d'amour, de désir ou de possession ? Ou encore d'une résistance qui oppose au désir de l'homme des obstacles propres à les faire s'entêter ? Car, ni dans un cas ni dans l'autre, le mariage n'est à même de garantir la femme contre la jeunesse et la beauté d'une autre. Celle de l'éternelle rivale qui hante Renée et la Princesse.

Dans *La Vagabonde*, cette figure se présente d'abord sous les traits de la hantise du vieillissement chez Renée qui n'a de cesse de représenter Maxime comme un jeune homme (p. 169) alors qu'ils ont le même âge. Mais dans la troisième partie, elle trouve son explication au moment où Renée contemple un cliché que lui a envoyé Maxime, au hasard de leur correspondance et de ses occupations. Il apparaît jouant au tennis en compagnie d'une jeune fille. Grâce à l'artifice de la "petite image photographique", la menace de la "jeune fille" et de ses attraits sur les hommes retrouve son caractère éternel : "*Elle s'appelle, pour moi,* une jeune fille, toutes les jeunes filles, toutes les jeunes femmes *qui seront mes rivales un peu plus tard, bientôt, demain*." (p. 263). Dans le texte, tous les personnages sont donc aux prises avec les représentations en cours dans les récits amoureux qui perdurent dans notre tradition : Renée peut mettre des mots sur son "rêve familier d'une jeune fille très ignorante de la vie" : "un chimérique, un puéril engouement de l'irréalisable : le couple amoureux, prisonnier d'une chambre tiède, isolé par quatre murs du reste de la terre..." (p. 208-209). Et refuser d'y adhérer de nouveau en raison de son inadéquation avec son expérience, et pas seulement parce qu'elle serait en rébellion contre le seul ordre bourgeois : "Pouah ! tout ce manège, cette cuisine autour de l'amour – autour d'un but qu'on ne peut même pas nommer l'amour –, je les favoriserais, je les imiterais, moi ?" (p. 140). Il ne s'agit pas que de Renée : quels que soient les mondes dont proviennent ses personnages, leurs comportements sont influencés par la fiction : l'apache est devenu un type "popularisé par l'image, la charge, le théâtre et le café-concert" (p. 104). Le billet que la mime reçoit sur scène est signé par le "Marquis de Fontanges", faux nom "où se devine le romanesque amour de la grande vie" (p. 63). Un autre admirateur, très jeune et différent, "se rêvait Prince charmant" (p. 77). Renée, elle, choisit enfin son récit et refuse d'être l'héroïne d'un conte de fées semblable à celui de Cendrillon : elle ne sera pas sauvée de son déclassement et de sa solitude par un homme plus riche qu'elle (p. 204) : "– Mais, chérie, vous n'avez plus besoin de music-hall, puisque je suis là, et que..." (p. 204).

### • Écrire : interroger l'influence des représentations sur les comportements

Le regard attentif de la narratrice sert à Colette d'instrument pour radiographier les décalages entre les représentations, modelées à travers les types, les idées reçues, les genres, les symboles et les mythes. En plus des instruments du laboratoire romanesque, Colette utilise l'ironie pour mettre en porte-à-faux l'esprit de sérieux insufflé au roman par Balzac et Zola, dont la conception du roman s'appuie sur une volonté de décrire la société de manière objective et scientifique : le regard y est une "condition du vraisemblable, qui est la version réaliste (bourgeoise) de la vérité" [Mélonio, Marchal et Noiray dans TADIÉ, 2007, p. 489]. Si Colette choisit délibérément de faire sortir sa narratrice du monde "pour mieux le révéler" comme Mirbeau, Rolland, Lorrain et Proust [PINSON, 2008], elle prétend ainsi interroger, à partir de ce nouveau point de vue, la capacité du regard bourgeois et essentiellement masculin, à l'époque, à atteindre la vérité et à rendre compte de toutes les nuances de la réalité. Elle se permet par exemple de jouer avec la forme du roman à clés* et d'interpeller les lecteurs bourgeois à ce sujet : "Mon ex-mari ? Vous le connaissez tous." (p. 78). Elle brise la continuité romanesque du monologue intérieur et transforme le "soliloque" (p. 67) en monologue de théâtre où le personnage principal rompt l'illusion théâtrale en s'adressant à son public. Colette met en mauvaise posture un lecteur qui est rendu complice des aventures de son mari et donc de l'institution de l'adultère (p. 83). En prenant à partie le lecteur de la sorte, elle semble ainsi le désigner comme un hypocrite, tout comme Harpagon qui, dans son fameux monologue, cherche les voleurs de sa cassette dans la salle. Elle peut ailleurs également montrer que le mot mariage ne recouvre pas les mêmes réalités pour les hommes que pour les femmes dans une charge véhémente et sarcastique de Renée (p. 207). Aux certitudes bourgeoises, Colette oppose l'empirisme de l'expérience : des siennes propres et des personnes qu'elle a rencontrées dans les lieux qu'elle a fréquentés en dehors de son premier mariage puis tout au long de sa vie. Ainsi, comme le réalisme dans les récits fantastiques, l'effet de réel lui sert à mieux remettre en question les explications que nous fournissent à son sujet la doxa* mais aussi la littérature qui modèle les comportements au moyen de ses représentations.

Que penser en effet de l'utilisation de la maîtrise technique de la versification dans le couplet entamé par Jadin ?

Ah ! ah ! petite Muguet-et-te,
Ah ! ah ! viens donc, s'il te plaît,
Que j'te l'mette,
Mon p'tit bou-quet de muguet !

Le compositeur de la *Valse du muguet*, homme de métier et d'expérience, a grivoisement et habilement césuré le dernier vers du refrain...

Quelle ironie chez Colette mais aussi quelle hypocrisie chez les tenants de l'art bourgeois ! Quelle différence y a-t-il entre le désir violent exercé sur les hommes par le numéro de Nana et cette grossière et pourtant subtile mise en abyme de ce qu'inspire Jadin au public masculin selon Colette ?

> Il eut la curiosité de regarder le comte de Vandeuvres, très pâle, les lèvres pincées, le gros Steiner, dont la face apoplectique crevait, Labordette lorgnant d´un air étonné de maquignon qui admire une jument parfaite, Daguenet dont les oreilles saignaient et remuaient de jouissance. (Zola, *Nana*, Paris, Flammarion, 2013, p. 54)

Aucune : "La 'question des sens'... [...] La meilleure littérature et la pire aussi tâche de m'apprendre que toutes les voix se taisent quand celle des sens a parlé. Qu'en faut-il croire ?" (p. 115). Pour Colette donc, la vie et la littérature ne sont jamais séparées, et l'écriture lui permet non seulement de jouir de la recréation du réel tel qu'elle le perçoit, libérée des impositions symboliques de sa classe (ou tout du moins d'une partie), mais aussi d'en montrer l'appréhension subjective et propre à chacun, annonçant ainsi les avancées romanesques de la seconde moitié du siècle.

## Littérature et morale

Inclure une œuvre de Colette dans un questionnement plus large sur la littérature et la morale aurait pu, il y a quelques décennies, faire sourire ou indigner de nombreux critiques et lecteurs. La question récente de sa panthéonisation relance un débat sur sa moralité, en cours depuis ses débuts dans l'écriture. N'est-elle pas passée à côté du Goncourt avec *La Vagabonde*, ne s'est-elle pas vu refuser – comme de nombreuses autres – l'entrée à l'Académie française ? Son passage sur les planches, les scandales au sujet de sa sexualité, notamment celui du Moulin Rouge, restèrent longtemps ancrés dans les mémoires. Par ailleurs, au-delà des scandales sur sa vie privée, Colette a toujours refusé de s'exprimer sur les questions sociales comme le féminisme, ou alors pour le fustiger de manière cinglante. Pendant la Seconde Guerre mondiale, comme d'autres, elle a continué à publier, souvent sans grande considération pour l'orientation politique des journaux qui lui passaient commande. Michel Tournier soulignait de fait qu'il était risqué de tenter de systématiser la pensée de Colette.

Et pourtant, à force d'œuvrer, Colette a réussi à faire oublier ses incartades et à devenir "Madame Colette". Comme l'explique Jean Cocteau, l'un des amis très proches de la fin de sa vie: "Vie de Colette. Scandale sur scandale. Puis tout bascule et elle passe au rang d'idole. Elle achève son existence de pantomimes, d'instituts de beauté, de vieilles lesbiennes dans une apothéose de respectabilité." [Ducrey dans DUCREY et DUPONT, 2018, p. 242]. Son parcours interroge donc l'influence de la morale de l'auteure, au féminin, sur la postérité ou non de son œuvre et sur les liens ambigus qu'elle a entretenus avec la morale de son temps.

*La Vagabonde* appartient à l'époque des scandales, celle où Colette prend le parti d'assumer la posture qui sera la sienne quant à la relation entre littérature et morale: elle utilise le roman et la fiction pour traquer systématiquement les contradictions et les faux-semblants des comportements soi-disant moraux. Revenons sur les débats suscités par le roman pour mieux comprendre ce qui est en jeu quand un écrivain – et dans ce contexte une écrivaine – interroge les présupposés de l'idéologie dominante.

**• Les mœurs ou la morale ?**

À la frontière des thèmes "littérature et morale" et "littérature et représentation", nous trouvons l'injonction classique de faire coïncider ce qui est possible dans l'univers fictionnel avec ce qui est possible dans la réalité, mais permis par la morale. Tout comme l'explique Claude Pichois, c'est dans les réserves de certains critiques de l'époque que nous pouvons lire le profond choc qu'a pu assener *La Vagabonde* à la morale alors en cours et contribuer à faire de Colette une écrivaine immorale.

Selon Gaston Pawloski, l'écrivaine a "eu le tort de ne point fixer hardiment un idéal" [III, p. 1594]. Ainsi, l'homme peut rêver à l'idéal, à la Beauté que doit incarner la danseuse ; la danseuse, la jeune fille et la jeune femme, elles, ne le peuvent. Colette montre bien que si la jeune fille s'est forgé un idéal de l'amour comme pur don de soi, l'homme n'a aucun scrupule à la ramener au royaume qu'il lui assigne, celui de la chair. Un moi féminin qui rêve d'exister en dehors de l'amour, de l'économie du mariage et de la procréation, qui aspire à retrouver cette indépendance de monade de l'enfant fière et libre, à qui la solitude n'est pas amère et qui ose exprimer sa volonté de se consacrer à l'art, sous quelque forme que ce soit, à la contemplation de la nature, n'est pas entendu. Pas plus que les "vagabonds", les "abandonnés" pourtant véritables garants de l'Art dans le texte ne se vantent jamais de s'être fait engager dans "un *vrai* théâtre", comme s'il s'agissait d'un déshonneur (p. 127). La différence entre les femmes, les artistes de music-hall et les autres artistes et écrivains, ceux qui sont consacrés par la morale bourgeoise, réside dans les mots pour le dire : "Il faut comprendre une différence, non de mœurs, mais de morales." [Pichois, I, p. 1595].

**• Les dangers de la littérature**

Marcel Ballot avoue, lui, avoir dû taire à ses lectrices les qualités littéraires des œuvres de Colette pour les protéger [I, p. 1595]. Le spectacle de la misère du music-hall n'a pas de quoi attirer les jeunes filles vers le vice même si Colette tente de le transmuer en en montrant les vertus. La peinture du plaisir féminin en dehors du mariage est sûrement plus dangereuse :

> Et pourtant nous ne sommes pas amants ! [...]
> Il ne me reste pas grand-chose à souhaiter, d'ailleurs... Et je ne tremble à présent que devant cette ardeur ignorée, jaillie de moi au premier contact, toujours sauvagement prête à lui obéir... [...]
> Et il veut souvent. Pour mon plaisir et pour mon inquiétude, le hasard a mis, en ce grand garçon d'une beauté simple et symétrique, un amant subtil, créé pour la femme, et si divinateur que sa caresse sembler penser en même temps que mon désir. Il me fait songer – j'en rougis – au mot d'une luxurieuse petite camarade de music-hall, qui me vantait l'habileté d'un nouvel amant : "Ma chère, on ne ferait pas mieux soi-même !" (p. 190-191)

Est-on réellement en mesure de reconstituer la surprise des lecteurs (et le plaisir de ses nombreuses lectrices) au moment de ces aveux de la narratrice, pourtant aussi voilés que possible, au sujet du plaisir que lui donne Maxime (p. 191) ? Pour nous, cet aveu peut sembler d'une pruderie quelque peu datée dans ses circonvolutions. Elle l'était déjà pour des lectrices plus jeunes que Colette, comme nous le montre cette lettre de Marguerite Yourcenar (1903-1981) à Florence Codman, datée du 16 février 1956: "Elle a été incroyablement représentative d'une certaine France entre 1900 et 1946, avec sa saveur populaire, emporte-gueule, ses maniérismes, sa douceur de vivre à elle et tout son code du convenu et de l'inconvenant aussi compliqué qu'une vieille Chine" (Fonds Yourcenar, bibliothèque Houghton de Harvard). Si "son code du convenu et de l'inconvenant" paraissait indéchiffrable à Yourcenar, il peut parfois nous sembler plus énigmatique encore.

L'euphémisme joue à plein au début de cet aveu: Renée et Maxime n'ont pas encore eu de relations sexuelles dans le sens étroit du terme mais la narratrice est pleinement satisfaite, ce qui est hautement problématique à l'époque car les jeunes filles ne peuvent avoir de relations en dehors du mariage. C'est le mari, généralement plus âgé qu'elle, qui est chargé d'initier la jeune fille. Son expérience n'est pas toujours beaucoup plus étendue que celle de sa compagne, mais, socialement, elle est permise. La fréquentation des maisons closes et des prostituées autorise à l'homme une initiation qui ne met pas en péril le mariage. Or, ici, le contact sexuel s'insère dans une tout autre logique que l'amour tarifé ou le mariage et la reproduction: il est librement consenti et "stérile" puisque tout risque de conception est écarté. D'où le parallélisme qu'établit la "luxurieuse petite camarade de music-hall" avec l'onanisme, autre pratique peu recommandable pour les jeunes filles et dont Renée, qui n'est pas si libre qu'elle en a l'air, rougit. En effet, une jeune fille ou une jeune femme de la bourgeoisie à l'époque n'a pas nécessairement à sa disposition "les mots pour le dire". Marc Angenot a bien mis en évidence que même les romanciers bourgeois contemporains ne possèdent pas de mots pour parler explicitement de sexualité. Il n'est pas seulement question de pouvoir expérimenter ce plaisir ici, mais aussi d'accéder à le dire, l'écrire et de trouver les mots pour en parler et le faire exister en dehors des logiques masculines, des préjugés et des impositions morales fondées sur une profonde dissymétrie.

### • Colette moraliste?

Mais comme le signale Jacques Dupont, c'est surtout la pluralité des voix et la confrontation aux discours qui circulent dans la société, l'attention à leurs contradictions, qui fait de Colette une moraliste qui n'hésite pas à traquer ce qu'elle observe chez les autres jusque dans leurs comportements. Elle ne supporte pas que les hommes se déchargent de "l'impureté" de leurs désirs sur les femmes. Elle n'est pas tendre face à sa soumission envers Taillandy et sa lâcheté envers Maxime (p. 276). Elle assume ses responsabilités dans la douleur qu'elle lui cause (p. 177). Si elle ne lui avoue pas ses raisons exactes, elle s'oblige toutefois à être sincère envers elle-même (p. 266). Et c'est ce devoir de sincérité qui pousse la moraliste à s'intéresser à toutes les créatures et les phénomènes, humains ou naturels, comme à une possible source de connaissance et de plaisir. Si elle n'épargne personne et que sa griffe est souvent acérée, Michel Tournier a toutefois montré, au sujet du *Pur et l'impur*, que le "respect des créatures vivantes", quelles qu'elles soient, était à l'origine de l'écriture de Colette.

Les nombreux parallèles, troublants il est vrai, entre l'écriture de Colette et celle d'un La Rochefoucauld par exemple, révèlent une proximité patente avec la littérature classique que la jeune lectrice découvre tôt sous la plume des dramaturges – Corneille par exemple – et du mémorialiste Saint-Simon – dont Sido est une fervente lectrice. Cette écriture moraliste, qui prend la forme d'une utilisation soutenue du présent gnomique et de la maxime, témoigne de son admiration pour une représentation du monde qui s'élabore sur des jugements et des arguments. Cependant, ces derniers ne ressassent pas toujours le convenu, l'attendu, le respectable. Au contraire, Colette reprend cette forme classique à ses propres fins, pour asséner quelques vérités particulières aux antipodes de la morale bourgeoise. Par exemple, son héroïne se montre soucieuse de démonter, savamment, les représentations convenues que Maxime a introjectées sans même les interroger. D'une part, elle annihile sa conception largement faussée du couple de femmes, en peignant les lesbiennes moins comme des êtres provocants que des personnes abîmées, se retrouvant entre femmes pour mieux se garder du monde masculin. D'autre part, elle délivre une conception de la femme forte, prête à vaincre tous les dangers et les périls en assénant qu'elle est "en femme et cela suffit" (p. 87). Si le propos confine certes à une vision essentialiste des sexes, il n'en demeure pas moins qu'il établit une nouvelle morale dont le lecteur doit chercher la force dans l'intrigue qui lui est racontée.

Dire que Colette est moraliste paraît nécessaire pour lire *La Vagabonde* et ses autres romans, à la lumière d'une éthique personnelle que l'écrivaine invente livre après livre. Cette éthique découle précisément d'un renversement de la morale bourgeoise, et des catégories traditionnelles dévolues à la sphère littéraire. Dès les premières pages, le lecteur est poussé dans ses retranchements. Si Renée est une "femme de lettres qui a mal tourné", elle rompt également toute filiation littéraire lorsqu'elle clame : "Et puis, je ne suis pas Balzac, moi..." (p. 69). Faisant littérature à partir de sa propre expérience, sans qu'aucune formation n'ait préexisté à sa carrière, l'écrivaine invente sa propre doxa, fondée sur l'autonomie des femmes et la dépendance des hommes dans un univers qui reconduit la dichotomie des sexes et leur mésentente. De fait, Colette fournit sa propre représentation du monde, en s'amusant parfois de son caractère provocant ou insolite : dans son univers, les hommes sont souvent comparés à des "grues" ou des demi-mondaines quand les femmes apparaissent virilisées. Dans *La Vagabonde*, la force vitale de Renée à reconquérir son existence est inversement proportionnelle à la passivité – économique, existentielle – de Maxime qui s'étonne qu'une femme travaille pour gagner son argent.

Plus encore, Colette érige une morale personnelle comme une loi générale dont la fiction prolonge l'étendue et qui prend sa source dans l'existence. L'écriture met au jour une expérience morale. C'est pourquoi Colette préfère, sans doute, le roman à la première personne. D'une part, il permet de se couler dans le monde bourgeois pour mieux l'ébranler de l'intérieur ; d'autre part, il permet d'asséner une morale libre, débarrassée des préjugés et défaite de quelques stéréotypes. Un trait saillant de cette dernière tient au propos tenu sur le music-hall. Quand un discours convenu taxe ce milieu d'immoralité, Colette prend cet argument à rebrousse-poil pour l'ériger en "couvent moderne", lieu respectable, habité par des professionnels soucieux de leur métier. Avec cet exemple, on voit combien sa "morale" se bâtit sur une individualité libre : par son existence, par sa liberté, elle érige un code inédit pour comprendre la vie et l'écrire. Sa morale procède donc du regard porté sur le monde et sur son individualité aux prises avec ce dernier. Le représenter, c'est transmettre les lois générales et personnelles transmises par la vie quotidienne, ses joies et ses malheurs – une vie authentique qui fournit, en somme, matière à littérature durant un demi-siècle.

# OUTILS

# BIBLIOGRAPHIE SÉLECTIVE

## CORNEILLE

### Ouvrages de Corneille

- Pour le théâtre, on aura tout intérêt à lire une des comédies citées dans cette étude ainsi que les grandes tragédies politiques. Mais on lira surtout *L'Illusion comique*.

- Pour la théorie, la lecture des *Trois discours sur le poème dramatique* sera d'une grande utilité. On aura recours à l'édition de Marc Escola et Bénédicte Louvat, citée dans cette étude (Paris, Flammarion, 1999). Cette édition est précédée d'une claire présentation et suivie d'un riche dossier.

### Outils et critique

CARPENTIER J. et LEBRUN F., *Histoire de France*, Paris, Seuil, 1987. Un outil indispensable au khâgneux (au-delà du cours de Lettres !). Pour la présentation du contexte, nous nous sommes appuyés sur les p. 184 à 227.

CONESA G. (dir.), *Corneille. Le Cid – L'Illusion comique*, Paris, SEDES/VUEF, 2001. Cet ouvrage collectif réunit plusieurs études menées, alors que les deux pièces avaient été mises au programme de l'agrégation, par des spécialistes. Dans notre étude, nous citons :

ESCOLA M. et LOUVAT B., "Les genres de *L'Illusion comique* : pièces possibles et genres fantômes", p. 9-29.

MAZOUER Ch., "Les épreuves de l'amour dans *L'Illusion comique* et *Le Cid*", p. 79-96.

BABY H., "L'*Illusion comique* : un autre *Cid* ? ou On ne badine pas avec la mort", p. 97-128.

On pourra lire également la contribution de Jean Emelina, pour compléter la réflexion sur l'héroïsme (et nourrir l'axe "Littérature et morale"), "De *L'Illusion comique* au *Cid*: les métamorphoses du héros", p. 61-78.

COUTON G., *Corneille et la tragédie politique*, Paris, PUF, 1984 [édition mise à jour: 1990]. Dans la collection "Que sais-je ?". Très synthétique, clair et précis.

DOUBROVSKY S., *Corneille et la dialectique du héros*, Paris, Gallimard, 1963. Lecture qui peut être difficile et dont on peut se passer. On pourra, s'il reste du temps, aller lire quelques pages de ce classique des études cornéliennes qui n'est pas dénué d'intérêt.

MOREL J., *Histoire de la littérature française. De Montaigne à Corneille*, Paris, Flammarion, 1997. Pour la partie consacrée à Corneille, p. 329-356. Présentation synthétique sans être trop elliptique qui, après avoir abordé la vie et l'œuvre de Corneille, presque pièce après pièce, aborde les grands enjeux de son théâtre. Un bon point de départ pour cadrer la réflexion.

FORESTIER G., *Le Cid* 1637-1660, Paris, Garnier, 1992. Cette édition du *Cid*, parue dans la collection Société des Textes Français Modernes des éditions Garnier, est précédée d'une structurante introduction qui aborde l'essentiel des problèmes posés par le texte qui nous intéresse.

FUMAROLI M., *Héros et orateurs. Rhétoriques et dramaturgies cornéliennes*, Genève, Droz, 1996. Un recueil d'études très techniques et riches sur Corneille. On lira par exemple avec un grand intérêt la belle et complète biographie proposée dans le premier chapitre.

LE GALL A., *Corneille*, Paris, Flammarion, 2006. Une biographie à la fois riche, foisonnante de détails, rythmée et romanesque.

PRIGENT M., *Le héros et l'État dans la tragédie de Pierre Corneille*, Paris, PUF, 1986. Une étude claire et pénétrante des rapports complexes entre le théâtre de Corneille et la politique. Une approche précise et chronologique des pièces de Corneille. On pourra, si le temps manque, se concentrer sur l'introduction et la première partie (p. 1-174), qui abordent plus spécifiquement l'œuvre au programme. On y trouvera de quoi nourrir la réflexion sur tous les axes mis au programme.

# MARIVAUX

## Éditions de référence des œuvres au programme :

MARIVAUX, *La Double Inconstance*, éd. C. Martin, Flammarion, coll. "GF", 1999.

MARIVAUX, *La Dispute*, éd. S. Dervaux-Bourdon, Gallimard, coll. "Folioplus classiques" 2009.

## Autres ouvrages de Marivaux cités :

MARIVAUX, *Journaux*, 2 vol., éd. Escola, Leborgne et Abramovici, Paris, Flammarion, coll. "GF", 2010.

MARIVAUX, *Théâtre complet*, éd. Arland, Paris, Gallimard, coll. "Bibliothèque de la Pléiade", 1949.

## Études (ouvrages ou parties d'ouvrages) sur Marivaux :

DELOFFRE, Frédéric, *Une préciosité nouvelle : Marivaux et le marivaudage*, Paris, Belles Lettres, 1955, (réédition Slatkine, 1993).

ROUSSET, Jean, "Marivaux ou la structure du double registre" in *Forme et signification : essai sur les structures littéraires de Corneille à Claudel*, Paris, José Corti, 1962.

## Études (ouvrages, parties d'ouvrages, articles) sur les pièces au programme :

BAHIER-PORTE, Christelle, *Dramaturgie de l'inconstance*, 'La Double Inconstance, La Fausse Suivante *et* La Dispute' de Marivaux, Presses universitaires de Rouen et du Havre, 2018 [en ligne : 10.4000/books.purh.14015].

DEGUY, Michel, *La machine matrimoniale ou Marivaux*, Paris, Gallimard, coll. "Le chemin", 1981.

MARTIN, Christophe, "Le jeu du don et de l'échange. Économie et narcissisme dans *La Double Inconstance* de Marivaux", in *Littératures*, 35, automne 1996. p. 87-99 [en ligne : https://doi.org/10.3406/litts.1996.1723].

—, "Tentations et 'embarras de l'âme' chez Marivaux". Revue des Sciences Humaines, 1999, in *Morale et fiction aux XVII^e^ et XVIII^e^ siècles*, 254, p. 129-138 [en ligne : https://hal.science/hal-01759992/document].

—, "Voir la nature en elle-même". Le dispositif expérimental dans *La Dispute* de Marivaux., Revue Coulisses, 2006, n° 34, p. 139-152 [en ligne : https://hal.science/hal-01760126/document].

ROUSSET, Jean, "Une dramaturge dans la comédie : la Flaminia de *La Double Inconstance*" in *Passage. Échanges et transpositions*, Paris, José Corti, 1990.

## GAUTIER

Cette bibliographie se veut volontairement très sélective et donc non exhaustive : nous ne citerons ci-dessous qu'un nombre d'articles particulièrement éclairants et faciles d'accès (pour le plus grand nombre aimablement mis à disposition par la Société Théophile Gautier sur son site internet), centrés sur *Le Capitaine Fracasse* et orientés selon différents angles d'analyse et d'interprétation. Si bien d'autres textes critiques sont de nature à apporter des éclairages fascinants sur l'œuvre de Gautier, comme les travaux d'Alain Montandon, de Martine Lavaud ou de Georges Poulet, il convient d'éviter de se disperser dans la critique et de maîtriser, en plus du texte au programme lui-même, des références restreintes mais précises. C'est pour cette raison que nous choisissons également de ne pas inclure, dans cette bibliographie, les ouvrages de théorie littéraire auxquels nous avons pu faire appel tout au long de notre analyse du roman pour en expliciter certains points, et qui seraient trop complexes ou chronophages à explorer. On pourra en revanche, pour approfondir, lire en entier la préface de *Mademoiselle de Maupin* (1835), dont le ton et le propos sont très représentatifs de l'esprit et du style de Gautier (bien que ces derniers aient pu varier avec l'âge).

BRUNON, Jean-Claude, "Arabesque, baroque, caprice, dans l'esthétique de Gautier", dans *Bulletin de la Société Théophile Gautier*, n° 4, 1982, p. 369-380.

Belle étude permettant de synthétiser l'idée que Gautier, mais aussi les écrivains romantiques en général, se faisaient des notions de grotesque et de fantaisie, essentielles à notre compréhension du *Capitaine Fracasse*.

BRUNON, Jean-Claude, "Le pittoresque et l'expression de la durée dans *Le Capitaine Fracasse*", dans *Bulletin de la Société Théophile-Gautier*, n° 6, 1984, p. 125-133.

Article qui étudie tout particulièrement le rapport que le roman au programme entretient avec la question de l'image (son fonctionnement, son organisation et son sens).

COURT-PÉREZ, Françoise, "*Le Capitaine Fracasse*: roman des romans", *Bulletin de la Société Théophile Gautier*, n° 17, 1995, p. 33-62.

Étude très approfondie de la question – complexe et paradoxale à de nombreux égards – du romanesque dans *Le Capitaine* Fracasse ; texte critique qu'il faut absolument lire pour comprendre comment le roman puise dans les traditions de la fiction romanesque, afin de les détourner et de les enrichir.

COURT-PÉREZ, Françoise, "Gautier et la langue de Corneille: *Le Capitaine Fracasse*, un 'ricochet qui fait bouquet'", dans *Appropriations de Corneille*, *Publications numériques du CÉRÉdI*, coll." Actes de colloques et journées d'étude", n° 24, 2020.

Article qui analyse de façon précise la part dix-septièmiste du roman, et la façon dont Gautier rend hommage à ses "maîtres" d'écriture.

DÉRUELLE, Aude, "L'histoire comme style: sur *Le Capitaine Fracasse*", *Bulletin de la Société Théophile Gautier*, n° 34, 2012, p. 199-212.

Article centré sur le rapport du roman au fait historique, et sur les libertés prises par Gautier pour concilier harmonieusement vérité historique et faux romanesque.

JASINSKI, René, "Genèse et sens du *Capitaine Fracasse*", dans *Revue d'Histoire littéraire de la France*, 48e année, n° 2, 1948, p. 131-156.

Étude majeure et remarquablement complète du Capitaine Fracasse ; le travail de René Jasinski sur les sources et l'intertexte du roman peut être particulièrement utile, tout comme son analyse des manifestations de la doctrine de l'arabesque dans le récit.

LENTENGRE, Marie-Louise, "Le Microcosme du *Capitaine Fracasse*", dans *Bulletin de la société Théophile Gautier*, n° 9, 1987, p. 129-146.

Article très complet lui aussi, qui s'intéresse au roman en particulier sur les plans structurel et thématique ; les rôles des personnages et leurs symboliques y sont finement étudiés, au même titre que les cohérences et dissonances de l'univers fictif créé par le récit.

MONTANDON, Alain, *Théophile Gautier entre enthousiasme et mélancolie*, Paris, Imago, 2012.

Pour une approche biographique de l'œuvre de Gautier et de son rapport à la question de l'idéal.

WHYTE, Peter, "Pastiche et parodie dans *Le Capitaine Fracasse*, le jeu des perspectives narratives", dans *Bulletin de la société Théophile Gautier*, n° 9, 1987, p. 161-170.

Article qui montre combien l'écriture de Gautier cherche à se construire de façon ludique et réflexive.

## COLETTE

### L'œuvre de Colette

Colette, *Œuvres*, Claude Pichois (dir.), Paris, Gallimard, coll. "Bibliothèque de la Pléiade", tome I, 1984. Ce volume contient notamment *La Retraite sentimentale* (1907) et *Les Vrilles de la vigne* (1908) qui serviront utilement à contextualiser l'écriture de l'œuvre au programme. Le second roman consacré à l'existence de Renée Néré est *L'Entrave*. Il se trouve dans le volume II de l'édition Pléiade publié en 1986. Les tomes III et IV ont respectivement été publiés en 1991 et 2001. Nous faisons référence dans notre texte à chaque volume entre crochets dans le texte : [I, II, III, IV]

L'introduction et la notice de Francine Dugast-Porte dans son édition de l'œuvre romanesque de Colette (*Romans*, Le livre de Poche, La Pochotèque, 2004) est particulièrement éclairante pour comprendre les caractéristiques et l'évolution de l'écriture romanesque de Colette.

## Correspondance

*Lettres de la Vagabonde*, éd. Claude Pichois et Roberte Forbin, Paris, Flammarion, 1961.

## Biographie

BRUNET A. et PICHOIS C., *Colette*, Paris, Éditions de Fallois, 1999.

## Ouvrages et articles critiques

BERTHU-COURTIVON M.-F. et DUGAST-PORTE F., *Passion Colette. Ambivalences et paradoxes*, Paris, Textuel, 2004.

BRUNEL P., et al. *Dictionnaire des mythes féminins*, Paris, Éd. du Rocher, 2002.

BRUNEL P., *Glissements du roman français au* XXe siècle, Klincksieck, 2001.

CALAS F., "Une affaire de lettres : Autour de la définition du roman épistolaire", dans *Le roman épistolaire*, sous la direction de Calas Frédéric. Paris, Armand Colin, 2007, p. 13-23.

DUCREY G., *L'ABCdaire de Colette*, Paris, Flammarion, 2000.

DUCREY G. et DUPONT J., *Dictionnaire Colette*, Paris, Classiques Garnier, 2018.

DUPONT J., "Colette moraliste ?" dans Kristeva, J. (dir.) *Notre Colette*, Rennes, P.U.R., 2004, p. 82.

DUPONT J., *Colette ou l'univers concentré*, Paris, Hachette, coll. "Essais", 1995.

HEINICH, N., États de femme. L'identité féminine dans la fiction occidentale, Paris, Gallimard, coll. "Tel", 2018.

KRISTEVA J., *Le génie féminin, tome III: Colette*, Paris, Gallimard, coll. "Folio essais", 2004.

MAINGUENEAU, D., "Ethos, scénographie, incorporation", *Images de soi dans le discours. Construction de l'ethos*, Ruth Amossy (dir.), Lausanne, Éditions Delachaux et Niestlé, 1999, p. 75-100.

PINSON, G., *Fiction du monde: de la presse mondaine à Marcel Proust*, Montréal : Presses de l'Université de Montréal, 2008, p. 277-330.

SADOUN-ÉDOUARD C., *Le roman de* La Vie parisienne *Presse, genre, littérature et mondanité (1863-1914)*, Paris, Honoré Champion, 2018.

TADIÉ J.-Y. (dir.), La littérature française : dynamique & histoire, II, Paris, Gallimard, 2007.

THÉRENTHY M.-E., *Femmes de presse, femmes de lettres*, Paris, CNRS Éditions, 2019.

TOURET M. (dir.), Histoire de la littérature française du XXe siècle, Tome I, 1898-1940, Rennes, Presses Universitaires de Rennes, 2000.

TOURNIER M. "Colette ou le premier couvert", *Le Vol du vampire notes de lecture*, Paris, Gallimard, 1983.

ZURLO-TRUCHE C., "Colette dramaturge: écriture et mise en scène de soi", *Genre et identités sexuées chez Colette*, Frédéric Canovas et Martine Reid (dir.), Presses universitaires de Rouen et du Havre, coll. "Genre à lire… et à penser", 2023, p. 39-49.

ZURLO-TRUCHE C., "Colette et le théâtre", *Lendemains*, Guy Ducrey (dir.), n° 174-175, 2019, p. 38-47.

# GLOSSAIRE

**À clés** (roman) : les œuvres désignées ainsi font référence, sous un code plus ou moins accessible au lecteur contemporain, à des lieux et des personnes réelles. La clé du code peut être fournie par l'auteur ou constituée par le lecteur.

**Adjuvant** : issu de l'essai de narratologie *Morphologie du conte* de Vladimir Propp (1928), le concept d'adjuvant désigne les personnages qui ont pour fonction d'aider le(s) protagoniste(s), à l'inverse des "opposants". Pour analyser les structures des récits, les études littéraires font souvent appel à des "schémas actanciels", c'est-à-dire des diagrammes illustrant les relations et les intentions des personnages. Le modèle proposé par Algirdas Julien Greimas, dans les années 1960, propose de répartir les personnages selon plusieurs grands rôles, dont celui de l'"adjuvant" (ce que Chiquita, dans *Le Capitaine Fracasse*, illustre par exemple, puisqu'elle protège Isabelle à plusieurs reprises en geste de reconnaissance, ayant reçu d'elle un collier de perles ; Blazius, Hérode, Scapin ou encore Lampourde sont eux des adjuvants). Le contraire de l'adjuvant est l'"opposant" (dans notre roman, il s'agit bien sûr de Vallombreuse).

**Agonistique** : du grec *agôn*, qui désigne la compétition ou la lutte, voire le combat guerrier.

***Anagnorisis*** : terme grec dont le sens littéral, "reconnaissance", est employé depuis la *Poétique* d'Aristote pour désigner un moment clé dans l'intrigue théâtrale, au même titre que la péripétie. Il y a reconnaissance, dit Aristote, lorsqu'un événement "fait passer de l'ignorance à la connaissance" (*Poétique*, 52a, 29), en révélant la véritable identité d'un personnage, ou une part de l'histoire jusqu'alors ignorée. Le plus souvent, elle intervient dans les dernières scènes et constitue un coup de théâtre.

**Anaphore** : répétition, en début de phrase, de vers ou de proposition, d'un même mot ou groupe de mots. Est anaphorique une expression dont le référent est identique à celui d'une expression précédemment utilisée dans le texte. Elle s'oppose alors à l'expression déictique, dont l'interprétation du référent dépend de la situation d'énonciation. Lorsque l'anaphore est nominale, c'est-à-dire que l'expression dont il s'agit est un groupe nominal, elle peut être fidèle ou infidèle : l'anaphore nominale fidèle consiste simplement en la répétition d'un groupe nominal déjà prononcé (ex. : "un petit peloton" / "au petit peloton", *DI*, p. 54) ; infidèle, l'anaphore nominale consiste en l'utilisation d'un autre groupe nominal que le précédent pour désigner le même référent (ex. : "vos valets" / "ces canailles-là", *DI*, p. 38). On parle aussi, dans le second cas, d'anaphore recatégorisante.

**Antanaclase** *(n.f)* : relevant de la polysémie, cette figure consiste en la "répétition d'un même terme pris en deux sens différents." (C. Fromilhague, *Les Figures de style*, Armand Colin, 2015, p. 32).

**Antélapsaire** : qui concerne l'état d'innocence dans lequel, d'après le *Livre de la Genèse*, se serait trouvé le genre humain avant la chute d'Adam et Ève et leur bannissement du Paradis, consécutifs à la consommation du péché originel. Dans cet état, l'humanité était impeccable, c'est-à-dire incapable d'accomplir un péché.

**Anthropologie** : discipline scientifique qui prend l'homme ou la "nature humaine" pour objet d'étude. On considère généralement que le discours anthropologique émerge au XVIII^e^ siècle, et que Rousseau en est le fondateur.

**Antiphrase** : emploi d'un mot ou d'une expression dans un sens contraire au sens usuel, à des fins de détournement, le plus souvent ironiques. On pourra ainsi s'exclamer "Qu'il fait beau !" un jour de pluie, pour souligner de façon humoristique ou ironique le décalage entre nos attentes et la réalité.

**Antonomase** : selon la définition de Catherine Fromilhague (*Les Figures de style*, éd. Nathan, 1995, p. 72), l'antonomase du nom propre est un procédé où, "précédé d'un déterminant, le substantif ne sert plus à nommer un individu unique – et exemplaire –, mais il identifie une classe d'individus qui a les mêmes qualités, généralement stéréotypées, que celui qui porte ce nom". Dire d'une personne que "C'est un Hercule !", pour en souligner la force physique ou la carrure, est un exemple d'antonomase.

**Aporie** : du grec *aporia* qui signifie "l'impossibilité d'aller plus avant" et par extension "la difficulté, l'obstacle", l'aporie désigne un paradoxe logique. C'est une contradiction insoluble dans un raisonnement, le plus souvent philosophique. On pourra s'intéresser sur ce point à la pensée de Jacques Derrida, qui comme Gautier voyait en l'aporie non pas le figement du raisonnement, mais sa mise en mouvement, un risque fécond pour la réflexion.

**Aposiopèse** : interruption d'un discours marquée par des points de suspension.

**Axiologie** : théorie des valeurs morales, réparties selon leur adéquation avec le Bien ou le Mal.

**Baroque (mouvement)** : vient du portugais *barocco* qui signifie "perle irrégulière". Tout est dit ou presque... Les auteurs baroques sont friands de grands élans, de textes extrêmement travaillés, très précieux, pleins d'ornements, de fougue, d'excès, à certains égards. L'écriture baroque est extrêmement expressive. Les thèmes privilégiés sont la fragilité de la vie et, surtout, les changements chaotiques qui agitent le réel, le rêve, l'illusion...

**Bataille d'*Hernani*** : elle a lieu le soir de la première représentation de la pièce de Victor Hugo, *Hernani*. Ce soir-là, Hugo compte bien mettre en pratique la théorie de sa réforme théâtrale développée dans la préface de *Cromwell*. Théophile Gautier raconte ainsi cette soirée décisive : "25 février 1830 ! Cette date reste écrite dans le fond de notre passé en caractère flamboyant : la date de la première représentation d'*Hernani* ! Cette soirée a décidé de notre vie ! [...] Il suffisait de jeter les yeux sur ce public pour se convaincre qu'il ne s'agissait pas là d'une représentation ordinaire ; que deux systèmes, deux partis, deux armées, deux civilisations même, ce n'est pas trop dire étaient en présence, se haïssant cordialement, comme on se hait dans les haines littéraires, ne demandant que la bataille, et prêts à fondre l'un sur l'autre." Les autres, ce sont les Classiques, ceux qui défendent les anciennes règles du théâtre et qui sont tout prêts à huer les réformes audacieuses mises en œuvre par Hugo.

**Bienséance** : la règle de bienséance interdit de représenter sur scène tout ce qui pourrait choquer la sensibilité et "les bonnes mœurs".

***Bildungsroman*** : catégorie textuelle réunissant, en littérature allemande, les romans d'apprentissage ; né au XVIII^e^ siècle, le *Bildungsroman* a influencé la théorisation de la question de l'éducation dans les romans européens, et prend pour thème l'initiation d'un héros aux grands enjeux de la vie. Le lecteur accompagne souvent le héros jusqu'à sa maturité, où ce dernier devient en principe un homme adulte accompli et idéal.

**Bourgeois** : au XVIIIe siècle, la bourgeoisie ne désigne pas comme aujourd'hui une classe sociale qui se distingue par sa fortune financière mais, au contraire, l'état humble de ceux qui habitent un bourg, une ville en milieu rural.

**Burlesque** : effet de contraste produit par une incohérence entre le ton et le propos ; un sujet noble et élevé se voit ainsi traité d'une façon basse, familière ou ridicule, et inversement. Cet effet peut être un élément constitutif du grotesque, comme l'explique Hugo dans la préface de *Cromwell*.

**Canon littéraire** : répertoire des œuvres considérées comme les meilleures, hissées au rang de modèles à travers les siècles. Cette institution littéraire prend vraiment forme au cours du XVIIe siècle qui se passionne pour l'excellence des Belles-Lettres et cherche à en théoriser les règles, ce qu'on a ensuite appelé le "classicisme".

***Castigat ridendo mores*** : maxime latine traditionnellement attribuée au poète français Jean de Santeul, elle exprime la finalité de la comédie classique qui "corrige les mœurs par le rire". Cette formule était inscrite sur le fronton de plusieurs théâtres.

**Casuistique** : à l'origine, partie de la théologie morale qui s'occupe des cas de conscience, dont les Jésuites ont fait une pratique, fortement critiquée par les Jansénistes au XVIIe siècle. Par extension, désigne tout examen d'un problème moral, dont la particularité peut requérir un aménagement des règles morales générales, prêtant de ce fait toujours le flanc au soupçon de mauvaise foi et de complaisance à soi, d'où sa connotation le plus souvent négative.

**Catharsis** : c'est notamment dans sa *Poétique* (VI) qu'Aristote évoque la *catharsis* qui signifie "purgation", "purification" en grec. Aristote définit la tragédie comme une imitation qui suscite la pitié et la crainte ; c'est par ces deux voies que s'accomplit la *catharsis*, qui consiste à purger les passions. En quoi consiste cette métaphore médicale de la purge ? C'est précisément cette question qui rend la notion si complexe et qui a donné cours à différentes interprétations. De la Renaissance jusqu'à Lessing, au XVIIIe siècle, c'était une interprétation morale de la *catharsis* qui était la plus communément admise. Le spectateur s'identifie aux personnages qui souffrent de leurs passions ; ce processus d'identification malheureuse apaise les passions chez le spectateur, qui éprouve crainte et pitié pour le héros. Autre interprétation, plutôt contemporaine : par le plaisir esthétique du spectacle, des émotions aussi désagréables que la crainte et la pitié se convertissent en émotions plaisantes. Cela s'explique par le plaisir procuré par toute représentation, selon Aristote.

**Chose vue** : tradition journalistique du petit reportage qui se fait dans la rue, directement au contact des événements, qu'a théorisée Vallès [Thérenty, 2019].

**Citation polémique** : une citation est polémique lorsque la citation d'une expression d'autrui n'est pas la marque d'une adhésion à son propos, mais, au contraire, d'une volonté de la contester. Elle traduit l'indignation ressentie à son écoute, et est ainsi souvent accompagnée d'une modalité exclamative.

**Classique (mouvement)** : le classicisme (XVII^e^, essentiellement la deuxième moitié) s'oppose au mouvement baroque. Il se caractérise par sa rigueur et sa volonté de mettre en place des règles dans la littérature. En 1634, c'est la création de l'Académie française, on peut voir dans cette date les débuts du classicisme. Les Classiques font la promotion d'une écriture réglée, mesurée, et épurée ; il faut plaire et instruire (*placere* et *docere*), la littérature doit émouvoir pour édifier. Il dicte de nombreuses règles, notamment au théâtre : règle des trois unités, règle de bienséance et de vraisemblance. On considère que le sommet du génie a été atteint dans l'Antiquité. Alors, on ne cherche pas à inventer, l'originalité étant un concept étranger à la pensée classique : on réécrit, on reprend des sujets et auteurs antiques.

***Comedia dell'arte*** : genre théâtral italien populaire, qui naît au XVI^e^ siècle. Les acteurs recourent à des masques et à un personnel narratif constitué de types, personnages récurrents. Molière s'inspirera grandement de cette tradition.

**Comédie de caractère** : comédie dont l'intrigue est mise en branle par le défaut de caractère, particulier et patent, d'un personnage. *L'Avare* de Molière (1668) est un modèle du genre.

**Comédie de mœurs** : comédie dont l'intrigue manifeste les abus et travers d'une époque en général, et d'une classe sociale (souvent élevée) en particulier.

**Comédie héroïque** : genre théâtral inventé et défini par Corneille, dans la préface à *Don Sanche d'Aragon*, pour nommer une comédie (c'est-à-dire, pour lui, une pièce dont les actions ne mettent pas en péril la vie des personnages) dont les personnages sont héroïques (c'est-à-dire de haut rang social). On parle toutefois plus généralement de comédie héroïque, ou de registre héroïcomique, lorsque des personnages vulgaires et ridicules (comiques) accomplissent des actions au-dessus de leur état, et dont ils ne sont pas à la hauteur (héroïques). En ce dernier sens, l'héroïcomique est l'antonyme du burlesque, dans lequel un personnage digne et distingué accomplit des actions viles ou ridicules.

**Défamiliarisation** : concept développé par Victor Chklovski dans son essai *L'art comme procédé* (1917). Il désigne les procédés littéraires qui ont pour effet de renouveler la perception des objets (au sens large), qui nous sont familiers. La représentation littéraire singulière de ces objets peut en effet leur conférer un caractère d'étrangeté, qui vient rouvrir nos sens et notre intellect à une saisie dés-automatisée, dénaturalisée du monde.

**Désir triangulaire** : théorie du désir, de René Girard, dont la formule-clef est : “L'homme désire toujours selon le désir de l'Autre.” (*Mensonge romantique et vérité romanesque*, 1961). Cette théorie repose sur l'idée que le désir est essentiellement imitatif. Son élan naîtrait de la présence d'un tiers, entre le sujet désirant et l'objet désiré. Ce tiers, pris comme modèle par le sujet désirant, fournit au désir sa forme et son objet.

***Deus ex machina*** : locution latine qui désignait, dans le domaine du théâtre antique, la façon dont un personnage divin devait apparaître sur scène non pas en y entrant normalement, mais en étant descendu par les cintres (espace situé en haut du décor, sous les poulies, et donc caché aux yeux des spectateurs). Ce dispositif faisait appel à une mécanique ingénieuse visant la surprise du public.

**Dichotomie** : partition *a priori* stricte qui s'établit entre deux éléments (le feu et l'eau, la folie et la raison...).

**Didascalie** : la didascalie a pour but de donner des indications sur la mise en scène de la pièce ou sur le jeu de l'acteur.

**Didascalie interne** : élément, au cœur d'une réplique, qui fournit un renseignement sur le jeu, la mise en scène.

**Diégèse** : en narratologie, c'est-à-dire la science qui étudie la narration, la diégèse est l'univers de l'œuvre, l'espace-temps au sein duquel l'intrigue et ses événements ont lieu.

**Discours** : en rhétorique puis en linguistique, le discours correspond à toute production écrite ou orale qui consiste en un enchaînement de phrases (c'est-à-dire d'énoncés).

**Double énonciation** : schéma énonciatif spécifique au genre théâtral : au théâtre, quand un personnage s'exprime (qu'il parle seul ou à un ou d'autres personnages), ses mots sont toujours, en plus, entendus par le public.

**Double registre** : locution forgée par Jean Rousset, qui parlait du "double registre du récit et du regard sur le récit" souvent mis en place par Marivaux. Celui-ci se traduit dans sa dramaturgie par l'élaboration de structures en abîme, qui permettent l'enchâssement d'un spectacle dans le spectacle.

***Dramatis personae*** : expression latine servant à désigner l'ensemble des personnages d'une pièce de théâtre.

***Ekphrasis*** : initialement synonyme d'hypotypose, ce terme désigne, dans la catégorisation moderne, la description minutieuse et détaillée d'un objet ou d'une œuvre d'art.

**Élégiaque** : registre privilégié de l'expression de la plainte souvent liée à la perte ou au regret.

***Enargeia, evidentia*** : *evidentia* (non pas l'évidence, mais la visibilité) est la traduction latine de l'*enargeia* grecque, proposée par Quintilien dans son *Institution oratoire*, aux côtés de la *demonstratio* (la monstration) et de *repraesentatio* (la représentation). Elle est la qualité rhétorique qu'on reconnaît au discours susceptible de donner à voir, de rendre visible la chose qu'il évoque et désigne donc en philosophie mais aussi en rhétorique et en littérature, l'évidence indicible et indémontrable d'un sentiment ou d'un concept. Leur clarté est telle qu'ils s'imposent à nous avec une force et une vie irrésistible.

**Enjambement** : on parle d'enjambement lorsque la phrase dépasse les limites du vers, et se termine de façon équilibrée sur le vers suivant (voire court sur plusieurs vers).

**Enthymème** : syllogisme incomplet, auquel il peut manquer la prémisse ou la conclusion. Dans l'exemple proposé, la prémisse implicite peut être restituée, et le syllogisme reconstitué ainsi : Le cœur de l'homme est vain. Or, "[Silvia] a un cœur, et par conséquent de la vanité".

**Épanorthose** *(n.f)* : retouche ou reprise corrective. "Figure de pensée qui consiste à revenir sur ce que l'on vient d'affirmer, soit pour le nuancer, l'affaiblir et même le rétracter, soit au contraire pour le ré-exposer avec plus d'énergie." (Morier, *Rhétorique*, 1975).

**Épilogue** : partie de texte qui entre dans l'encadrement du récit ; extérieur à l'action principale et situé en principe après la réalisation des enjeux de l'histoire, l'épilogue peut soit induire une rupture de régime narratif (le narrateur pourra parler en son nom propre, par exemple), soit garder une continuité de forme et de temps avec le récit, mais possède nécessairement une valeur conclusive (parfois récapitulative).

**Épiphanie** : manifestation, apparition de ce qui se tenait caché. La connotation religieuse du mot peut à l'occasion lui donner le sens d'une illumination.

**Éponyme** (personnage) : dont le nom ou le surnom donne son titre à une œuvre.

**Éros et Thanatos** : du nom d'Éros, le dieu de l'amour dans la mythologie grecque, et de Thanatos, le dieu de la mort, ce dualisme est fondé sur l'idée, dans le fonctionnement du monde et des actions humaines, de la cohabitation de pulsions d'une part érotiques (au sens propre comme au sens large) et d'autre part destructrices, ces deux pans étant conflictuels mais complémentaires.

**Éthopée** : issu du mot grec "*ethos*" signifiant "personnalité, mœurs", l'éthopée est le portrait des traits moraux d'une personne ou d'un personnage. Elle est caractéristique du style de La Bruyère.

**Euphémisme** : expression atténuée d'une réalité déplaisante. L'euphémisme et la litote diffèrent par leur visée : alors que l'euphémisme évacue ou adoucit une part de la réalité désignée, la litote dit le moins afin de faire entendre le plus.

**Exégèse** : explication rigoureuse et savante d'un texte *a priori* obscur. Il s'agissait initialement d'une pratique propre au commentaire des textes sacrés, par la suite appliquée aux textes littéraires.

**Feuilleton** : désigne le roman-feuilleton, publié en plusieurs livraisons dans la presse à partir du XIX^e siècle.

**Focalisation interne** : en narratologie (science du récit), on distingue trois manières de percevoir l'histoire et les personnages : la focalisation zéro, externe et interne. Cette dernière correspond à une vision limitée, celle d'un personnage sur les autres. La focalisation externe se rapporte quant à elle à une vision objective, tandis que la focalisation zéro reflète une vision complète et illimitée d'un narrateur omniscient, c'est-à-dire d'un narrateur qui en sait davantage que les personnages.

**Hédonisme** : doctrine qui prend pour principe suprême la recherche du plaisir et l'évitement de la souffrance.

**Hémistiche** : moitié d'un vers.

**Herméneutique** : nom ou adjectif d'origine grecque, qui désigne ou qualifie, au moins depuis le *Peri Hermeneias* (*De l'interprétation*) d'Aristote, toute pratique fondée sur l'interprétation des signes, dans le langage ou dans le monde.

**Héroï-comique** : registre qui joue sur le décalage entre éléments qui prêtent à rire et traitement épique ou élogieux.

**Hétérotopie** : concept d'abord proposé par Michel Foucault dans sa conférence "Des espaces autres", qui désigne un lieu autonome, généralement clos, et régi par des normes atypiques. Foucault en prend tour à tour pour exemple un navire, une prison, et un théâtre.

**Horizon de réception** : dans la théorie de la réception des œuvres, élaborée par l'École de Constance dans les années 1970 puis par Hans Robert Jauss une décennie plus tard, l'horizon de réception ou "horizon d'attente" désigne le système de référence des lecteurs. Il permet de programmer la façon dont un texte sera accueilli par eux, en fonction de leurs lectures précédentes, de leurs connaissances du genre ou de la catégorie du texte, et de leurs propres expériences de la vie.

**Hybristique** : l'*hybris (n.f)*, c'est le fait de ne pas rester à sa place. Celui qui fait preuve d'*hybris*, égaré par l'excès et la démesure, transgresse les lois célestes et bouleverse l'ordre établi, notamment entre les hommes et les dieux. De nombreux mythes montrent des personnages punis pour leur hybris, comme le Icare qui, désireux de voler, se construisit des ailes avec de la plume et de la cire. Quand il fut arrivé trop près du soleil, la cire fondit et Icare mourut. C'est de là que vient l'expression "se brûler les ailes".

**Hyperbole** : figure rhétorique qui consiste à exprimer un fait avec exagération. Par exemple, dire : “Je suis mort de fatigue” pour dire que l’on est très fatigué.

**Hypertextualité** : Selon Genette, l’hypertextualité consiste en “toute relation unissant un texte B ([…] *hypertexte*) à un texte antérieur A ([…] *hypotexte*) sur lequel il se greffe d’une manière qui n’est pas celle du commentaire”. Cette relation est donc plus large que celle d’intertextualité* telle que redéfinie par Genette.

**Hypotexte** : texte source sur lequel se fonde une réécriture.

**Hypotypose** : peinture vive et énergique d’un lieu ou d’une action, supposant dans les textes un lexique de la vue très marqué (voire surabondant), ainsi que des marqueurs d’intensité, des hyperboles, la multiplication d’indications spatiales, et, quand il y a effet de sidération, des choix lexicaux ou stylistiques indiquant la surprise, le brouillage, l’indétermination, et même la passivation de la voix qui s’exprime.

**Identité narrative** : cette notion, créée par le théoricien de la fiction Paul Ricœur, désigne le fait que l’identité d’un sujet nécessite la mise en intrigue de son existence et des évènements qui la composent. Écrivant sa propre histoire, le sujet configure son identité au fil du récit. C’est pourquoi l’identité narrative articule deux dimensions constitutives du sujet : le caractère d’identification à un personnage (identité-*idem*) et la fidélité à soi-même malgré les changements (identité-*ipse*)

**Incipit** : premiers mots, paragraphes du texte qui possèdent une valeur programmatique en annonçant, dans une certaine mesure, ce qui va se produire dans le texte et ancre le texte dans un genre littéraire.

**Intertextualité (hypotexte et hypertexte)** : concept forgé dans les années soixante par Julia Kristeva, pour nommer l’ensemble des relations de proximité que peut entretenir un texte avec d’autres. D’un texte donné, on identifiera tantôt l’hypotexte (à savoir le texte antérieur dont il s’inspire, qu’il réécrit, qu’il cite, qu’il subvertit, etc.), tantôt l’hypertexte (à savoir le texte ultérieur qu’il inspire, qui le réécrit, qui le cite, le subvertit, etc.). La somme de tous les hypotextes et hypertextes constitue l’intertexte. En 1982 Gérard Genette redéfinit dans *Palimpsestes* le mot “intertextualité” comme “la présence effective d’un texte dans un autre”, grâce aux procédés de la citation (explicite ou non) ou de l’allusion.

***Lazzo***: dans son *Histoire du Théâtre italien* (1728-1731), le chef de troupe Luigi Riccoboni définit les *lazzi*, pluriel de *lazzo*, comme “ce que l’Arlequin ou les autres acteurs masqués font au milieu d’une scène qu’ils interrompent par des épouvantes ou des badineries étrangères au sujet de la matière que l’on traite et à laquelle on est pourtant toujours obligé de revenir”.

**Litote**: dire le moins pour signifier le plus. L’exemple canonique est justement tiré du *Cid*: “Va, je ne te hais point” pour dire “Je t’aime”.

**Littérature gothique**: liée au terme “*goth*” (adjectif désignant d’abord le peuple germanique qui a envahi les terres romaines), cette littérature correspond à un mouvement artistique du XVIIIe siècle qui réhabilita des thèmes empruntés à une certaine idée du Moyen Âge, conçu comme une ère d’obscurantisme, de barbarie et de mystère. L’Angleterre tout particulièrement remit au goût du jour l’architecture médiévale, qui inspira donc les romans de la période.

**Littérature viatique**: autre nom de la littérature de voyage, la littérature viatique comprend tous les récits s’attachant à décrire et rapporter les déplacements géographiques d’une personne, avec des premières œuvres qui remontent au Moyen Âge (on peut citer le *Devisement du monde* de Marco Polo, écrit en 1299) ; la question du rapport de ces écrits à l’exactitude est fondamentale, et varie de siècle en siècle.

***Loci amoeni***, pluriel latin de ***Locus amoenus***: dans la littérature latine, le *locus amoenus* est un lieu idyllique, généralement isolé, où l’homme peut entrer en harmonie avec une nature calme, protectrice et pleine de vitalité. Son opposé est le *locus horridus*, ou *locus terribilis*. Ces catégories de paysage sont devenues topiques (c’est-à-dire des lieux communs de la littérature).

**Maison d’Autriche**: aussi appelée Maison de Habsbourg, famille sont issus les souverains du puissant Saint Empire romain germanique pendant des siècles. Pendant la guerre de Trente Ans (1618-1648), la France s’oppose aux Habsbourg. Richelieu soutient cette guerre avec ardeur, soucieux de voir cette maison étendre sa puissance au détriment de la France.

**Manichéen**: qui s’apparente au manichéisme, c’est-à-dire à un système de pensée binaire qui oppose radicalement le Bien et le Mal. Il s’agissait initialement d’une religion plus complexe, fondée par Mani, prophète perse du IIIe siècle.

**Marais (théâtre du)** : théâtre fondé par l'acteur Montdory, en 1634. À cette époque, le théâtre de l'hôtel de Bourgogne a le monopole et Montdory que Montdory entend concurrencer avec son théâtre.

**Mazarinades** : manifestations populaires qui avaient lieu pour protester contre la politique du ministre Mazarin. Il était fréquent que de petits textes satiriques fussent placardés pour le tourner en ridicule.

**Mention** : procédé permettant à un texte de se référer à une autre œuvre ; la citation correspond à la reprise exacte, mot pour mot et entre guillemets, de la source, tandis que la mention la glose ou la paraphrase.

**Métonymie** : figure de style qui consiste à employer pour nommer une chose, non le mot consacré, mais un autre mot lié au premier par une relation logique – par exemple de cause à effet, ou de la partie au tout – ou symbolique.

**Mimésis** : littéralement en grec “imitation”. Chez Platon, il s'agit effectivement de la reproduction à l'identique du réel. Chez Aristote, il s'agit plutôt de représenter : dans sa *Poétique*, la mimésis consiste en la représentation du monde, conçue comme son reflet vivant. Dans un sens restreint, il convient de distinguer ce qui donne à voir et fait scène (*mimesis*) par opposition à ce qui est raconté (*diegesis**). La mimésis entre donc, en matière de théorie de la représentation, dans une complexe nébuleuse lexicale où figurent également les termes problématiques de “réalisme” ou de “vraisemblance”*.

**Mise en abyme** : procédé dont le nom est dû à André Gide, et qui consiste en une forme de récursivité artistique. Une œuvre sera ainsi insérée (généralement partiellement) à l'intérieur d'elle-même.

**Modalité déontique** : la modalité consiste en l'expression, dans un énoncé, de la disposition du locuteur à l'égard de son contenu ; elle indique ce que le locuteur pense de ce qu'il dit. On la qualifie de déontique lorsqu'elle informe sur l'appréciation morale du locuteur, qui peut suggérer une permission, une obligation, ou un interdit.

**Monologue** : lorsqu'un personnage parle à voix haute et pour soi-même. Il permet de donner accès à la pensée intime des personnages, que ce soit au théâtre ou dans le roman. Il est qualifié d'intérieur quand nous accédons à la pensée du personnage au fur et à mesure qu'elles naissent.

**Moraline** : néologisme polémique créé par Nietzsche pour déprécier en général toute morale qui se présente comme un remède au mal, et en particulier la morale chrétienne, pour les prétendus principes transcendants qu'elles postulent.

**Moraliste** : avant tout un observateur et un analyste des mœurs, qui tend à complexifier la saisie de leurs principes et partant le jugement qu'on porte sur autrui et sur soi. On considère que Montaigne fonde la tradition moraliste française, qui fleurit au XVIIe siècle avec La Rochefoucauld, Pascal, La Fontaine, La Bruyère.

**Mot-valise** : mot formé de deux ou plusieurs mots déjà existants.

***Narratio*** : partie traditionnelle du discours, en rhétorique, qui consiste à raconter (narrer) les faits.

**Onirisme** : phénomène mental lié au rêve et à l'hallucination.

**Ontologie** : branche de la philosophie métaphysique qui s'occupe de la définition de l'être en général, et de l'essence des choses particulières.

**Ostranénie** : terme créé par le théoricien de la littérature Victor Chklovski pour qualifier un certain sentiment d'étrangeté, en lien avec le concept de "défamiliarisation" (certains textes chercheraient à bouleverser nos perceptions habituelles pour en créer de nouvelles).

**Oxymore** : union de deux termes opposés, ou qui renvoient à des idées contraires. Un autre exemple canonique dans notre *Cid* : "obscure clarté", dans le récit de Rodrigue. Les deux termes doivent être joints (substantif + adjectif, par exemple), c'est ce qui différentie l'oxymore de l'antithèse, qui est le fait de recourir, dans une même phrase ou un même texte, à des termes ou concepts opposés.

**Pantomime** : spectacle où l'artiste ne s'exprime que par des gestes, des mimiques et des attitudes.

**Paradoxe** : association d'éléments ou d'idées contradictoires.

**Parodie** : art du contrepoint développé dans l'écriture. La parodie fait entendre une dissonance à effet comique, entre l'énoncé (le contenu de la parole) et l'énonciation (la manière dont l'énoncé est présenté). Dans le cas du genre romanesque, la dissonance se joue entre l'histoire et sa narration.

**Pastoral** : adjectif signifiant "relatif aux champs" ; le roman pastoral est un genre littéraire du XVIe et du XVIIe siècles qui mettait à l'honneur le monde de la campagne, selon une conception qui rapprochait la simplicité et la pureté de la vie champêtre d'un imaginaire de l'Âge d'Or (mythe gréco-romain centré sur l'idée d'un âge originel et bienheureux de l'humanité; Virgile l'a illustré dans ses *Bucoliques*, qui elles-mêmes ont inspiré la littérature pastorale du XVIIe siècle). Ce genre se développe particulièrement au moment de la transformation des conditions de vie de la noblesse d'épée, qui passe massivement d'une vie à la campagne à la vie de cour. Empreint d'un idéal d'innocence et de simplicité, il représente avec nostalgie la vie, en particulier la vie sentimentale, de bergers et bergères, qui s'avèrent des contrepoints critiques aux mœurs de la cour.

**Petit Cénacle**: au plus fort du romantisme, des écrivains majeurs comme Charles Nodier ou Victor Hugo accueillaient chez eux des réunions de jeunes enthousiastes, artistes ou gens de lettres; ce groupe se nommait le Cénacle, en écho à un roman de Balzac du même nom, paru en 1819. C'est au sein du Cénacle que s'est formé vers 1830 le Petit Cénacle, dont les quelques membres prônaient une camaraderie encore plus étroite et un esprit aspirant à la légèreté. Le Cénacle et le Petit Cénacle n'ont cependant pas existé longtemps, chacun partant chercher son individualité littéraire mais restant pour la plupart amicalement lié aux autres.

**Pétrarquien**: adjectif signifiant "en lien avec l'œuvre de Pétrarque", poète italien du XIVe siècle considéré comme l'un des grands fondateurs de la littérature italienne. Son œuvre la plus célèbre est le *Canzioniere* (le *Chansonnier*, en langue française), recueil lyrique où il dépeint son amour pour Laure de Sade; la figure de Laure, mi-réelle mi-mythifiée, est devenue représentative d'un idéal féminin et surtout du rôle de la muse poétique.

**Philistin**: se dit d'une personne qui ne démontre aucune sensibilité, intellectuelle ou émotionnelle, à l'art.

**Physiognomonie**: étude du caractère et du tempérament d'une personne qui se base sur la forme et les traits de son visage.

**Picaresque**: du "*picaro*", héros espagnol de basse condition qui confie, en principe à la première personne, le récit de sa vie aventureuse et burlesque.

***Pietas***: valeur antique qui consiste à honorer ce qui nous dépasse ou nous précède. La *pietas* peut s'exercer envers les dieux, les ancêtres, la cité. Elle est le résultat de la conscience de la place que l'on a dans un ensemble plus grand.

**Plagiat** : au sens large, fait de s'approprier l'œuvre d'un autre. Cette notion, aujourd'hui bien établie, juridiquement, n'est pas évidente à l'époque de Corneille : la création consiste essentiellement à s'inspirer très largement d'œuvres précédentes. Plus encore, à l'époque classique, la reproduction est encouragée et l'on ne cherche pas à faire œuvre originale. Pensez que les *Fables* de La Fontaine, par exemple, sont parfois des traductions très fidèles de celles d'Ésope ou Phèdre.

**Polyphonie** : terme musical désignant la combinaison de plusieurs voix ou mélodies dans une même composition ; en littérature, la "polyphonie narrative" telle que définie par Mikhaïl Bakhtine dans les années 1960 correspond à la superposition, dans un texte, d'une pluralité de voix et de consciences.

**Polyptote** : figure de style caractérisée par l'emploi successif de plusieurs mots issus d'une même racine, ou d'un même mot sous plusieurs formes grammaticales différentes.

**Propédeutique** : en philosophie, une propédeutique est la réunion de connaissances servant à préparer à un approfondissement de l'étude et de la compréhension d'un sujet.

**Prosopographie** : portrait des traits physiques d'une personne ou d'un personnage.

**Prosopopée** : figure de rhétorique qui consiste à représenter un sujet absent ou allégorique, dont on donne à entendre les paroles. Il peut s'agisse d'un individu défunt, ou de la personnification d'une idée abstraite, d'un animal ou d'un objet concret.

**Rejet** : on parle de rejet lorsqu'une phrase ou une partie de phrase s'achève au début du vers suivant. On parle précisément de rejet pour désigner la partie qui se trouve en début de vers.

***Rex puer*** : littéralement : "enfant roi". Désigne un enfant qui a le pouvoir malgré son tout jeune âge.

***Romancero*** : désigne des recueils espagnols de romances où sont contenues les plus anciennes légendes nationales.

**Scène primitive** : expression employée par Freud dans *L'homme aux loups* pour qualifier une scène à laquelle assiste ou que se représente par l'imagination un enfant. Elle est primitive ou originaire lorsqu'elle est vécue par lui comme un événement psychique fondateur, voire traumatique. Elle détermine une large part des fantasmes de l'adulte en devenir.

**Signifiant**: terme issu de la linguistique saussurienne (Ferdinand de Saussure). Le signifié est le concept, le référent la chose, et le signifiant est la matérialité sonore et graphique du mot désignant la chose. Soit "table": le signifié est l'idée de la table, le référent telle table que le locuteur désigne dans la réalité, le signifiant le son / la graphie du mot.

**Sommaire**: selon la terminologie de Gérard Genette, ce terme renvoie à la vitesse du récit. En effet, le sommaire est un résumé d'une partie de l'histoire qui engendre une accélération du récit. Il s'agit d'un effet de lecture dont la longueur varie selon les romans.

**Spécularité / spéculaire**: du latin *speculum* qui veut dire *miroir*, est spéculaire ce qui constitue un médium de réflexivité. V. "double registre".

**Spleenétique**: se dit d'une personne atteinte par le "spleen", notion que les pseudo-sciences du XIXe siècle reprennent à la théorie des humeurs pour qualifier un comportement apathique et mélancolique (proche d'un état dépressif, notion apparue au siècle suivant). L'antique théorie des humeurs considérait que le corps était régi par différents fluides, issus d'organes précis, et qu'un déséquilibre de ces fluides provoquait la maladie ; la bile noire était produite par la rate, dont le mot anglais correspondant est "*spleen*".

**Stance**: initialement, la stance est une forme poétique classique pratiquée notamment par Malherbe. Elle est une méditation sérieuse et profonde sur un ton souvent lyrique. Ainsi, Racan, en 1868, publie ses *Stances sur la retraite* qui sont pour lui l'occasion d'une méditation sur la vanité du monde et de la société. Dans le théâtre de Corneille, la stance prend un sens tout particulier: elle constitue une pause dans l'action (d'ailleurs, *stanza*, en italien, signifie "repos") et permet au héros de se livrer à des délibérations sous la forme de monologues. La stance est une forme plus souple, avec une variété de rimes et de rythmes qui permettent d'exprimer toute l'émotion du héros dans les moments de crise.

**Stichomytie**: désigne, au théâtre, un vif échange de très répliques n'excédant pas un vers.

**Style précieux**: style d'écriture propre à la période de la préciosité, mouvement majoritairement féminin du XVIIe siècle mettant à l'honneur un raffinement excessif, un goût de l'ornementation et un ensemble de valeurs galantes (on lui doit par exemple la fameuse *Carte du Tendre*).

**Sublime**: esthétique liée à un sentiment de grandeur, de beauté transcendante. Ses contours ont évolué selon les époques et les sphères géographiques, mais son rapport aux choses qui impressionnent en vertu de leur caractère exceptionnel est resté constitutif de la notion, et implique qu'elle soit souvent étudiée d'un point de vue phénoménologique.

**Syllogisme**: raisonnement déductif servant à mettre en rapport des éléments partageant au moins un élément commun.

**Synecdoque**: cas particulier de la métonymie, cette figure de style consiste à étendre ou à resserrer l'extension d'un terme. La synecdoque est dite particularisante lorsqu'un mot de sens restreint est employé pour désigner un référent plus large: ici, "mon cœur" et "vos mains" renvoient aux individus tout entiers auxquels ce cœur et ces mains appartiennent. Dans le cas contraire, la synecdoque serait dite généralisante.

***Tipo fisso***: locution italienne employée pour désigner un personnage récurrent, à l'apparence et au caractère stéréotypés, parmi les nombreux *tipi fissi* qui peuplent le répertoire de la *commedia dell'arte*.

**Tonalité**: ensemble des procédés d'un texte littéraire qui visent à provoquer un effet sur le lecteur: le rire pour la tonalité comique, la pitié pour le pathétique.

**Tragédie à machines**: tragédie spectaculaire, qui fait la part belle aux effets mis au point sur scène grâce à un système de machines.

**Tragi-comédie**: mot composé, créé par Plaute dans le prologue d'*Amphitryon*, pour nommer ce genre particulier de comédie qui emprunte à la tragédie son ton ou son personnel dramatique. Amphitryon est, par exemple, une comédie dont les personnages principaux sont des Dieux (Mercure et Jupiter), qu'on ne croise d'habitude que dans le genre plus noble de la tragédie. Plus globalement, le terme désigne aussi bien une pièce de théâtre dans laquelle s'entremêlent des événements graves et comiques qu'une pièce de théâtre à l'intrigue tragique et rocambolesque et au dénouement heureux.

**Type**: le mot "type" peut servir à désigner une catégorie de personnages, possédant les mêmes grandes caractéristiques; on parle également d'"archétype".

**Vicariance** : qualité du vicaire, c'est-à-dire de l'individu chargé d'en remplacer un autre en son absence, et qui tient de ce dernier toute sa légitimité et toute son autorité. C'est ainsi la simple capacité de tenir lieu de, d'être le lieutenant de ce ou de celui que l'on représente sans jamais pouvoir s'y substituer.

**Vraisemblance** : la règle de vraisemblance interdit de représenter sur scène tout ce qui pourrait ne pas être vraisemblable – c'est-à-dire conforme aux lois fictionnelles qui régissent l'œuvre.

# FLORILÈGE DE CITATIONS

## CORNEILLE

**Acte I**

Don Rodrigue surtout n'a trait en son visage
Qui d'un homme de cœur ne soit la haute image,
Et sort d'une maison si féconde en guerriers,
Qu'ils y prennent naissance au milieu des lauriers.
(Scène 1, Elvire ; v. 15-18)

Pardonnez-moi, Madame,
Si je sors du respect pour blâmer cette flamme.
Choisir pour votre amant un simple Chevalier !
Une grande Princesse à ce point s'oublier !
(Scène 2, Léonor, à l'Infante ; v. 79-81)

Je vous suis. Juste Ciel, d'où j'attends mon remède,
Mets enfin quelque borne au mal qui me possède,
Assure mon repos, assure mon honneur ;
(Scène 2, l'Infante ; v. 135-137)

Vous me parlez en vain de ce que je connais,
Je vous ai vu combattre et commander sous moi :
Quand l'âge dans mes nerfs a fait couler sa glace
Votre rare valeur a bien rempli ma place,
Enfin pour épargner les discours superflus
Vous êtes aujourd'hui ce qu'autrefois je fus.
Vous voyez toutefois qu'en cette concurrence
Un Monarque entre nous met de la différence.
(Scène 3, Don Diègue au Comte ; v. 201-208)

Ô rage ! ô désespoir ! ô vieillesse ennemie !
N'ai-je donc tant vécu que pour cette infamie ?
Et ne suis-je blanchi dans les travaux guerriers
Que pour voir en un jour flétrir tant de lauriers ?

(Scène 4, le Comte ; v. 235-238)

Agréable colère,
Digne ressentiment à ma douleur bien doux !
Je reconnais mon sang à ce noble courroux,
Ma jeunesse revit en cette ardeur si prompte,
Viens, mon fils, viens, mon sang, viens réparer ma honte,
Viens me venger.

(Scène 5, Don Diègue ; v. 264-268)

Ne réplique point, je connais ton amour,
Mais qui peut vivre infâme est indigne du jour,

(Scène 6, Don Diègue à Rodrigue ; v. 285-286)

Percé jusques au fond du cœur
D'une atteinte imprévue aussi bien que mortelle,
Misérable vengeur d'une juste querelle,
Et malheureux objet d'une injuste rigueur,
Je demeure immobile, et mon âme abattue
Cède au coup qui me tue.

(Scène 7, Rodrigue ; v. 293-297)

**Acte II**

Cette ardeur que dans les yeux je porte,
Sais-tu que c'est son sang ? le sais-tu ?

(Scène 2, Rodrigue au Comte ; v. 403-404)

Hélas ! que dans l'esprit je sens d'inquiétude !
Je pleure ses malheurs, son amant me ravit,
Mon repos m'abandonne, et ma flamme revit.
Ce qui va séparer Rodrigue de Chimène
Avecque mon espoir fait renaître ma peine,
Et leur division que je vois à regret
Dans mon esprit charmé jette un plaisir secret.

(Scène 5, l'Infante)

Justes Cieux ! Ainsi donc un sujet téméraire
A si peu de respect, et de soin de me plaire !
Il offense Don Diègue, et méprise son Roi !
Au milieu de ma Cour il me donne la loi !
Qu'il soit brave guerrier, qu'il soit grand Capitaine,
Je lui rabattrai bien cette humeur si hautaine,
Fût-il la valeur même, et le Dieu des combats,
Il verra ce que c'est que de n'obéir pas.
Je sais trop comme il faut dompter cette insolence,
Je l'ai voulu d'abord traiter sans violence,
Mais puisqu'il en abuse, allez dès aujourd'hui,
Soit qu'il résiste, ou non, vous assurer de lui.

(Scène 6, Don Fernand ; v. 563-574)

Sire, mon père est mort, mes yeux ont vu son sang
Couler à gros bouillons de son généreux flanc,
Ce sang qui tant de fois garantit vos murailles,
Ce sang qui tant de fois vous gagna des batailles,
Ce sang qui tout sorti fume encor de courroux
De se voir répandu pour d'autres que pour vous,
Qu'au milieu des hasards n'osait verser la guerre,
Rodrigue en votre Cour vient d'en couvrir la terre,

(Scène 7, Chimène, au Roi ; v. 665-672)

**Acte III**

Mon père est mort, Elvire, et la première épée
Dont s'est armé Rodrigue a sa trame coupée.
Pleurez, pleurez mes yeux, et fondez-vous en eau,
La moitié de ma vie a mis l'autre au tombeau,
Et m'oblige à venger après ce coup funeste,
Celle que je n'ai plus, sur celle qui me reste.

(Scène 3, Chimène ; v. 807-812)

Il y va de ma gloire, il faut que je me venge,
Et de quoi que nous flatte un désir amoureux,
Toute excuse est honteuse aux esprits généreux.

(Idem ; v. 852-854)

Don Rodrigue
Ma Chimène.
Chimène
Ôte-moi cet objet odieux
Qui reproche ton crime et ta vie à mes yeux.
Don Rodrigue
Regarde-le plutôt pour exciter ta haine,
Pour croître ta colère, et pour hâter ma peine.
Chimène
Il est teint de mon sang.
Don Rodrigue
Plonge-le dans le mien,
Et fais-lui perdre ainsi la teinture du tien.
(Scène 4 ; v. 869-874)

Tu sais comme un soufflet touche un homme de cœur ;
J'avais part à l'affront, j'en ai cherché l'auteur,
Je l'ai vu, j'ai vengé mon honneur et mon père ;
Je le ferais encor, si j'avais à le faire.
(Scène 4, Rodrigue ; v. 885-888)

Ah Rodrigue ! il est vrai, quoique ton ennemie,
Je ne te puis blâmer d'avoir fui l'infamie,
Et de quelque façon qu'éclatent mes douleurs,
Je ne t'accuse point, je pleure mes malheurs.
(Scène 4, Chimène ; v. 915-918)

Va, je suis ta partie, et non pas ton bourreau.
Si tu m'offres ta tête, est-ce à moi de la prendre ?
Je la dois attaquer, mais tu dois la défendre,
C'est d'un autre que toi qu'il me faut l'obtenir,
Et je dois te poursuivre et non pas te punir.
(Idem ; v. 950-954)

Chimène
Va, je ne te hais point.
Don Rodrigue
Tu le dois.
Chimène
Je ne puis.
(Idem ; v. 1073)

Mon honneur offensé sur moi-même se venge,
Et vous m'osez pousser à la honte du change !
L'infamie est pareille et suit également
Le guerrier sans courage et le perfide amant.
(Scène 6, Rodrigue, à son père ; v. 1071-1074)

**Acte IV**
Vous ne croiriez jamais comme chacun l'admire,
Et porte jusqu'au Ciel d'une commune voix,
De ce jeune Héros les glorieux exploits.
Les Maures devant lui n'ont paru qu'à leur honte ;
Leur abord fut bien prompt, leur fuite encor plus prompte,
(Scène 1, Elvire, à Chimène ; v. 1112-1116)

Qu'a de fâcheux pour toi ce discours populaire ?
Ce jeune Mars qu'il loue a su jadis te plaire,
Il possédait ton âme, il vivait sous tes lois,
Et vanter sa valeur c'est honorer ton choix.
(Scène 2, l'Infante, à Chimène ; v. 1167-1170)

Généreux héritier d'une illustre famille
Qui fut toujours la gloire et l'appui de Castille,
Race de tant d'aïeux en valeur signalés
Que l'essai de la tienne a sitôt égalés,
Pour te récompenser ma force est trop petite,
Et j'ai moins de pouvoir que tu n'as de mérite.
(Scène 3, Don Fernand, à Rodrigue ; v. 1219-1224)

Eh bien, Sire, ajoutez ce comble à mes malheurs,
Nommez ma pâmoison l'effet de mes douleurs,
Un juste déplaisir à ce point m'a réduite,
Son trépas dérobait sa tête à ma poursuite ;
S'il meurt des coups reçus pour le bien du pays,
Ma vengeance est perdue et mes desseins trahis.
Une si belle fin m'est trop injurieuse,
(Scène 5, Chimène, à Don Fernand ; v. 1365-1370)

## Acte V

Tu vas mourir ! Don Sanche est-il si redoutable,
Qu'il donne l'épouvante à ce cœur indomptable ?
Qui t'a rendu si faible, ou qui le rend si fort ?
Rodrigue va combattre, et se croit déjà mort !
Celui qui n'a pas craint les Maures, ni mon père,
Va combattre don Sanche, et déjà désespère !
Ainsi donc au besoin ton courage s'abat ?
(Scène 1, Chimène, à Rodrigue ; v. 1583-1489)

Puisque pour t'empêcher de courir au trépas,
Ta vie et ton honneur sont de faibles appas,
Si jamais je t'aimai, cher Rodrigue, en revanche
Défends-toi maintenant pour m'ôter à Don Sanche,
(Idem ; v. 1557-1560)

Impitoyable sort, dont la rigueur sépare
Ma gloire d'avec mes désirs,
Est-il dit que le choix d'une vertu si rare
Coûte à ma passion de si grands déplaisirs ?
Ô Cieux ! à combien de soupirs
Faut-il que mon cœur se prépare,
S'il ne peut obtenir dessus mon sentiment,
Ni d'éteindre l'amour, ni d'accepter l'amant ?
(Scène 2, l'Infante, seule ; v. 1583)

Quand il sera vainqueur crois-tu que je me rende ?
Mon devoir est trop fort, et ma perte trop grande,
Et ce n'est pas assez, pour leur faire la loi
Que celle du combat et le vouloir du Roi.
Il peut vaincre Don Sanche avec fort peu de peine,
Mais non pas avec lui la gloire de Chimène,
Et quoi qu'à sa victoire un Monarque ait promis,
Mon honneur lui fera mille autres ennemis.
(Scène 4, Chimène, à Elvire ; v. 1687-1694)

"Il est constant qu'il y a des préceptes, puisqu'il y a un art ; mais il n'est pas constant quels ils sont. On convient du nom sans convenir de la chose, et on s'accorde sur les paroles pour contester sur leur signification."

(*Discours sur l'utilité des parties du poème dramatique*)

"Il faut donc savoir quelles sont ces règles ; mais notre malheur est qu'Aristote et Horace après lui en ont écrit assez obscurément pour avoir besoin d'interprètes, et que ceux qui leur en ont voulu servir jusques ici ne les ont souvent expliqués qu'en grammairiens ou en philosophes. Comme ils avaient plus d'étude et de spéculation que d'expérience du théâtre, leur lecture nous peut rendre plus doctes, mais non pas nous donner beaucoup de lumières fort sûres pour y réussir. Je hasarderai quelque chose sur trente ans de travail pour la scène, et en dirai mes pensées tout simplement, sans esprit de contestation qui m'engage à les soutenir, et sans prétendre que personne renonce en ma faveur à celles qu'il en aura conçues."

(*Idem*)

"[L]es grands sujets qui remuent fortement les passions, et en opposent l'impétuosité aux lois du devoir ou aux tendresses du sang, doivent toujours aller au-delà du vraisemblable, et ne trouveraient aucune croyance parmi les auditeurs, s'ils n'étaient soutenus, ou par l'autorité de l'histoire qui persuade avec empire, ou par la préoccupation de l'opinion commune qui nous donne ces mêmes auditeurs déjà tout persuadés." (*Idem*)

"Lorsqu'on met sur la scène un simple intrique d'amour entre des rois, et qu'ils ne courent aucun péril, ni de leur vie, ni de leur état, je ne crois pas que, bien que les personnes soient illustres, l'action le soit assez pour s'élever jusques à la tragédie. Sa dignité demande quelque grand intérêt d'état, ou quelque passion plus noble et plus mâle que l'amour, telles que sont l'ambition ou la vengeance, et veut donner à craindre des malheurs plus grands que la perte d'une maîtresse. Il est à propos d'y mêler l'amour, parce qu'il a toujours beaucoup d'agrément, et peut servir de fondement à ces intérêts, et à ces autres passions dont je parle ; mais il faut qu'il se contente du second rang dans le poème, et leur laisse le premier." (*Idem*)

"Ce héros de ma façon sort un peu des règles de la tragédie, en ce qu'il ne cherche point à faire pitié par l'excès de ses malheurs ; mais le succès a montré que la fermeté des grands cœurs, qui n'excite que de l'admiration dans l'âme du spectateur, quelquefois est aussi agréable que la compassion que notre art nous commande de mendier par leurs misères." (Examen de *Nicomède*)

## Sur Corneille et *Le Cid*

"Le sens du *Cid* en son temps ? C'est une pièce pour les cœurs sensibles, certes, mais aussi elle soulève des questions d'importance. Celle du duel : le duel décime alors la noblesse française, et le gouvernement voudrait l'abolir. Corneille comprend l'éthique nobiliaire : il y a des affronts que le duel seul peut réparer. N'empêche : le duel est un mal en soi. Le roi de Castille permet une forme de duel, le duel judiciaire seulement, et encore en le réprouvant, en lui retirant son caractère spectaculaire, en refusant d'assister au combat entre Rodrigue et le champion de Chimène ; le duel est une survivance d'un droit périmé" [Couton, 1990, p. 22]

"Corneille a appliqué les mêmes règles de conduite à ses amoureux, à ses héros, à ses hommes d'État, à ses politiques, à ses rois, à ses martyrs. Il les a tous orientés vers un même but : la gloire. De là l'unité si solide de son théâtre, l'air et l'esprit de famille de tous ses personnages, le dynamisme de la foi cornélienne. Que cette gloire ne soit pas située en même lieu, c'est évident : elle n'entraîne pas moins pour tous une égale conviction."

(Octave Nadal, *Le Sentiment de l'amour dans l'œuvre de Pierre Corneille*, Paris, Gallimard, 1948, p. 306)

"*Le Cid* est un triomphe parce qu'il est une genèse. Genèse d'un ordre héroïque qui conquiert sa liberté grâce à la nature mais aussi contre la nature. Genèse d'un ordre historique et politique qui résout, grâce au temps, les contradictions des personnes et des situations. Genèse d'un monde à l'image des finalités de la

Providence qui impose l'épreuve tragique pour mieux éviter l'impasse tragique. Le dénouement du *Cid* laisse au spectateur — voire au héros – l'impression d'une victoire intérieure qui place les valeurs héroïques sous la protection du "temps", de la "vaillance" et du 'roi'" [PRIGENT, 1986, p. 25]

"Le héros est une personne avant d'être un personnage. En tant que personne, il s'inscrit dans une nature. Qui le soumet aux lois du sang et aux lois de l'amour: être de chair et de sang, il est un fils avant d'être un amant, une fille avant d'être une maîtresse." [*Ibid.*, p. 163]

"L'essentiel est la: Le Cid invente un nouveau type de conflit. À la grâce et l'humour des situations ironiques où une jeune fille fait des déclarations d'amour à l'homme dont elle est la seule à ignorer qu'il est son ennemi, succèdent les situations "fortes" et pitoyables du Cid, fondées sur des affrontements passionnels: le sentiment amoureux contre l'amour filial, le devoir de vengeance contre la passion." [FORESTIER, 1992, p. XXVI]

"C'est que la violence qui dans les tragi-comédies se manifeste de manière extérieure (duels et batailles, viols et meurtres, tous accomplis sur la scène même) ne se manifeste plus dans *Le Cid* que sous la forme intériorisée de conflits psychologiques et d'affrontements verbaux." [*Ibid.*, p. XXVII]

"Qu'est-ce que le panache ? Il ne suffit pas, pour en avoir, d'être un héros. Le panache n'est pas la grandeur, mais quelque chose qui s'ajoute à la grandeur, et qui bouge au-dessus d'elle. C'est quelque chose de voltigeant, d'excessif, – et d'un peu frisé. Si je ne craignais d'avoir l'air bien pressé de travailler au Dictionnaire, je proposerais cette définition: le panache, c'est l'esprit de la bravoure. Oui, c'est le courage dominant à ce point la situation qu'il en trouve le mot. Toutes les répliques du *Cid* ont du panache, beaucoup de traits du grand Corneille sont d'énormes mots d'esprit. Le vent d'Espagne nous apporta cette plume ; mais elle a pris dans l'air de France une légèreté de meilleur goût. Plaisanter en face du danger, c'est la suprême politesse, un délicat refus de se prendre au tragique ; le panache est alors la pudeur de l'héroïsme, comme un sourire par lequel on s'excuse d'être sublime. Certes, les héros sans panache sont plus désintéressés que les autres, car le panache, c'est souvent, dans un sacrifice qu'on fait, une consolation d'attitude qu'on se donne. Un peu frivole peut-être, un peu théâtral sans doute, le panache n'est qu'une grâce ; mais cette grâce est si difficile à conserver jusque devant la mort, cette grâce suppose tant de force (l'esprit qui voltige n'est-il pas la plus belle victoire sur la carcasse qui tremble ?) que, tout de même, c'est une grâce..."

(Edmond Rostand,
*Discours de réception à l'Académie française*, 1903)

# MARIVAUX

## Citations extraites des *Journaux* de Marivaux

"La femme au miroir", feuille I du *Spectateur Français*, dans *Journaux* I

> "Lecteur, je ne veux point vous tromper, et je vous avertis d'avance que ce n'est point un auteur que vous allez lire. Un auteur est un homme à qui, dans son loisir, il prend une envie vague de penser sur une ou plusieurs matières, et l'on pourrait appeler cela, réfléchir à propos de rien. Ce genre de travail nous a souvent produit d'excellentes choses, j'en conviens ; mais, pour l'ordinaire, on y sent plus de souplesse d'esprit que de naïveté et de vérité. Du moins est-il vrai de dire qu'il y a toujours je ne sais quel goût artificiel dans la liaison des pensées auxquelles on s'excite. Car enfin, le choix de ces pensées est alors purement arbitraire, et c'est là réfléchir en auteur. Ne serait-il pas plus curieux de nous voir penser en hommes ? En un mot, l'esprit humain, quand le hasard des objets ou l'occasion l'inspire, ne produirait-il pas des idées plus sensibles et moins étrangères à nous, qu'il n'en produit dans cet exercice forcé qu'il se donne en composant ? [...] Cela me passe, je ne sais point créer, je sais seulement surprendre en moi les pensées que le hasard me fait naître, et je serais fâché d'y mettre rien du mien. Je n'examine pas si celle-ci est plus fine, si celle-là l'est moins ; car mon dessein n'est de penser ni bien ni mal, mais seulement de recueillir fidèlement ce qui me vient d'après le tour d'imagination que me donnent les choses que je vois ou que j'entends [...]. (pp. 53-54)
>
> [...]je suis né de manière que tout me devient une matière de réflexion ; c'est comme une philosophie de tempérament que j'ai reçue, et que le moindre objet met en exercice.
>
> Je ne destine d'avance aucun caractère à mes idées ; c'est le hasard qui leur donne le ton ; de là vient qu'une bagatelle me jette quelquefois dans le sérieux, pendant que l'objet le plus grave me fait rire ; et quand j'examine après le parti que mon imagination a pris, je vois souvent qu'elle ne s'est point trompée.
>
> Quoi qu'il en soit, je souhaite que mes réflexions puissent être utiles. Peut-être le seront-elles, et ce n'est que dans cette vue que

je les donne, et non pour éprouver si l'on me trouvera de l'esprit.
[...]

Au reste, on ne doit s'attendre dans mes réflexions qu'à des discours généraux. Il ne m'est jamais venu dans l'esprit ni rien de malin, ni rien de trop libre. Je hais tout ce qui s'écarte des bonnes mœurs. Je suis né le plus humain de tous les hommes, et ce caractère a toujours présidé à toutes mes idées.

À l'âge de dix-sept ans, je m'attachai à une jeune demoiselle, à qui je dois le genre de vie que j'embrassai. Je n'étais pas mal fait alors, j'avais l'humeur douce et les manières tendres. La sagesse que je remarquais dans cette fille, m'avait rendu sensible à sa beauté. Je lui trouvais d'ailleurs tant d'indifférence pour ses charmes que j'aurais juré qu'elle les ignorait : que j'étais simple dans ce temps-là ! Quel plaisir ! disais-je en moi-même, si je puis me faire aimer d'une fille qui ne souhaite pas d'avoir des amants, puisqu'elle est belle, sans y prendre garde, et que par conséquent, elle n'est pas coquette. Jamais je ne me séparais d'elle que ma tendre surprise n'augmentât de voir tant de grâces dans un objet qui ne s'en estimait pas davantage. Était-elle assise ou debout ? parlait-elle ou marchait-elle ? il me semblait toujours qu'elle n'y entendait point finesse, et qu'elle ne songeait à rien moins qu'à être ce qu'elle était.

Un jour qu'à la campagne je venais de la quitter, un gant que j'avais oublié fit que je retournai sur mes pas pour l'aller chercher : j'aperçus la belle de loin, qui se regardait dans un miroir, et je remarquai, à mon grand étonnement, qu'elle s'y représentait à elle-même dans tous les sens où durant notre entretien, j'avais vu son visage ; et il se trouvait que ses airs de physionomie que j'avais crus si naïfs n'étaient, à les bien nommer, que des tours de gibecière : je jugeais de loin que sa vanité en adoptait quelques-uns, qu'elle en réformait d'autres : c'étaient de petites façons, qu'on aurait pu noter, et qu'une femme aurait pu apprendre comme un air de musique. Je tremblai du péril que j'aurais couru, si j'avais eu le malheur d'éprouver encore de bonne foi ses friponneries, au point de perfection où son habileté les portait, mais je l'avais crue naturelle, et ne l'avais aimée que sur ce pied-là ; de sorte que mon amour cessa tout d'un coup, comme si mon cœur ne s'était attendri que sous condition. Elle m'aperçut à son tour dans son miroir, et rougit. Pour moi, j'entrai en riant, et ramassant mon gant : Ah ! Mademoiselle, je vous demande pardon, lui dis-je, d'avoir mis jusqu'ici sur le compte de la Nature des appas dont tout l'honneur n'est dû qu'à votre industrie. Qu'est-ce que c'est, que signifie ce discours, me répondit-elle ? Vous parlerai-je plus franchement, lui dis-je ? je viens de voir les machines de l'Opéra. Il me divertira toujours, mais il me touchera moins. Je sortis là-dessus, et c'est de cette aventure que naquit en moi cette misanthropie qui ne m'a point quitté, et qui m'a fait passer ma vie à examiner les hommes, et à m'amuser de mes réflexions.

(pp. 58-60)

"Écrire naturellement", feuille VIII du *Spectateur français*, dans *Journaux*, I, p. 106.

"Je pourrai bien, un de ces jours, argumenter dans les formes et prouver qu'écrire naturellement, qu'être naturel n'est pas écrire dans le goût de tel Ancien ni de tel Moderne, n'est pas se mouler sur personne quant à la forme de ses idées, mais au contraire, se ressembler fidèlement à soi-même, et ne point se départir ni du tour ni du caractère d'idées pour qui la nature nous a donné vocation ; qu'en un mot, penser naturellement, c'est rester dans la singularité d'esprit qui nous est échue, et qu'ainsi que chaque visage a sa physionomie, chaque esprit aussi porte une différence qui lui est propre : que la correction qu'il faut apporter à l'esprit n'est pas de l'arracher à cette différence ; mais seulement de purger cette même différence du vice qui peut en gâter les grâces ; de lui ôter ce qu'elle peut avoir de trop cru ; et de lui procurer ce qu'il arrive aux physionomies les plus singulières qui ne changent point ; mais qui, par le commerce que les hommes ont ensemble, contracte je ne sais quoi de liant qui les mitige, nous apprivoise avec elles, et nous rend par là leur singularité agréable, ou du moins curieuse ; et qu'enfin, lorsqu'il a paru un beau génie dans certain genre, il n'est pas raisonnable de le proposer autrement aux autres, que comme un génie qui peut servir à exciter les forces du leur, et non pas comme un modèle sur lequel il faille calquer sa façon de penser pour être habile home ; et qu'il est absurde de dire d'un homme qui a travaillé dans le même genre, qu'il a mal réussi, parce qu'il n'aura pas travaillé dans le même goût."

"Une dispute", feuille XXIII du *Spectateur français*, dans *Journaux*, I, pp. 243-244.

> "J'entrai l'autre jour dans un de ces endroits où s'assemblent de fort honnêtes gens, la plupart amateurs de belles lettres, ou savants; je les connais presque tous; ils sont dans le particulier de la plus aimable société du monde, raisonnables autant que spirituels; se trouvent-ils ensemble, vous ne les reconnaissez plus; ils sont à l'instant saisis de la fureur d'avoir plus d'esprit les uns que les autres.
>
> Il part une question, l'un la décide hardiment, et sans appel; un autre condamne tout net ce que le premier a dit; un troisième s'élève qui les condamne tous deux: pendant qu'ils se disputent ensemble, un quatrième, par un ton qui se fait faire place, et qui vaut un coup de tonnerre, leur annonce sans cérémonie que tout ce qu'ils disent ne vaut rien; un cinquième survient qui voudrait les apaiser, en leur faisant convenir amiablement qu'il pense mieux qu'eux sur l'article: un sixième crie, s'offre pour arbitre et n'est plus entendu, mais à force de clameurs il prend toujours acte de ses diligences, et de l'accommodement judicieux qu'il propose; un autre pour se distinguer ne dit mot, il secoue la tête en homme qui renferme en lui, qui possède l'unique solution qu'on peut donner à la chose. Il confie la supériorité de ses lumières à son voisin paisible, qui écoute respectueusement le charivari spirituel qui se fait, et qui en même temps approuve l'idée de celui qui lui parle, sans savoir presque de quoi il s'agit [...]. Cependant la question qui a causé la dispute a disparu, il en a succédé vingt autres qui ont pris furtivement sa place, qu'on n'a point reconnues pour étrangères et qu'on agite toutes à la fois; enfin tant est procédé qu'il ne reste plus rien sur le tapis, qu'une masse d'idées subtiles et bizarres, qui se croisent, qui ne signifient rien, et que l'emportement et l'orgueil de primer ont férocement entassées les unes sur les autres [...]. Bref, que reste-t-il de la dispute? rien que des leçons de brusquerie (qui à la vérité ne sont pas perdues) et qu'un exemple bruyant de la misère de nos avantages."

"Sur la clarté du discours", dans *Journaux*, II

"L'exacte clarté [...], c'est l'exposition nette de notre pensée au degré précis de force et de sens dans lequel nous l'avons conçue ; et si la pensée ou le sentiment trop vif, passe toute expression, ce qui peut arriver, ce sera pour lors l'exposition nette de cette même pensée, dans un degré de sens propre à la fixer, et à faire entrevoir en même temps toute son étendue non exprimable de vivacité." (p. 49)

En fait d'exposition d'idées, il est un certain point de clarté, au-delà duquel toute idée perd nécessairement de sa force ou de sa délicatesse. Ce point de clarté est aux idées, ce qu'est, à certains objets, le point de distance auquel ils doivent être regardés, pour qu'ils offrent leur beauté attachée à cette distance. Si vous approchez trop de ces objets, vous croyez l'objet rendu plus net ; il n'est rendu que plus grossier. [...] Toute pensée a sa clarté suffisante quand tout le monde l'entend de même ; je veux dire, quand le sens qui s'en présente à votre esprit est le sens qui se présente à tout le monde." (p. 52)

"La demeure du *Je ne sais quoi*", feuille II du *Cabinet du Philosophe*, dans *Journaux*, II, pp. 171-173.

"Je quittai [la demeure de la Beauté] pour gagner promptement la demeure du Je ne sais quoi, où je retrouvai tous ceux qui m'avaient laissé chez la Beauté.

Il n'y avait rien de surprenant dans ce lieu-ci, et qui plus est, rien d'arrangé ; tout y était comme jeté au hasard ; le désordre même y régnait, mais un désordre du meilleur goût du monde, qui faisait un effet charmant, et dont on n'aurait pu démêler, ni montrer la cause.

[...] Malgré la fable qui ne conte que trois Grâces, il y en avait là une infinité, qui, en parcourant ces lieux, y travaillaient, y retouchaient partout ; je dis en parcourant, car elles ne faisaient qu'aller et venir, que passer, que se succéder rapidement les unes aux autres, sans nous donner le temps de les bien connaître ; elles étaient là, mais à peine les voyait-on, qu'elles n'y étaient plus, et qu'on en voyaient d'autres à leur place, qui passaient à leur tour, pour faire place à d'autres. En un mot elles étaient partout, sans se tenir nulle part; ce n'en était pas une, mais c'en était toujours mille qu'on voyait.

Hé bien, messieurs, dis-je alors à ceux qui étaient avec moi, ce séjour-ci est charmant; j'y passerais ma vie; mais celui qui l'habite, le *Je ne sais quoi*, où est-il? menez-moi à lui, je vous prie; car vous l'avez vu apparemment?

Pas encore, me répondirent-ils, et depuis que nous sommes ici nous le cherchons sans avoir encore pu le trouver; il est vrai que nous le cherchons agréablement; car avec la plus grande envie du monde de le voir, nous ne nous impatientons point de ne savoir où il est; et dussions-nous ne le jamais trouver, nous sommes résolus de le chercher toujours.

Il faut pourtant qu'il soit ici, répondis-je; et je n'eus pas plus tôt prononcé ces mots que nous entendîmes une voix qui nous dit, *me voilà*.

Nous nous retournâmes tous alors, parce que nous n'apercevions rien devant nous, et nous eûmes beau nous retourner, nous ne vîmes rien non plus.

Où êtes-vous donc, aimable *Je ne sais quoi?* dîmes-nous tous à la fois.

Me voilà, vous dis-je, nous répondit encore la même voix.

[...] Vous nous dites me voilà, repris-je, et vous en vous offrez point à nous: vous ne voyez pourtant que moi, nous dit-il. Dans ce nombre infini de grâces qui passent sans cesse devant vos yeux, qui vont et qui viennent, qui sont toutes si différentes, et pourtant agréablement aimables, et dont les unes sont plus mâles et les autres plus tendres, regardez-les bien, j'y suis; c'est moi que vous y voyez, et toujours moi. Dans ces tableaux que vous aimez tant; dans ces objets de toute espèce, et qui ont tant d'agréments pour vous, dans toute l'étendue des lieux où vous êtes; dans tout ce que vous apercevez ici de simple, de négligé, d'irrégulier même, d'orné, ou de non orné; j'y suis, je m'y montre, j'en fais tout le charme, je vous entoure. Sous la figure de ces grâces, je suis le *Je ne sais quoi* qui touche dans les deux sexes; ici, le *Je ne sais quoi* qui plaît en peinture; là, le *Je ne sais quoi* qui plaît en architecture, en ameublements, en jardins, en tout ce qui peut faire l'objet du goût. Ne me cherchez point sous une forme; j'en ai mille et pas une de fixe; voilà pourquoi on me voit sans me connaître, sans pouvoir ni me saisir, ni me définir; on me perd de vue en me voyant, on me sent, on ne me démêle pas; enfin vous me voyez, et vous me cherchez, et vous ne me trouverez jamais autrement, aussi ne serez-vous jamais las de me voir."

"Réflexions sur les coquettes", feuille V du *Cabinet du Philosophe*, dans *Journaux*, II, pp. 208-210.

"Les coquettes ne s'aiment pas, et ne sont pourtant bien que lorsqu'elles sont ensemble. Savez-vous ce qu'elles cherchent en se prenant pour compagnes? le plaisir de l'emporter l'une sur l'autre: elles vont pourvoir à la nourriture de leur vanité, et faire assaut de charmes; ce sont des visages, des tailles, des mines et de bons airs qui vont lutter ensemble.

Assurément je suis ou plus belle, ou plus jolie, ou plus aimable que Doris, dit Julie en son particulier; mais à la certitude que j'en ai, et que mon miroir m'en donne, il serait délicieux d'y ajouter une autre preuve; et c'est la preuve de fait.

Julie ne me vaut pas, dit de son côté Doris: je l'efface; j'ai bien d'autres grâces qu'elle, et je n'ai pas besoin d'en être plus sûre que je le suis; mais quelques certitudes de plus ne gâteront rien; allons les multiplier, pour les rendre plus vives: mon amour-propre se chicane quelquefois là-dessus; allons le rassasier d'évidence.

Et voilà Doris et Julie qui vont se trouver. Elles s'embrassent en s'examinant sourdement d'un œil critique. Doris croit étonner Julie par ses grâces, et Julie s'imagine que les siennes inquiètent Doris, et lui font peur.

[...] Menons nos deux coquettes aux Tuileries: vous les voyez qui s'y promènent; elles se tiennent sous le bras. Ah! les bonnes amies! Que croyez-vous qu'elles pensent, et que chacune d'elles dise intérieurement à l'autre?

Venez, madame, venez, coquette que vous êtes; venez orner mon triomphe, et voir confondre la vanité que vous avez sans doute de croire que vous êtes aussi aimable que moi; avancez, que je vous montre le contraire: nous voici en bon lieu pour vider notre différend.

Et là-dessus, elles marchent à grands pas; vous les entendez éclater de rire en parlant.

Eh ! de quoi parlent-elles ? elles ne le savent pas elles-mêmes ; ce sont des mots qu'elles prononcent, afin d'ouvrir la bouche avec grâce.

De quoi rient-elles ? de rien. Ce n'est là qu'une coquetterie ; ce n'est que pour faire du bruit, pour en paraître plus vives, plus bruyantes, plus dissipées ; pour en tenir plus de place ; pour attirer l'attention de ces hommes qui se promènent aussi, qui viennent à elles, et qui en passant vont juger nos coquettes.

Quatre hommes sont passés. Il y en a trois qui n'ont regardé que moi, dit Doris en elle-même, et j'aurais eu le quatrième, s'il n'avait pas regardé ailleurs en passant, ou si par hasard ses yeux ne s'étaient pas d'abord trouvés sur Julie. Ainsi je pense qu'il est clair que je vaux mieux qu'elle : il n'y a pas à en douter ; c'est une affaire de calcul : j'ai trois contre un ; et cet un, je l'aurai au retour.

Que répond à cela Julie ? convient-elle qu'elle a perdu ? oh ! que non. Elle a fort bien vu ces trois hommes n'honorer effectivement que sa compagne de leurs regards ; elle n'a eu que le quatrième, elle le sait : c'est un fait qu'elle ne peut contester. Mais qu'est-ce que cela conclut ? Rien. C'est que Doris a fixé les trois autres par un fracas de coquetterie supérieure à la sienne, par un éclat de rire, par un ton de voix d'une hauteur indécente, par des regards effrontés qui ne manquent jamais d'arrêter les hommes, qui les débauchent, qui subornent leur jugement. [...] Que Doris plaise à ce prix-là, ajoute Julie, je ne lui envie pas la misérable vanité qu'elle en tire ; et si elle appelle cela être plus aimable qu'une autre, à la bonne heure : mais si on voulait étaler sa gorge, comme elle, avoir les épaules aussi découvertes, l'air aussi déhanché, et une figure aussi cavalière, elle n'aurait pas beau jeu.

Pendant que Julie tient ce petit dialogue en elle-même, et se console ainsi du désagrément de cette première aventure, une autre troupe d'hommes passe ; et Julie, dont la gorge (quoi qu'elle en dise) n'est pas mieux vêtue que celle de Doris, ne s'y prend pas plus honnêtement ni plus loyalement que sa rivale, pour triompher cette fois-ci. Elle imagine à son tour quelque vivacité, quelque folie ; par exemple, un cri pour un faux pas, et qui fait que ces hommes la regardent la première.

Il est vrai qu'ensuite pour retenir leurs yeux sur elle, il en coûte aux siens autant de hardiesse et de corruption qu'elle en a reproché à

ceux de sa compagne; mais tout cela lui échappe; elle ne s'en aperçoit pas: sa rivale n'a d'abord gagné qu'en trichant; pour elle, elle a gagné de bon jeu, comme qui dirait par la force des cartes. Mais, mesdames, leur dirais-je, est-ce là vaincre? Êtes-vous venues disputer d'effronterie ou de beauté? Car aucune de vous, ce me semble, ne peut se flatter de l'emporter ici comme belle.
Et en ceci pourtant je crois que je me trompe moi-même. Entre deux femmes qui en pareil cas se ménagent aussi peu l'une que l'autre, c'est, sans difficulté, l'immodestie de la plus jolie qui pique le plus.
Ainsi, il y a toujours combat de beauté entre elles."

"Du style", feuille VI du *Cabinet du Philosophe*, dans *Journaux*, II

"Enfin c'est toujours du style dont on parle, et jamais de l'esprit de celui qui a ce style. Il semble que dans ce monde il ne soit question que de mots, point de pensées. Cependant ce n'est point dans les mots qu'un auteur qui sait bien sa langue, a tort ou a raison.
C'est un homme qui [...] sait que ces mots ont été institués pour être les expressions propres, et les signes des idées qu'il a eues; il n'y avait que ces mots-là qui pussent faire entendre ce qu'il a pensé, et il les a pris. Il n'y a rien d'étonnant à cela; et encore une fois, je ne songe point à lui en tenir compte: ce n'est pas là ce qui fait son mérite, et c'est d'avoir bien pensé que je le loue; car pour les expressions de ses idées, il ne pouvait pas faire autrement que de les prendre, puisqu'il n'y avait que celles-là qui pussent communiquer ses pensées." (p. 222)
"Si Montaigne avait vécu de nos jours, que de critiques n'eût-on pas fait de son style! [...] La Bruyère est plein de singularité; aussi a-t-il pensé sur l'âme, matière pleine de choses singulières. Combien Pascal n'a-t-il pas d'expressions de génie? Qu'on me trouve un auteur célèbre qui ait approfondi l'âme, et qui dans les peintures qu'il fait de nous et de nos passions, n'ait pas le style un peu singulier?" (p. 232)

"Le Monde vrai", feuilles VI et VII du *Cabinet du Philosophe*, dans *Journaux*, II

> "Par ce mot de monde vrai, c'est des hommes vrais que j'entends, des hommes qui disent la vérité, qui disent tout ce qu'ils pensent, et tout ce qu'ils sentent ; qui ne valent pas pourtant pas mieux que nous, qui ne sont ni moins méchants, ni moins intéressés, ni moins fous que les hommes de notre monde ; qui sont nés avec tous nos vices, et qui ne diffèrent d'avec nous que dans un seul point, mais qui les rend absolument d'autres hommes. C'est qu'en vivant ensemble, ils se montrent toujours leur âme à découvert au lieu que la nôtre est toujours masquée. De sorte qu'en vous peignant ces hommes que j'ai trouvés, je vais vous donner le portrait des hommes faux avec qui vous vivez, je vais vous lever le masque qu'ils portent. Vous savez ce qu'ils paraissent, et non pas ce qu'ils sont." (p. 234)
>
> "Ne vous imaginez pas que vous allez haïr le monde, et le fuir quand vous serez éclairé. [...] Cela n'est pas raisonnable, et c'est aussi ce qui ne vous arrivera pas. Je vais instruire votre esprit sans affliger votre cœur ; je vais vous donner des lumières, et non pas des chagrins ; vous allez devenir philosophe, et non pas misanthrope ; et le philosophe ne hait ni ne fuit les hommes, quoiqu'il les connaisse ; il n'a pas cette puérilité-là ; car sans compter qu'ils lui servent de spectacle : en qualité d'homme il est lui-même uni à eux par une infinité de petits liens dont il sent l'utilité et la douceur, mais qu'il tient toujours si aisés à rompre en cas de besoin, que son âme en badine, et n'en n'est jamais gênée." (pp. 236-237)
>
> "Par ce Monde vrai, je n'entends pas des hommes qui prononcent précisément ce que je leur fais dire ; leur naïveté n'est pas dans leurs mots (j'ai peut-être oublié d'en avertir) : elle est dans la tournure de leur discours, dans l'air qu'ils ont en parlant, dans leur ton, dans leur geste, même dans leurs regards ; et c'est dans tout ce que je dis là que leurs pensées se trouvent bien nettement, bien ingénument exprimées ; des paroles prononcées ne seraient pas plus claires." (p. 249)

"Le Miroir", dans *Journaux*, II, pp. 319-321.

"Il y avait trois ou quatre jours que j'étais à ma campagne, quand je m'avisai un matin de me promener dans une allée de mon parc. [...] Dans cette allée je lisais un livre dont la lecture me jeta dans de profondes réflexions sur les hommes.
Et de réflexions en réflexions, toujours marchant, toujours allant, je marchai tant, j'allai tant, je réfléchis tant, et si diversement, que sans prendre garde à ce que je devenais, sans observer par où je passais, je me trouvai insensiblement dans le pays dont je parlais tout à l'heure, où j'achevai de m'oublier, pour me livrer tout entier au plaisir d'examiner ce qui s'offrait à mes regards, et en effet le spectacle était curieux. Il me sembla donc ; mais je dis mal, il ne me sembla point: je vis sûrement une infinité de fourneaux plus ou moins ardents, mais dont le feu ne m'incommodait point, quoique j'en approchasse de fort près.
[...] Au milieu de tous les fourneaux était une personne, ou, si vous voulez, une Divinité, dont il me serait inutile d'entreprendre le portrait, aussi n'y tâcherai-je point.
Qu'il vous suffise de savoir que cette personne ou cette Divinité, qui en gros me parut avoir l'air jeune, et cependant antique, était dans un mouvement perpétuel, et en même temps si rapide, qu'il me fut impossible de la considérer en face.
Ce qui est de certain, c'est que dans le mouvement qui l'agitait, je la vis sous tant d'aspects, que je crus voir successivement passer toutes les physionomies du monde, sans pouvoir saisir la sienne, qui apparemment les contenait toutes.
Ce que je démêlai le mieux, et ce que je ne perdis jamais de vue, malgré son agitation continuelle, ce fut une espèce de bandeau, ou de diadème, qui lui ceignait le front, et sur lequel on voyait écrit LA NATURE.
Ce bandeau était large, élevé, et comme partagé en deux Miroirs éclatants, dans l'un desquels on voyait une représentation inexplicable de l'étendue en général, et de tous ses mystères ; je veux dire des vertus occultes de la matière, de l'espace qu'elle occupe, du ressort qui la meut, de sa divisibilité à l'infini ; en un mot de tous ses attributs dont nous ne connaissons qu'une partie.
L'autre miroir qui n'était séparé du premier que d'une ligne extrêmement déliée, représentait un être encore plus indéfinissable.

C'était comme une image de l'âme, ou de la pensée en général ; car j'y vis toutes les façons possibles de penser et de sentir des hommes, avec la subdivision de tous les degrés d'esprit et de sentiment, de vices et de vertus, de courage et de faiblesse, de malice et de bonté, de vanité et de simplicité que nous pouvons avoir.

Enfin, tout ce que les hommes sont, tout ce qu'ils peuvent être, et tout ce qu'ils ont été, se trouvait dans cet exemplaire des grandeurs et des misères de l'âme humaine."

# GAUTIER

## Citations issues du *Capitaine Fracasse*

"L'artifice de l'écrivain a cette infériorité sur celui du peintre, qu'il ne peut montrer les objets que successivement" (p. 46)

"Un chariot comique contient tout un monde. En effet, le théâtre n'est-il pas la vie en raccourci, le véritable microcosme que cherchent les philosophes en leurs rêvasseries hermétiques? Ne renferme-t-il pas dans son cercle l'ensemble des choses et les diverses fortunes humaines représentées au vif par fictions congruantes? Ces tas de vieilles hardes usées, poussiéreuses, tachées d'huile et de suif, passementées de faux or rougi, ces ordres de chevalerie en paillon et cailloux du Rhin, ces épées à l'antique au fourreau de cuivre, à la lame de fer émoussé, ces casques et diadèmes de forme grégeoise ou romaine ne sont-ils pas comme la friperie de l'humanité où se viennent revêtir de costumes pour revivre un moment, à la lueur des chandelles, les héros des temps qui ne sont plus? Un esprit ravalé et bourgeoisement prosaïque n'eût fait qu'un cas fort médiocre de ces pauvres richesses, de ces misérables trésors dont le poète se contente pour habiller sa fantaisie et qui lui suffisent avec l'illusion des lumières jointe au prestige de la langue des dieux à enchanter les plus difficiles spectateurs." (p. 107)

"Sigognac, dont Blazius s'était institué le professeur, étudiait dans sa chambre avec le vieux comédien et se façonnait à cet art difficile du théâtre. Le type qu'il représentait par son caractère extravagamment outré s'éloignait du naturel, et cependant il fallait que sous l'exagération on sentît la vérité et qu'on démêlât l'homme à travers le fantoche. [...] Blazius était d'avis que Sigognac prît le demi-masque [...] pour garder la tradition de la figure et mêler sur son visage le fantasque au réel, grand avantage en ces sortes de rôles moitié faux, moitié vrais, caricatures générales de l'humanité dont elle ne se fâche point comme d'un portrait. [...] Un acteur de mérite peut y introduire des traits naturels et représentant mieux la vie que s'ils étaient concertés." (p. 219)

"[...] puisque le théâtre est l'image de la vie, la vie lui doit ressembler comme un original à son portrait." (p. 439)

## Citations issues d'œuvres critiques

Dans "*Le Capitaine Fracasse*, roman des romans", **Françoise Court-Perez**:

"Le grotesque et le burlesque doivent donc se lire à différents niveaux dans l'œuvre. L'esthétique grotesque restitue d'abord une temporalité, l'époque Louis XIII. Elle procure ensuite au roman une diversité de strates en combattant l'homogénéité. Elle participe en outre d'une narration humoristique et critique. Enfin elle doit être mise en relation avec l'esthétique romantique toujours à l'œuvre dans le roman de 1863, non seulement parce que Gautier retrouve dans le grotesque la modernité dynamique qui annonce le romantisme, mais parce que chez lui le grotesque doit être situé au confluent du fantastique, genre éminemment romantique."

"*Le Capitaine Fracasse* n'est peut-être pas un roman mais une superposition de romans."

"[...] le grand roman du *Capitaine Fracasse* [est] sous-tendu par un paradoxe majeur: le roman se moque du romanesque".

Dans "Le Décor mythique du *Capitaine Fracasse*: Métamorphoses et signification de l'image du château dans l'œuvre de Gautier", **Jean-Claude Brunon**:

"[...] l'image du château possède aussi sa syntaxe, qui n'est autre que la combinatoire des images-mots en chaque tableau-description. [...] Enfin, ce langage se prête à sa manière aux jeux de la rhétorique. Tout en conservant sa nature d'hyperbole, il sollicite les figures les plus violentes, comme l'oxymore, le polyptote, voire, au premier chapitre du *Fracasse*, 'l'ostranénie*'."

Dans "Genèse et sens du *Capitaine Fracasse*", **René Jasinski**:

"Péripéties fantasques, personnages héroï-comiques, scènes pittoresques relevées par la perpétuelle curiosité du détail et de l'expression, [Gautier] assemblait à plaisir toutes les variétés du divertissement. Il cherchait moins à créer de toutes pièces, qu'à grouper et en quelque sorte parachever selon cet esprit de libre caprice, avec toutes les ressources d'un art dans sa plénitude"; "*Le Capitaine Fracasse* est d'abord cette évasion vers la fantaisie pure."

"De tout temps Gautier avait plus ou moins substitué l'image à l'analyse abstraite, non par défaut de pénétration et facile expédient d'artiste, mais pour nuancer plus savamment l'idée";

"[...] la forme pour lui non seulement conférait à l'idée sa beauté, sa plénitude, mais créait aussi l'atmosphère et donnait l'impulsion par lesquelles elle devient agissante."

"Qu'on ne s'étonne pas si un optimisme voulu remontre à travers du roman la pente du désespoir, si une dernière fois, au seuil du déclin, mêlées aux postulations de l'âge mûr, s'exaltent encore les enthousiasmes de la jeunesse. Qu'on suive donc le poète en cette réconfortante et prestigieuse évasion. Refoulant peu à peu les hantises, *Le Capitaine Fracasse* crée en définitive un monde merveilleux. Il évoque des scènes pittoresques, d'une fantaisie copieuse et parfois d'un romantisme impertinent. Il les situe en d'admirables décors, qui chatoient aux yeux et permettent un éternel dépaysement. Il y anime des personnages variés, tour à tour drolatiques et touchants, qui se détachent en silhouettes vives ou s'agitent en masses fourmillantes. À ces héros, même déshérités, il prête des sentiments généreux. Les uns, nobles par le sang, gardent une distinction native qui les préserve de toute compromission. Les autres, pauvres diables ou gaillards patibulaires, se relèvent par leur loyauté, leur désintéressement, le respect de leur métier."

Dans "Pastiche et parodie dans *Le Capitaine Fracasse*, le jeu des perspectives narratives", **Peter Whyte**:

"*Le Capitaine Fracasse* est, dans toutes les acceptions du terme, un roman théâtral. Du point de vue thématique, la clé de l'œuvre est cette notion de *paraître*, qui n'est que l'*être* en raccourci."

# COLETTE

## Citations de Colette

"J'ai prononcé tout à l'heure le mot d'hygiène : j'y reviens, pour affirmer que l'atmosphère du music-hall m'a tenue, six années durant, dans un excellent équilibre moral et physique, par le seul fait qu'on en peut exclure toute idée de rivalité, de ce que j'appelle la 'férocité théâtrale'."

(Colette, "L'Envers du music-hall", *Cahier de l'Herne*, 2011, p. 115)

"Ce n'est pas dans la zone illuminée que se trame le pire…"

(Colette, *La Naissance du jour*, III, p. 316)

"Homme, mon ami, tu plaisantes volontiers les œuvres, fatalement autobiographiques, de la femme."

(Colette, *La Naissance du jour*, III, p. 316)

"La fantaisie humaine est courte ; seule la réalité extravague sans frein ni limite : contemplez, projetées, agrandies, les réfractions des cristaux précieux, architectures de pure lumière, perspectives vertigineuses, géométriques délires…"

(Colette, *Prisons et Paradis*, III, p. 698)

"Pain de ma plume et de ma vie, amour !"

(Colette, *L'Étoile Vesper*, IV, p. 863).

## Citations critiques

"C'est que l'image prise dans l'eau du miroir répond à une nécessité de se voir, qui est préparation à être vue, et distinguée. Ne pas l'être, ne pas devoir l'être, conduit à l'angoisse de la solitude, et le maquillage est à la fois exorcisme – conjuration de l'angoisse – et appel – jeu de séduction essayé sur soi-même avant d'être éprouvé auprès de l'homme –." (**Michel Mercier**, Notice, *La Vagabonde*, *Œuvres*, sous la direction de Claude Pichois, Paris, Gallimard, coll. "Bibliothèque de la Pléiade", 1986, p. 1586.)

"J'ai rappelé les stratégies adoptées par Colette à partir du moment où elle se déguise et choisit d'occuper, par la pratique de la pantomime, une multitude de places également éphémères ; ce singulier éparpillement de soi apparaît comme sa manière de contester la place de seconde que Gauthier-Villars [dit Willy] lui a réservée et d'engager un lent processus de résilience, de réparation, opéré par, grâce, à cause, du théâtre et de la création littéraire." (**Martine Reid**, "Devenir Colette, histoire d'une signature", *Genre et identités sexuées chez Colette*, Frédéric Canovas et Martine Reid (dir.), Presses universitaires de Rouen et du Havre, coll. "Genre à lire… et à penser", 2023, p. 26.)

"Disons simplement qu'apparaît une Colette qui n'hésite pas, comme l'aurait peut-être fait Sade, à réintégrer dans la définition de l'homme une composante radicalement immoraliste (ou infra-morale, ou amorale ?), qui fonde une redéfinition paradoxale du meurtre comme signe d'"innocence", cette innocence fût-elle pathétiquement, et par simple concession endoxale faite au lecteur, qualifiée d''affreuse'".

(**Jacques Dupont**, *Physique de Colette*, 2004, p. 82)

"Or, le génie de Colette, c'est de n'avoir jamais rien retenu dans son œuvre qui fût seulement accidentel. La petite écolière bourguignonne débarquant à Paris avait le cœur assez gros pour y faire entrer la totalité de la faune qu'elle devait y rencontrer […]. Dès lors le travesti et l'androgyne font partie d'elle-même tout comme l'iguane et le caméléon. Les mépriser, les insulter, c'est les mépriser, l'insulter elle-même."

(**Michel Tournier**, "Colette ou le premier couvert", *Le Vol du vampire notes de lecture*, Paris, Gallimard, 1983, p. 253)

**Éditions Atlande**
**F - 92200 Neuilly**
**www.Atlande.eu**

Achevé d'imprimer sur les presses de Laballery
à Clamecy (Nièvre) en octobre 2023.
Numéro d'impression : 309619

Dépôt légal octobre 2023.